在我们相遇之后

怀 玉 ◆著

重庆出版集团 重庆出版社

图书在版编目(CIP)数据

在我们相遇之后 / 怀玉著. —重庆：重庆出版社,2015.8
ISBN 978-7-229-09753-0

Ⅰ.①在… Ⅱ.①怀… Ⅲ.①长篇小说—中国—当代
Ⅳ.①I247.5

中国版本图书馆CIP数据核字(2015)第076530号

在我们相遇之后
ZAI WOMEN XIANGYU ZHIHOU
怀 玉 著

出 版 人：罗小卫
责任编辑：袁 宁
责任校对：胡 琳
装帧设计：重庆出版集团艺术设计有限公司·卢晓鸣

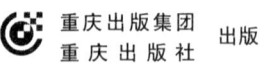

重庆出版集团
重庆出版社 出版

重庆市南岸区南滨路162号1幢 邮政编码：400061 http://www.cqph.com
重庆出版集团艺术设计有限公司制版
自贡兴华印务有限公司印刷
重庆出版集团图书发行有限公司发行
E-MAIL:fxchu@cqph.com 邮购电话：023-61520646
全国新华书店经销

开本：720mm×1000mm 1/16 印张：20 字数：288千
2015年8月第1版 2015年8月第1次印刷
ISBN 978-7-229-09753-0
定价：30.00元

如有印装质量问题，请向本集团图书发行有限公司调换：023-61520678

版权所有 侵权必究

目 录

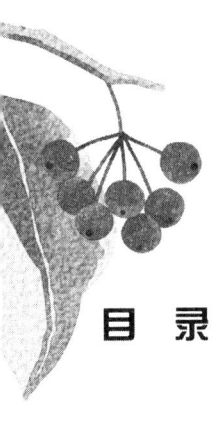

Chapter 1　一切从初次见面开始 /1
Chapter 2　我们假装交往吧 /11
Chapter 3　你居然在这里做保姆 /29
Chapter 4　关昕,你是不是喜欢羽涵 /51
Chapter 5　四年的感情,银货两讫 /69
Chapter 6　爸妈,我回来了 /89
Chapter 7　羽涵,我想助你睥睨天下 /102
Chapter 8　关昕,你能不能也喜欢我 /116
Chapter 9　你啊,就是个恶霸 /133
Chapter 10　爱上你出乎意料又顺理成章 /149

Chapter 11	关昕的真实身份	/166
Chapter 12	灰姑娘的故事只能是童话	/180
Chapter 13	遇见你我的人生便是好上加好	/200
Chapter 14	这种经历我深恶痛绝	/215
Chapter 15	把孩子还给我	/227
Chapter 16	她早就是我们的家人	/245
Chapter 17	凭什么你要我就必须给	/259
Chapter 18	关昕,让我安静地想一想	/276
Chapter 19	尾声:感谢上天让我遇见了你	/287
	番外:一见钟情的缘分	/295
	尾声	/312

Chapter 1
一切从初次见面开始

"据可靠消息，'友杰建设'的融资案出现新转机，一向低调示人的'盈天城投'，突然宣布参与'友杰建设'中标的江东新城开发案融资，且表示其最终目标是直接控股'友杰建设'。"

"啪"的一声，电视遥控器被愤怒的男人摔了个粉碎，姜伟杰怒火中烧，摔了遥控器还不解恨，将桌面上的所有东西都扫到了地上。

沙发上的姜友忠气定神闲地吐出一个烟圈，肥大的身躯调整了个舒服的姿势："你气什么？这是好事，你没看到今天我们的股票大涨吗？而且在所有A股中市场关注度排名上升了31位。"

"我不觉得有什么好，宋羽涵那女人摆明了是冲我来的！"

姜伟杰气鼓鼓地坐在姜友忠身边，点了一根烟，狠狠抽了一口。

"要不，我们邀请'环龙'参与吧。"

"没必要，"姜友忠掐了烟，摇摇头，"她要参与进来也无妨，先解了我们的燃眉之急再说，要直接控股我们公司，她还嫩了点。"

说完，他深深看了眼姜伟杰："都说因爱生恨，那女人是不是对你还有感情？要不你什么时候再去摸摸底？"

"爸！苏蘅会劈了我的。"姜伟杰惊道，"您这不是馊主意么。"

"苏蘅这丫头脾气太差了，若非要靠着她老爹，我才不会同意你们交往。"

姜伟杰默不作声地抽烟，姜友忠拍拍他的肩："总之，你的婚姻大事，我会替你做主，苏蘅不行就换一个。"

"爸，别说了。"

"盈天城投那儿，你再找人去打听打听什么情况，他们的目的到底是什么，我们的融资案势在必行，千万不能因为你们俩的那些恩怨而搅和掉。"

说罢，他站起身，肥硕的身躯抖了抖："我去找'环龙'的人探探口风，跟你妈说一声，晚上不回去吃饭了。"

姜伟杰看着父亲摇摇摆摆走出办公室，嗤笑一声，谁知道晚上到底是不是去找"环龙"的人了。

他重新回到办公桌边，向秘书吩咐下去，一定要找到宋羽涵的目的和弱点，想跟他斗？她还不够资格。

谁知两日后传来的消息，却不啻于扇了姜伟杰一个巴掌。

"啪"的一声，姜友忠将一叠照片扔到姜伟杰面前。

"这个小孩是怎么回事？"

姜伟杰瞟了一眼，照片上宋羽涵牵着一个三四岁的小女孩下车。

女童脸圆圆的，留着小丸子的发型，一双大眼纯真无邪，五官看上去，跟他确实有点相似。

"这孩子是谁？"

"谁？你难道不觉得她可能是你的么？这种事你居然不知道？"姜友忠勃然大怒，一掌拍上桌面。

"谁知道那孩子到底是不是我的。"

"我不管，无论如何一定要确定那孩子是不是你的，万一她利用孩子来威胁我们就麻烦了，融资在即，我们公司的形象不能受到影响。"

姜伟杰垂头丧气地站着，手中的照片被他卷成一团。

姜友忠坐进沙发，点了根烟："我听说宋锦书那个老头子在找男保姆，你从公司挑个信得过的人出来，让他去宋家应征，一方面可以确认那孩子到底是不是你的，另一方面也方便我们监视宋羽涵的一举一动。"

姜伟杰只迟疑了下，几乎是立刻按铃通知秘书："帮我把关经理叫来。"

"负责行政部的关昕？"姜友忠低头闭上眼睛想了下，"这孩子稳重机灵，长得又不错，确实是很好的人选，可是他心气高，会答应去做我们的内应？"

姜伟杰一挑眉："我自有办法。"

一会儿，敲门声响起，姜伟杰扬声道："进来。"

门开了，进来一名年轻男子，二十七八岁的样子，身形挺拔，平头短发，一张脸棱角分明，眉目俊秀。

"姜总，董事长。"他不卑不亢地打招呼。

姜友忠满意地点点头。

姜伟杰一指面前的沙发："坐吧。"

关昕落落大方地在他们面前坐下，脊背挺得笔直。

姜伟杰开门见山地问："关昕，我听说你的准岳父在住院吧？"

关昕一愣，有些不明白姜伟杰的用意，但还是点头答道："是啊，刚查出来患了白血病。"

"这病可棘手，钱用得快不说，还需要找配型。小关，你女朋友家条件怎么样？"姜友忠关切地问他。

"她家条件一般吧，我还有些积蓄，费用方面应该没什么问题，关键是配型难找。"关昕的话中有不易察觉的担忧。

姜伟杰和姜友忠对视一眼，说道："关昕，我和董事长商量过了，决定再送你百分之三的公司股份。"

关昕吓了一跳，立刻站起来："姜总，董事长，这是什么意思？"

"坐，坐，小关，其实是我和姜总有事情要拜托你。"

见关昕重新坐好，姜友忠使了个眼色，姜伟杰继续说道："我们公司目前正在进行融资，这个你也清楚，这件事就跟融资案有关，而且关系到我们公司的发展，我想来想去，唯一信任的人就只有你了。"

"有什么事，姜总不妨直说，我能做到的一定尽力。"

"没问题，没问题，"姜伟杰一迭声地说，"这事你肯定能做到，我看过你的履历，相信你的能力，去做个保姆还是不在话下的。"

"保姆？"关昕一头雾水。

姜伟杰立刻解释："是这样的，盈天城投的董事长正在为他的孙女找个保姆，并且指定要男性，我们觉得这是个了解盈天城投的好机会，所以想拜托你去试一下。"

"姜总的意思是要我去做商业间谍吗？"

姜友忠赞许地点头："小关果然聪明，你就是我们安插在盈天城投的一步棋，这样我们不仅可以掌握他们的动向，了解他们的投资趋势，对我们公司的发展也有利，你也是我们公司的一员，你希望我们公司这次融资能成功吧？"

关昕苦笑下："董事长，我懂你的意思，不是我不愿意，只是我实在分不开身，你们也知道我女朋友的父亲在住院，需要人随时在身边照顾，我都恨不得一天生出48个小时来，怎么可能兼顾保姆的工作。"

"这个你不用担心，"姜伟杰拍拍他的肩膀，"我会联系市一院的林院长，明天就安排他进特护病房，有护工24小时监护，血液科的专家会为他进行会诊，骨髓配型的事，林院长也会亲自敦促进行，你可以放心。"

"这，这……"关昕局促地说，"我还什么事都没做。"

"我们希望你没有后顾之忧。"

"可是我不知道保姆该做些什么，况且我也不太会跟小孩子打交道。"关昕想了下，还是想拒绝。

姜友忠轻笑了下，靠进沙发，看了姜伟杰一眼："我们不逼你，你自己考虑一下，你是公司中管，也拥有公司股份，虽然占的份额不多，每年年底公司的分红可一分都没有少过你的，3%的股份，按照公司股价市值来算，应该有三百多万了，我听说你之前为了购买公司原始股份还贷了款，现在都还清了吗？"

关昕低头，沉默不语。

姜伟杰看他不说话，立刻起身打电话。

"喂，林院长吗？我是伟杰啊，您好，有件事想麻烦您。"

姜伟杰握着电话观察着关昕的反应，见他抬起头看着自己，继续说道："我有个朋友的父亲得了白血病住在你们血液科，想拜托您照顾下。好的好的，那我们明天见面再聊。"

挂上电话，他笑着对关昕说："那个林院长答应我明天见面详细说，我明天陪你一起去找他，帮你准岳父转病房。"

关昕望着姜伟杰许久，终于轻叹一声："好吧，我答应去做保姆，但是那股份，我不要。"

姜友忠挥挥手："这个先不谈，我们来详细说下你去宋家要注意哪些方面的事，还要找个懂家政的人来给你培训下，不能让宋家人看出破绽。"

姜伟杰拍拍关昕的肩头："一切都靠你了，关昕。"

关昕回以无奈的笑容，脸上是淡淡的苦涩。

"福婶，我说过不要让菲菲进我的书房！"

宋羽涵回家，见到书房中乱成一团的纸张，第三次爆发。

福婶小跑过来，看到桌上地上丢了很多的纸，上面还被菲菲用彩笔画了很多图案。

"我在准备晚饭，一个没注意菲菲就跑书房来了。"她拉过躲在身后的菲菲："来，菲菲，快给妈妈道歉。"

菲菲抱着小抱枕，睁着一双无辜的大眼瞪着羽涵，倔强的小嘴微抿，就是不肯开口。

宋羽涵看着她无奈地摆摆手："算了算了，也不是什么重要的东西，涂了就涂了吧，下次别再让她进来了。"

"好，好，你先陪菲菲玩一会儿，我还有两个菜没有炒，一会儿就能吃饭了。"

福婶将菲菲往宋羽涵面前一送，又小跑去厨房。

宋羽涵叹了口气，菲菲到了上幼儿园的年纪，她不能再当甩手掌柜，

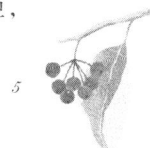

将孩子扔给父母了事,这对孩子,对她父母来说都不公平,所以她才决定将菲菲接到自己公寓与她同住。

只是她没料到,菲菲的到来,不仅让她措手不及,而且连福婶都忙得焦头烂额,她的生活已经全部被打乱。

她必须控制自己的情绪,不能在菲菲面前表现暴躁的一面,必须忍受家里到处都是菲菲的玩具,必须忍受菲菲的乱涂鸦,只因为父亲交代过,涂鸦是孩子表达情绪的一种方式。

她不禁想起那天在老宅书房里,父亲语重心长的话:"我和你妈对菲菲再好,也不能代替母亲。这孩子乖巧得很,从来不问你的去留,也不哭闹,话都不肯多说,我咨询过了,医生说菲菲有轻微的自闭症倾向,再这么下去,孩子会毁掉的。"

宋羽涵看了眼趴在地毯上玩玩具的菲菲,太阳穴突突地跳。再这样下去,恐怕菲菲的自闭症还没好,她却要先患上焦虑症了。

"福婶,我爸说的保姆怎么还没找到?"

福婶一边炒菜一边回她:"找到了找到了,说是今天就让小陈带来,大概晚点会到吧。"

宋羽涵看了菲菲一眼,叹了口气:"但愿那个保姆能治得住她。"

正说着,门铃响了,羽涵跑去开门,果然是司机小陈,可是他身后的人让她愣了下。

"这是我爸找的保姆?"

眼前明明是个男人啊,黑色的短发整齐利落,五官立体饱满,高挺的鼻梁上架着一副黑框眼镜,他浅浅笑着,唇边两个圆润的梨窝。

"宋小姐,你好,我叫关昕,是宋董事长请来照顾宋汐菲小朋友的。"

宋羽涵过了很久才反应过来他说的宋汐菲就是菲菲,立时红了脸。

面前的男人彬彬有礼地与她打招呼,让她更是局促,回身便走:"我爸在搞什么?找个保姆而已,怎么还找个男人来。"

"宋小姐,请不要怀疑我的专业性。"

关昕的话成功阻止了羽涵的步伐,转身看着关昕。

关昕一脸严肃地对她说："董事长觉得宋汐菲小朋友从小缺少父爱，有些轻微自闭症，之所以请我来照顾宋汐菲小朋友，是想尽量从专业角度来弥补她人格上的一些缺失。"

"你先等一下可以吗？"宋羽涵打断了关昕的话，"我想去打个电话，你不介意吧。"

"宋小姐请便。"关昕示意羽涵随意，宋羽涵一点头进了书房。

如果她再细心一些就能够看出，其实关昕比她更紧张，他极力压制着心中不安的情绪，微微颤抖的手泄露了他的心思。

"叔叔，你冷吗？"

一双小手握住了他轻颤的手，关昕低头，一张红扑扑的苹果脸映入眼帘，齐眉的刘海下，似黑葡萄的大眼睛忽闪忽闪，正关切地看着他。

关昕立刻被这小女孩吸引了，这么可爱的小孩他还是第一次见到，心中那根紧绷的弦放松下来。

他蹲下身与她平视："你叫宋汐菲吗？"

小女孩点点头。

"从今天起由我来照顾你，和你一起生活，你愿意吗？"

小女孩思考了下，郑重地点点头："叔叔长得很好看，菲菲喜欢。"

关昕扑哧一笑，揉揉她黑亮的头发："菲菲嘴真甜。"

菲菲却不理他，继续说："叔叔的味道很好闻，菲菲喜欢。"

这时宋羽涵正好走出房间，听到菲菲的话大窘："菲菲，别胡说。"

"菲菲喜欢叔叔。"

菲菲抬头盯着宋羽涵，眼神坚定。

宋羽涵轻咳一声："既然是董事长请来的，一定有过人之处，福婶今天就会回老宅，菲菲就交给你了。"

"交给我？难道是让菲菲跟我睡？"

宋羽涵奇怪地瞥他一眼："当然是跟你睡，你是她保姆。"

关昕大惊："可是孩子不是应该跟母亲一起睡吗？"

"这不都是保姆的事？"

"我……从专业的角度看，跟母亲一起睡觉，更有助于她的心理恢复，还能培养亲子关系。"

"好吧，好吧，"宋羽涵不耐烦地挥挥手，"你记得明天帮我换张大点的床，我不想半夜被她踢醒。"

关昕暗自松了口气，问明了客房位置，将自己的行李搬进去。

晚饭后，趁着福婶打扫整理厨房，菲菲跟司机小陈一起看电视，宋羽涵将关昕叫进了书房。

宋羽涵开门见山地对关昕说："我承认自己是一个比较麻烦的人，所以很多事还是跟你说清楚比较好。"

关昕点头："你说，我一定会记住。"

"福婶每个星期都会来公寓打扫，你所要负责的，就是菲菲的日常起居，准备一日三餐，送她上下学，每个星期带她去我父母那里。"

关昕张了张嘴，却终究没有说话。

宋羽涵继续说："我的书房不要让菲菲进来，桌上的东西也不要乱动，你如果要用电脑可以帮你另买一台，我的电脑不要碰。"

关昕点头："我记住了。"

"我对吃的要求不算高，只要没有葱姜蒜、韭菜、青椒、胡萝卜、莴苣，其他都可以。"

关昕边皱眉边一一记下，问："菲菲呢？有没有什么忌口的？"

"我不知道。"宋羽涵回得顺口，"你最好去问问福婶。"

关昕的眉皱得更深，一个母亲居然不知道自己女儿的口味喜好，甚至都不愿意跟她一起睡觉，她到底是不是菲菲的母亲？

宋羽涵从电脑前抬头，见他还没走，问道："还有事？"

关昕向她微微一笑："那我先出去了。"

出门前还为宋羽涵轻轻带上了门。

宋羽涵盯着门上的把手看了半天，又面无表情地投入工作了。

关昕不愧为专业人士，几天接触下来，宋羽涵总算放下了心。

他将菲菲照顾得很好，做的菜色香味俱全，重要的是营养均衡，有利于菲菲成长。

宋羽涵心满意足地放下碗筷，看着桌边独自吃得不亦乐乎的菲菲，一时兴起，拿起勺子说："来，喝点汤。"

菲菲奇怪地看她一眼，摇摇头。

宋羽涵的手僵在半空，关昕解释道："菲菲的独立意识很强，她不喜欢依赖别人，这是她最大的优点，你应该表扬她。"

"哦，"宋羽涵讪讪地收回手，"菲菲真乖，会自己吃饭了。"

说罢，她将勺子一扔，起身去客厅看电视。

这时关昕的手机在口袋里振动起来，关昕拿出来看下来电，轻咳一声接听。

他没有避开菲菲，只把声音压得很低，客厅里的宋羽涵立刻八卦地竖起耳朵偷听，却只听到零星的"没事""我很好"这样的词。

"妈妈，你在看什么？"吃完饭的菲菲走到宋羽涵身边，将宋羽涵的注意力拉过来。

宋羽涵看看手中的遥控器，再看看电视屏幕上滔滔不绝的购物广告，收回八卦的心，立刻换台。

"'友杰建设'中标的江东新城开发项目融资案又起波澜，继'盈天城投'后'环龙集团'今天突然宣布受邀参与融资，到底'友杰建设'会选择谁成为合作伙伴，答案在不久后就会揭晓。"

三巨头企业中的两家参与了"友杰建设"的融资，这则原本简单的财经新闻，已经被当成重要的社会新闻上了头条。

宋羽涵皱眉，拨通秘书方云电话，劈头就骂："'环龙'插手的事你居然不知道？你最近是不是太空闲了，这种消息我都要靠电视新闻才知道，你都做了些什么？"

方云在电话那头沉默了阵，简洁明了地说："抱歉，宋小姐，我立刻就去查，两小时后向你汇报。"

"不用了，你明天一早再告诉我吧。"

窝进沙发，宋羽涵轻按着突突直跳的太阳穴，最近工作繁忙，再加上融资案日夜不停地消耗她的体力，现在又搞出个"环龙集团"来插一脚，她觉得有些烦闷。

一回头，菲菲坐在沙发上玩积木，关昕不知道什么时候出来，看着电视新闻若有所思。

宋羽涵偏头看了他一会儿，突然问："关昕，你为什么会做保姆的？"

关昕苦笑："其实我是师大毕业的，学的又是应用心理，本来想毕业后去做老师，结果在自己不熟悉的岗位上工作了几年。都是生活所逼。"

宋羽涵见关昕脸上神情不豫，又涉及隐私不好多问，便换了话题："那你做保姆多久了？"

关昕一怔，随即结结巴巴地说："其实，这是我第一次做保姆。"

"什么？"宋羽涵惊道，"我爸知道吗？"

"宋先生知道，我把自己的证书给他过目之后，他就决定录用我了。"

关昕说完，手心已经微微冒汗，一颗心紧张得扑扑直跳。

宋羽涵想了下点点头："估计我爸是实在找不到像样的男保姆才会雇佣你这个新手的。不过我看你做得还不错，等合同期结束，我会帮你写一封推荐函的。"

"谢谢宋小姐。"关昕心底长舒了一口气，"那我带菲菲洗澡去了。"

宋羽涵挥挥手，起身去书房："菲菲麻烦你了，我还有些公事要忙。"

关昕叹口气，一个星期七天，菲菲起码有五天是跟他一起睡的。宋羽涵的理由就是，她工作很忙，每天都很晚才睡觉，总不见得让菲菲跟着她一起熬夜吧？

有时候她出差，一个星期不见人影也是常事，所以关昕只好认命地每天跟菲菲同吃同睡，简直就像他的女儿一样。

唯一值得欣慰的是，菲菲的情况在好转，一个月下来，她开朗了很多。

Chapter 2
我们假装交往吧

"宋总,我已经调查过了,'环龙集团'是因为收到'友杰建设'邀请并许诺不菲回报才参与这次融资案的,并且放出风声说势在必得。"方云一大早就守在办公室,等宋羽涵上班后立刻向她汇报。

"势在必得?"宋羽涵靠进椅背,手指在扶手上轻轻敲击,"你再去约'友杰'的顾总探探口风,能知道'环龙'的底价最好,再打听下他们跟'环龙'到底是什么关系,有没有可能找到他们串通的证据。"

方云领命出去,宋羽涵转身面对落地窗外灰蒙蒙的天,友杰建设的这个融资案一定要拿到手,她复仇的长剑才刚刚举起,无论如何她都不会放弃的。

正想着,电话响了,秘书告知"友杰建设"的姜伟杰找她,问要不要接进来。

宋羽涵愣在那里,姜伟杰这时候来电话,会是什么目的?

"接进来吧。"宋羽涵接起电话,姜伟杰轻快的声音就开始抱怨:"羽涵,找你真是不容易啊。"

宋羽涵嗤笑一声:"姜总跟我很熟吗?急着找我有什么吩咐?"

"羽涵,不要这样,你是不是还在恨我?"

宋羽涵皱了眉头:"姜总着急找我是为叙旧?不好意思,我还有事要忙,恕不奉陪了。"

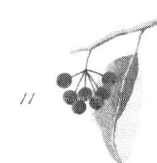

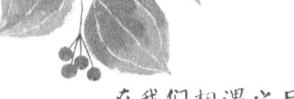

"羽涵，等等，我们见面吧，我想跟你谈谈。"

姜伟杰的声音里带了几分迫切的味道，宋羽涵沉默良久，终于答应赴约。

挂上电话，宋羽涵拉开抽屉，找到扔在角落的烟，自从关昕说过烟味对菲菲不好，会影响她的嗅觉系统发育后，她再也没碰过。

打火的时候，她发现自己的手有些抖，狠狠地吸了一口，缓缓吐出烟雾，心中烦躁的情绪才稍稍疏解。

想起这五年来经历过的一切她就无法淡定，姜伟杰带给她的创痛一直到今天都没有痊愈，想起姜伟杰，她的恨意便立刻勃发，充斥着她的头脑。

想到自己受到的那些屈辱，宋羽涵的心中就无法平静，每次想到都会气愤得浑身颤抖。

所以，在去华茂圆顶餐厅的路上，她都在努力压制着自己的仇恨，她怕自己见到姜伟杰后会冲动地上去抽打他。

直到站在包间门口，她还在做着深呼吸。包间门打开的瞬间，她已经挂上了职业的微笑。

"羽涵，你总算来了。"

站在桌边的姜伟杰依然神气，笑起来让背后落地窗外璀璨的万家灯火都失去了光芒。

在宋羽涵打量姜伟杰的同时，他也在观察宋羽涵，利落的短发，苗条修长的身躯包裹在合身的短裙里，凹凸有致的身材让他觉得喉头一紧。

这么多年没见，宋羽涵变得越来越有女人味了，让他有种惊艳的感觉。

宋羽涵昂着头款款走到桌边，姜伟杰殷勤地为她拉开椅子，她优雅落座，开口道："宋总好情趣，约我来这里谈公事。"

轻柔的小提琴曲响起，姜伟杰尴尬一笑，在宋羽涵对面坐下："我自作主张先点了菜，我们边吃边聊吧。"

宋羽涵一挑眉，没有搭话。

识趣的领班为他们端上头盘，倒上红酒，微笑道："姜先生、宋小姐，两位若是有什么吩咐请按铃，我们即刻会出现。"

说罢他带领服务生退出门外。

姜伟杰挂着讨好的笑容指着餐盘对宋羽涵说："我还记得你喜欢吃鲑鱼籽，所以点了这儿的特色鲑鱼籽蒸蛋，还有你喜欢吃的红烩牛肉，你多吃点。"

宋羽涵斜了他一眼，将刀叉放下："你有话就直说吧，我怕我一会儿听了会吃不下。"

姜伟杰的笑容挂不住了，脸色变了变，最终没有发作，他板着脸问："什么时候让我见见女儿？"

"我这里没有你的女儿。"

宋羽涵想都没想直接拒绝。

姜伟杰轻笑："羽涵，你女儿宋汐菲今年正好四岁半吧，算算日子就是我们结婚那段时间。"

"那也不能证明那是你的孩子。"宋羽涵舀了一勺蒸蛋吞下去，味道依然鲜美，下次带菲菲来尝尝。

"是吗？那我们去做个亲子鉴定如何？"

宋羽涵斜了他一眼："别人的孩子你做什么亲子鉴定？你脑子坏掉了吧？"

姜伟杰正要发怒，又突然想到什么，只能强压下自己的怒火，讨好地笑道："羽涵，从前的事都是我不对，我不该那么对你，不管孩子是不是我的，我希望都不要成为影响我们关系的原因。"

"你到底想说什么？"

"羽涵，让我们重新开始吧。"

宋羽涵的一口蒸蛋噎在喉咙口，她使劲拍了下心口，灌下一大口水，瞪着姜伟杰，这人是故意来吓死她的吧。

"姜伟杰，你是不是吃错药了？"

宋羽涵顺过了气，又开始毒舌起来。

姜伟杰却不恼，他缓缓走到宋羽涵面前，单膝跪在她身边："小羽，以前是我对不起你，我知道你不可能会原谅我，但是请你让我补偿你。"

"补偿？怎么补？"

宋羽涵白他一眼，往边上坐了坐。

"我想重新追求你，小羽，再给我次机会好不好。"

宋羽涵看着他颇为真诚的脸，陷入了沉思。

"你让我想想。"良久她缓缓说。

"好，不管多久，我都会等你。"姜伟杰站起身，向宋羽涵温柔一笑。

宋羽涵的心莫名一抖，一阵寒意从她后背蹿起。

这时方云的电话打进来，宋羽涵看看时间，他控制得很好，她接起电话，含糊地说了两句就挂断了。

"不好意思了，姜总，我还有事先走一步，下次我再做东请你吃饭吧。"

宋羽涵站起来，看了眼盘中动都没动过的牛肉，在心底叹了口气。

"我送你吧。"

"不用了，"宋羽涵连连拒绝，"姜总留步。"

出了餐厅，方云在电梯口等着，见她出来便迎了上来："没事吧？"

宋羽涵摇头表示无妨，一路上都在思考姜伟杰今天的用意，在这个当口来向她示好，肯定跟融资案有关，可是她几次故意挖苦他，姜伟杰都没有发火，看上去又很真诚。

宋羽涵想了一路都没有得到答案。

回到家，菲菲已经睡着了，餐厅留着一盏小灯，关昕在桌前开着笔记本电脑看电影。

"关昕，有什么吃的吗？"

"你没吃饭？"关昕按了暂停键去厨房。

宋羽涵下意识地跟进去，坐在吧台边："吃了，可是食不知味。"

关昕找出冰箱里的食材，开火炒牛肉："我听方云说，你可是去华茂圆顶吃饭，那里还会食不知味？"

"关键是同桌吃饭的人。"

宋羽涵不愿详谈，关昕隐隐觉得跟她吃饭的人应该是姜伟杰，所以也不敢多问，动作迅速地将一盘牛肉盖浇饭端到宋羽涵面前。

宋羽涵默默地吃着饭，关昕继续看电影，可是心思却完全不在剧情上。

一直到宋羽涵吃完，她都没有再说话，关昕收了盘子去洗，宋羽涵又端着茶杯跟进来，突然问他："如果你女朋友做了很对不起你的事，过了很久以后又来求你原谅她，你会怎么做？"

关昕心里一惊，不知道她为何会问出这样的问题，斜她一眼反问道："你是说'友杰建设'的姜伟杰和你吧？"

"你怎么知道？"宋羽涵吓了一跳，"我们的事还没到这种尽人皆知的程度吧？"

"自从你参与了'友杰'的融资案，网上就有很多你和姜伟杰曾经交往过的新闻，我也是来你家之前上网搜索才看到的，所以就大胆推测了一下。"

宋羽涵斜他一眼："你简直媲美江户川柯南。"

关昕的心扑通扑通狂跳，紧张地盯着宋羽涵，怕她看出一丝一毫的异常，只见宋羽涵叹了口气："唉，现在的记者真是太强悍了，连那么久远的事都能挖出来。"

姜伟杰和宋羽涵确实有段不为人知的过去，自己的推测果然是正确的，关昕心底长吁了一口气，姜伟杰让自己来宋家卧底，应该不止是涉及公司之间的利益那么简单。

联想到之前姜伟杰要求他把菲菲常用的那把带着头发的梳子带去给他，说是做亲子鉴定，关昕脊背蹿起一阵寒意，难道菲菲是姜伟杰的孩子？

关昕不敢再多想，敛了心神听宋羽涵说话。

"他做了那么无耻的事，怎么还有脸来求我原谅，真不知道他是怎么想的。"

"你还喜欢他吗?"

"喜欢?"宋羽涵冷笑,"我现在对他只有恨。"

"不是有因爱生恨这样的说法吗?"

"我觉得这也是因人而异的,"宋羽涵想了下,"如果是你的话,你会原谅她吗?"

关昕笑道:"不知道,不过如果是我的话,应该会原谅她。"

"啧啧,"宋羽涵咂舌,对关昕伸出大拇指,"绝世好男人啊。"

"不早了,你快去睡吧,"关昕看看电脑,"明天你不上班了?"

"嗯,晚安了,绝世好男人。"

望着宋羽涵的背影,关昕脸上表情复杂,他不明白自己到底涉入了多么复杂的关系中。

第二天,姜伟杰将关昕约了出来,一见面就问:"昨天宋羽涵有没有说什么?"

关昕不动声色地问:"姜总是指哪方面?"

姜伟杰急得抓耳挠腮:"关昕,我也不瞒你了,我跟宋羽涵以前是情侣,我觉得她现在还喜欢我,想跟她重修旧好,这样对我们公司也有利。"

关昕点头:"她昨天回来什么都没说。"

"唉,这女人真是油盐不进。"

"可是,我听说你有女朋友了?"关昕想了下,"好像叫苏蘅吧?"

"不是女朋友,"姜伟杰抓起桌上的冰水一饮而尽,"苏蘅是未婚妻,我们明年就结婚了。"

"那你还要跟宋羽涵重修旧好?"

"那不一样,跟宋羽涵是为了公司利益,她关系到我们公司的未来,得先哄她高兴了,无暇顾及我们的融资案,我的任务也算是完成了。"

关昕搞明白了姜伟杰的用意,不禁有些反感:"可万一被她发现,不是反而弄巧成拙吗?"

"不会的,宋羽涵一向是个粗枝大叶的人,否则当初也不会被我那么容易就甩了，怎么可能轻易发现我的目的。"

姜伟杰接着说："亲子鉴定的结果出来，宋汐菲是我的女儿，所以如果宋羽涵不愿意跟我妥协的话，还可以利用宋汐菲来威胁她，你记得要随时向我汇报宋汐菲的动向，方便我们掌控宋羽涵的情况。"

说到最后，关昕总算恍然大悟，什么孩子的保姆，姜伟杰完全是让他去监视宋羽涵一家的，并且随时透露情况，方便他立刻做出反应。

"我明白了，"关昕垂脸无奈答应，"我还要去医院一趟，先走了。"

"关昕，你也别太担心了，虽然你女朋友的父亲现在找不到配型，但是他的情况很稳定，林院长说下个礼拜就可以出院了。"

关昕听了微一点头："谢谢姜总关心了。"

姜伟杰挥挥手，关昕在他的注视中出了咖啡厅直奔医院。

医院的病房早已经换了VIP的单间，关昕正要推门进去，依稀听到病房里传来女友和她母亲的谈话，便站住了。

"蓓蓓，你到底是怎么想的？小关知道你晚上出去么？"

"我没告诉他。"

"我们现在也不缺钱了，小关上次给的钱还没用完，你爸的病也不用我们操心了，你还出去干吗？"

"我的事不用你管。"

任爱蓓提高了声音，语调中透出不耐烦。

关昕适时地敲门进去，母女俩都噤了声。

"小关，你来了啊。"任母笑脸相迎，殷勤地迎他在沙发上坐下，"你伯父刚吃了药睡下，林院长说他情况很好，星期一就能出院了。"

关昕点点头，看向任爱蓓。

任母识趣地说："你们俩聊，我进去看看你伯父。"

房门轻轻掩上，关昕温柔地望着任爱蓓："你瘦了，如果觉得辛苦，晚班就别排了。"

"不排？不排就没补贴，不排就没工作了。"

任爱蓓靠着沙发扶手百无聊赖地看着手指甲。

"那就别工作了，我养你。"

"你养我？"任爱蓓笑得花枝乱颤，"关昕，为了给我爸治病，你都要做出卖自己的工作了，我再不工作的话，难道你准备出卖你的灵魂？"

关昕没有说话，任爱蓓接着说："关昕，不是我故意挖苦你，但事实就是这样，我们家不可能靠你接济一辈子，况且你也不是一座金山。"

"蓓蓓，你要是不喜欢我现在的工作，我可以辞掉。"

"我没有不喜欢，只不过觉得听上去不舒服，再说你要是辞了，我爸的病就没辙了。"

关昕望着任爱蓓，轻轻叹了口气。

任爱蓓看看手表："我今天也有晚班先走了，你再坐一会儿吧。"

她上前环住关昕肩头，在他唇上轻轻一吻："我走了。"

说完，任爱蓓踩着高跟鞋轻快地走了出去。任母从里间出来，见关昕坐在沙发上情绪低落，不禁安慰道："小关，蓓蓓的脾气你也知道，她就是喜欢直来直去地说话，从来不会考虑别人的感受，你别跟她生气，她这么拼命还不是因为她爸爸的病。"

"我知道，伯母，我没有生她的气，我只是心疼她。"关昕向任母微微一笑，"伯父的病一定会好起来的，你们不用担心。"

"你伯父还真是多亏了你，蓓蓓她，唉。"任母望着关昕欲言又止，却终究化为一声叹息。

接了菲菲回到家，宋羽涵已经在家了，关昕有点惊讶地看看钟，没想到宋羽涵板着脸，向他招手："你跟我到书房来一下。"

关昕安顿好菲菲，进了书房，抬头就看见宋羽涵的桌上有一堆照片。

宋羽涵将照片递给关昕："你最好解释一下这是怎么回事。"

照片上是他和姜伟杰，地点是今天上午在咖啡馆的一角，他压根儿没想到他和姜伟杰的碰面会被拍下来。

关昕低声问："你派人跟踪我？"

"我跟踪的是姜伟杰，"宋羽涵一脸怒气，"我不知道他到底是何用意，所以找人跟着看看，没想到却拍到这么有意思的一幕，你难道不想解释一下？"

"我解释了你会听吗？"关昕反问。

"你不妨说说看。"

关昕深吸口气："在来你家之前，我是'友杰建设'的职员，因为觉得那里的工作不适合我，才辞职的，姜伟杰知道我在你家做保姆，特地找我去问话。"

"他问你什么？"

关昕顿了顿，继续说："他问你昨天回来后的反应，问我你有没有提起他，看上去非常着急。"

"是么？"宋羽涵斜他一眼，"你是怎么说的？"

"我什么都没说，他也没再多问，大概十几分钟后我就去医院了。"

关昕看了眼宋羽涵说："如果你觉得我不适合再见姜伟杰的话，我就不去见他了。"

宋羽涵一愣，没想到关昕会这么说，原本她就只是想问个清楚，她不信任姜伟杰，但是关昕的人品却连父亲都赞不绝口的，也许真是自己多虑了，刚刚她咄咄逼人的气势大概令关昕反感了。

她歉然一笑："下次他再找你，你先告诉我。"

见关昕点头，她突然问道："你去医院干什么？"

"我朋友的父亲因为白血病住院，我去看看。"

"白血病？需不需要我介绍两个医生给你？"宋羽涵带着些讨好的意味。

"不用了，"关昕摇头，"已经找过认识的医生，况且他下星期一就出院了。"

"嗯，"宋羽涵突然词穷，不知道该说什么来安慰他，也不知道该如何来缓和两人之间有些僵的气氛。

"没事的话，我就去陪菲菲了。"关昕转身要走。

"关昕，"宋羽涵叫住他，面对他疑惑的脸，宋羽涵嗫嚅着，"刚才，

对不起，我对你的态度不好。"

关昕一愣，他没想到宋羽涵会向他道歉，一时有些手足无措。

"我不是不相信你，只是……涉及姜伟杰的事，我就会莫名其妙地发火，实在是被他搞烦了，我甚至希望我的生命中从来没出现过这个人。"

见关昕不说话，宋羽涵便自顾自滔滔不绝起来，面对关昕她总是不自觉会说很多深埋在心底的话。大概是因为对她来说，关昕算得上是一个完全陌生的人，面对一个陌生人，人们总是容易说出真心的话。

关昕脸上发烫，宋羽涵的话让他心虚，他不知道该怎么接她的话，怕自己一时头脑发热把一切都告诉宋羽涵。

"没关系，我没有在意这些。"关昕背对着宋羽涵，不敢回头看她的眼睛。

目送关昕出去，宋羽涵长长吁了口气，看着手中的照片陷入沉思。

"宋总，我探了安总的口风，'环龙'确实是姜友忠邀请参加的融资案，并且承诺了高额的利息。"

"很好，"宋羽涵放下笔，抬头看向方云，"能找到确实的证据么？如果实在没办法，这个融资案，我们未必要做。"

"什么？宋总，我们为这个案子做了那么多的准备，就这样放弃会不会太可惜了？"

方云不解，宋羽涵之前信誓旦旦地要参与融资案，现在说不做就不做了？

宋羽涵沉吟片刻轻笑道："我想过了，融资并不是最佳的办法，我想要比参与融资更有效的途径。"

见宋羽涵一脸笃定，方云也不再多说，正要退出办公室，宋羽涵叫住了他。

"帮我约安总吃饭，我要亲自跟他谈谈。"

方云点头，宋羽涵继续问："我今天没有行程吗？"

方云看了眼行事历："没有了，董事长昨天就吩咐让你今天休息半天。"

宋羽涵惊奇道："为什么？"

方云摇头："这我也不清楚，你还是去问问董事长吧。"

宋羽涵立刻拨通父亲电话，却被他劈头臭骂一顿："你还知道打电话，知道今天什么日子吗？"

宋羽涵看看台历："今天五月十七号，不是什么特别的日子啊。"

宋锦书咆哮道："我两个礼拜前就跟你说过，今天是'环龙'的关董事长结婚三十周年纪念，晚上在华茂有晚宴，你全部忘光了吗？"

宋羽涵掏掏耳朵："爸你中气好足，妈一定没给你少补身子。"

"废话少说，你现在给我立刻到港中百货的纪梵希来。"

宋羽涵叹了口气："爸，我衣服够多了，不用另外买。"

"不行，老关跟我关系那么好，特地让我带你一起去，你不能给我丢人。"

等她心急火燎地赶到，宋爸爸和宋妈妈正坐着气定神闲地喝着茶，老妈身边放着几个购物袋。

"小羽，你总算来了，"宋妈妈放下骨瓷茶杯，指了指身边的衣架，店长识趣地将一身粉色短裙递上。

"妈，这颜色太嫩了，不适合我。"宋羽涵瞥了眼款式，深V领，黑色蕾丝花边，黑底粉嫩的薄纱百褶裙，最关键的是，裙子太短了，一不小心就有走光嫌疑。

宋羽涵拎起一条白色长裙："嗯，这个适合我。"

"不行，你给我去试这身，"宋妈妈不依不饶，拿过衣服往她怀里一扔，"不穿上就别想出这个门。"

宋羽涵无奈，去更衣室换上衣服出来。宋爸爸赞许道："我们家小羽身材还真不错，哪里像生过小孩的人。"

宋妈妈拍他一下："我们得快点，时间不多了。"

一直跟随在宋妈妈身后的店长做了个手势，立刻有干练的女店员拎着化妆箱过来，小羽惊道："妈，你们准备这么充分，肯定有阴谋。"

"是啊是啊，我和你爸准备把你卖掉，所以要把你打扮得光鲜一点，

可以卖个好价钱。"

宋妈妈这么一说，宋羽涵即使反感也不好再拒绝，乖乖地化了妆梳好头发，跟着爸妈上车往华茂去。

一路上宋妈妈都在感叹关董夫妻感情深厚，小羽插嘴道："等你们三十周年的时候，我也帮你们办个派对好了，去环亚国际，云都最顶级的酒店。"

宋妈妈斜她一眼："我是这个意思吗？你什么时候让我们省心，我也就没什么遗憾了。"

"妈，公司我管理得很好。"

"你妈妈不是指工作，"宋爸爸插嘴，"你什么时候有个家，我们也就无所求了。"

宋羽涵转头去看窗外风景，避过这个话题。

宋爸爸轻咳一声，与宋妈妈对视一眼，开口道："小羽啊，其实今天的晚宴上会有很多青年才俊，你多留个心眼看看，有中意的我帮你去打听。"

"原来你们是要带我去相亲，"宋羽涵眯眼撇嘴道，"怪不得这么折腾我。"

说话间，华茂就到了，有引导员带他们上二楼中餐厅，金碧辉煌的宴会厅一派古色古香的风韵，"环龙集团"的关董事长和夫人穿着旗袍唐装在门口迎客，和身后的雕花格纹屏风格外相称。

"老关，恭喜啊。"宋爸爸上前道贺，宋妈妈拖着宋羽涵一起上前。

"锦书，这是你女儿吧？"关董精明的眼扫过宋羽涵的脸，了然一笑，"后生可畏啊。"

"关董过奖了。"宋羽涵也回以微笑，在她还未撤出融资案前，她和关董依旧算得上是对手，所以彼此都心照不宣地点点头。

"舅舅，谁后生可畏啊？"

一名身穿黑色条纹西装的男子从身后将关夫人轻轻搂住："舅妈，你越来越漂亮了。"

关夫人笑骂道："你个疯猴子，总算回来了，昨天上哪儿野去了？"

年轻男子抬头瞥了眼宋羽涵，唇角一勾："当然给你和舅舅买礼物去了，祝你们永浴爱河，恩爱白头。"

"臭小子，我们又不是新婚，说这些做什么。"关董在他肩上重重拍了下，看得出来对他也是宠爱非常。

宋羽涵不禁好奇，这个年轻男子到底是何方神圣，完全一副西式做派，穿衣装扮的品位也非常独特。宋羽涵又看了眼他别在西装上的玫红色小花，忍俊不禁。

"锦书，给你介绍下，这是我的外甥，欧阳昊五。"

"噗"，宋羽涵终于忍不住笑了出来，这人连名字都很有喜感。

"这位小姐想到什么好笑的事了？"欧阳昊五上下打量着宋羽涵，撇了撇嘴角。

宋羽涵没有忽略他的小动作，下意识也打量他，高挑的身材匀称的比例，一看就是经常健身的人，尖下巴高鼻梁，狭长的桃花眼眯着，微笑的样子像只狡猾的狐狸，没有关昕高，没有关昕白，更没有关昕好看。

宋羽涵向欧阳昊五摆摆手："没什么，欧阳先生请不要在意，我只是对你的名字感到好奇而已。"

欧阳昊五了然一笑，回头对正在看好戏的两对老人笑道："四位长辈不介意我们小辈去边上聊天吧？"

"不介意。"关董和宋爸爸异口同声。

宋羽涵能够猜到父亲的用意，无奈地拍拍额头，在父母的殷殷期待中跟着欧阳昊五进宴会厅。

接过欧阳昊五递上的香槟抿了口，宋羽涵笑问："现在欧阳先生能告诉我名字的由来了吗？"

"很简单，我排行第五，又是'昊'字辈，就叫昊五了。"

宋羽涵的一口香槟差点喷出来："你这名字取得也太随便了。难道你之前的兄弟姐妹也是按照数字一到四来取名的？"

"不是啊，我四个姐姐的名字是'冰、清、玉、洁'。"

"原来你还是欧阳家单传。"

两人不觉哈哈大笑，欧阳昊五笑眼中充满兴味，早就听说过"盈天城投"的现任总经理，外界传闻多不胜举，都说她是精明干练的女强人，杀伐决断比起那些混迹商场的老手来毫不逊色。

"我再自我介绍下吧，鄙人欧阳昊五，敢问小姐芳名？"

"宋羽涵。"

宋羽涵伸手与欧阳昊五相握，余光中发现，父母正关切地往她这儿看过来，立时明白了他们今天的最终目的。

欧阳昊五笑看着她："看来，今天我们双方家长的目的已经达到了。"

宋羽涵没留神，问道："什么目的？"

"难道不是想让我们相亲么？"

"哈，这你都看出来了？"宋羽涵笑道，"我父母确实急切地想把我嫁出去，如果有让你不舒服的地方，我向你道歉。"

"没关系，宋小姐如此美丽动人，多个朋友总不是坏事。只不过听你的意思，你并不想如你父母所愿？"

宋羽涵轻笑："眼下我确实没有这样的想法，况且我还有个小拖油瓶，应该很少有人不介意吧。"

"你指的是传闻中你和'友杰建设'姜总的小孩吧？"

"那是我的孩子，跟他无关。"宋羽涵轻描淡写地澄清。

欧阳昊五哈哈大笑："宋小姐真是太可爱了。"

"你可以叫我宋羽涵，我也不介意多一个朋友。"

欧阳昊五正要说话，有服务员过来打断他："五少，宾客都到齐了，关董正找你过去呢。"

欧阳昊五点头，向宋羽涵歉然一笑："抱歉，不能陪你了，下次有机会再聊吧。"

宋羽涵大方点头。欧阳昊五刚一离开，宋爸宋妈就靠过来了。

"关董的外甥条件很不错吧？长得也很帅气，无论从哪方面来看跟你都很相配，你可要抓紧了。"

宋妈妈笑得嘴都合不拢了。

宋爸爸在宋羽涵耳边小声问:"女儿啊,刚看你们两个聊得很开心,是不是感觉不错?要不要我去探探老关的口风?"

宋羽涵无奈道:"爸妈,你们别跟着掺和了,我的事自有分寸。"

宋羽涵无奈抚额,误会就误会吧,省得他们继续折腾她了。

所以,当她隔天就接到欧阳昊五的电话时,想都没想就答应了他的见面要求。

地点在城中心的某个中餐馆,古朴的门头毫不起眼,可门前却停满了汽车,宋羽涵好不容易才找到个车位。

进门便是一座紫檀木的大屏风,立时有迎宾上前问她有否预约,宋羽涵迟疑地说出欧阳昊五的名字,立刻过来一名穿蓝色织锦缎唐装的男子,"宋小姐是吗?五少已经在包房了,请跟我来。"

绕过屏风,顿时眼前一亮,小桥流水的设计,青色条石板路,中庭是露天的花园,一块嶙峋的太湖石伫立池中。

沿着弯弯曲曲的回廊到达包房,欧阳昊五已经等候多时了。

"羽涵,你来了。"他站起来迎接。

宋羽涵粲然一笑,环顾四周,偌大的圆桌对面,只有他一人,不禁笑道:"欧阳先生这个排场也太大了吧。"

"假使你去掉我名字后面的'先生'二字,我会更高兴。"欧阳昊五拉开身边的红木椅,邀请宋羽涵坐下。

"我还邀请了我的一位朋友,羽涵你应该不介意吧。"

宋羽涵先是一愣,继而微微一笑:"当然不介意,你做东么。"

不一会儿,从门外进来一名高大挺拔的男子,年轻俊朗气质沉稳,他坐在欧阳昊五右手边,安静地打量着宋羽涵。

"羽涵,这是我的朋友,顾叶盛。"欧阳昊五为他们做着介绍:"顾叶盛,这便是我提起过的宋小姐。"

顾叶盛一副了然的神情,宋羽涵一手托腮问道:"不知欧阳是怎么形容我的?"

"他说你静如处子，动如脱兔。"

"噗。"宋羽涵被一口汤呛到，用力咳起来，不明所以地看向顾叶盛。

"好了，你吓到羽涵了。"欧阳昊五为顾叶盛盛了一碗汤，温柔地送到他手中，顾叶盛接过，却尴尬地别开脸。

宋羽涵一愣，这两人看着绝对有暧昧，可是她又不敢当面问出来。

"你是不是有问题想问我？"欧阳昊五似是能看穿她的心思，放下勺子看着宋羽涵。

宋羽涵吞吐道："你们两个，看着，呃，很不一样。"

"是吗？"欧阳昊五与顾叶盛对视一眼，"我们俩的关系很明显吗？我已经尽力遮掩了。"

宋羽涵抚额："你们俩是情侣吗？"

顾叶盛不说话，拿着汤勺的手一抖，又继续自顾自地喝汤，欧阳昊五对宋羽涵点点头："这就是我今天请你来的原因。"

"因为我父母向你舅舅、舅妈表示我对你第一印象很好吗？"宋羽涵接话，"我想是他们误会了，我并没有这样的心思。"

"你的意思是说，你并没有看上我，也不想跟我进一步发展？"欧阳昊五有些不乐意了，今天本来是他来拒绝宋羽涵的，没想到宋羽涵压根儿没看上他。

宋羽涵盯着欧阳昊五和顾叶盛看了很久，突然说："我想请你帮我一个忙，可以吗？"

欧阳昊五用眼神示意她继续说。

"你喜欢男生，而我目前对恋爱也没兴趣，或许，我们可以装作正在交往中，这样双方家长都满意，我们俩也不会有麻烦，你觉得呢？"

欧阳昊五考虑良久，向宋羽涵伸出手："成交。"

这时服务员端上一盘牛肉，欧阳昊五殷勤道："尝尝这儿的白切牛肉，味道很不错。"

解决了心头的一桩事，宋羽涵心情大好，安心地享用美食。

和欧阳昊五的"交往"很轻松，宋羽涵时常在忙得昏天黑地时接到欧阳昊五的电话。

每次他总是调笑着，要她放下手中的事轻松一下，今天带她去新开的餐厅试菜，隔两天就去朋友的马场骑马，或者去市郊打高尔夫，总之变着花样地跟宋羽涵约会，大部分时候他都带着顾叶盛。

接触中，她知道了顾叶盛居然就是"江南实业"的总经理，虽然看着年轻，可是年纪却还比自己大上两岁，不禁对他刮目相看。

三个企业代表人物的聚餐，总是会引来侧目，不光是因为他们的身份，更多是因为他们三人行的组合，而宋羽涵往往是被人忽略的那个。

宋爸爸和宋妈妈果然没有再要求她去相亲，对于她和欧阳昊五的事也乐见其成。

"你在和欧阳昊五交往？"

这天宋羽涵回到家，关昕已经将菲菲哄睡，在客厅看电影，见宋羽涵开门进来，劈头就问。

宋羽涵愣了下，继而看到桌上放着的两本八卦杂志便了然，淡淡道："应付我爸妈而已。"

她换了鞋，在关昕身边坐下，长吁了一口气。

"欧阳昊五，是不是'环龙集团'的总监？"

见宋羽涵点头，关昕继续说："果然是他。"

莫名地，宋羽涵感到关昕说得咬牙切齿，有点不明所以，"怎么了，你认识他？"

"我们是校友。"

这时有个陌生电话打进来，宋羽涵想也没想便接，居然是姜伟杰。

宋羽涵立刻黑了脸，声音都冷下来，一边的关昕察觉到她的异常，不用猜也知道是谁的电话了。

宋羽涵嗯嗯啊啊地应了几声就挂了电话，关昕斜她一眼，小心问道："是姜伟杰？"

宋羽涵点头："他说要见见菲菲，真不知道他怎么会这么有底气，认

定菲菲是他的女儿。"

关昕心虚不敢看她，却还是忍不住问道："那菲菲到底是不是他的孩子呢？"

宋羽涵注视着餐厅墙上的一幅油画很久，终于点头："她确实是姜伟杰的女儿，我其实是为了向姜伟杰报复。"

"报复？"关昕吓了一跳，"用菲菲？怎么报复？"

宋羽涵笑笑："其实我也不知道，当初我原本打算等以后菲菲长大了再告诉姜伟杰她有个女儿，然后再带着菲菲离开，让他尝尝骨肉分离的滋味。"

"可是现在看来，我想的都太简单了，"宋羽涵一手托腮，望着关昕的电脑出神，"先不说姜伟杰会不会在乎菲菲，就算他想要菲菲的抚养权，大可以通过法律途径见到菲菲，压根儿不用担心骨肉分离。"

"你会参与融资案，也是要向姜伟杰报复吗？"

宋羽涵神秘一笑："这个先不告诉你，融资案我决定不参与了，我有更大的目标。"

关昕不说话，看着宋羽涵神采飞扬的脸，一时有些痴迷，她笑起来很好看，会露出两颗尖尖的虎牙，看起来没心没肺，完全不能把她跟商场上传言的那个人联系在一起。

"更大的目标是什么？"

沉默良久，宋羽涵轻笑道："'友杰建设'。"

等关昕反应过来，宋羽涵早已经回自己房间了。

Chapter 3
你居然在这里做保姆

隔几天，宋羽涵跟欧阳昊五聊天时，无意中说到菲菲的保姆是他的校友，立刻勾起了欧阳昊五的兴趣，决定周末去宋羽涵家做客。

周六上午，关昕照例将菲菲送去宋家大宅，让菲菲和两位老人一起度周末，便立刻心急火燎地往家里赶。今天是周六，某个购物网站会进行限时特卖活动，正巧菲菲喜欢吃的一款酸牛奶也在特卖中，那个酸奶很抢手经常会卖断货，所以他要第一时间抢购。

关昕出了电梯用钥匙开门，发现门没锁，应该是宋羽涵回来了，她的习惯是回来就开电脑的，关昕一阵窃喜，连鞋子都没来得及换便喊："羽涵，快开我常上的那个购物网页，我要给菲菲抢酸奶。"

说完这话，他便愣住了，玄关处除了宋羽涵的鞋子外，还有一双陌生的男式皮鞋。

他抬眼看向客厅，沙发上坐着的那个男人，正是欧阳昊五。

"哈，关昕，居然是你。"

欧阳昊五站起来，唇边带着玩味的笑："上购物网页抢购？堂堂哈佛的'MBA'居然沦为了家庭主夫？"

宋羽涵的笑容僵在脸上，"关昕，这是怎么回事？"

"怎么？你不知道他有哈佛的MBA学位？"欧阳昊五一手托腮，狭长的桃花眼瞟向脸色大变的关昕。

"那他告诉你他的身份了么？"

关昕一个箭步冲到欧阳昊五身边，将他的嘴牢牢捂住，欧阳昊五发出"呜呜"的哀鸣。

欧阳昊五搂住关昕的肩挣扎着在沙发上坐下，关昕狠狠瞪着欧阳昊五问："我可以放开你，但是你不要乱说话，知道么？"

欧阳昊五使劲点头，关昕这才松开手，却依然防备地盯着他，没想到欧阳昊五却绽开灿烂的笑容，一把搂住关昕的脖子："小昕昕，你终于又跟我说话了。"

关昕抖了下，一脸厌恶地将他的手拉开。

一直坐在对面的宋羽涵终于开口问："现在有人可以给我解释下吗？"

"我来说，我来说。"

欧阳昊五献宝似的靠向宋羽涵正要解释，被关昕一把拉住："你闭嘴，别给我添乱了。"

欧阳昊五眼中闪过一丝狡黠的笑意，抢在关昕前说："其实，关昕是我的爱人。"

宋羽涵惊讶得嘴都已经合不拢了，她瞪着同样一脸惊诧的关昕，久久说不出话。

短暂的沉默后，关昕爆发出一声怒吼："你去死！"

他一拳将欧阳昊五打倒在地，又狠狠地踹了一脚，转身就走。

"关昕，你要去哪里？"欧阳昊五捂着脸，痛苦中不忘担心关昕。

关昕没理他，径自出了门。

宋羽涵震惊地坐在一边，大脑似短路了一般完全不知道该做什么。

直到欧阳昊五痛苦的呻吟声响起，才将宋羽涵惊醒，她望着躺在地上的欧阳昊五，不知道为什么突然很想大笑。

欧阳昊五望着居然哈哈大笑的宋羽涵，满脸受伤的表情："看到我被打了，你居然那么开心，我的心都碎了。"

"行了，你起来吧，关昕压根没下狠劲打你，否则你哪里还说得出话。"

宋羽涵找来医药箱，为欧阳昊五脸上擦破皮的地方上药，欧阳昊五痛得龇牙咧嘴。

"关昕的真实身份就是你以前的爱人？我真没想到，关昕居然是……"

宋羽涵看了眼欧阳昊五，没有继续说下去。

欧阳昊五苦笑道："其实是我单恋关昕，他却对我很冷淡。"

说到伤心处，欧阳昊五垂下头，声音都哽咽了。

宋羽涵一掌拍在欧阳昊五头上："分不清你哪句真哪句假，你要没事的话就自己坐会儿，我出去找找关昕。"

"哦不，羽涵，你居然担心关昕比担心我多，我的心又碎了一次。"

欧阳昊五夸张地做捧心状，眯着狐狸眼向宋羽涵撒娇。

宋羽涵没理他，换鞋出门，在玄关看到关昕的伞犹在滴水，她才知道外面下雨了。

风助雨势，明明不算大的雨，却很快就将衣服打湿了。

宋羽涵撑着伞快步走在小区的景观路上，关昕没有撑伞，背包也在家，应该不会走太远。

关昕果然在人工湖的亭子里，一个人坐着，看着雨中的湖面。

宋羽涵收了伞坐在他身边，关昕淡淡看她一眼，没有说话。

"我没想到你……"宋羽涵起了头，却不知道该怎么说，"欧阳告诉我他喜欢男人的时候，我也吓了一跳。"

关昕奇怪地看她一眼："他亲口告诉你他喜欢的是男人？"

"呃，他带着顾叶盛和我见面，说他在和顾叶盛交往，我正好想摆脱父母的唠叨，就拜托他跟我假装约会。"

"顾叶盛？"

"欧阳的男朋友，"宋羽涵顿了顿，挠挠头，"'男朋友'这个词说起来还真别扭。"

关昕不说话，平静地看着亭外的雨帘，宋羽涵见他沉默，也不再多说，只静静地陪在他身边。

过了许久，宋羽涵说道："其实我觉得你的性取向这件事并没有多大问题，反而我们的日常生活会更方便。"

"什么意思？"

"你现在就像我的'闺密'一样，生活在一起也不会觉得那么尴尬了，"宋羽涵笑笑，"我怎么没早点发现呢，你那么细心，眼光独到又很有品位，待人接物彬彬有礼，又会做很多好吃的菜，又将菲菲照顾得很好。"

关昕轻笑一声："我没你说的那么完美。"

"目前还没发现不完美的地方。"宋羽涵俏皮一笑。

关昕为之一震，盯着宋羽涵看了很久，半天才说："算了，我们回去吧。"

宋羽涵起身，拍拍他肩头："你能想通就好，我想欧阳肯定也很担心你。"

回到家，欧阳昊五正悠闲地斜躺在沙发上看电视，见他们进来，立刻关了电视坐正。

"小昕昕，你肯理我了吗？"

欧阳昊五一副委屈的小媳妇样，蹭到关昕身边，捏着他的衣角。

关昕斜他一眼："你跟我去厨房，给我打下手。"

欧阳昊五忙不迭地点头，跟着关昕去了厨房，宋羽涵坐下来，回想起刚才戏剧性的一幕，不由得觉得好笑，和关昕在同一个屋檐下生活了那么久，现在才知道他的性取向，还好不算太晚。

过了一会儿，欧阳昊五单独从厨房出来，苦笑道："他嫌我笨手笨脚，把我轰出来了。"

宋羽涵笑道："你看看你哪点及得上关昕，怪不得他不要你。"

欧阳昊五苦着脸做泫然欲泣状，被宋羽涵一掌拍掉："行了，你都有顾叶盛了，还是正经点吧。"

欧阳昊五乖乖地在宋羽涵身边坐下，突然神情严肃地问她："我听说你不准备参与'友杰'融资了？"

"消息够快啊，"宋羽涵的反应也快，悠闲地端起茶杯呷了一口，"我们都还没正式宣布呢。"

"到处都有我们的眼线，"欧阳昊五凑到宋羽涵面前仔细端详她的脸，"看着特单纯的一张脸，我怎么觉得就是看不穿你呢？"

宋羽涵笑笑，揉乱欧阳昊五的头发："我们退出，不是对你们有利么，不管'两块姜'承诺你们什么，现在都能兑现了。"

"两块姜？"

"姜伟杰和姜友忠父子，简称两块姜。"

欧阳昊五哈哈大笑："这称呼好。"

他话锋一转："你是不是很恨两块姜？"

"没有啊。"

"没有？"欧阳昊五笑得狡猾，像极了一只狐狸，"'盈天城投'近半年来的投资都和'友杰建设'有关，不是抢他们的地，就是抢他们的工程，甚至连机械设备和人员都挖。你这样还不是恨极了两块姜？"

"这些都是正常的公司运作，跟我个人的恩怨没关系。"宋羽涵眼都没抬下，开了电视看。

欧阳昊五有些玩味地盯着她，托着下巴道："是吗？我万分期待着你接下来会有什么动作，我想一定是更大手笔的。"

宋羽涵瞟他一眼，没有说话。

送走了欧阳昊五，宋羽涵和关昕一起收拾餐桌，斟酌许久，宋羽涵终于问道："我不知道你还读过MBA。"

关昕正在收拾餐桌的手一抖，差点摔了手中的盘子，他稳住心神，将盘子放下严肃地说："读MBA浪费了我两年时间，是我最不愿回忆的一段经历。"

"为什么？"

"被逼无奈，MBA不是我的兴趣所在。"关昕飘忽的眼神望向窗外的雨幕，"很多时候我们都在做身不由己的事。"

"可为什么是MBA？"

"这和你有关系吗？"关昕突然提高音量，皱着眉大声说，"我学没学MBA，跟到你家来做保姆有关系吗？"

宋羽涵被他吓到了，一时不知道该说什么，结结巴巴地回答："没，没有，你如果不想说我也不问了。"

关昕深深看她一眼，端着盘子进了厨房。

宋羽涵站在原地，回想着方才关昕所流露出来的气势，轻拍下心口，没想到看着温柔无害的关昕，居然也有发脾气的时候。

她小心翼翼地走进厨房，关昕正在洗碗，没有理她。

宋羽涵轻声说："对不起，我问了不该问的事。"

"没关系，谁都有好奇心。"关昕没有回头，只低低地回她。

宋羽涵长吁一口气，望着关昕的背影，他喜欢穿衬衣，各种款式各种花纹，可是穿着最好看的还是这种最简单的白衬衣。

他穿着黑色仔裤的双腿修长笔直，微躬着身洗着水池中的碗碟，后背看上去温暖踏实，令人有种深深的依赖感。

宋羽涵想都没想，将头靠了过去。

关昕浑身一震，手里停了下来，僵直了身体不敢挪动。

"关昕，这样真的挺好的，不管别人会怎么看，我都会是你最好的朋友。"

"谢……谢谢。"这次轮到关昕结巴了。

听到关昕从胸腔里发出的声音，宋羽涵轻笑："关昕，你那么完美，值得更好的人，像欧阳昊五那样的货色，还是忘了吧，我一定给你找一个比欧阳昊五更优秀的人。"

"不，不，不用了。"关昕抬手擦掉额头的一滴汗。

"关昕，我没什么朋友，现在能够有你这样的'闺密'我觉得真好。"

宋羽涵依着关昕不再说话，关昕觉得后背像有无数只蚂蚁在爬，特别是宋羽涵靠着的地方，犹如针刺般难受。

他继续洗碗，边洗边问："你明天要出去吗？"

宋羽涵想了想，突然叫道："呀，明天答应了姜伟杰带菲菲去见他的。"

关昕也怔住了，他收好碗碟，正视宋羽涵。

"为什么要带菲菲见姜伟杰？你打算告诉菲菲那是她的爸爸？你准备让他们父女相认？"

"没有，我只不过带菲菲去和一个我认识的人玩而已。"

宋羽涵说得轻描淡写，关昕也不便多说："要给你们准备午餐么？"

"好呀，你准备做什么？"

"你想吃什么？"关昕见宋羽涵两眼放光的样子，不觉温柔一笑，"准备双人份还是三人份？"

宋羽涵想了下："还是三人份吧，让他看着我们两个吃，有点不太厚道。"

关昕点头，宋羽涵又继续说："你看菲菲喜欢吃什么，就准备她爱吃的吧，我无所谓，小孩子吃饱比较重要。"

关昕望着宋羽涵的目光带着暖暖的笑意："羽涵，你变了很多。"

宋羽涵一耸肩："变傻变弱智了么？如果真这样的话，你还是别说了。"

关昕笑着摇了摇头，没有说话，低头继续洗着碗。

第二天一早，宋羽涵是在炸肉丸子的香味中醒来的，立刻跳下床冲进厨房。

关昕扎着围裙手握锅铲，见宋羽涵进来，指指一边的饭盒："那里有菲菲爱吃的炸肉丸、肉末鸡蛋饼和鸡蛋卷，上面一层是你喜欢的炸猪排和可乐饼，我还准备了一些冷面和土豆沙拉，你们三个人应该够吃了。"

关昕一边忙活一边将饭盒一层层铺在宋羽涵面前，宋羽涵看得是一愣一愣的。

"你一大早起床做了这么多东西？"

宋羽涵正要偷吃可乐饼，关昕忙制止她："快去洗漱换衣服，我煮了你喜欢的红豆粥，一会儿吃完了我们去接菲菲。"

宋羽涵站住了，回头对关昕说："抱歉关昕，我昨天忘记跟你说了，姜伟杰九点的时候来接我，然后我们一起接菲菲去游乐园。"

"没关系。"

关昕的声音听不出任何情绪波动，宋羽涵松了口气，回房间更衣去了。

关昕却握着锅铲，一个人陷入沉思。

姜伟杰是开着一辆拉风的跑车来接宋羽涵的。

宋羽涵站在电梯口，看着他那辆红色保时捷不禁皱眉。

"你准备让菲菲坐哪里？"

"菲菲？坐你腿上不就行了？"

宋羽涵怒道："你难道不知道小孩子坐在副驾驶的位子是最不安全的吗？"

"好了好了，我们别纠结于这样的问题了，"姜伟杰立刻服软，上前拉住宋羽涵，"大不了我开慢点好了。"

"再慢也不行，"宋羽涵不依不饶，"要不开我的车，要不我们就各走各的。"

"你的车？"姜伟杰瞟了眼宋羽涵的那辆红色mini，哪有自己的车拉风。

宋羽涵火了，将姜伟杰的手打开："说要带菲菲一起玩的是你，完全没为她设想的也是你，你到底想干吗？"

"行，行，"姜伟杰彻底妥协，"我们分开走吧，你去接菲菲，我先去游乐园买好门票等你们。"

说罢，他戴上墨镜上了他那辆跑车，一轰油门溜走了，车库里回荡着发动机的轰鸣声。

宋羽涵无奈，只好打电话叫来关昕，送她去接菲菲，再送她们去游乐园。

等他们到达游乐园，就见姜伟杰正靠着他的拉风跑车喝冰茶，天气很好，太阳有些毒辣，他戴个墨镜在车边搔首弄姿，还不时向路过的美女挤眉弄眼。

宋羽涵突然后悔带菲菲出来见姜伟杰,她有种想让关昕掉转车头的冲动。

关昕下车,给菲菲戴上太阳帽和墨镜,又从后备箱拿出野餐篮递给宋羽涵。

"我准备了一壶甘草茶,天气热,你们记得多补充水分,过两个小时记得给菲菲涂防晒霜,别让她晒伤了。"

宋羽涵一一答应:"你先回去吧,我们估计要吃过晚饭回来,到时候我给你电话,你直接到饭店来接我们。"

一直没有出声的菲菲突然问:"关叔叔不跟我们一起玩吗?"

关昕摸摸菲菲的头:"菲菲这次跟妈妈一起玩,下次叔叔带你去动物园玩好吗?"

菲菲乖巧地点头。

关昕从车里找出另一顶宽檐帽戴在宋羽涵头上:"你也小心别晒伤了。"

宋羽涵开心一笑:"原来你还记得我。"

关昕望着宋羽涵不说话,向菲菲摆摆手便离开了。

见到宋羽涵,姜伟杰立刻过来,他摘下墨镜盯着菲菲看了好一会儿,不知道该怎么开口。

"菲菲,这是姜叔叔,我们今天和他一起玩好吗?"

宋羽涵抢在他前头向菲菲介绍,对菲菲来说,姜伟杰就是个陌生人。

菲菲好奇地打量着姜伟杰,向他点点头。

姜伟杰盯着菲菲的眼神让宋羽涵很不舒服,她将手中的野餐篮扔给姜伟杰,拉起菲菲就走。

姜伟杰赶忙跟上,掂了掂手中的野餐篮:"你带了什么?那么沉。"

"菲菲的午餐,饮料和点心。"

"没有我的吗?"

姜伟杰嬉皮笑脸凑到宋羽涵面前,宋羽涵厌恶地摆摆手:"反正饿不死你。"

姜伟杰脸色不霁，他盯着宋羽涵的背影，冷哼一声，过了好一会儿才重新追上宋羽涵和菲菲。

门票是姜伟杰先买好的，进了游乐园宋羽涵便发现游人特别多。

她紧张地抓紧菲菲的手："菲菲，你要跟紧妈妈，知道了吗？"

菲菲向她微微一笑，非常淡定。

"好啦好啦，我们去玩什么？"姜伟杰听到尖叫声，下意识地就想往女生最多的地方钻。

宋羽涵看看周围："我们去玩碰碰车吧。"

"这个我拿手，"姜伟杰捋起袖子，"来来，菲菲我来教你怎么开碰碰车。"

菲菲有些怕他，她避开姜伟杰的手，躲到了宋羽涵身后。

"那还不去排队？"

宋羽涵和菲菲乘一辆车，姜伟杰单独一辆，在场地里转起了圈圈。

姜伟杰特意卖弄，一会儿在宋羽涵车后紧追不放，一会儿又开到前面去搞怪，宋羽涵被他撞得都快吐了，菲菲却兴奋得哈哈大笑。

出了碰碰车场地，菲菲虽然仍然不跟姜伟杰说话，但是态度已经明显好转，不再躲躲闪闪了。

宋羽涵将菲菲的变化看在眼里，她不知道这算好还是不好，难道这就是所谓的血脉亲情。

玩了几个平缓的项目之后，姜伟杰嚷着肚子饿，他们便找了一块干净的草坪准备野餐。

等宋羽涵将餐盒一个个拿出来铺满野餐垫时，姜伟杰睁大了眼："这都是你准备的？"

宋羽涵斜他一眼："是关昕做的。"

"关昕？"姜伟杰重复着，玩味地盯着正为菲菲倒茶的宋羽涵。

宋羽涵毫不在意，她叉起一个肉丸给菲菲，看她吃得很欢乐，心头放松下来，伸了个懒腰，躺在菲菲身边。

六月的阳光透过树叶间隙透射下来，随着树影的摇晃斑驳流转。

Chapter 3　你居然在这里做保姆

难得有个休憩的机会，要是身边的人换成关昕就更好了。

宋羽涵的这个念头刚冒出来，自己便被吓到了。

什么时候在她的心里，关昕已经排上第一位了，甚至连菲菲都在他之后。

宋羽涵惊得坐起来，盯着菲菲，她正在吃鸡蛋卷，嘴角有一颗葱花。

关昕做的菜菲菲总是会吃得干干净净，连她自己都赞不绝口。

关昕会给菲菲讲很好听的故事，有些连她都没听过。

关昕会给菲菲买回很好看的裙子和衣服；

他甚至还会给宋羽涵带回新款的香水和彩妆。

难道因为这些，她就喜欢上了关昕？

这真是太荒唐了！

送走了宋羽涵，关昕直接开车去了医院，最近忙宋羽涵和菲菲的事，有点疏忽了任爱蓓，让他觉得有些愧疚。

许是有些日子没来了，关昕进了住院部，居然没有找到任伯父的病房，原本的病房已经住了一名老太太。

他一愣，原本以为任伯父已经出院，去护士站问了才知道，原来是转病房了，从原本的加护病房转进了贵宾房。

他有些心惊，贵宾房虽然价格贵，但是各方面的护理都更完善，但是必须有关系才能住进去，自己已经很久没有跟姜伟杰联系过，他不知道除了姜伟杰还会有谁会照顾任爱蓓他们一家。

找到贵宾房的时候，任伯父正被护工扶着吃午餐，见到关昕进去，他开心地笑着："小关来了。"

"伯父，你好些了吗？"

关昕将手中买的水果放下，上前和护工一起扶起他。

"好多了，好多了。"任伯父靠着床头，笑眯眯地望着关昕，看上去气色还不错，脸色红润了些。

他看关昕在四处打量，顺口说道："蓓蓓跟她妈妈去买东西了。"

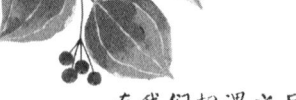

关昕一愣:"蓓蓓今天不上班吗?"

任伯父也一愣:"蓓蓓好久没去上班了,你不知道吗?"

关昕蹙眉,微微摇头:"她没告诉我。"

这段时间,他跟任爱蓓通电话的次数屈指可数,她难得接他的电话,接通后也敷衍了事。

关昕在心底轻叹,自从大学三年级跟任爱蓓交往开始一直到现在,对她也算有所了解,她是那种性格果断,绝不会拖泥带水的人,所以这次她没有缘由地对他敷衍,让他觉得惴惴不安起来。

他走出病房,去走廊给任爱蓓打电话,响了很久都没有人接,只能回到病房继续坐着。

任伯父已经吃完了饭,正在用热毛巾擦脸,关昕在沙发上坐下,想等任爱蓓回来。

"小关啊,你的那个朋友可真是好人。"

关昕抬头,看向任伯父,眼底闪过狐疑的神色。

"他不仅帮着找了专家,还帮我联系住进了贵宾房,我本来不想住这儿,可蓓蓓说,这是人家的一番心意,一定要我住下。"

"我那朋友是不是姓姜?"

"是啊是啊,听说家里条件非常好,人也长得挺神气的,对我们也都很照顾,对蓓蓓也很好。"

任伯父还在开心地说着,关昕的心却是越来越沉,脸上的神情也渐渐淡下来。

果然是姜伟杰,可他为什么无缘无故要把伯父转到贵宾房?他跟任爱蓓的关系什么时候变那么好?转病房这种事情,任爱蓓也不通知他,却直接跟姜伟杰商量。

任爱蓓连辞职这种事都不跟他说了。

越来越多的疑问,让关昕心里一阵烦躁,看看表,他已经来了一个多小时了,任爱蓓还没回来。

他有些沉不住气,可是任爱蓓不接他电话,让他觉得越来越不安。匆匆跟任伯父告辞后,他飞快地逃离了医院。

回到家,他才觉得心口憋闷,他和任爱蓓出现了那么多问题,他居然到今天才注意到,自己对她实在是太忽略了,不够关心,才会令她短暂地出现迷惘情绪。

想到这里,电话突然大响,关昕惊喜一看,不禁有些失望,是宋羽涵给他发的消息,通知他去接人。

关昕重重叹了口气,只能出门。

宋羽涵带着菲菲,跟在姜伟杰身后,之后的游玩变得很无趣,宋羽涵沉浸在自己的发现中,做什么都没了兴趣,除去那些平缓的游乐项目,其他的都不适合菲菲玩。

于是宋羽涵拎着野餐篮,拉着菲菲的手在各个游乐项目外等待姜伟杰。

没多久菲菲便露出了疲态,宋羽涵也觉得累了,于是向姜伟杰提出回去。

姜伟杰讨好道:"我在Micky主题餐厅订了位子,吃过饭再回去吧。"

Micky主题餐厅是菲菲最喜欢的,他们也有好久没去了,宋羽涵见姜伟杰态度诚恳,便答应了。

他们往市里赶的时候正是晚高峰,高架上堵得很厉害,菲菲倚在宋羽涵怀里不住地打哈欠。

宋羽涵几次想要姜伟杰送她们回家,但考虑许久还是没有开口。

到了餐厅,正是用餐高峰,他们被安排在大厅一角。

四周都是米奇的卡通形象,菲菲的睡意去了大半,抱住椅子上的米奇靠垫不肯放手。

菜一道道上来,菲菲很快就吃饱了,抱着卡通玩偶玩了一会儿,她又开始迷迷糊糊的,想睡觉了。

宋羽涵去了趟洗手间回来,就看到菲菲歪在椅子上睡着了,姜伟杰却在发短信,完全没管菲菲。

她皱眉，回座位收拾东西，给关昕发消息告诉他餐厅的地址名字。

"怎么？要走了吗？"

"菲菲睡着了，我要带她回家。"

姜伟杰毫不在乎地说："反正都睡着了，就让她睡好了，我们今天都没好好聊过，再说菜还没上齐呢。"

"哟，你倒是想得周到。"

突兀的女声响起，将姜伟杰震在原地。

宋羽涵回头，桌边站着一名身材瘦小的女生，穿着贴身的牛仔裤和雪纺衫，背一只淡黄色Chanel Classic Flap。

她杏眼圆瞪，飘逸的长发有些毛糙，鼓着腮帮子用手指点着姜伟杰的鼻子。

"你在这儿干吗？"

姜伟杰大约没想到会在这里遇到她，结巴着站起来："苏，苏蘅，你，你怎么也，会在这儿？"

苏蘅放下手，横了宋羽涵和菲菲一眼，向姜伟杰一挑眉："她们是谁？"

"这是，是我朋友，这是她女儿。"

苏蘅的眼光在宋羽涵和姜伟杰间徘徊，突然高声道："这是你前女友吧，叫宋羽涵的那个？八卦杂志上可都写着呢。"

她的话立刻引来餐厅众人的侧目。

宋羽涵立刻戴上墨镜，给菲菲戴上帽子准备离开。

苏蘅似乎不想放她走，拦在她座位边上："你还不认识我吧，我叫苏蘅，是姜伟杰的未婚妻。"

宋羽涵胡乱地点头，周围的人越来越多，这位大小姐还在纠缠不休，这让她很头疼。

"姜伟杰跟我是有婚约的，你别妄图利用一个女儿来让他回心转意。"

宋羽涵也火了："大小姐，我对你的未婚夫一点兴趣都没有，这个孩子也跟他毫无关系，至于今天我们为什么会坐在这里吃饭，你可以向你的未婚夫打听，我没义务向你解释，更没必要在这里看你撒泼。"

菲菲也被惊醒了，睁大双眼惊恐地看着他们，宋羽涵伸手将她的帽檐压低："菲菲，我们回家。"

才走几步，她便被人拉住，一回头，一杯冰冷的红酒向她兜头泼来，宋羽涵避无可避，被浇了一脸。

"没有人可以这么说我，你也不行。"始作俑者抬着眉毛，傲慢地向宋羽涵示威。

众人皆议论纷纷，姜伟杰缩在一边不敢说话。

宋羽涵用手抹把脸，怒极反笑："好，很好，苏小姐，等着收我的律师函吧。"

这时关昕赶到，他拨开人群见到宋羽涵狼狈的样子，心中一痛，一句话都没说，上前抱起菲菲，搂过宋羽涵向外突围。

在餐厅员工的协助下，他们甩掉围观的人躲进车里，关昕一踩油门将车快速驶离餐厅。

菲菲一上车就惊恐地哭起来，宋羽涵坐在后座抱着她安慰，哭着哭着，小丫头又睡着了。

关昕从后视镜里看了宋羽涵一眼，递过一张纸巾给她："擦一下吧。"

宋羽涵默不作声地接过，沉默地擦着脸上的污渍。

关昕以为她会狠狠地骂姜伟杰，可是宋羽涵却一句话都不说。

车子驶上快速内环，安静的车厢里，一声几不可闻的抽泣声，把关昕吓了一跳。

他看着后视镜中的宋羽涵，发现她靠着窗，已经满脸泪痕。

关昕将车驶下高架桥，停在一处安静的环湖路上。

初夏的傍晚，阳光失去了威力，湖面一片金光闪烁，华彩流转。

宋羽涵降下车窗，让微凉的风透进来，她的脸因为激动涨得通红，方才的屈辱与愤怒，简直要将她逼疯。

像这样大庭广众之下遭受侮辱，她这辈子受过两次了，而这两次都是拜姜伟杰所赐。

关昕下了车靠在车门边望着湖面发呆，宋羽涵看着他雕刻般的侧面，觉得越发委屈，乱七八糟的情绪涌上心头，泪更汹涌了。

她趴着车窗，带着浓浓的鼻音说："我今天真是丢人丢大了。"

关昕望着前方不说话。

"我决定要让他们付出代价，我要她为今天的行为而后悔，我要姜伟杰永远都没有翻身的机会。"

一阵沉默过后，关昕问："你打算怎么做？"

"我不知道，"宋羽涵摇头，"我还没有想好。"

关昕长叹一声，轻轻顺着宋羽涵的长发："不管你要做什么，记得别伤害到无辜的人，更不要伤害到自己。"

宋羽涵没有回他，过了许久，她看看手表："关昕，你先带菲菲回家吧。"

"你呢？不回去么？"

宋羽涵下车："暂时还不想回去，我一个人去逛逛。"

关昕深深看她一眼："那你自己当心。"

目送车子远去，宋羽涵打车去港中的Dior，将自己的衣服从里到外换了个干净，从更衣室出来，她又是那个利落冷静的宋羽涵。

到达"blue lotus"，宋羽涵坐上吧台，眼尖的酒保上前打招呼："宋小姐，好久没来了。"

宋羽涵点头示意，酒保拿出她存着的Dewar's，问："还是老样子？"

见宋羽涵不说话，酒保将酒杯和果盘放到她面前。

宋羽涵自斟自酌的样子看上去很寂寞。

她寂寞的样子吸引了很多人的注意，想搭讪的人不少，但大都被她周身散发的冰冷气息吓跑了。

当然，也有不怕冷的人。

"这位小姐，我可以请你喝杯酒吗？"

宋羽涵冷冷瞥他一眼，道："欧阳昊五，你还可以再无聊一点吗？"

"切，你都不配合，一点都不好玩。"

欧阳昊五大大咧咧地在宋羽涵身边坐下，为她倒上酒。

"今天怎么会一个人过来？我以为你只有公事需要才会来这里。"

宋羽涵苦笑："原来我在你眼里是这么无趣的人。"

"当然不是，我的小羽涵不适合来这种地方。"

"哦？是吗？你别忘了，这里还是我带你来的。"

宋羽涵抿一口酒，微眯着眼望着欧阳昊五，她化了浓妆，眼角妩媚地上扬，昏暗中的双眼亮闪闪。

"你今天遇到什么事了？心情不好？"

欧阳昊五说话一针见血。

宋羽涵朝他伸出大拇指，"厉害，这都被你看出来了。"

"我今天不想说话，是朋友的就陪我一起喝酒。"

宋羽涵为欧阳昊五倒上酒，与他碰杯后一饮而尽。

这次换欧阳昊五苦笑了："我只好舍命陪君子了，不过我是跟朋友来的，你先等下，我去跟朋友打个招呼。"

宋羽涵向他挥挥手示意他快去。

欧阳昊五一走，宋羽涵便注意到吧台的另一边，一名穿着红色吊带的女子也一个人趴在吧台上喝酒。

她长而卷的头发披在吧台上，像一丛光亮的海藻。

她身边没有人陪伴，样子落寞又孤单，像随时需要人安慰，宋羽涵注意到好几个男人走过她身边，都用赤裸裸的目光打量着她。

有一个穿Polo衫的平头男人坐在她身边，没说两句便将一杯酒放到女子面前。

她看都没看便一口喝掉，还冲那男人热情一笑，那男人似受了鼓舞，一连点了好几杯酒放在女子面前。

宋羽涵暗自摇头，这姑娘今天非被灌醉了不可。

"看什么呢？"欧阳昊五归位，见宋羽涵在摇头，好奇地问。

宋羽涵一指吧台边的女子，欧阳昊五吹了声口哨："哟，美女啊。"

宋羽涵白他一眼："才看一眼你就知道是美女了？"

"身材好，皮肤也白，从侧脸的轮廓来看就知道是美人了。"

"贫嘴！"宋羽涵笑骂，"罚酒一杯。"

欧阳昊五爽快地喝完，两个人边喝酒边看着那女子。

果然，平头男人一连灌了她六杯酒，她有些支持不住了，趴在吧台上不住地打酒嗝。

平头男人的手很不安分，一会儿摸她头发，一会儿摸她的背。

而那姑娘却没有什么力气反抗，她用力甩自己的手臂想要挣脱纠缠，却软绵绵地使不出力。

"Cayren，"宋羽涵唤来酒保，"对面吧台上的姑娘你认识吗？"

酒保摇头："第一次见她来。"

宋羽涵一拍欧阳昊五的肩，"英雄救美就靠你了。"

"凭什么呀，我才不要，"欧阳昊五将一颗草莓扔进嘴里，"我对她没兴趣。"

宋羽涵将一杯酒灌进喉咙："你个没出息的，看我去。"

欧阳昊五还没来得及拦她，宋羽涵已经冲过去了。

"小姑娘酒量不错啊，要不要跟姐姐一起喝酒去？"宋羽涵拦在平头男人的前面，扶住摇摇欲坠的女子。

那女子抬眼盯着宋羽涵看了很久，向她点点头。

平头男人不乐意了："你谁啊，凭什么带她走，她认识你么？"

宋羽涵向他妩媚一笑："你认识她？那你灌她酒的用意何在？"

平头男人被她戳中了目的，有些恼羞成怒，他怒瞪着宋羽涵，骂了一声："你别多管闲事。"

远远地隔着吧台，欧阳昊五不耐烦地叫道："羽涵，你好了没？"

平头男人看到欧阳昊五，立刻换了副嘴脸，谄笑道："原来是五少的朋友，误会一场。"说完，他便转身钻进了人群。

宋羽涵白了欧阳昊五一眼，拍拍瘫在吧台的姑娘："你没事吧？"

"没事，就是很晕。"

姑娘说话还算清楚，看来没醉得一塌糊涂。

Chapter 3 你居然在这里做保姆

"你家住哪儿？我帮你叫车。"

宋羽涵扶着她往酒吧外走，欧阳昊五怪叫一声，立刻跟上："这就走了？这才几点啊？"

"我先送她去打车，你等会儿。"

"算了，这儿太吵，要不我们换个地儿吧，找个安静的。"

欧阳昊五边走边说："你确定今天要不醉不归么？"

"那当然，我今天还没喝过瘾呢。"

宋羽涵将姑娘扶到酒吧外，夜风一吹，那姑娘看似清醒了不少。

"谢谢你。"

"客气什么呀，"宋羽涵粲然一笑，"下次记得别喝那么快，容易醉。"

"羽涵，车来了。"欧阳昊五招来一辆出租车。

"羽涵？"那姑娘望着她有些怔愣。

"嗯，我叫宋羽涵。"

宋羽涵将那姑娘扶上车，为她关上车门，目送车子远去。

一回身，欧阳昊五正一脸探究地望着她。

宋羽涵一耸肩："我见不得女人被欺负，能帮就帮吧。"

欧阳昊五又一声口哨："没想到宋小姐是如此大慈大悲之人。"

"别讽刺我了，快走吧，我现在心情恢复了，你小心一会儿被我灌醉。"

空荡的街上回荡着两人不着调的对话，酒吧街的夜才刚刚开始。

宋羽涵在一片光亮中醒来，她下意识地用手遮眼睛，却发现身边有个人。

她一惊，忙坐起来，一阵头晕目眩后，她才看清楚是在自己房间，身上的衣服也完好穿着，而床边趴着的人，却是关昕。

宋羽涵静静地看着他，阳光下他的侧脸特别好看，浓黑的眉毛，立体的五官，线条优美流畅，就像最完美的雕像。

宋羽涵忍不住想伸手去触摸，还没碰到他，关昕就惊醒了，宋羽涵忙

缩回手，尴尬地望向别处。

关昕睡眼惺忪地看着宋羽涵，说话声音有些嘶哑，"你昨天到底喝了多少？"

宋羽涵敲敲脑袋，一脸茫然："我也不记得了，怎么了？"

关昕起来往门外走，边走边说："你昨天就像换了个人。"

宋羽涵脸一红："我昨天醉得很厉害么？有没有发酒疯？"

关昕回望着她，好一会儿后摇摇头，发出一声叹息。

"昨天到底怎么了？我什么都记不得了。"宋羽涵羞赧道。

"你昨天和欧阳都喝醉了，打电话要我去接你，结果你们俩跑到马路边，坐在马路牙子上数星星。"

"噢。"宋羽涵懊丧地捂住脸，太丢人了。

关昕斜她一眼："我到的时候就见你们俩手拉手在人行道上跳《洋娃娃和小熊跳舞》。"

宋羽涵惊呼一声，已经完全傻掉了。

关昕憋笑憋得内伤都快出来了，却还一本正经地打击她："到了小区，你从车库一路唱到楼上，连保安都被你惊动了，楼道里的感应灯也被你搞失控，估计亮了一整夜吧。"

宋羽涵的嘴呈"O"形，望着关昕眨巴着双眼。

关昕向她微笑道："我昨天给你灌了醒酒汤，你有些发烧，我守了你一夜，现在去休息会儿，菲菲今天就交给你了。"

趁着宋羽涵发呆的当口，关昕赶紧溜回自己房间狂笑不已，昨天的宋羽涵可真是让人大跌眼镜，这是他之前从未见过，最真实的宋羽涵。

关昕并未将菲菲就这么丢给宋羽涵，快中午的时候，他还是起来准备午饭了。

宋羽涵终于解脱，躲进书房开始查阅邮件，突然MSN跳出对话框，是远在德国的好友发给她的一个链接，后面跟着一句话：羽涵，你彻底红了。

链接是一段上传的视频。

画面是昨天餐厅里宋羽涵被羞辱的一幕，她看着泼辣的苏蘅将红酒淋上她头脸,突然发现那一刻的自己就像个委屈的小媳妇。

几家网站将昨天的一幕放上了首页新闻,言辞一边倒地偏向苏蘅。

不管她昨天如何羞辱过宋羽涵,舆论认为她只是在教训一个嚣张的"小三"而已。

"哪里像小三嘛,就这屈辱的样子该是正妻才对。"

宋羽涵喃喃自语,唇边的笑意越来越冰冷,终于笑容结冰,她立刻打电话给方云,要他处理网络上视频的问题,询问他部署情况,在得到满意的回答后,她冰封的神色才略有缓和。

关昕敲门进来,见她眉头深锁,神色略有迟疑。

"菲菲的情绪好像不太好,你最好来看一下。"

宋羽涵一愣,刚刚还好好的,怎么就这一会儿她就不开心了呢?

她出去一看,菲菲正蜷在沙发上,米奇头像靠垫被她踢到地上,她盯着电视一动不动,屏幕上正在播放网上那段视频,已经接近尾声了,菲菲的小脑袋从宋羽涵身后露了出来,且没有打马赛克。

宋羽涵咒骂了声,立刻吩咐方云处理视频,一回头,菲菲正一脸迷惑地望着她。

"菲菲,不要怕。"宋羽涵蹲下身,和菲菲平视。

"她为什么要欺负妈妈?"出乎意料地,菲菲居然开口了。

宋羽涵有些手足无措地看向关昕,关昕连忙上前向菲菲解释:"菲菲,那个阿姨跟妈妈有点误会,她没有欺负妈妈,她只是很生气,所以菲菲不用太担心。"

菲菲似懂非懂地点点头,看了宋羽涵一眼就走开了。

宋羽涵松了口气,关昕望着菲菲说:"菲菲已经接受你成为她自己人了。"

"是吗?"

"她会开口提问,会担心你被人欺负,这些足以证明她觉得你是重要的人。"

正当宋羽涵暗自窃喜的时候,关昕又一盆冷水浇上来:"但是昨天的

事对菲菲的伤害还是很大的。"

"那怎么办？"

"一点点弥补吧，等她感觉到你对她的关爱可以让她不再害怕周遭时，就说明你成功了。"

宋羽涵有些颓丧，她觉得这对她来说是很难的事，可是对上关昕期盼的目光，她只好点点头。

Chapter 4
关昕，你是不是喜欢羽涵

菲菲的学校放暑假了，宋锦书打电话给宋羽涵，要求把菲菲送回去和他们住一段时间，宋羽涵求之不得，连忙答应，临分别前答应带菲菲去动物园玩。

关昕照例准备了许多吃的，甚至还带了可以喂猴子和大象的点心，宋羽涵在一边抱着手臂看他将东西一样样摆开，道："动物园不让随便投喂动物。"

关昕的手迟疑了下："没事，我们可以自己吃。"

宋羽涵嗤笑一声："投喂给猴子的东西，我才不要吃，你自己吃吧。"

"浪费粮食是可耻的。"关昕头也不抬地反驳。

"是你自己要准备的，当然你一个人吃。"

宋羽涵说完，叉起一块鸡翅示威似的飘过关昕眼前，塞入口中。

菲菲坐在毯子上，带着心形小墨镜，微笑着看向他们俩，突然开口对关昕说："爸爸。"

宋羽涵一愣，等她反应过来菲菲对关昕的称呼，立刻局促得红了脸，向菲菲连连摆手："菲菲，关昕叔叔不是你的爸爸，不可以乱叫。"

"菲菲的爸爸呢？"

宋羽涵不知道该如何回答她，一时有些窘迫。

"菲菲的爸爸不在这里哦，以后你就能见到他了。"

关昕摸摸菲菲的头，用温和的口吻将这问题含糊带过："菲菲还要吃肉丸子吗？"

听到食物的诱惑，菲菲立刻转移了注意力，欢乐地吃丸子去了。

宋羽涵尴尬地看着关昕，小声辩解："我不知道菲菲会说这样的话，那个，你别放在心上。"

关昕笑笑："菲菲的情况比以前好了很多，说的话也越来越多，越来越犀利，这是好事。"

宋羽涵点头，放心地在毯子上躺下，伸手揉揉菲菲的头顶，她现在对这个孩子越来越好奇了，好奇她究竟还会做出多少让她难以招架的事。

阳光轻柔地穿过头顶的树叶，投下一个个斑驳的光圈，照着菲菲的头发泛出柔和的光泽。

宋羽涵注视着菲菲吃完肉丸子，将自己的餐具收拾好，缓缓道："其实，从小到大我都没什么朋友，大家都怕我。"

"怎么会？"

"我脾气不好，不喜欢迁就别人，在其他人眼中，我想要的东西总是能轻而易举地得到，不用努力，不用付出艰辛，因为我有个有钱的老爸，他可以用钱为我摆平一切。"

宋羽涵伸出手，想要触碰到金灿灿的阳光，却始终只能碰触到虚无。

"所以，从我上学开始，就没有一个能够交心的朋友，而你是唯一一个与我相处越久，我觉得越自然的人，我也不知道怎么会这样，也许是最后一层顾虑去除之后，我的心也放松了吧。"

关昕有些愧疚，讷讷道："呃，我不知道，你……"

宋羽涵毫不在意地笑笑，"其实没朋友也无所谓，我还不是过得很好。"

关昕看着宋羽涵脸上的笑容，隐隐觉得有种落寞的味道。

宋羽涵看关昕一副欲言又止的模样，忍不住笑道："放心，你的事我一定替你保密，我觉得你真的挺适合做保姆的，要不你一直在我家照顾菲菲到她成年吧。"

关昕听着宋羽涵热情的邀请，心中苦涩不已，不知道有一天宋羽涵知道他来照顾菲菲的目的之后，还会不会原谅他。

宋羽涵坐起身，摸摸菲菲的头："我们走吧，菲菲好像困了。"

关昕收拾东西，宋羽涵正要给菲菲戴上帽子，方云打来了电话，宋羽涵接起后匆匆说了两句便挂断了。

关昕瞥见宋羽涵一脸严肃，关切问道："怎么了，公事？"

宋羽涵点头："我们回去吧，我一会儿还要出门，晚饭麻烦你照顾菲菲了。"

"唉，"关昕叹口气，"你一个星期有五天不在家陪菲菲吃饭，你们的感情还怎么培养？"

宋羽涵拍拍菲菲头顶："我也不想啊，公事脱不开么，等我空了再好好陪她玩好了。"

关昕不悦，没再说话，收拾好东西带着菲菲走在前头，宋羽涵在后面看着这一大一小，莫名觉得关昕似乎是生气了，可是又觉得他生气毫无道理，一时之间也拿捏不准。

回到家，关昕依旧没有说话，将已经睡着的菲菲在床上安顿好，便进了自己房间。

他拿起手机来回抚摸，沉默了一整天的手机也没有响起来。

那天从医院回来，他给任爱蓓打了无数电话，却都像石沉大海，杳无音信。

"当你的恋人故意躲着你的时候，小心啊，也许她不再爱你了。"

关昕突然想到那天在一个电视节目里看到的话，突然就有些心惊，自己就像被任爱蓓遗弃了，她难道忘记了他们之间的那些过往吗，忘记了他们的铮铮誓言了么？

宋羽涵被关昕莫名的情绪弄得有些摸不着头脑，只好匆匆换了衣服与方云会合。

最近中国风盛行，所以装修古朴的福茂成为最近比较热门的餐厅，青

在我们相遇之后

砖灰瓦的三层小楼，颇有些明清遗风，只是人造的景观，宋羽涵总是不太喜欢，特别是三楼的包间全部采用玻璃幕墙形式，破坏了整体古色古香的风韵。

方云已经在门口等着，见宋羽涵下车，忙迎了上去："友杰的季经理、候经理已经到了。"

宋羽涵快步上前，踏着青石板楼梯上到三楼，站在包间门口，方云向她点点头。宋羽涵深吸口气，脸上堆起迷人笑容，边推门边道："季总、候总，让你们久等，真是不好意思。"

房内二人忙起身迎接，一阵寒暄后四人落座，方云示意服务员上菜，一场非正式谈判就此展开。这两人非常重要，宋羽涵打起了十二万分的精神。

酒足饭饱后，他们终于达成初步意向，宋羽涵微抿一口红酒，露出满意的微笑。

这时，饭店的院子里突然放起了烟花，绚丽的花朵绽放在头顶，有种流光溢彩的奢华。

不知道又有人在庆祝什么，宋羽涵在心底轻笑，她手中战胜姜伟杰的砝码又多了一重，确实值得庆祝一番。

方云送客人回到包间，见到的就是宋羽涵手捧茶杯望着烟花发呆的神情。

他愣了下问道："宋总是回家还是去哪里？"

宋羽涵回神，一个电话拨给欧阳昊五："在哪儿呢？"

"老地方，你来吗？"

"行，你等着，我一会儿就到。"

宋羽涵挂了电话，对方云道："送我去酒吧街，然后你就回去吧，不用管我了。"

"blue lotus"的夜晚依然热闹非常，一进门欧阳昊五就在吧台向她挥手。

宋羽涵笑着坐到他身边，唤来酒保："Cayren，今天五少喝的酒我请了，都记我账上吧，再给我开瓶香槟。"

酒保点头，为他们准备酒去了。

欧阳昊五一拍宋羽涵肩头："怎么了？今天赚大钱了？"

宋羽涵一耸肩："差不多吧，比赚了钱还开心。"

她眼一瞥，才发现欧阳昊五身边坐了个人："顾叶盛，好久不见了。"

顾叶盛只微微一笑，不说话。

欧阳昊五盯着宋羽涵看了许久，轻飘飘地说了句："一定又是跟你的报仇大计有关。"

"孺子可教！"宋羽涵用力拍他后背，差点让他岔了气，"没想到你一猜就准。"

欧阳昊五哀怨地看她一眼："谁不知道你现在一心扑在复仇上，连我都不要了。"

宋羽涵白了他一眼："顾叶盛，快把你家的小狗领回去，丢死人了。"

谁知道顾叶盛压根儿没理她，正歪了头看吧台另一面，欧阳昊五好奇也凑过去看，一见便向宋羽涵招招手："快来，你又能英雄救美了。"

宋羽涵不明所以，抬头瞥见吧台另一边，有个穿着啤酒促销短裙的姑娘，正被几个男人拉着喝酒。

她原本不想管这事，可再仔细一看，这姑娘就是上次她和昊五救下的那个，长长的卷发扎了马尾，脸上化着浓妆，更衬得眉眼妩媚娇艳。

欧阳昊五笑着摇头："没看出来，这姑娘打扮起来还真是倾国倾城。"

宋羽涵看那几个男人的动作越来越过分，那姑娘的脸色也越来越难看，便勾手将酒保叫来："Cayren，那卖酒的姑娘你认识么？"

酒保正擦杯子，瞥了吧台那头一眼说："嗯，昨天刚来的，没认识几个人，所以才会被拉着喝酒。"

"让她过来下，就说我要喝酒。"

酒保看了眼说话的欧阳昊五，点头走到那头去了。

"可以啊，接得够快的，"宋羽涵拍拍他的肩，"够仗义，回头请你吃

饭。"

"行啊，去你家吃吧，关昕做的菜还挺好吃的，我好久没尝到了。"

听到欧阳昊五的话，顾叶盛回过头，一脸疑惑地看着欧阳昊五："关昕？"

"回头再给你解释。"欧阳昊五向顾叶盛使了个眼色，顾叶盛点点头。

正说着话，那个卖酒的姑娘已经来到三人身边，宋羽涵笑着跟她打招呼："真巧，又在这儿见到你了。"

谁知道那姑娘看都不看她，径直走到欧阳昊五身边轻笑："五少。"

欧阳昊五也很意外："你认识我？"

她向他柔媚一笑："这里谁不认识五少。"

欧阳昊五似乎很受用，撑头问道："那你不请我喝杯酒？"

"五少要买我的酒吗？"

欧阳昊五哈哈大笑："行啊，不过今天不是我请客，你该问她。"

宋羽涵见欧阳昊五一手指她，便向那姑娘笑笑："你大概不认识我了，我叫宋羽涵。"

那姑娘咬了咬唇，说道："宋小姐是云都风云人物，怎么可能不认识。"

宋羽涵知道她误解了自己的意思，也不点破，只无谓地笑笑。

"你好，宋小姐，我叫任爱蓓。"

宋羽涵点头，问她："你今天的任务还有多少？"

任爱蓓眯起双眼："宋小姐要全部买下么？"

宋羽涵一指欧阳昊五："我今天只请他喝酒，你把酒都记在五少名下，明天陪他慢慢喝吧。"

任爱蓓当然不会拒绝，乖巧地向欧阳昊五道谢。

"弄半天还是我埋单啊！"欧阳昊五挠挠头发，对任爱蓓说："姑娘，你确实应该请这位宋小姐喝杯酒，那天要不是她，你被人吃了都不知道。"

任爱蓓又咬了咬唇，举起酒杯就敬宋羽涵："宋小姐，谢谢你。"

宋羽涵看出她一脸的不乐意，似乎很不愿提起那天发生的事，将杯中酒一饮而尽，向欧阳昊五打了个招呼。

"我先走了，你慢慢玩。"

"怎么这就走了？"欧阳昊五有些意外，想要挽留，无奈宋羽涵一意要走，只好送她到门外。

等车的时候，宋羽涵瞥了欧阳昊五一眼，道："那个叫任爱蓓的，你离她远点，这姑娘不简单。"

"哎，本来好好地要给你庆祝，都被这姑娘搅和了。"欧阳昊五气鼓鼓的样子。

这时车来了，宋羽涵就要走，欧阳昊五拉住她："我明天来你家吃饭，你告诉关昕，我要吃猪排。"

"我看你都要变猪排了。"宋羽涵笑骂着上了车，留下一脸深意的欧阳昊五，看着车子越行越远。

时间尚早，宋羽涵特地跑去"星灵"买了菲菲爱吃的冰激凌，算是对她的补偿。

回到家，菲菲果然还没睡，正坐在沙发上看动画片，听到宋羽涵进门，只抬头瞥她一眼，什么都没说。

宋羽涵讨好地将她爱吃的草莓冰激凌放到她面前："菲菲，妈妈特地给你买了你爱吃的冰激凌，我去拿勺子给你好不好？"

菲菲点头，向正要进厨房的宋羽涵道："关昕叔叔在厨房，他心情不好。"

宋羽涵一脸讶异地望向菲菲，谁知她却一脸漠不关心的表情，继续看她的动画片了。

宋羽涵硬着头皮推开厨房门，关昕正在中央的料理台边整理东西，宋羽涵靠着料理台另一边与他面对面，讨好地将手上的冰激凌推过去。

"我给菲菲买了冰激凌，知道你喜欢吃榛果味的，也给你买了盒。"

关昕看她一眼，回身从消毒柜里拿出一把小勺子给她："菲菲身体虚，别让她多吃，这么一盒，只能吃一半。"

"那么少，"宋羽涵咕哝着，见关昕抬眼瞪她，忙讪笑道，"好好，少吃点，那你要吃么？"

"这么贵的东西，当然要吃，"关昕愤愤道，"这么一小盒比我的时薪还贵，你干脆给我钱算了。"

宋羽涵白他一眼，拿了勺子出去了。

看菲菲吃得很开心，宋羽涵放心地去洗澡了，哪知道洗了澡出来，菲菲却噘着嘴一脸的不高兴。

"怎么了？"宋羽涵坐到她身边。

"我让她去睡觉，她不乐意。"关昕抚摸着菲菲的头发，"菲菲乖，冰激凌不能多吃，明天叔叔做猪排你吃吧。"

宋羽涵扑哧一声笑起来。

关昕奇怪地看着她，她忙解释："你跟欧阳那家伙还真是心有灵犀，他说明天来吃饭，让你给他炸猪排吃。"

"吃吃吃，他就知道吃。"关昕气恼地站起身，在客厅走了两圈，"他明天肯定来？"

宋羽涵点头："应该是吧。"

关昕冷笑道："那我就做猪排，看他吃不吃。"

宋羽涵莫名觉得脊背一凉，再看关昕，已经回房间去了，宋羽涵只好知趣抱起菲菲回房间睡觉，一边祈祷着明天能吃到一顿平平安安的午饭。

隔天是休息日，一大早宋羽涵便被门铃吵醒，一看钟才八点，她翻了个身又继续睡了。

她坐起身，觉得脑袋异样的沉重，想想昨夜自己也没喝多少酒，不知怎么就觉得浑身没力气，好不容易折腾起来要去开门，刚打开房门就看到关昕和欧阳昊五站在大门口，看样子刚进门。

"羽涵，早啊。"

宋羽涵扶着房门，有气无力地看着欧阳昊五："你没事做么，来那么早干吗？"

"哎哟，我想你了，"欧阳昊五上前搂住宋羽涵肩头，"能够看到你起床时的样子，该是多么难得。"

宋羽涵打开他的手："我没心思跟你开玩笑。"

她的手突然被欧阳昊五握住，一双宽大的手掌覆上她额头，随即道："羽涵，你发烧了。"

"有吗？怪不得我觉得头痛。"宋羽涵吸了下鼻子，见欧阳昊五俊脸上一副严肃的表情，"我真发烧了？"

"先躺下再说。"欧阳昊五要将她往床上带，被关昕一把拉住。

"你先出去，在客厅坐着。"

欧阳昊五被他一拉，后退两步，却没有不悦，反而一双充满兴味的桃花眼在关昕和宋羽涵身上扫来扫去。

关昕被他看得不耐烦，索性把房门一关，将他隔绝在外。

宋羽涵被他扶着躺回床上，不自在地说："我没事，可能是感冒了，躺一会儿就好，你去忙你的吧。"

关昕看了眼熟睡中的菲菲，将她用毯子一裹："我把菲菲抱我房里去，等她醒了就送她去大宅，感冒初期容易传染，别传染了她。"

宋羽涵点头，重新将被子裹好："那菲菲就麻烦你了，我再睡会儿。"

关昕将菲菲抱在怀里出去，重新将门关好，客厅里欧阳昊五迎了过来，笑道："行啊，这个现成爸爸当得挺称职的。"

关昕白他一眼，没有说话。

等关昕将菲菲安顿好转身去厨房，欧阳昊五又跟了过来，看关昕手脚麻利地淘米煮粥准备小菜，又是一阵嘲笑："看来这几年你过得挺苦的，连洗菜做饭这种事都学会了。"

"我不像你，那么好命。"

"我就纳闷，你怎么会来羽涵家做保姆，之前不是在那个姜伟杰的公司做得好好的吗？"

关昕背对着他，顿了顿："我的事不要你管。"

"好心没好报，"欧阳昊五哼了声，"我是不想看你卷入羽涵和姜伟杰的争斗中，你没看羽涵恨姜伟杰恨得牙痒痒，吞并'友杰'那是势在必

行,谁知道你离开'友杰'就来了这儿,不知道该说你是跟姜伟杰有缘呢,还是跟羽涵有缘。"

"宋先生出的薪酬高,我为钱而已。"

"钱不够用你跟我说啊,干吗要委屈自己。"

"我乐意,你管不着。"

关昕的一句话噎得欧阳昊五半天不知道说什么,末了只好讪讪地说:"行行,你开心就好。"

关昕煲上粥,打电话叫来司机和福婶接菲菲,看见欧阳昊五还杵在客厅没走,一脸鄙夷:"你还赖在这儿干吗?"

"吃猪排啊。"

关昕见欧阳昊五觍着脸看他给菲菲穿衣服,没好气地说:"吃什么猪排!没看到这儿还有病人么?我忙不开。"

欧阳昊五一张脸垮下来:"病人也要吃饭啊,我饿了。"

"饿了自个儿回去吃。"

关昕将菲菲的东西整理好,也不理欧阳昊五,自己带着菲菲下楼去等福婶,又关照了几句才上楼。

开门一看,欧阳昊五大大咧咧地躺沙发上看电视,气不打一处来:"你怎么还没走?"

"我要吃猪排么。"

"吃吃吃,怎么不把你吃成个猪排。"关昕找出退热药拿去给宋羽涵,看她睡得沉也没叫醒她,只将门虚开着,自己退了出来。

猪排的材料毕竟都买了,关昕只好进厨房将炸猪排做出来,一时间厨房里只听见油锅沸腾的声音。

"关昕,你是不是喜欢羽涵?"

关昕手一抖,将漏勺掉在了地上:"你是不是饿昏了头?胡说八道?还是你脑子本来就有问题?你哪只眼睛看到我喜欢羽涵了?"

欧阳昊五狐狸似的脸上露出慧黠笑容:"两只眼睛都看到。"

"那你不止脑子有问题,连眼睛都有问题了。"关昕矢口否认。

"真的么？可我看羽涵对你非常依赖啊。"欧阳昊五一边大快朵颐，一边不忘挖苦关昕。

关昕炸完最后一块猪排，关火整理锅具，用漏勺指着欧阳昊五："吃完就快滚，我没工夫伺候你。"

欧阳昊五咬着筷子做捧心状："关昕，你怎么那么残忍。"

关昕理都没理他，径自去房里看宋羽涵的情况。

再出来时，欧阳昊五一敛嬉笑神色，严肃地坐在沙发上等他。

关昕知道他一定是有话要说，便过去在他身边坐下。

"关昕，我一直都没有机会跟你聊天，今天正好有机会，你能不能告诉我，你到底是什么打算？"

关昕淡淡看他一眼："不能。"

欧阳昊五一时气结："我跟你认识这么多年了，你连我都不愿说吗？当初你为个姑娘离家出走，我还想问你呢，现在那姑娘人呢？"

"不关你的事。"关昕的神情依旧淡然，靠进沙发看着欧阳昊五。

"哼，看你那窝囊样我也猜到了，被人甩了吧？"

欧阳昊五凑到关昕面前，盯着他双眼仔细看，被关昕狠狠瞪了一眼。

他也不恼，反而哈哈大笑："真被我猜中了？"

关昕只瞥他一眼，仍不说话。

欧阳昊五叹了口气，问："既然分了，那你怎么不回去，这么多年了，你就一点都不想家里人？"

关昕神情一滞，眼中神色也黯淡下来："这么多年，也许他们早忘记我了。"

欧阳昊五起身要走，拍拍他肩膀道："你也别那么倔了，舅舅舅妈这些年一直都在查你的行踪，因为怕你还在生气，不敢来找你。他们的年纪越来越大，身体也不太好，你要是还想着他们，抽空回去看看吧。"

关昕沉默许久，终于点点头。

送走欧阳昊五，关昕又去宋羽涵房中看她。

宋羽涵的双颊因为发烧而微红，陷在深紫色缎面的枕被中，更衬得脸

小而尖。

　　傍晚的夕阳穿过飘窗照射进来，投下一块暖暖的方格，更照在床头柜一个亮银的相框上。

　　相片里，宋羽涵怀抱着菲菲，虽然表情有点僵硬，但是眼中的笑意却非常开怀，宋羽涵和菲菲的关系正在越来越融洽，而自己好像越来越没有存在的必要了。

　　关昕在夕阳中坐下，望着宋羽涵精致的睡颜，突然觉得有一点心虚。

　　若不是因为她误会自己性取向的原因，应该会有所顾忌的，起码不会对他如此依赖。

　　关昕一手撑头，细细打量宋羽涵。外界都传，工作中的宋羽涵完全强势霸道，简直就是"穿普拉达的女魔头"，可现在，她却是那么柔弱、娇小，就像一朵温室里的娇花。

　　关昕只觉心里似有一团毛线，挤挤挨挨毫无头绪，既想向宋羽涵澄清自己性取向的事实，又想继续待在宋家，被宋羽涵依赖、需要着。

　　矛盾重重，心乱如麻。

　　宋羽涵半梦半醒间，感觉有人扶她起来，灌她喝水，又似乎吃了药，出了一身的汗。迷蒙中，总是有一双温暖的手轻轻拂过她的额头，为她滚烫的脸颊带来丝丝清凉，人也舒服了许多。

　　再次醒来时，房间里一片昏暗，窗外的丝丝凉风吹拂着窗帘如涟漪轻摆，空气里有淡淡的薰衣草香。

　　宋羽涵定了定神，感觉浑身上下的骨头像是散了架似的，使不上力气，她费力地转过头，看向屋里唯一的光源。

　　床头灯被调到最暗，关昕放大的脸就在她的枕边，黯淡的灯光下他的眉眼看上去格外柔和，像幅水墨画一样宁静悠远，他的短发毛茸茸的，像刚出生的小鸡，宋羽涵伸手轻轻触摸他的头发，将关昕惊醒。

　　他蒙眬着双眼，看向宋羽涵，懵懂无知的样子就像不懂事的小孩，宋羽涵的手滑落在他肩膀，看着他的双眼渐渐变得清澈，突然手上发力，将他的头勾过来，唇轻轻地印上他的。

唇上的一片温软让关昕愣在原地，过了几秒钟才反应过来应该将她推开，可是他的脑子里嗡嗡作响，一片空白，双手麻木使不上劲，他感觉自己变成了一个生涩的毛头小伙子，完全不知道该如何应对。

"关昕，你是不是喜欢羽涵？"

欧阳昊五的话不断回响在耳边，关昕蓦地后退，两眼傻愣愣地瞪着宋羽涵。

宋羽涵也僵在原地，呆呆地望着关昕，一时两人间只听得到紊乱的呼吸声。

过了许久，宋羽涵轻笑一声躺回床上，闭上眼睛说："我一定是高烧昏了头。"

关昕嘴巴张了两下，没有接她的话，只尴尬地看着她又沉入睡梦中，测过体温后方才放心退出房间。

关昕一走，宋羽涵立刻睁开眼，她迟疑着抚摸自己的唇瓣，脸腾地烧起来，对于自己的行为，她实在是找不到合理的解释，瞪着窗帘毫无睡意。

宋羽涵烦闷起身，刚才的一幕让她觉得自己就像只豹子，看到猎物饥不择食地扑上去，这个念头让她觉得窘迫不已，再继续留在这个屋子里会非常尴尬。

宋羽涵换了衣服出门，关昕正在厨房忙碌，宋羽涵跟他打了个招呼便开门出去，关昕一路追出来："你去哪儿，你还在发烧呢。"

重重的大门"砰"地关上，关昕的话音回想在空荡荡的客厅里，听上去格外寂寞。

关昕叹了口气，摇摇头苦笑一声，又转回了厨房。

宋羽涵一出门就给欧阳昊五打电话，这家伙果然在"blue lotus"。

见了宋羽涵，欧阳昊五惊异地伸手摸她的额头："你怎么来这儿？不在家休息么？"

"没事，死不了，"宋羽涵招来酒保上酒，一回头对上欧阳昊五玩味的目光，"你想说什么？"

"我走的时候你还安安分分躺床上，怎么一回头就跑这儿来了？是不是你跟关昕发生了什么？"

宋羽涵一口喝光杯中的鸡尾酒，眯眼盯着欧阳昊五看了很久："怎么我以前就没觉得你长得挺帅的。"

"那是，我欧阳昊五就是这么玉树临风、风流倜傥。"

"这跟关昕有什么关系？"

"你们不是亲上了么？"欧阳昊五夸张地惊叹，"难道是我猜错了？"

宋羽涵一时失语，狠狠打了下欧阳昊五的手臂，"你等着，我一会儿来收拾你。"

她摇摇摆摆地穿过人群，突然觉得一阵恶心，连忙冲去洗手间，一阵呕吐之后，她觉得头开始晕起来。

以她平时的酒量，刚才的两杯鸡尾酒压根就不会醉，不知道今天是不是吃了退烧药的缘故，整个人昏沉沉的，有点站不稳。

这时，一个身材魁梧的胖子挡在了她面前，宋羽涵一时不察撞了上去，自己晃了晃差点摔倒。

"你怎么回事，走路不长眼啊？"那胖子劈头就骂。

宋羽涵站稳，忙道歉："不好意思，我没注意到。"

"道歉有什么用？"

宋羽涵一愣，抬头看了眼满脸横肉的胖子，一撇嘴："那你想怎么样？"

"怎么样？我要你赔。"说着他一指自己的脚，白色的板鞋上有个灰蒙蒙的鞋印。

宋羽涵想不起来自己曾经踩到过他的脚："你确定这是我踩的？"

胖子像个无赖般："就是你踩的。"

这时另有两个人围了上来，在一边给胖子帮腔。

"这板鞋是限量版吧，很贵的。"

"哟，不知道皮有没有蹭破，修不好了吧。"

宋羽涵听了头大，忙道："行，赔就赔，你要多少钱。"

胖子眼一转，说道："这鞋子我买来六千多，现在已经绝版了，你怎么着也得赔我五千块吧。"

周围有人吸了口冷气："就这么双鞋子要五千块，金子做的吗？"

"这不摆明讹人家姑娘吗？一双破鞋子哪儿要那么贵。"

那胖子朝周围的人一横眼："五千就是五千，我家还有这鞋子的发票呢。"

"行，我给，你等等，我去拿钱。"

宋羽涵正要回吧台拿皮包，被胖子一把抓住手腕："想跑，没那么容易。"

"放手。"宋羽涵的脸沉了下来，僵着手瞪着那胖子。

边上的人一看这架势，早闪得远远的了，留下宋羽涵一个人对付胖子和另两个同伙。

"这姑娘看着真水灵，没钱赔的话，肉偿也行。"

"啪"的一声，宋羽涵一个巴掌打在凑上来盯着她看的男人脸上："嘴巴放干净些。"

"你个臭女人，敢打我。"那猥琐男人被宋羽涵打怒了，抓住她的另一只手就要打她。

宋羽涵惊叫一身偏头躲开，无奈两只手都被人控制着，还是被扇到脸颊，顿时火辣辣地疼。

那个胖子一把揪住了宋羽涵的头发，恶狠狠地说："今天就让你尝尝滋味。"

话音刚落，便听到"扑通"一声，他被人踹倒在了地上，宋羽涵也被他瞬时带倒，摔在了地上。

周围乱成一片，尖叫声四起，宋羽涵坐起来揉着发麻的头皮，看向那个胖子，他正倒在地上哼哼，他边上赫然站着的，不是关昕是谁！

"你怎么会在这儿？"

关昕皱着眉将宋羽涵拉起，上下查看："你没事吧？"

宋羽涵摇头，瞥见被她打了一巴掌的男人冲着关昕就是一拳，宋羽涵手快将关昕拉开，那一拳便落了空，关昕回身便揍，两个人扭打在一起。

宋羽涵急得团团转，一回头就见欧阳昊五抱着双手躲在一边看好戏，立刻冲上去将他揪住："你快去把关昕拉开啊，别跟人打架。"

欧阳昊五摇头："我才不去呢，第一次看到关昕打架，我得好好瞧瞧。"

宋羽涵一脚踢上欧阳昊五小腿："你还是不是关昕的朋友？在这种时候还说风凉话，还不快去帮忙。"

欧阳昊五抱着被踢疼的腿，不情愿地走过去，正在这时，有人喊了声："警察来了。"

宋羽涵吓了一跳，果然见有几个穿着制服的民警在一个陌生男人的指引下走到他们身边，几下便将关昕和那两个男人分开来。

"我们接到报警，说有人在这里聚众斗殴，所以过来看看。"

"没有没有，"酒吧老板连忙上前打圆场，"大家酒喝多了，摔倒了跌在一起，没有打架哈。"

为首的一位老民警看了他一眼，又回头去看关昕他们："怎么样，小伙子，跟我回趟派出所吧。"

"警察同志，是他先打的我们。"那个胖子肿着一只眼睛，恶人先告状。

"那一起去吧。"老民警瞥他一眼，又看看宋羽涵："这个姑娘也一起走一趟吧。"

宋羽涵求救地看向欧阳昊五。

欧阳昊五向宋羽涵一摊手："算了，走吧，我陪你们一起去。"

宋羽涵无法，只能跟着民警们去派出所，欧阳昊五扶起关昕走在最后面，欧阳昊五边走边说："行啊，认识你那么久我还是第一次看你打架，你还不承认你对羽涵特殊。"

关昕正生气，听到这话更是气不打一处来，低吼："你给我闭嘴，信不信我给你也来一拳。"

"火气够大啊，"欧阳昊五笑着用手肘捅捅他腰侧，"羽涵挺好的，你不考虑一下？"

关昕斜了他一眼，不打算再理他。

从派出所出来，都凌晨两点多了，胖子那帮人在前面一边走一边嘟囔着："要不是警察来，说不定咱今天这票真赚到了；那卖酒女说的果然没错，这女的有钱。"

他们说话声音不大，但是欧阳昊五却听到了，他上前一拍胖子肩膀："兄弟，我们一边聊聊？"

胖子迟疑着被他拉到一边去说话，剩下宋羽涵和关昕两个人站在派出所门口，夜风吹来，宋羽涵打了个很响的喷嚏。

"你没事吧，还烧不烧？"关昕伸手碰了碰宋羽涵的脸，"你的脸怎么样，还痛不痛？"

宋羽涵摇头，看了眼关昕红肿的嘴角："你的伤怎么样？"

关昕摇摇头："我没事，涂点药膏就好了。"

正说着话，欧阳昊五回来了，他蹙着眉打量着宋羽涵，问她："你还记不记得我们上次喝酒遇上的那个卖酒的姑娘？"

宋羽涵想了下："任爱蓓？"

关昕蓦地抬头："谁？"

欧阳昊五解释道："之前羽涵在酒吧里帮一个姑娘解围，还找车送那姑娘回去，结果人姑娘反而恩将仇报，告诉那几个痞子羽涵是有钱人，让他们讹诈羽涵来了。"

"是那个任爱蓓说的？"宋羽涵有些不可置信，"我好心帮她，之前还买了她那么多酒，她干吗要对付我？我又不认识她。"

关昕双眉紧皱，问道："那个任爱蓓，是不是身材高挑，头发很长，右边唇角有一颗痣？"

"你认识？"宋羽涵和欧阳昊五同时问。

关昕一脸严肃："我不知道是不是她，但我大致能明白她为什么这

做。"

宋羽涵看着关昕,一瞬间觉得很陌生,与他在一个屋檐下生活了那么久,她突然觉得自己一点都不了解他。

身体的疲惫涌上来,让宋羽涵觉得腿软,脸上被打的地方也火辣辣开始疼,她强撑着走到车边,钻进车后座,对坐进前排的关昕和欧阳昊五说:"我歇会儿,你们自便。"

宋羽涵蜷缩在后排的座椅里,昏昏沉沉地睡了过去,前排的欧阳昊五回头看了她一眼,问关昕:"怎么办?"

关昕沉着脸发动汽车:"我到路口下,你先送羽涵回去。"

"那个任爱蓓,你真的认识?"

见关昕沉默着点头,欧阳昊五似乎明白了什么,接着问道:"就是她?"

关昕还是没有接话,只眼底浮现一抹痛色。

欧阳昊五摇摇头,低叹:"真是她啊,关昕,这姑娘跟你不合适。"

关昕仿佛什么都没听到,双眼直直看着车窗外寂色中的城市,一直到下车也没说一句话。

Chapter 5
四年的感情，银货两讫

初夏的夜风，夹杂着白天的热气，吹拂在身上闷热无比。

接近凌晨四点，关昕坐在某小区的单元楼下花坛边，看着时间一分一秒地在眼前流逝，心里越来越急。

这时，有高跟鞋的声音传来，关昕听着声音由远及近，看到路灯下那个熟悉的身影，不禁站了起来。

路灯下，那身影越来越近，在看到关昕后明显迟疑了下。

"你去哪儿了？"

"还能去哪儿，上班。"

"任爱蓓，到这个时候了，你还要骗我吗？"

关昕上前握住她的肩膀，瞪着任爱蓓的眼中怒火燃烧："我去医院看过你爸，他说你早就不上班了，为什么不跟我说？"

任爱蓓却一副无所谓的神情："那个工作薪资低，所以找个高点的工作，这有什么好说的。"

关昕对她这种满不在乎的语气非常不满："所以在酒吧卖酒薪酬高是不是？"

任爱蓓斜他一眼："你知道还问我。"

关昕被她堵了下，一时气结，问道："你很缺钱吗？你要用钱的话可以跟我说。"

"跟你说？"任爱蓓仿佛听到了一个笑话，笑着问关昕，"你有很多钱吗？我要多少你都能给？"

"我，"关昕失语，"我可以去想办法。"

"别傻了，关昕，你自己有多少斤两心里有数，要是你有钱，怎么还需要去那个宋羽涵家当保姆赚钱？要是你有钱，我也就不需要去酒吧赚外快了。"

"赚外快？今天羽涵遇见的事就是你所谓的赚外快？"

任爱蓓不耐地挑着手指甲："差不多吧。"

"你跟羽涵有什么仇，要这么整她？她哪儿得罪你了？"关昕难以置信地看着她，简直不敢相信，这就是他一直以来爱着的任爱蓓。

见任爱蓓不说话，关昕心中更气。

"那姜伟杰呢，你是怎么认识他的，为什么换病房这种事你不来找我，却让他帮着来换？"

任爱蓓斜了关昕一眼，微启红唇："姜伟杰不是原本你公司的总经理么？上次爸的主任医师来说起，换病房这种事当然要找他，难道还能找你吗？你能给我爸换病房？"

"贵宾房一天就要三千块，我爸要住那么久，这钱你给得起？"任爱蓓拨了拨长发，黑沉的眼渐渐浮起疲惫，"关昕，就算你能够再筹到钱，我却不想我爸再受苦，姜伟杰一句话的事情，我为什么要拒绝？"

"蓓蓓，你这是怎么了？你是不满意我现在的工作，那我辞掉好了，我还有一些'友杰建设'的股份，我可以卖掉，伯父也可以继续住在贵宾房，好不好？"

"别，"任爱蓓挥手，格开关昕的手，"这跟工作没关系，你继续在那个宋羽涵家待着好了，我呢也继续在酒吧卖酒，我们井水不犯河水，挺好。"

关昕愣了愣："你这话什么意思？"

"很简单，我要跟你分手。"

关昕双眼通红，缓缓道："你知道自己在说什么吗？"

任爱蓓点点头："我爸生病，你一共出了23万多，我写张23万的借条给你，过段时间我就还你，放心。"

"你哪来的钱？姜伟杰给你的？"

"这就不关你的事了，看在我们交往了那么久的分上，利息我就不算给你了，直接把本金还你就好。"

关昕眼底的神色渐渐焦躁，看着任爱蓓的神色却始终隐忍，他一字一顿地说："我不要姜伟杰的钱。"

任爱蓓嗤笑一声："这时候还要充好汉，你一年才拿多少钱？这钱你不要，是想着让我回心转意吗？"

"啪"一声，一个巴掌甩上任爱蓓的脸，她捂着脸不可置信地看着关昕："你打我？"

关昕怔愣地看着自己的手，他是急怒攻心才动了手，看到任爱蓓脸上浮现出的红印，他的心立刻软了下来。

"蓓蓓，让我看看。"

"你给我滚，别再出现在我面前，我跟姜伟杰还是跟谁在一起都跟你没关系了，你别来妨碍我。"

任爱蓓狠狠瞪他一眼，也没计较他打的那一掌，捂着脸要走，却被关昕一把拉住。

关昕不说话，看着眼前明明熟悉的人，心底渐渐生出一种陌生的感觉，他不知道他认识的那个任爱蓓去了哪里，他只知现在的任爱蓓已经不是当初他爱上的那个人了。

任爱蓓见他不语，冷然道："以后你别再来找我了，欠你的钱我会打给你，我们银货两讫了。"

银货两讫。

四年的感情，只换来银货两讫四个字。

关昕莫名想笑。

笑自己当初的眼光有误，没有看清楚任爱蓓的本性。

任爱蓓已经进了楼道，高跟鞋敲出冷寂的回音，关昕幽幽地叹口气，

转身融进浓黑的夜色中。

　　一路上，天色渐渐亮了起来，新的一天又来临了。

　　关昕浑浑噩噩的，乘出租车的时候还掉了手机，他不知道自己是如何回到家的，开门后才发现宋羽涵还没睡，裹着厚实的毯子，捧着茶杯，坐在沙发上，欧阳昊五在一边陪着她。

　　关昕在两人面前坐下，整理下混乱的思路，开口道："这件事，我亲口跟你们说总好过你们事后找人去调查任爱蓓，所以我会把我所有的事都告诉你们。"

　　他顿了顿，看着宋羽涵说道："任爱蓓是我交往了四年的女朋友，一小时前我们刚刚分手。"

　　宋羽涵猛地抬头，震惊不已，她盯着关昕的眼问："女朋友？你不是喜欢男人么？"

　　关昕苦笑道："我只喜欢女人。"

　　宋羽涵惊得合不上嘴，一手指着关昕，又指向欧阳昊五："可是欧阳他，他。"

　　"那是他误导你了。"

　　关昕狠狠瞪了一眼欧阳昊五，后者却仍是一副事不关己的表情，眯着眼，靠进沙发看好戏。

　　关昕等宋羽涵情绪缓和一下后，慢慢将他和任爱蓓的事说了出来，只略去了姜伟杰让他当卧底这事。

　　"这女人嫌弃你没钱，所以跟你分手？"欧阳昊五突然怪叫一声，将宋羽涵吓了一跳。

　　关昕不说话，只盯着欧阳昊五，直看得他脊背发毛，渐渐又缩进沙发。

　　宋羽涵裹着毛毯，安静听关昕说完，将杯子搁下，径直走回自己的房间，将门重重阖上。

　　关昕和欧阳昊五对望一眼，欧阳昊五抓抓头发："这又是哪一出啊？"

　　关昕长长叹了口气："你先回去吧，今天的事太乱了，我怕她接受不了。"

欧阳昊五起身,脸上是难得的正经:"你跟那个任爱蓓交往那么久,她怎么会突然嫌弃你没钱,这里面肯定有问题。"

见关昕不说话,欧阳昊五向宋羽涵房间努努嘴,说:"任爱蓓我还是会找人去查,羽涵那儿,你好好去解释,她是真的喜欢你。"

关昕叹道:"我知道。"

"你们分了,也好。"

欧阳昊五语含深意,盯着关昕看了许久,转身离开。

关昕在门口站了一会儿,去厨房找了冰袋,敲响宋羽涵的门。

"羽涵,你睡了吗?"

等了许久没见宋羽涵回应,关昕讪讪的,正打算离开,门却开了。

宋羽涵却不看他,回身坐到了飘窗上。

关昕站在她身边,正好看到她被打的侧脸,红肿的脸上指痕清晰可见。

他将手中的冰袋包了毛巾覆上宋羽涵脸颊。

宋羽涵瑟缩了下,最终被关昕按住,滚烫的脸触上冰凉,刺痛人心。

宋羽涵抬头,看着关昕双眼:"你是不是觉得我很可笑?"

关昕连忙摇头,"不是的,羽涵,我不是成心要骗你,我只是,只是……"

他嗫嚅着,却不知该说什么,望着宋羽涵一点点冷下来的眼神,着急地想要解释。

"当初你误会我的性取向,我想过要解释,但是我又害怕你不能接受,因为你曾经说过,幸好我只喜欢男人,你觉得跟我一起生活比较没有负担,所以我选择了将错就错。"

"为什么?"宋羽涵打断他,"给我个理由。"

关昕垂着头,过了许久才说:"因为我想留下来,照顾菲菲,和你。"

沉默在两人之间蔓延开,宋羽涵不说话,感觉被关昕按住的肩犹如针扎。

关昕取下冰袋，看宋羽涵的脸已经消了肿，总算松了口气，随即又给她涂上一种绿色的药膏。

宋羽涵依然不说话，甚至连看都不看他。

关昕尴尬收手，将那罐药膏放在宋羽涵面前："我已经将实情都告诉了你，如果你要解雇我，我也无话可说。"

直到关昕关门，宋羽涵都没有再说话，不是不想说，实在是千头万绪，不知道该说什么。

脸上热烫的感觉提醒着她今天所经历的一切，她望向窗外渐渐亮起来的天光，分不清自己是悲是喜。

关昕在门外站了很久，一直等到门缝下的灯光熄灭，才轻声回自己房间。

第二天一早，宋羽涵一早便去了公司，因为这一夜她压根儿没睡着，更因为她不知道该如何面对关昕，不知道该如何面对自己的心。

一到公司，方云立刻将日程递上，待宋羽涵浏览过后，迟疑道："昨天网上有一段视频，是关于酒吧闹事的。"

宋羽涵呆了下，快步走至电脑前搜索，方云心底低叹一声，望着宋羽涵用再厚的粉也遮不住的黑眼圈说："主流媒体那儿我压了下来，没有报道这事，但是网上的舆论没办法阻止，你的名字会在网上挂一段时间，也许会有不利于公司的局面产生。"

宋羽涵已经将那段视频看完，是昨夜在酒吧中，被她踩了的胖子揪着她不放的事，很多人围观，自然有八卦之人拍下了这段经过，包括关昕对他们挥拳相向的场面，配合着当时的灯光场景，甚是惊心动魄。

宋羽涵冷笑一声，他们只拍到了表象，实质的内容却无人问津。

"没事，有人想讹我钱而已。"

"那我找人将实情爆个料吧，应该能扭转些局面。"

宋羽涵原本想答应，正待点头，却想到整件事的幕后主使，那个叫任爱蓓的姑娘，那是关昕念着的人，若真的把她牵扯进来，反而不太好，不管怎么样也要卖关昕一个面子。

于是她摇摇头，叹了口气："算了，网上的新闻向来是炒过就算的，只要不对公司产生不利影响，其他的都不用在意，还好我爸不上网，不然非扒了我的皮不可。"

方云严肃的脸上难得有了点笑意，又报告了几件事之后退出了办公室。

但是，今天的事仿佛特别多，在网上出现了酒吧闹事的视频之后，还出现了她和关昕带着菲菲去动物园的视频，甚至还有人猜测，菲菲到底是谁的孩子。

宋羽涵一直都知道自己算得上是半个公众人物，但是民众对她的关注程度热衷成这样，却是她始料未及的。

那个在本城论坛上发布的游园视频引起菲菲身世大讨论的帖子，很快就被置了顶，点击率轻松破万，让宋羽涵不禁感叹，明星的关注度也不过如此了吧。

很多人打电话过来，有真心安慰她的，也有探她口风的，甚至还有拐着弯趁机落井下石的，宋羽涵不厌其烦，最终将电话全部转接到方云那儿，这才得以松口气。

但是网上的言论可就没那么含蓄了，说什么的都有，有说菲菲是关昕的孩子，也有说是姜伟杰的，更多人是对宋羽涵人品的抨击，说她脚踏两条船，水性杨花，说不定连她自己都不知道是谁的孩子。

甚至还有人找出了之前在餐厅，宋羽涵被泼红酒的视频，以此来印证宋羽涵勾三搭四的"事实"。

宋羽涵叹口气，关了网页，她现在唯一担心的是公司的股价，在现在这种关键时刻，股价的大幅波动会影响到她的计划。

她隐隐有些猜到，这一切的幕后主使会是谁，想起之前她被泼红酒那件事，她就觉得也许自己一直以来给人的形象是太仁慈了，所以才会被人欺负成这样。

于是她将网上的那段视频下载下来，发给自己的律师，要求他发律师

函给姜伟杰的未婚妻苏蘅。

　　林律师工作效率非常高，第二天宋羽涵上班，便接到了苏蘅的电话，要求跟她见面详谈，宋羽涵考虑了下，定在公司楼下的星巴克和她见面。

　　宋羽涵坐在靠窗的位置，远远看着苏蘅走进来，她戴着宽大的墨镜，将半边脸都遮掉了，穿着飘逸的雪纺长裙，很有千金大小姐的样子。

　　她在宋羽涵面前坐下，仍旧戴着墨镜不愿拿下，见宋羽涵打量她，解释道："最近宋小姐是本城热门人物，任何跟你扯上关系的人都会被人肉搜索，所以我还是戴着眼镜比较好。"

　　宋羽涵看着她不说话，苏蘅清了清嗓子："我收到你的律师函了，所以今天才赶着来见你。"

　　"那么你是来跟我道歉的吗？"

　　"我没做错，为什么要道歉。"

　　宋羽涵冷笑道："是么，泼我一杯红酒不算错，那我把面前的咖啡泼你脸上也无妨吧？"

　　苏蘅望着宋羽涵面前仍冒着热气的咖啡，瑟缩了下："你不敢。"

　　"苏小姐大可以激怒我试试。"

　　"可是你确实勾引了我的未婚夫，我是气不过才泼你的。"

　　宋羽涵望着她脸上精致的妆容，轻叹一声："苏小姐，你若是有空的话，我给你说个故事如何？"

　　苏蘅疑惑地看着宋羽涵，等着她的下文。

　　"五年前，有个姑娘，为了一个男人就与家庭决裂，并与之结婚。没多久，这个男人就无情地抛弃了她。因为对他来说，一个失去了家庭背景的妻子远不如异国的辣妹吸引人。"

　　说到这儿，宋羽涵顿了下，看着苏蘅的反应，见她一脸震惊的样子，眼中还有些难以置信的神情。

　　"那个孩子真的是你和姜伟杰的？"

　　宋羽涵没有承认，也没有否认。

　　苏蘅喃喃道："我不知道你们之前有这样的过往，我更不知道伟杰居然是这样的人。"

"我今天说这些,并不是想挑拨你们的关系,只是想让你明白我和姜伟杰的关系并不是你想象的那样。"

苏蘅若有所思地望着宋羽涵,说:"我想我应该重新考虑跟姜伟杰的关系。"

"你信我说的话?"

苏蘅望着宋羽涵清澈的双眼:"一个单身女人,独自带着小孩不容易,最近我才知道姜伟杰有这个孩子,说明你之前从来没有找过他,也不想找他,是吗?"

宋羽涵微微一笑,并不说话。

苏蘅有些泄气,她突然觉得自己就像个傻瓜一样,被宋羽涵看笑话。她望着宋羽涵似笑非笑的脸,突然哼了一声,起身便走。

宋羽涵也不拦她,看她蹬着一双高跟鞋,气冲冲地走了。

"宋总,姜伟杰打了几次电话来了,你要不要接一下?"

回到办公室的宋羽涵被方云拦住,向她示意手中的电话,宋羽涵心情好,接了过去。

"羽涵,你可让我好找。"

宋羽涵在桌前坐下,靠进椅背:"姜总找我有什么事?"

姜伟杰倒也直接:"'环龙'的酒店招标,我们要不要联合投标试试?"

宋羽涵一只手握着电话,另一只手伸出食指轻轻磕着桌面,慢悠悠地说:"'环龙'的标,我完全能自己拿下。"

"标书还没下来,你就确定自己百分百能中标?"姜伟杰干笑两声,继续说,"据我所知,另两家公司对这个标也势在必得,况且实力也不在你之下,跟我联合投标,胜算会大很多,你不考虑下么?"

"联合投标,利润就要对半分,我为什么要分给你?"

"不联合的话,你只有四分之一的机会中标,若你跟我联合,我有办

法让我们一定中标,到时候利润按六四分,怎么样?"

"暗箱操作么?宋羽涵眯起眼,唇边一抹不屑的笑:"你不怕我中途撤资?"

"这么好的一笔买卖,我想你没那么傻。"

宋羽涵眼一转,一个念头已经在心底产生了,"友杰"今年在造的楼盘有四个,地也一口气拿了好几块,线报说内部的资金周转出了问题,所以才会融资扩股,连姜伟杰都转出了他手中的一部分股份。

联合投标,除了看中自己公司的资质,更大的原因还是因为先期投入的资金问题。

宋羽涵冷笑一声,既然肥肉都自己送上门来了,岂有不吃的道理。

她立刻笑道:"既然你不担心,我也没什么好怕的,你看看什么时候跟我们工程部的袁总商量下合同怎么拟吧。"

"行,够爽快。"姜伟杰又说了两句就挂了电话。

宋羽涵沉思片刻,将方云唤进来,向他说明了联合投标的事,方云一脸的诧异,等听完宋羽涵的解释,偏着头缓缓道:"我明白了,这个标我们完全可以牵着'友杰建设'的鼻子走。"

宋羽涵赞许地点点头:"我让他跟工程部老袁商量合同,你去叮嘱一下。"

方云立刻点头去办。

宋羽涵站在窗边,望着逐渐暗沉下来的天色,一场暴雨将至,却让她心中莫名痛快,隐忍多年的痛,终于有机会一点点偿还回来了。

宋羽涵打电话给欧阳昊五,约他晚上在 blue lotus 见面。

欧阳昊五明显底气不足,见着宋羽涵一迭声地说抱歉,甚至还搬来了救兵。

望着欧阳昊五身边的顾叶盛,宋羽涵气就不打一处来,上去狠狠踹了欧阳昊五两脚:"你跟关昕合起来骗我是吧?看我被你们耍得团团转很好玩是吧?"

欧阳昊五直呼痛,抱着小腿骨跳脚,一边还往顾叶盛身后躲:"我对不起你，羽涵，你别打了，哎，疼疼疼。"

吧台边人不少，大都是认识欧阳昊五的，大名鼎鼎的五少此刻被人拎着耳朵痛骂，这一幕是多么稀奇啊，不少人拿出相机就要拍照。

宋羽涵一手一个，抓着欧阳昊五和顾叶盛就去找包间，服务员眼明手快，将他们带去二楼，总算躲开了众人的注目。

一进门，宋羽涵就关了包间的音乐，顿时耳边清净不少，她坐在沙发上，看着欧阳昊五和顾叶盛，似笑非笑。

"说吧，到底为什么骗我？"

"冤枉啊，羽涵，我真不是故意的。"欧阳昊五苦着一张俊脸，狐狸眼泪汪汪地泫然欲泣，拉着宋羽涵的手一个劲地摇。

"哼，你要是故意的，不知得怎么耍我呢。"

欧阳昊五见宋羽涵油盐不进的样子，急得拉着顾叶盛的手："快，亲爱的，你也帮我求个情吧，羽涵一定会卖你面子的。"

顾叶盛甩开他的手，抿了口酒，一耸肩："我也帮不了你。"

他不提顾叶盛还好，提到顾叶盛，宋羽涵眯起眼，看着眼前两名俊秀非凡的男子。

经历过关昕那件事，欧阳昊五毫无可信度可言，连带着他和顾叶盛的关系，也让宋羽涵充满了怀疑。

"欧阳，其实你也喜欢女人，是吧？"

欧阳昊五一愣，不知道她怎么扯到自己头上，一时不知该怎么回答，支支吾吾的。

宋羽涵一巴掌拍向他的头顶："臭小子，你又骗我。"

欧阳昊五抱头鼠窜："羽涵，你听我解释。"

"你说。"

"其实一开始我只是为了应付我舅舅和舅妈，他们安排我和你相亲，而我不太乐意。"

"所以你才和顾叶盛一起请我吃饭。为了让我知难而退？"

欧阳昊五点头，可怜巴巴地看了宋羽涵一眼："哪知道你那天是来拒

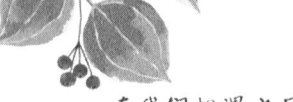

绝我的，我面子上有点挂不住，就没有跟你解释。"

宋羽涵哼了一声："所以你就用关昕来骗我。"

"真不是故意骗你的，"欧阳昊五冤枉得不行，"关昕跟我关系非同一般，那天让你误会了，我也没想到，但是关昕自己也没澄清，况且那天是他自己跟我说宁愿让你误会下去的。"

宋羽涵皱了皱眉，不说话。

顾叶盛从杯沿上抬起眼，瞥了眼沉思中的宋羽涵，向欧阳昊五抬了抬眉毛，见他点点头，心中了然，宋羽涵和关昕，想必是互相喜欢着，但是又都不能说破，互相猜来猜去，让旁观者看了干着急。

"关昕说，你觉得他是你的'闺密'，这样跟他相处没有压力，他不想让你失望，更不想被你赶出去，他想继续照顾你和菲菲。"

宋羽涵叹口气："他真是，唉……"

看宋羽涵面上松了下来，欧阳昊五靠过去，一勾她肩膀："别叹气，这样不是挺好，你们俩互相都有意思，他又喜欢菲菲，干脆你们俩交往得了。"

"胡说什么哪？"宋羽涵一掌拍开他的脸，"关昕有女朋友的。"

"不是分手了么？"

"哪有分手了立刻喜欢上别人的？再说，我觉得关昕对任爱蓓应该还很不舍。"

宋羽涵惆怅地喝口酒，看看手表，唤来服务员："今天那个卖酒的任爱蓓来了吗？"

见服务员点头，宋羽涵要求他把任爱蓓带过来。

"你想干吗？给她泼硫酸毁容？"欧阳昊五一脸惊讶。

"喝你的酒吧，话那么多。"顾叶盛将一杯红酒塞到欧阳昊五手中，又一次细细打量宋羽涵。

不施脂粉的脸上卸下了商人的防备和精明，纯真的双眼在包间的射灯下分外晶亮。

此刻她正低头盯着面前的一杯红酒，看来是有话要对任爱蓓说，但是没有要求他和欧阳昊五回避，想必是对人信任了才会这样。

欧阳昊五跟宋羽涵关系好，这还说得过去，但是他跟宋羽涵，不过泛泛之交，她却没有避开他，这让顾叶盛觉得有些意外，不知道该说这姑娘单纯天真呢，还是心机颇重呢。

过了很久，任爱蓓才敲响包间的门，宋羽涵看了眼站在门口的高挑女子，唇角微微上扬："任小姐，你的任务还有多少，五少可要全包了呢。"

欧阳昊五怪异地看宋羽涵一眼，尴尬地笑着，"羽涵，不带你这么作弄人的。"

任爱蓓立刻向欧阳昊五谄媚一笑："那就谢谢五少了。"

宋羽涵将手中的红酒递给她："陪五少喝杯酒。"

任爱蓓似乎很不愿和宋羽涵站在一起，她接过酒杯，扫了眼欧阳昊五身边的一脸慵懒的顾叶盛，便在欧阳昊五另一边坐下："五少，我敬你。"

欧阳昊五无奈只得与她碰杯。

宋羽涵一双慧黠的大眼不住地打量任爱蓓，见她喝完酒，神情犹自放松时，突然问道："你和关昕是怎么认识的？"

任爱蓓大惊，望着宋羽涵的眼中闪过一丝慌乱，她看了眼不动声色的欧阳昊五和顾叶盛，缓缓道："我们曾经是高中时的同学。"

"你们交往多久了？"宋羽涵追问。

"这是我的隐私，为什么要告诉你？"任爱蓓的不悦写在了脸上，看向宋羽涵的眼神有些厌烦。

"你不说也没关系，我只想知道你和关昕分手的理由。"

任爱蓓不屑地瞧她一眼，抵触到底："你可以去问关昕，干吗来问我？"

宋羽涵叹了口气，看着在座的另两人："任小姐，你父亲的病，现在情况怎么样？"

任爱蓓死死盯着宋羽涵不说话，宋羽涵恬淡的脸上，浮现一抹满含深意的笑容："你父亲住院期间的医疗费用，都是关昕付的吧。"

见任爱蓓咬着下唇不说话，宋羽涵继续说："关昕的为人我很清楚，

他绝对是那种有责任有担当的男人，我知道他为了你父亲，一定是不计后果地付出，不管是金钱还是精力，因为他喜欢你，所以爱屋及乌也担负起照顾你父母的责任。"

宋羽涵眯起双眼，看着任爱蓓又恢复了戒备疏离的表情，心底轻叹一声，关昕这么好的人，任爱蓓说分手就分手，理由居然是因为他没钱。

这姑娘怎么看都像移情别恋，爱上更有钱的人了。

所以，再跟任爱蓓说话，宋羽涵的语气中便带了几分轻视："你和关昕分手的原因，我也能猜个大概，我只想问一句，关昕为你付出的那些，你都选择性无视了吗？"

任爱蓓也火了："宋小姐，我和关昕的事还轮不到你插嘴，你只是关昕的雇主而已。"

宋羽涵神情一黯，想到自己此行的目的，咬了咬唇，轻声道："我能看出来，关昕对你的感情很深，你这么轻易就说分手，很伤他的心，我想你心里也不好受，所以今天才想找你谈谈。"

她看着任爱蓓越来越不耐烦的表情，小心翼翼道："任小姐，看在关昕对你和你父亲照顾那么久的分上，你能不能不要和他分手？"

宋羽涵的话让坐着观战的欧阳昊五被一口茶呛到，一边不住咳嗽，一边用惊异的眼光打量宋羽涵，同样被吓到的顾叶盛帮他拍背顺气。

欧阳昊五转头，迷惘地看了眼顾叶盛："我没听错吧，羽涵这是在求任爱蓓回头？"

顾叶盛皱着眉，微微点头，看向同样一脸诧异的任爱蓓。

"宋小姐，你是在求我吗？"

宋羽涵迟疑了下，点头："算是吧，我不想看到关昕因为你们分手的事而烦恼。"

"我不知道现在保姆的雇主可以管那么多事，"任爱蓓嗤笑一声，光亮饱满的红唇在灯下微弯出一抹弧度，"我和关昕，不可能了，那天晚上我已经跟他说得很清楚了。"

她长腿一伸，站起来，白色的制服短裙亮得有些刺眼："既然宋小姐能够猜到我为了什么原因跟关昕分手,那你就该明白,很多事不是我努力或者他努力就能有所改变的,事实摆在面前,我们只是输给了现实而已。"

说完,她转身就走,留给宋羽涵一个潇洒利落的背影。

包间门关上,宋羽涵便似泄了气一般,窝进沙发,长叹了口气:"我好像把事情搞砸了。"

欧阳昊五靠过来,盯着宋羽涵看了许久,摇摇头:"羽涵,我真没想到,你居然向她低头。"

"我也没想到自己会这样。"

宋羽涵抬头望向欧阳昊五和顾叶盛,温软的眸光中有盈盈水雾,她自嘲地笑笑:"我是不是像个傻瓜一样?"

顾叶盛将一片西瓜扔进嘴里,双手枕上后脑,怅然地说:"每个陷入感情泥沼的人,都是傻瓜。"

欧阳昊五搂过她的肩:"你可是'盈天城投'的当家人,为了关昕,向这个女人低头值得吗?"

宋羽涵点头,苦笑道:"这跟公司没关系,只是我的个人行为。"

欧阳昊五摸摸她的头发:"没想到你对关昕的感情已经这么深了。"

"可是他不喜欢我。"宋羽涵垂着头,突然觉得这话题让她很难继续下去,心里沉闷无比。

"早点回去吧,跟关昕好好谈谈,"欧阳昊五将她从沙发上拉起来,一路带去停车场,"把你做的事都告诉他,让他知道你的心意。"

"我不敢,欧阳,我不敢,我怕他会离开。"

放心吧,他才不舍得,欧阳昊五在心底偷笑,这两人各自纠结,没有外力的推动,什么时候才能明白各自的心意。

直到在宋羽涵车前站定,欧阳昊五才一脸严肃地说:"关昕之所以向你隐瞒他性取向问题,是怕被你赶走,你现在又为了留住他去求任爱蓓。你们俩之间的误解到底要到什么时候才能解开?回去好好谈谈吧。"

说完,欧阳昊五将宋羽涵塞进车里,好心地为她系上安全带,关上车门,向她告别。

可是直到站在家门口，宋羽涵还是没有想好该怎么跟关昕谈，她不愿意将求任爱蓓的事告诉关昕，她不想让关昕觉得她干涉他的私事。

但是，不说的话，也许关昕永远都不会晓得她为了他做过些什么。

听到宋羽涵回家的声音，关昕明显一愣。

之前的两天，关昕能明显感觉到宋羽涵是在躲他，每天总是很晚才回来。他看看钟，惊讶宋羽涵居然会那么早回来。

在看到宋羽涵在他面前坐下后，关昕心中一松，宋羽涵还愿意面对他，说明他们的关系还有挽回的机会。

宋羽涵也沉得住气，坐在餐桌对面，看着关昕手提电脑上闪亮的logo，沉默很久说："关昕，我们谈谈吧。"

关昕点头，起身给宋羽涵杯水，宋羽涵抿了一口，觉得不过瘾，从酒柜中抽出一瓶酒递给关昕。

关昕接过，熟练地开了瓶塞，找来酒杯，倒上两杯瑰丽剔透的红酒。

昏黄的餐桌灯下，两人的眉眼都像是笼了淡淡的烟雾中，关昕英挺俊朗的五官蒙上了一层淡橘色的柔光，看着又软又温柔。

窗外暴雨如注，湿气随着微风吹入屋中，直抵宋羽涵眼底，她望向窗外墨黑的雨幕，幽幽开口。

"关昕，其实我喜欢你。"

关昕大惊，他没有想到宋羽涵会跟他说这些，结结巴巴地说："我，我，其实我……"

"我知道，你喜欢的是任爱蓓。"宋羽涵抿了口酒，继续说。

关昕苦笑声，将杯中红酒一饮而尽："是我不好，不该让欧阳误导你。"

宋羽涵给他倒上酒，轻声说："其实，我之前一直很矛盾，心里又高兴又失落，高兴的是原来你喜欢女人，失落的是你居然有女朋友。"宋羽涵对着灯光注视着酒杯中的颜色，"你跟任爱蓓分手了，我居然觉得很开心，我不喜欢这个姑娘，我一直觉得她不简单，居然还找人算计我。关昕，我不喜欢看到你们在一块。可是，我今天还是跑去找她，求她能跟你复合。"

听到这里，关昕打断她："你去找任爱蓓了？"

宋羽涵点点头，将酒一口喝完，皱着眉说："我不想看你因为分手的事而难过，满心期望着她能看在你照顾她父亲的分上，跟你重新开始，谁知道她那么决绝，这姑娘，真狠心。所以，我不喜欢她，更不喜欢她了。"

关昕看着宋羽涵一杯接一杯地喝酒，有点怔愣："谁告诉你我因为分手难过了？"

宋羽涵从杯沿上斜一眼关昕，打了个酒嗝，理所当然地回他："这还需要人说么，我看得出来。"

看到关昕一直垂着头不说话，宋羽涵有些气馁，觉得也许是自己的话吓到关昕了，自嘲地笑笑："我知道，我刚才说的话可能吓到你了，我只想让你知道，不管任爱蓓对我做过什么，我都不会追究。你如果实在舍不得她，就去把她追回来，不用顾忌我之前说的话。"

宋羽涵说完，将手中的酒杯放下，她只觉自己双颊滚烫泛红。关昕就这么一动不动地坐着，垂着头，看不到他的表情，让宋羽涵心中酸涩得想要落泪。

趁着自己尚算清醒，宋羽涵强撑着回到自己房间，倒在床上不想动弹，窗外雷声隆隆，暴雨如注，打在玻璃上啪啪作响。

一时间耳边只有轰鸣的雷声和雨声，宋羽涵躺在黑暗中，任自己静静流泪，宣泄情绪。

第二天醒来，宋羽涵觉得头痛欲裂，原本已经不打算去上班了，但急促的电话铃还是催着她起床，原来是苏蘅上公司找不到她，特地问了她的电话打来，她有些话要和她当面说。

宋羽涵洗漱过后，发现关昕并不在家，厨房里却摆着一杯温热的蜂蜜水，电饭锅中还为她温着一碗红豆粥，心中不由得一抽，却不敢再看下去，匆忙出门了。

等宋羽涵赶到约定的地方，苏蘅已经等着她了，并且为她点了杯美式

咖啡。

宋羽涵盯着面前的咖啡，微微皱眉，她不喜欢喝咖啡，更不喜欢别人自作主张的行为。

"苏小姐找我什么事？"

宋羽涵将面前的咖啡不动声色地推远了些，望向面色稍显憔悴的苏蘅。

"我和姜伟杰分手了。"

宋羽涵惊讶她居然真的和姜伟杰分手，目的达到了，可是她却开心不起来。

"我说那些话并不是想挑拨你们的关系。"

"这跟你没关系，"苏蘅叹了口气，一向神采飞扬的人，此刻看来有些落寞，"是我没有看清楚他，我不知道原来他跟我交往的时候还有别的女人。"

宋羽涵不知道为什么想到了任爱蓓，便问她："你怎么知道？什么时候的事？"

"也没多久，我是无意中看到他的通话记录，有个号码往来频繁了些，就找人去查了下。"

说到这儿，苏蘅顿了下，调整了下情绪继续说："是个在酒吧里卖酒的，阿杰也没否认，说跟她只是玩玩的，不可能当真，可我就是没办法接受。"

"你今天找我，就是想说这个事？"

苏蘅挑了挑眉："当然不是，我还有件更重要的事跟你说。"

宋羽涵偏头，示意她继续。

"我手中有'友杰'的股票。"

宋羽涵一凛："有多少？"

"百分之三。"

"记名还是不记名的？"

"不记名。"

"你愿意转让?"

"我讨厌姜友忠,他从开始就反对我和阿杰交往,要不是因为求我父亲批贷款,早就要我和阿杰分手了。"

宋羽涵冷笑道:"是他的风格,只认对他有用的人。"

"所以,我不想要'友杰'的股票了,你不是要报复姜伟杰么,连我那份一起报复吧。"

宋羽涵哭笑不得,没听说过连报复都能组团,这姑娘真那么恨姜伟杰么。

"你可想清楚了?股权一旦转让,就不能反悔了。"

"不后悔,"苏蘅摇摇头,"既然断了,就要断得彻底,省得我看到就来气。"

宋羽涵盯着苏蘅的双眼,向她伸出手,认真地说:"我都要了。"

苏蘅爽快地与她握手成交,宋羽涵也不拖拉:"那我立刻让人去办股权转让手续,价格方面,一定不会让你失望。"

"我信你。"

宋羽涵衷心地说:"你一定会遇到比姜伟杰更好的人。"

"我知道。"

苏蘅又恢复了倨傲的神情,看着宋羽涵,突然问:"你下午有事吗?要不我们去逛街怎么样?"

宋羽涵又是一愣,想到自己已经很久没有添置过新衣,便答应了。

这一逛便是四个小时,连宋羽涵都惊讶于自己居然能逛那么久,更让她没想到的是,她们的眼光相近,对事物的品评也颇有默契,两人甚至都有种相见恨晚的感觉。

临分别时,苏蘅拉着她的手,有些依依不舍的样子:"没想到我们能这么投缘,下次一定要再出来玩。"

宋羽涵笑着和她道别,一扫之前出门时的阴郁,心情总算是好了许多。

回到家,关昕仍然不在,厨房里也无一丝烟火气,那杯蜂蜜水早已变

得冰凉，电饭锅中的红豆粥虽然还热着，可是已经变成了一团面糊。

宋羽涵将电源关掉，取出变成了面糊的红豆粥，在桌边坐下来，慢慢地一口口吃掉。

宋羽涵正吃着，突然接到了父亲打来的越洋电话，此刻的他应该带着菲菲和宋妈妈在普吉岛享受日光和沙滩。

宋爸爸只简单嘱咐了两句就挂了，宋羽涵怔愣地握着勺子，盯着已经吃了一半的红豆粥，突然掉下泪来。

关昕真的走了，在听到她表白的那个夜里，一声不响地离开了。

Chapter 6
爸妈，我回来了

几场雷雨过后，这个城市的梅雨季正式到来，空气中充满了潮湿的味道，连带着人仿佛也潮湿起来。

宋羽涵觉得最近的自己很陌生，就像这场梅雨季一样，身体里像储存了无数的眼泪，动不动便流泪，一副懦弱的怨妇样。

宋羽涵鄙视地瞪了眼镜子中的自己，取出粉扑重新上了点粉，镜中的那张脸依然妩媚动人。

收好粉饼，宋羽涵理了理身上裸色的镶钻裹胸小礼服，看看并无任何不妥，满意地点点头。

今天是"环龙"举办的酒会，公开发布酒店建设的中标单位。

当初她和姜伟杰决定了联合投标，便是对这个工程势在必得，今天的酒会实在要打起十二万分的精神来。

宋羽涵出了化妆室，径直往宴会厅中央走去，间或有两个认识的人上前来打招呼，宋羽涵都一一得体地应对。

在场中盯着她看了很久的欧阳昊五终于沉不住气了，他丢下手中的酒杯，几步上前将宋羽涵拉出了人群。

宋羽涵也没有挣扎，任由他拉着到了落地窗边，站定后只淡淡说："欧阳，中标单位还没有揭晓，我们两个现在单独说话，似乎违规了。"

看着宋羽涵一脸波澜不惊的表情，欧阳昊五有些懊恼："我不在乎什

么违规不违规，即便是让我现在就把工程给你也无所谓。"

宋羽涵轻笑："欧阳，别说得那么威武霸气，不明白的听了还以为我跟你有什么暧昧关系呢，让你不惜违规也要给我们做这个工程。"

"宋羽涵！"欧阳昊五低叫一声，引得四周的人微微侧目，他眼中怒意渐生，语调却隐忍着不发，"你能不能不要这么满不在乎的样子，我看着都难受。"

"你有什么难受的？又不是你失恋。"宋羽涵斜他一眼，见他脸上的神情严肃无比，不禁也拉下脸来，"欧阳，你真的想我摆出一副失恋的样子吗？昭告世人，堂堂'盈天城投'的总经理，向保姆告白被拒了？我丢不起这个人。"

欧阳昊五的怒气立刻消了一半，心疼道："羽涵，别这么想，关昕一定是另有隐情才会离开的，你等等，等他想通了一定会来找你。"

宋羽涵望向窗外茂盛的芭蕉树叶，郁郁葱葱的颇茂盛，枝叶挤挤挨挨，有点像她现在的心境，仿佛有许多事压在心里，理不出头绪。

"欧阳，我不知道你了解关昕多少，但是从他离开我家的那种狠劲来看，他不像是个会回头的人。"宋羽涵自嘲地笑笑，接着说，"他根本就没有回来找我的必要，我对他来说，只是个雇主而已。"

"欧阳，我反省了近一个月，一直在想到底是什么地方不对，让关昕那么毅然决然地离开我家。一个月后，我才醒悟过来，如果当初不是我那么迫不及待地告白，也许关昕不会走。"

宋羽涵耳边的水晶蝴蝶随着她的动作轻晃，刺目的晶亮让欧阳昊五别过了脸。

"羽涵，对不起，是我不好，不该怂恿你跟关昕说清楚。"

"跟你没关系，这一切都是我自己造成的，"宋羽涵拢了拢肩头的卷发，打起精神，"所以，欧阳，别再逼我，我好不容易才强迫自己进入状态重新出发，别逼我前功尽弃。"

欧阳昊五怔愣了许久，却只是长长地叹了口气，轻轻拍了拍她的肩头，转身离开。

Chapter 6　爸妈，我回来了

　　宋羽涵独自面对着落地窗外的夜色，堂皇缤纷的灯光，将她纤瘦的身影印在窗上，这身裸色礼服，一个月内改了三次尺寸，裹胸的造型显得她的双肩越发单薄。

　　她从来不知道，关昕的离开会带给她如此强烈的后果，她甚至将菲菲又一次扔给了父母，仿佛之前与菲菲的相处完全不存在，她和菲菲的关系又降到了冰点。

　　虽然脸上化着精致的妆容，可是再高明的化妆技巧也无法遮掩宋羽涵眼底的憔悴和阴郁。欧阳昊五的话轻易就把她打回了原形，只要提到关昕，她就淡定不了。

　　宋羽涵对着窗上自己的脸努力微笑，重新换上一副利落的表情，这才从容地转身，"盈天城投"的总经理，永远都是打不倒的女王。

　　"环龙"酒店的建设，果然是"盈天"和"友杰"联合中标了，欧阳昊五在宣布的时候，意味深长地看了宋羽涵一眼。

　　宋羽涵没有理他，接着公证、签合约，宋羽涵被拉着和姜伟杰拍了几张照片，脸上依然保持着淡淡笑意，看向姜伟杰的眼却不含一丝温度。

　　姜伟杰讪笑着，一双眼上下打量宋羽涵："你今天可真漂亮。"

　　宋羽涵瞥了眼他身上价格不菲的西服，轻笑："姜总也出色不凡。"

　　姜伟杰以为她在说中标的事，得意地笑："我早跟你说不用担心了，这个标我势在必得。"

　　宋羽涵也没理她，只微微点了点头就要走。

　　姜伟杰一把拦住她，顺手递给她一杯香槟："羽涵，我们喝杯酒庆祝一下。"

　　宋羽涵握着酒杯一愣，自从关昕离开后，她就再没有碰过酒，今天也实在不想破戒，但是身边已经有记者举起了相机，姜伟杰又是一副殷殷期待的模样，总不好当着那么多人驳了他的面子，只好与他碰了杯，酒液沾了沾唇。

　　等记者拍了满意的照片离开，宋羽涵立刻冷了脸，转身就走，姜伟杰却追了上来，终于在宴会厅门口将宋羽涵截住。

"姜总还有事？"

姜伟杰有些讪讪地笑着："我想问问，菲菲这孩子怎么样了……"

"她很好，不劳姜总费心。"宋羽涵很快打断了他的话。

"羽涵，你别这样，她毕竟是我的孩子。"

"她姓宋。"

姜伟杰愣了愣，眼神中有一闪而逝的暴戾："羽涵，我定了后天晚上'青梅'的庆祝宴会，你一定要来。"

宋羽涵下意识地想拒绝，转念一想，又微微笑着点头："姜总的邀约我一定来。"

姜伟杰恢复了嬉皮笑脸的表情，握起宋羽涵的手，装绅士地行了个吻手礼："那我后天可等着你。"

说罢也不等宋羽涵赶人，自己回宴会厅了。

宋羽涵凝视着被姜伟杰亲过的那只手，眼神越来越冰冷，红艳的唇却微微抿起来，一抹残忍的笑在唇边绽放。

姜伟杰第二天就接到了关昕的电话约他见面，正好他也有许多疑问需要关昕解答，便约在公司附近的茶楼见面。

关昕进门时，姜伟杰已经等在那儿，正看着茶娘展示茶道。

"姜总。"

关昕有些谨慎地在姜伟杰对面坐下，也随他一同注视着茶娘的动作，接过递来的闻香杯轻轻嗅着。

姜伟杰把玩着手中的闻香杯，看向关昕的眼神中颇多玩味，见关昕许久没说话，便主动开头。

"关昕，听说你从宋羽涵家辞职了？"

茶娘正好斟了一杯茶递过来，关昕伸手接了，淡淡看了眼青花白瓷的茶盅。茶汤清冽，馨香淡雅，是上好的"祁眉"。

"姜总，恐怕我辜负所托，没办法完成你交代的事了。"关昕放下手中茶盅，并没有喝。

"为什么？"姜伟杰淡淡看关昕一眼，"你女朋友的父亲，我可是照顾得很好。"

关昕抬头看着姜伟杰："我还没有感谢姜总帮忙将任伯父转去贵宾病房。"

"小事而已，"姜伟杰摆摆手，"你是在宋羽涵家压力太大吗？还是你觉得给你承诺的报酬太低了？"

关昕摇头："我跟女朋友分手了，所以也没有必要为了她父亲再去做什么卧底了。"

说完这话，他微垂双眸又注视着手中的茶盏，蓦然想到羽涵家中也有套类似的茶具，白底青花的茶具，被他放在厨房最上层的柜子里了，不知道羽涵还能不能找到。

看到关昕的神情明显心不在焉，姜伟杰有些不高兴了："关昕，你说不干就不干，把我们当猴耍呢？商人追求的是利益，现在我的投入和产出明显不成比例，这生意我不是亏本了吗？"

关昕沉默了，过了许久说道："姜总，其实我之前和宋羽涵闹了点不愉快，已经向她父亲辞职了，现在要我回去，是不是有点强人所难？"

"没问题，我给你放假，一个月够不够？"姜伟杰看出关昕的犹豫，立刻开导，"过一个月之后，羽涵也气消了，你又能重新回去，这样不是挺好？'盈天城投'和我们联合建环龙的酒店，我怕宋羽涵会使诈，你帮我多盯着点，这女人行事越来越摸不透了。"

关昕深吸口气，抿一口杯中茶汤，苦涩溢了满口，连心里都苦了起来。

他苦笑着说："估计宋羽涵很难再接受我去她家了。"

姜伟杰连忙摇头："不会吧，我看她对你很依赖嘛。"顿了顿，他继续说，"到时候再看吧，要是宋羽涵不能接受我们再想办法。"

见关昕终于点头，他放下心，眼珠一转又想到什么，问关昕："你怎么和你女朋友分了？"

关昕看都不看他，盯着桌上的茶盏，眼底浮上一片凉意，冷冷道：

"她移情别恋了。"

姜伟杰怔了怔，以为关昕知道了什么，使劲盯着他看，却毫无发现，只能接道："我看她挺单纯的样子，怎么就喜欢上别人了呢，是不是你做了什么对不起她的事？"

关昕抬眼，面无表情地看了他一眼，让他觉得莫名心慌，讪讪笑道："哎，既然你们都分了，那她父亲那医疗费，我还要继续给吗？"

"随便你。"

"直接就停了药好像有点不太厚道，那我过段时间再跟医院说好了。"

姜伟杰不自在地喝茶，有些心虚，不敢看关昕。

关昕将他一切的神情都看在眼底，心里一片荒凉，总觉得原本不忍相信的事现在终于真真切切地摆在面前，说不出的难受。

"既然姜总吩咐完了，那我先走了。"

他一刻也不想在这里多待。

"哎，关昕，等等。"

见关昕要起身，姜伟杰拦住他："上次我们说过关于这次的酬劳，是公司百分之三的股份，你考虑得怎么样了？"

关昕不答他，向他微一点头就走了。

姜伟杰盯着关昕的背影消失在视线中，眼底浮现一丝狠辣。

从茶楼出来，关昕站在大太阳下有些恍惚，毒辣的日头晒得人窒息，白晃晃的日光照得周围的景物都失了本来的颜色。

关昕白皙的脸上渐渐沁出了汗珠，正犹豫不知该何去何从，欧阳昊五这时打来了电话。

问清了关昕的位置，他赶了过来，很快看到了站在路边太阳下暴晒的关昕。

欧阳昊五开了辆银色跑车，冷气开得呼呼作响，刚坐进车的关昕激得打了个喷嚏。

"你傻了啊，不知道站树荫里等我么，还是你想把皮肤晒成跟我一样帅气的小麦色？"欧阳昊五瞥他一眼，将车子开入车流。

关昕望向窗外飞速向后的街景，一句话都不说。

欧阳昊五只好演起了独角戏："'环龙'的工程，羽涵和姜伟杰拿到了。他们明天在'青梅'庆祝，请我出席。"

见关昕还是没什么反应，欧阳昊五继续说："那天的开标酒会羽涵也去了，她比你离开的时候瘦弱了不少，我听说好像还病了一场。"

见关昕如愿转过头看他，欧阳昊五白他一眼："那段时间我在澳洲，没跟她联系过，直到酒会那天才见到她，差点认不出来，那弱不禁风的样子，我看了都心疼。"

关昕抿着嘴，双眉微蹙，他知道自己的离开会对宋羽涵造成伤害，却没有想到杀伤力会那么强。

欧阳昊五敛了神情，一脸正色道："你离开后，羽涵不停地自责，不停反省，觉得是她突如其来的告白把你吓跑了。关昕你告诉我，你到底跑什么？"

欧阳昊五猛地一打方向，跑车轰鸣着在路边停下，他转身盯着关昕："你不会是真被羽涵的告白吓跑了吧？"

关昕尴尬地别过头，微不可见地点了下头。

"还真是！"欧阳昊五叫了一声，懊丧道，"早知道你会这样，我就不怂恿羽涵了。"

"你怂恿？"听到这话，关昕眼中闪过一丝疑惑，继而怒目而视。

被关昕一瞪，欧阳昊五的气势立刻矮了一截："我看她一直在纠结着你和任爱蓓的事，她说不想看你因为任爱蓓而伤心，又舍不得你和任爱蓓继续纠缠，那天在任爱蓓那儿又碰了个不软不硬的钉子，我替她委屈，才劝了她两句，谁知道她真说了。"

"她那天喝了不少酒。"

"真是酒壮尿人胆。"欧阳昊五苦笑一声。

他顿了顿，憋不住问关昕："可是你到底为什么要跑？不就是跟你告白了吗，你至于吗？还不告而别，你这又是哪一出？"

关昕怅然地轻叹一声:"我隐瞒了羽涵太多事,要是继续留在她家,她对我的依赖越来越深,我的罪恶感就会越重。"

"你有什么瞒着她的呀,不就是家庭背景么,等你跟你爸妈和好了,再告诉羽涵不就行了?"欧阳昊五满不在乎地反驳他。

"你不懂,昊五,我们之间横亘了很多问题,我的心上就像悬了颗炸弹,不知道什么时候会爆,这些问题一天不解决,我就没办法回到羽涵身边。"

欧阳昊五伸手拍拍他的肩头,脸上又恢复了一贯的嬉笑:"没关系,这些问题就一个个地去解决掉,首先是你的家庭问题,舅舅舅妈已经在等着了,你准备好了吗?"

提到这个,关昕便脸色发青,神情也开始不自然。

欧阳昊五已经重新将车开入车道,看关昕紧张的样子,不禁好笑:"那是你自己的亲爸亲妈,别那么紧张行么?"

关昕不理他,自顾想着心事,放在膝头的一双手却越握越紧。

车子很快开入了市南的那片别墅区。

欧阳昊五的车在山顶稳稳停下,关昕突然有种近乡情怯的感觉。

四年前离家时,他的家还只是在市郊三环外的一幢公寓楼里;四年后他站在这栋充满设计感的豪华别墅前,觉得一切陌生得像在演戏一样。

"走,进去吧。"

欧阳昊五锁了车,见关昕还呆站在原地,推了他一把。

欧阳昊五上前敲门,只一会儿门便开了,一名身材矮小打扮整洁的中年女子站在门边,看到欧阳昊五,和蔼地打着招呼。

"陈阿姨,舅舅舅妈都在吗?"

欧阳昊五正要往里走,一回头见关昕还站在门外,不禁好笑:"自己家你倒是比我还拘束。"

关昕尴尬地笑笑,随他一起进门。

"陈阿姨,麻烦你去请我舅舅和舅妈过来一趟,就说关昕回来了。"

欧阳昊五的话让陈阿姨震惊不已,她到关家才两年多,对关家的事知道不多，只隐约听说关家唯一的儿子在多年前离家出走，一直音讯全无，现在突然出现，她不禁多看了关昕两眼。

门口的动静早就引来了关培龙夫妇，他们急忙从房里出来，快步奔到玄关处，怔愣地看着多年没见的儿子许久，关夫人激动地一把上前抱住了他。

低低的啜泣声在玄关回荡，关昕有些手足无措地环住自己的母亲，感觉手下轻颤的双肩单薄孱弱，不由得鼻头一酸差点掉下泪来。

一抬头，就见关培龙睁着微红的双眼看着他，花白的头发让他看起来苍老许多，垂在身侧的手也在微微颤抖着，压抑着自己的激动，他终于忍不住叫了一声："爸，我回来了。"

泪水终于夺眶而出，离家四年的苦和累在这一刻终于得到宣泄，泪眼中，他看到父亲也走上来，紧紧抱住他和母亲，这个在云都商界堪称精英的人物，却在终于归家的儿子面前泪满衣襟。

看到这情景，欧阳昊五长长叹了口气，离家多年的倦鸟总算归巢了，他的任务也算圆满完成。他突然很想念远在澳洲的父母，也该给他们打个电话联络下感情了。

欧阳昊五躲进了书房，陈阿姨也进厨房张罗起晚饭，将客厅留给刚团圆不久的一家三口。

关家老两口一左一右拉着关昕的手在沙发上坐下，关妈妈又是哭又是笑的："孩子，这几年你吃了多少苦，我跟你爸都知道，可是你成心躲着我们，我们不敢来找你。"

关昕一手挽着母亲，一手扶着父亲，多年来强撑起的坚强，此刻全部化为温暖的笑，从眼角一直温暖至心底。

他站起来，让二老在沙发上坐好，重重地跪在他们面前。

关妈妈连忙去拉他，却被他挣开，他直直跪着，看着父母认真地说："爸妈，儿子不孝，离家那么多年，没有尽过应尽的义务，没有好好孝顺你们，却反而让你们为我操心、担忧，我对不起你们。"

"唉，"关培龙长长叹了口气，"以前的事我们都别提了，我也有错，

当初不该这么逼你，只要你回来就好，其他都别在意了。"

"儿子，快起来，"关妈妈终于将关昕拉起来，"爸妈不会怪你，希望你也别怪爸妈，我们从现在开始都要好好的，知道吗？"

关昕抹了把脸上的泪水，用力地点点头，像个孩子一样破涕为笑。

这时陈阿姨过来招呼他们吃饭，欧阳昊五也从书房出来了，他此番了却了悬在关培龙夫妇心上最大的难题，夫妻俩对他更是亲善有加。

饭桌上，关培龙夫妇不断给关昕夹菜，说着哪个菜他爱吃，哪个不喜欢，又聊起小时候的一些糗事，又加上欧阳昊五不时耍宝，一顿饭吃得甚为和乐。

饭后，关培龙将关昕和欧阳昊五带去书房，在桌边坐定后，关培龙点上支烟深吸一口。

"爸，您还是戒烟吧，对身体不好。"

关培龙尴尬地笑笑，将烟掐灭："也就前两年抽得多，这一年身体不好，脂肪肝高血压什么的，抽得很少了。"

"爸……"关昕喉咙有些哽咽，内疚得说不出话来。

"关昕，你最近就住在家里吧，你妈心脏不太好，医生说是思虑过甚引起的，你多陪陪她。"

关昕重重点头，沉默一会儿问道："爸，您不想知道我为什么会现在回来吗？"

关培龙看他一眼，又看看欧阳昊五："想必你有自己的理由，我只想知道你今后有什么打算。"

"我想负责'环龙'酒店的工程，但是暂时不想让人知道我跟您的关系，可以吗？"

关培龙沉吟一阵："酒店的工程可以让你做，但是我们的关系要一直瞒着有些难办。你能不能告诉我，你想瞒着谁？要怎么瞒？"

欧阳昊五一手撑头，侧过脸看着关昕："你想瞒着羽涵？"

关昕对他摇头："羽涵那儿我会亲自跟她说，我只想瞒着姜伟杰。"

欧阳昊五想了一阵，突然一拍桌子："难不成你想帮羽涵报仇？"

关培龙眯着双眼听完两人的对话,脸上的表情高深莫测:"你们说的羽涵,是不是'盈天城投'宋锦书的女儿?"

见欧阳昊五点头,他又问关昕:"就是你去做保姆的那家是吗?"

关昕的脸不自觉一红,终于"嗯"了一声。

关培龙微皱着眉,看着关昕脸上的表情,沉默了许久:"她不是跟姜伟杰还有个孩子吗?你怎么也去插一脚?"

"爸,羽涵是个好姑娘。"关昕忙反驳。

听了关昕的话,关培龙只长长地叹了口气:"算了,你的事我不会再干涉,宋家那姑娘和姜伟杰有什么瓜葛我也不想知道,可是你既然提出这些要求,总该告诉我你有什么计划吧?"

关昕看看关培龙,又看看欧阳昊五,将自己的计划和盘托出。

其实他想得很简单,之前"环龙"融资姜伟杰的"友杰建设"拥有16%的股份,再加上他自己在"友杰"的一些股份,差不多有19%的股了,他想用这些股帮助羽涵掌控"友杰建设"。

关培龙听完,无奈地笑了:"关昕,你的计划太理想化了,姜友忠父子的股份占了51%,先不说公司那些股东的股份,就算你买下市面上所有流通的'友杰建设'也不够跟他们抗衡。"

关昕神情一黯,微抿着薄唇不语。

欧阳昊五笑着拍拍他的肩膀:"你就别替羽涵操心了,那丫头精得像只狐狸似的,肯定早算计好了,该怎么操作全不用别人费心,咱们就等着看好戏好了。"

"关昕,你的计划也不是完全不可行,但是需要跟羽涵沟通好,你若是真想帮她,就和她好好商量一下,该怎么做最快又最隐蔽。"

关培龙又点上一根烟,这回关昕没有阻止,看着他从容地将烟抽完,这才起身:"爸,谢谢你。"

关培龙只向他无力地摆摆手,神情苍老得让关昕心头发酸。

他知道自己过分,分别了那么久回家,还不知道父母是不是真的原谅了他,他便提出了这样过分的要求。他原本以为父亲会生气,甚至做好了

被再次赶出家门的准备。

可是父亲却什么都没说，关昕心里一阵阵发疼，他向欧阳昊五使了个眼色，两人退出了书房。

关妈妈早就等在了门口，见他们出来，她开心地领着关昕去他房间，一路上紧紧拉着儿子的手不肯放开。

到了二楼的房间门口，关妈妈突然紧张起来，握着门把的手颤抖着："关昕，你来看看这个房间，这是按照老房子里你的房间原样搬过来的。"

门一打开，关昕被彻彻底底震在当场，这房间里的一桌一椅、床单被褥，甚至摊在书桌上来不及收起来的书和笔，全部都是自己离家时的模样，有些连他自己都已经淡忘的细节，在看到这一切后，突然全部想了起来。

关昕小心翼翼地踏进房间，仿佛怕惊醒了他做过许多次却一直都无法实现的梦。他伸手摸上书桌，纤尘不染。

他的母亲，因为思念成疾，已经将他的房间当成一种类似于信仰的东西膜拜，这种寄托思念的方式让他心惊。他突然非常非常后悔，自己离开的这四年，就像一个狠狠的巴掌，扇在他的心上。

刹那间，他的心痛得仿佛被绞碎了一般，紧紧搂住母亲的肩头。

关妈妈却讪讪地笑着："关昕，这房里的东西都太旧，平时我也只过来看看而已，不能住人，你住到三楼的大房间好不好，我为你准备了很久。"

关昕用力地点头，跟着母亲上了三楼房间，看她和陈阿姨张罗着为他换上新的床单被套，忙活了一阵后，又要下楼去给关昕准备点心。

关昕深深叹气，打量着这间宽敞无比的房间，拉开了通往露台的玻璃门。

热浪滚滚蒸腾而来，夕阳在远处看来绚丽无比，欧阳昊五在露台的圆桌边坐下，从口袋中取出烟递给关昕。

关昕倚着栏杆看他，挑眉道："我不知道你居然也抽烟。"

"这是你爸的烟，我偷上来的，觉得你可能需要。"欧阳昊五瞪他一眼,将烟扔在桌上。

关昕踌躇一下,动作笨拙地抽出一根点上,狠狠地吸了一口。

热气逼他出了一头的汗,关昕却浑然不觉,双肘撑着栏杆望向夕阳,一动不动。

"昊五,我是不是挺浑蛋的?"

没等欧阳昊五回答,关昕继续说:"为了一些虚无缥缈的东西,抛弃自己的父母那么久,不曾孝顺过他们,却反而让他们为我担惊受怕,呵呵,我自己都觉得混账。"

欧阳昊五站到他身边,高大的身躯在身后投下长长的影子。

"过去的事多说无益,你可以用你的一生去弥补他们。"

关昕不语,吐出一口烟雾,轻轻咳着。

"关昕,你准备什么时候来'环龙'上班?"

"不急,你明天先带我去'伟杰'的庆祝宴会再说。"

欧阳昊五唇角一挑,眯缝起桃花眼等着关昕:"你想好怎么面对羽涵了?"

关昕点点头,掐灭手中的烟:"总该面对的。"

Chapter 7
羽涵，我想助你睥睨天下

"青梅"是云都最豪华的私人会所。

"友杰建设"今天大手笔地包下全场，安排给"友杰"和"盈天"庆祝，可谓用心良苦。

作为主人，姜伟杰今天穿得格外神气，黑色缎面礼服合体挺括，他满脸堆笑地和客人打招呼。

作为客人，宋羽涵是最为悠闲的，她穿一袭香槟色的薄纱曳地长裙，灰色的缎面宽腰带将她的腰收得十分到位，盈盈细腰不堪一握。

她握着杯香槟，周旋在形形色色的人物中，将前来赴宴的大人物们应付得滴水不漏，脸上始终挂着自信傲慢的微笑，气场十足。

随着父亲一起赴宴的苏蘅，一进大厅就看到笑得灿若莲花的宋羽涵，齐肩的短发修剪出好看的造型，整齐利落地别在耳后，耳上的钻石耳坠若隐若现。

姜伟杰见苏蘅来了，心里颇多意见，却碍于她父亲的面子不好发作，被姜友忠逼着硬生生将委屈咽回了肚子。

苏蘅却始终没有看他，径自去找宋羽涵。

她将宋羽涵带至一处无人注意的角落后，从金色的手袋中取出两张照片交给宋羽涵。

"你猜得没错，姜友忠确实有个交往甚密的女人叫陈馨华，我找人跟踪了她，发现她很多不寻常的地方。"

照片中的女人身材有些微胖，虽然有了些年纪，但是容颜保养得非常好，淡而细的眉毛，波光潋滟的双目，衣着得体光鲜，一看就是受过良好教育的人。

苏蘅继续说："她在城中寸土寸金的恒信广场开了家国际连锁的培训机构，学费贵得离谱，培训机构的账户每月的固定时间都会收到一笔海外汇款，数额巨大，因为她在海外也有产业，所以这些钱款的流向看起来并没有问题。"

宋羽涵将照片收入手包中，眯着眼笑望着她："你会提到她账户的资金，说明你已经发现问题了。"

苏蘅点点头："我发现账户现金流量非常快，并且与海外的交往频繁。"

"你的意思是她可能涉嫌为海外账户洗黑钱？"宋羽涵的手指轻轻叩击着包上的金属扣，宝蓝色的指甲衬着金色包扣，艳光闪闪。

苏蘅不说话，风情万种地拨了拨头发，露出姣好的细长脖子，硕大的蓝宝石项坠熠熠生辉。

"我会再找人查清楚，你自己万事小心。"宋羽涵谨慎地环顾四周，见姜伟杰正在门口和一名女子说话，悄悄凑到苏蘅耳边说，"姜伟杰的新女朋友你见过吗？"

苏蘅一撇嘴，微扬着头："没见过，也不想见。"

宋羽涵慧黠的眼向她一眨，唇角弯起，拍拍她的手臂说："别小气了，一起来见见吧。"

苏蘅脸上一僵，无奈被宋羽涵拉着手臂，只好随她一起往门口去。

宋羽涵摇曳生姿地走到姜伟杰身后，放开苏蘅的手，朗声道："姜总，不为我们介绍一下吗？"

姜伟杰一怔，缓缓转过身，让出身后一身红衣的任爱蓓。

苏蘅双眼一眨不眨地盯着任爱蓓，那眼神似要在任爱蓓身上生生剜两个洞出来，凌厉肃杀。

宋羽涵不露痕迹地拉她一把，笑着上前与任爱蓓打招："任小姐，又见面了。"

任爱蓓一脸戒备地望着宋羽涵，又望向苏蘅，搞不清她们的用意。

苏蘅倒是很快便看出了面前的形势，这任小姐恐怕是姜伟杰新搭上的。她上下打量着任爱蓓，身上的红色百褶短款小礼服是某大牌的新款，可惜却配错了礼服的鞋子，黑而卷的长发没有做任何造型披在身后，脖子上戴了条奢华的水晶项链，将礼服的气场生生压下，五官精致艳丽，妆容很淡，倒是衬得一张脸似出水芙蓉般娇俏。

三秒钟后，鉴定完毕，苏蘅在心底低低叹口气，这种小家碧玉型的女人，只不过容姿稍稍出众了些，便妄想着能够搭上个青年富豪，当只飞上枝头的凤凰，却不知麻雀变身所必须付出的代价有多么惨痛，更何况那金主还未必会让她麻雀翻身。

至此，她看向任爱蓓的眼中浮上一丝轻笑，再也不正眼瞧她，只闲闲地倚着宋羽涵，似笑非笑地盯着任爱蓓勾在姜伟杰肘上的手。

这边苏蘅和任爱蓓间唰唰地飞着眼刀，门口那儿又有一阵骚动。

宋羽涵正跟任爱蓓回忆之前她在酒吧卖酒的事，不出意料地看到姜伟杰和任爱蓓的脸色越来越难看，心中暗自窃喜，却突然感觉身侧的苏蘅狠狠地拉了下她的手。

"怎么了？"她正损得开心，冷不防被苏蘅打断，心里有些不爽快。

苏蘅向门口一努嘴："五少来了。"

欧阳昊五一向是万人迷，男女老少通吃，他走到哪儿，热闹就到哪儿，小小的骚动也算是对他的一种欢迎方式。

宋羽涵并不意外会在这儿见到欧阳昊五，却在看到他身后的人时，浑身僵硬。

关昕穿着修身的黑色西服，白色衬衣黑色领带，利落的短发打理过，露出饱满的额头，看上去冷峻生疏，跟以前亲和柔善的样子完全不同。

宋羽涵忘记了继续奚落任爱蓓，感觉苏蘅握住了她的手腕，轻轻在她耳边说："你紧张得发抖了。"

她在心里痛恨着自己的无用,一边深吸口气,绽出一个迷人的微笑,等着欧阳昊五带着关昕走近。

欧阳昊五已经看到了任爱蓓,盯着她不放;姜伟杰看到关昕,神情紧张;任爱蓓看到欧阳昊五与关昕亲密的样子,一时有些错愕,顿时来来回回的眼神交错复杂,感应到异样的人往这儿偷瞧不断,却不敢再有人靠近。

关昕紧紧盯着宋羽涵,他第一次见宋羽涵盛装的模样,娇艳如一朵盛放的玫瑰,一时看得有些失神,见她脸上虽笑颜浅浅,却一副疏离的神态,心中又不免烦躁。

欧阳昊五在姜伟杰面前站定,面上带着痞痞的笑容,却再也不看任爱蓓,向姜伟杰和宋羽涵伸出手:"姜总、宋总,恭喜二位了。"

宋羽涵向他一扯唇角,眼角却是询问的神情,她不明白欧阳昊五带着关昕出现是为了哪一出。

苏蘅看看这两个又看看那两个,一副看好戏的表情,却不料欧阳昊五在跟姜伟杰打完招呼后就沉默了,六个人你看我,我看你,谁也不愿先开口。

关昕终于憋不住了,他转头看向宋羽涵,一把抓住她的手肘道:"如果宋小姐不介意的话,能否和我单独谈谈?"

宋羽涵刚想拒绝,欧阳昊五和苏蘅异口同声道:"去吧去吧。"

苏蘅甚至将她的手往关昕面前送。

关昕拉着宋羽涵出了宴会厅,去了宽阔平坦的露台。十八楼的风呼呼地吹着,将宋羽涵整齐的头发吹得凌乱飞旋。

空气潮湿闷热,夏末独有的炎热气息并没有被夜风吹散一些,宋羽涵一手压着头发,抬头看关昕脸上的表情,只觉暑气环绕四周,心底却是冰凉一片。

关昕的手干燥炙热,缓缓抚上宋羽涵的脸,她轻巧避过,关昕便伸向她脑后,为她将被风吹乱的发丝理好。

"羽涵,你瘦了很多。"

"多谢关心，我很好。"宋羽涵偏了脸，看向墨黑浓重的天际。

"羽涵，我今天是特地来找你的。"关昕收了手，微低着头看宋羽涵，借着走廊的灯光，宋羽涵将他落寞的神情看得一清二楚。

曾经如黑曜般闪耀的双眸染上了点点灰暗，开朗明亮的脸上满是忧伤，宋羽涵看了心突然一软，几乎就要原谅他的不辞而别了，却仍然沉默着不开口。

"羽涵，我想帮你。"

"帮我？帮我什么？"宋羽涵后退一步与关昕隔开些距离，远离他熟悉的气息。

"你想扳倒姜伟杰，我帮你。"

宋羽涵轻笑一声："我不是要跟他打架，即使打架也不需要你出手。"

"我不是要帮你打架，"关昕懊丧地低叫，"你知不知道，其实我一直是'友杰建设'的职员？"

宋羽涵一愣，不可置信地看着关昕，眉头深锁。

关昕不管不顾，将一切都说了出来："当初是姜伟杰用任爱蓓父亲的治疗费来跟我做交易，他要求我应征来你家工作，不时向他汇报你的动向。"

宋羽涵说不出话来，只觉得心口的绞痛一阵接着一阵，盯着关昕的双眼隐约有两簇火苗，浑身都微微颤抖着。

"所以你有一次拍到我和姜伟杰见面，就是他向我打探你的消息，其实我们也就见了那一次面，我什么都没有跟姜伟杰说过，更没有向他汇报过你的动向。"

"是吗？那真是谢谢你了。"宋羽涵的声音冷漠生疏，不带一丝感情，她抬头看着乌黑的天空，夏夜的闷热被凉风吹散，天边有滚滚惊雷，颇有些山雨欲来风满楼的架势。

关昕心底一痛，忍不住紧紧扶住宋羽涵的肩，迫使她与他对视。

"羽涵，你看着我，我有很重要的话要跟你说。"

宋羽涵抬眼直直地看着他，清明的眼神让关昕有些瑟缩，她睁着一双乌黑眼眸，等待着关昕发话。

"你曾经问过我，为什么会读哈佛的MBA，其实我师大毕业后，本来想去做老师，结果被父母逼着去哈佛读了两年MBA，一毕业我就和家里断绝了关系。"

宋羽涵讶异地望着他，下意识地问："为什么？"

"我不想接受家里安排的工作，不想按照父母的意愿生活，更因为我父母不同意我和女朋友的交往。"

"任爱蓓？"宋羽涵一针见血。

关昕也不逃避，直接点点头："我父母当时极力反对，对我实行高压政策，封锁我的经济来源，所以当时我冲动之下，从家里搬了出来，四年了一直都没有回去。"

宋羽涵沉思着盯着关昕，考量着他说这番话的意图。

"昨天，我终于鼓起勇气回家了，见到了久违的父母，他们都老了许多。"

关昕的声音有些暗哑，宋羽涵心中不忍，伸手轻轻拍了拍他的手臂，以示安慰。

"他们愿意原谅我，接纳我重新回去，默认了我这么多年来的放肆行为，更答应了我的无理要求。"

他的双眼晶亮，充满期待地望住宋羽涵，宋羽涵心中不忍，问道："什么要求？"

"我要帮助你扳倒姜伟杰。"

宋羽涵轻声地笑了，笑得真诚："关昕，我知道你的心意，但是这件事你真的帮不了我，扳倒他不是容易的事，光有满腔的热诚是不够的。"

"那加上'环龙'够不够？"

"什么？"一个惊雷滚过，宋羽涵没有听清。

"我说，加上'环龙集团'够不够？"

这下宋羽涵听清了，却彻底被震惊了，联想到"环龙"董事长的姓氏，想到曾经听说"环龙"董事长的儿子离家不回的传闻，想到关昕和欧

阳昊五亲密的关系，她脑子里轰地一炸。

"你和欧阳昊五是什么关系？"宋羽涵仰着头，紧紧抓住了关昕的手臂，双眼牢牢盯着关昕。

"他是我表弟，'环龙'的董事长关培龙是我父亲。"

天边的惊雷一阵响过一阵，狂风带着湿气肆虐而来，将宋羽涵和关昕裹在风暴中央。

宋羽涵抓着关昕的手在微微颤抖，她不知道自己此刻该以何种心情来面对关昕，只觉得心中又羞又怒，这个自己好不容易喜欢上的男人，居然连身份都向她隐瞒，他的真心又有几分可信？

宋羽涵又一次被关昕和欧阳昊五耍得团团转，怒极反笑，她松开关昕的手，向他嫣然一笑："好，很好，恭喜关先生与父母和解，失陪了。"

狂风中宋羽涵的头发被吹乱，发丝纠缠，连缎面的礼服都被风吹得啪啪作响，她一手按着头发，一手拉着裙摆便要走，却被关昕拦住了。

关昕见宋羽涵的脸色都变了，知道她一定不肯原谅他，忙上前一把将她拥在怀里，轻声说："宋羽涵，对不起，是我不对，你别生我的气。"

"关先生，请你放手。"

宋羽涵话音未落，一场暴雨倾盆而下。

只一瞬，他们便被雨水打湿，关昕拉着宋羽涵飞快闪进走廊，空调呼呼地吹着冷风，被打湿头发的宋羽涵立刻打了个喷嚏。

立刻有服务员过来，带他们去休息室整理，关昕将西装外套脱下裹住宋羽涵，打电话叫来了欧阳昊五。

跟着欧阳昊五一起来的，还有苏蘅，她已经从欧阳昊五处知道了所有内情，一会儿看看满脸冰霜的宋羽涵，一会儿又瞅瞅一脸愧疚的关昕，笑得像只偷了腥的猫。

宋羽涵的眼刀立刻飞过去，将她盯了个激灵："呃，我还是先出去帮你应付姜伟杰好了。"

说完她蹬着那双8公分的金色高跟鞋，疾步如飞地闪了出去。

欧阳昊五只来得及瞪一眼她的背影，瞄到宋羽涵不善的脸色，他忙讨好地坐到宋羽涵身边，谄媚道："羽涵，我真不是成心瞒你，这是舅舅家的私事，我总不见得成天挂在嘴上吧，我不是那种八卦的人；况且对于'环龙'来说，未来少董在你家做保姆，这又不是什么值得高兴的事。"

"你的意思还是怪我了？"宋羽涵斜了眼欧阳昊五，故意将关昕晾在一边。

"是我的错，我的错。"欧阳昊五双手合十，呈膜拜样，对着宋羽涵拜了又拜，"姑奶奶您就别生气了，我这不是给你送大礼来了么？"

见宋羽涵不说话，欧阳昊五把关昕拉到她面前："'环龙'少董呈上，任凭宋总经理差遣。"

宋羽涵的面色又变了变，冷声道："你这是在羞辱我么？"

"我怎么敢啊，"欧阳昊五冤得就快哭了，"关昕，你还是把你的想法好好跟羽涵说一下吧，我搞不定了。"

"'环龙'之前参与了'友杰建设'的融资案，现在拥有'友杰'16%的股份，加上我本身拥有的3%，一共是19%。"

宋羽涵嗤笑一声："你以为姜伟杰知道了你的身份后，还会让你个人拥有'友杰'的股份吗？"

"他不知道我的身份，他还曾经承诺过我，只要我留在你家继续做保姆，他还会额外再给我3%的股份。"

"你还想来我家？"

见关昕点头，宋羽涵微一耸肩："可是我不想让你来我家。"

"羽涵，你别这样，我觉得这是个很好的提议，"欧阳昊五拦住宋羽涵的去势，诚恳地说，"你可以考虑下，毕竟有'环龙'做后盾，你做任何事都会更有底气。"

关昕望着宋羽涵，语气淡淡的，却坚定非常："羽涵，不管做什么，我都会无条件支持你，所以不要拒绝我。"

宋羽涵的心突地一跳，凌厉的眼神也渐渐柔和下来，她望着关昕柔软的鬓角，微微上扬的唇角，低声问他："你为什么要帮我？你想得到什么？"

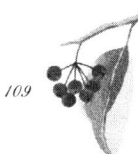

其实问题问出后，宋羽涵就后悔了，她怕听到关昕的回答，无论是喜欢或是不喜欢，都不是此刻的她想听到的话，在这团混乱如麻中，她实在理不清自己现在对关昕到底是哪种感情。

可是心中似乎又有些期待，期望着关昕能够说出那个让她心悸的词，期待她的愿望没有落空。

但是关昕的回答却出乎她的意料："'友杰'两个月前，从'环龙'手里抢走了块地，导致'友杰'内部的资金链出现了问题，所以迫不得已才会与你联合投标，我要的，只不过是那块地而已。"

他的话让宋羽涵长长地舒出一口气，还好他没有说出令她难堪的话。

末了关昕轻咳一声，又说了句让她哭笑不得的话："还有因为，我想菲菲了，想做小肉丸给她吃。"

宋羽涵望着关昕良久，又看看一脸期待的欧阳昊五，终于向关昕伸出了手："希望我们能合作愉快。"

关昕紧紧握住宋羽涵的手，笑道："谢谢，羽涵，我还以为你再也不想见我了。"

"我不想见，你就不出现了么？"宋羽涵没好气地回他，起身去更衣室换上已经吹干的礼服。

三人回到宴会大厅时，姜友忠正在慷慨激昂地致辞，他们随着引导员的指示找到位子时，心底都有些好笑，刚才暗流涌动的六人又被安排坐在了一起。

姜伟杰专注地看着台上的父亲，苏蘅低头专心致志地看着手机，任爱蓓盯着和宋羽涵并肩而来的关昕，神情轻蔑。

宋羽涵将她的表情看在眼里，心底冷哼一声，在苏蘅身边坐下。

苏蘅见她来了，不满地嘟起嘴，用周围人听得到的声音说："这晚宴真没意思，我快无聊死了。"

"不如我们换个地方吧。"宋羽涵应着苏蘅的话，却是看着姜伟杰说的。

"那怎么行，羽涵，你可是半个东道主啊。"

姜伟杰的话让宋羽涵轻笑出声:"姜总,别开玩笑了,来的都是您'友杰'的员工,我们公司可就我一个人,哪里能算东道主?"

宋羽涵说着,拍拍关昕的肩头,向着姜伟杰得意地笑道:"再说了,我家的保姆失而复得,你说我要不要去庆祝一下?"

姜伟杰笑嘻嘻地勾住任爱蓓的肩,看向关昕的眼神一闪:"那恭喜你了。"

宋羽涵看一眼苏蘅,这丫头会意地立刻收好东西站起身,对姜伟杰冷冷道:"多谢姜总的款待,先告辞了。"

宋羽涵轻笑一声,勾着欧阳昊五的手臂,带着关昕和苏蘅先行退场,引起厅中不小的骚动。

四人出了"青梅"并没有去别的地方,直接去了宋羽涵的公寓。

关昕熟门熟路地进了厨房,找出冰箱的食材开始做晚饭,折腾了一晚上,大家都累了。

宋羽涵踢了高跟鞋,扔了手袋将整个人沉进沙发,无力地看着在厨房中忙碌的身影。

苏蘅第一次来宋羽涵家,拉着欧阳昊五陪她四处看,看到墙上挂着的菲菲的照片后,顿了顿,小心地瞥一眼沙发上的宋羽涵,看她一脸疲惫的模样,心里有些不忍。

"要不我们还是撤吧,让他们两个好好谈谈。"苏蘅拉着欧阳昊五的衣袖,仰头看着他,发现他也正低头,一脸探究地望着她,四目相对,让她莫名地红了脸。

"撤什么啊,刚刚在'青梅'你是没看到,羽涵就差对关昕动手了,我得看着她,别一会儿两人打起来。"

欧阳昊五皱皱鼻子,不好意思向苏蘅解释他想留下蹭饭的心思,摆出一本正经的表情,看得苏蘅面上又是一红,忙转过头看向别处。

欧阳昊五抓抓头发,走回宋羽涵身边,注意到她的眼神一直胶着在关昕身上,没有离开过,在心底笑了一声,挨着宋羽涵坐下。

宋羽涵没有看他,低声说:"任爱蓓要是知道关昕的身份,不知道会

不会后悔得咬舌自尽。"

这下欧阳昊五彻底笑出了声："听你这意思，应该是原谅他了？"

宋羽涵窝在沙发里，懒懒地瞥他一眼，有气无力地说："怎么可能？你们俩把我当傻子一样耍得团团转，我干吗要原谅你们？"

"哎呦，我的姑奶奶，"欧阳昊五的脸立刻垮下来，"你仇视我不要紧，别卡着关昕了，他对你是真心的。"

见宋羽涵不置可否的样子，欧阳昊五继续说："你是没看见昨天那场面，关昕好不容易回家跟他爸妈相认，哭也哭了，笑也笑了，一转身就跟我舅舅说你的事，我舅舅气得烟灰缸都拿不稳了，还不能表现出来，只顺着关昕的意思说话，看那意思是默许关昕的要求了。"

宋羽涵望着关昕的眼神一闪，眼底隐隐有水光波动，裹着心底的坚硬外壳似乎有一角熔塌了，软软地流得满心都是。

恰巧关昕端了盘子出来，见欧阳昊五坐着不动，顺手将一块抹布扔了过去："过来帮我端菜。"

欧阳昊五乐颠颠跑去帮忙，留宋羽涵一个人静静坐在落地灯的阴影里，苏蘅窝在沙发另一端安静地翻看杂志。

灯光正好，气氛正好，宋羽涵的心柔软得一塌糊涂，望着关昕的神情也渐渐放松，不再那么焦灼。

坐上饭桌，欧阳昊五见宋羽涵的脸色和缓下来，喜得不时向关昕使眼色，关昕见状心里也微微一松，却还是不敢掉以轻心，对宋羽涵格外殷勤。

吃过饭，宋羽涵将手袋中的照片取出，推到欧阳昊五和关昕面前："既然'环龙'的少董和执行总监都在这儿，那我也不瞒你们了，这是我正在调查的人，姜友忠的女人，据说在'友杰'他们的关系已经半公开了。"

欧阳昊五拿过照片瞥了一眼，左手的食指下意识地在桌上轻叩："她有什么值得你调查的地方？"

宋羽涵点头："不管他们的关系有没有公开，姜友忠一日不离婚，他包养情妇总归是一桩丑闻，对他们的股价肯定有影响。"

"你想趁股价下跌收购？"

宋羽涵摇头，望着关昕道："靠股价下跌来收购外面的流通股，根本是杯水车薪，况且我手头也没那么多资金，我只是要把'友杰'搅浑，看看能不能从中捞两条大鱼出来。"

"看来你已经有了计划。"欧阳昊五起身，伸了个懒腰，向关昕使了个眼色，"时候不早了，我该回去了。"

说吧，他手一勾将苏蘅拉起来："走吧，小丫头，我送你回家。"

苏蘅被他冷不防一拉没站稳，扑进了欧阳昊五怀里，一张脸涨得通红。

宋羽涵下意识看了她一眼，注意到她不寻常的神色，愣了一愣，随即脸色如常地将欧阳昊五和苏蘅赶出大门。

一回头，关昕站在客厅中央，正一脸期待地望着她，宋羽涵微叹口气，在沙发边坐下，拍拍身边的位置示意关昕坐过去。

关昕乖顺地在她身边坐好，就像做错事的小孩子，低着头等待宋羽涵发落。

宋羽涵莫名觉得好笑，原本暴戾的气焰也减了一半，痛斥的话到了嘴边，也全没了凌厉的气势。

"当初为什么不告而别？"

关昕抬头望着宋羽涵的双眼："我怕我看到你，就不想走了。"

宋羽涵微微偏了目光，望着他一侧饱满的耳垂，轻声说："你不是因为我的告白而吓跑的吗？"

关昕摇摇头，望住宋羽涵的眼神专注又热烈："羽涵，你的告白让我打定了主意不能再对你隐瞒，关于我的家庭和背景，还有我心里真实的想法，我都必须整理妥当，再次见你我必然要以与你对等的身份站在你面前，我想站在你身边，看你轻松自如地赢得一切。"

宋羽涵苦笑："你只是想成为我的同盟而已吗？"

关昕一愣，随即明白话中的意思，有些为难起来。

宋羽涵晶亮的黑眸黯下来，手指有些轻颤，却故作洒脱地拨自己的发丝："刚在'青梅'的时候，我就想问你了，你帮我的原因，恐怕不只那块地而已。"

见关昕垂着头不说话，宋羽涵握住自己颤抖的手指缩在身后，声音也冷了下来："其实你想要赢回任爱蓓，不需要搞垮姜伟杰，只要你向她亮出你身份就行了，我想'环龙'的少董和'友杰'的少董相比，哪个更值得交往，任爱蓓应该清楚。"

屋子里娴静安宁，初秋的晚风穿过高楼，丝丝缕缕地吹入落地窗，白纱窗帘轻轻摇曳，沙沙地轻响轻拂在宋羽涵心头，酸疼酸疼的。

关昕抬眼凝望宋羽涵，从他深邃的双眸中宋羽涵看出了许多情绪，却绝对没有一种是她期待的，她的心一点点沉下去，沉闷得连说话的声音都黯了："我明白你的心情，在商言商，我们确实比较适合成为同盟，而不是其他不切实际的关系。你有你的目的，我也有想要取得的东西。你放心，我绝对是公私分明的人，不会再有让你难堪的言行了。"

宋羽涵强作镇定的神态，关昕怎么可能看不出来，可是她是这样洞悉一切，说的话那么满，他实在不知道该如何回答她。

见她起身要走，关昕也站起来一把拉住她的手："羽涵，你别这样。"

宋羽涵不说话，别扭地任关昕拉着她的手腕，就是不肯转身面对他。

关昕轻叹一声，伸手将她拥进怀中。枕着他厚实的胸膛，宋羽涵有些眩晕，有力的心跳一声声传来，像敲在她身上的鼓点，擂得她的心突突直跳。

关昕温柔的声音自头顶传来："羽涵，你别生我的气，不管我是出于什么目的帮你，我都想和你站在一起，助你睥睨天下。"

他顿了顿，轻声说："你给我点时间，让我把事情好好理顺，我现在没有办法做得那么决绝。"

宋羽涵窝在关昕怀里，知道他是指任爱蓓的事，心里酸得不行，可是他此刻表现出的犹豫和不舍，却让她心里安定了些，毕竟爱过那么多年，不是说忘记就可以忘记的。

她有自信，能够让关昕彻底忘记任爱蓓，时间早晚而已。

她心里的委屈和愤怒渐渐消失，听着关昕安抚人心的话语，鼻端嗅着他熟悉的气息，全身都放松下来，她居然打了个大大的哈欠。

关昕闷笑着，拍拍她的后背："今天很累了，早点去睡吧，我会一直陪着你。"

宋羽涵蜷在关昕胸前，贪恋着他的温暖，感觉自己的心情又回到关昕离开前那夜，又涨又涩，却隐隐有着期待。

她在心底长长叹口气，遇到关昕，她总是越来越软弱，对他也无法拒绝，一物降一物，说的就是她，关昕也许生来就是为了降服她的。

Chapter 8
关昕，你能不能也喜欢我

酷热的暑假过去了，很快便迎来了开学季。

因为关昕又回到了宋家，临开学前一个星期，菲菲便被宋爸爸从大宅送了过来，见到关昕她欣喜地扑上前，抱住关昕的双腿，却在看到宋羽涵后，瑟缩了。

之前一个月的疏远，菲菲和宋羽涵的关系又回到了原点，她比关昕离开之前更沉默。一个人默默地坐在地毯上玩娃娃、搭积木，关昕问她才答两句，跟宋羽涵基本没有对话。

关昕看得直皱眉，却也明白，一定是当初他的不辞而别影响了宋羽涵，导致她不愿意跟菲菲沟通，这个恶性循环的源头是他，能改善她们关系的人也只有他。

宋羽涵因为"环龙"的酒店建设，经常会跟姜伟杰见面，商讨合作的事宜。

"盈天城投"和"友杰建设"的实力悬殊，姜伟杰也明白宋羽涵会答应联合投标，肯定是有所图，所以处处防着宋羽涵会给他下绊子，订的合作协议也是细之又细，逐条逐项斟酌再三才确定。

却没想到宋羽涵从一开始的先期投入便大包大揽地将所有活都揽了过去，不管是资金的投入还是人员，颇为大方慷慨，让正为周转资金发愁的姜伟杰稍稍放了点心，毕竟这么大的工程，利润又那么丰厚，宋羽涵不会跟利益过不去。

几次下来，他看宋羽涵的眼神便放松许多。宋羽涵喜欢穿裤装，各式各样裁剪妥帖的长裤，配着修身的各色衬衣，齐肩的长发烫成好看的造型，在商场沉浮那么久，她的眼依然澄明清澈，在她身上，张扬着成熟魅力和青春的活力，淡淡散发着犹如玫瑰香般芬芳诱人的气息。

姜伟杰看她的眼神愈来愈放肆，宋羽涵也毫不在意，最近有了关昕的陪伴，她和菲菲的关系也逐渐和缓，没有了琐事烦心，她的气色也越发红润，连眉眼间都是飞扬的笑意。

好几次姜伟杰请两家公司中层吃饭，宋羽涵都没有拒绝，给足了姜伟杰面子。姜伟杰像是得到了暗示似的，每次都要跟宋羽涵喝酒，酒至半酣就拉着宋羽涵的手不肯放，不停地诉说着他对当年的事多么后悔云云，听得宋羽涵心烦。

每次回去，都是宋羽涵打电话让关昕来接她，饭店门口见到关昕，姜伟杰总是笑得格外开怀，也很热情地打招呼，就像认识多年的老朋友一样。

喝醉酒的宋羽涵，恢复了她这个年纪本该有的任性和调皮，赖着关昕，要他带着去吃烧烤，大半夜去公园爬山，或是揪着他玩一些菲菲都嫌幼稚的游戏，然后在地毯上笑成一团。

这天宋羽涵和姜伟杰请设计方吃晚饭，又是在"青梅"，关昕去接宋羽涵时，发现她喝得比之前任何一次都醉，整个人几乎瘫软在方云怀里。

姜伟杰还在宋羽涵身边拉拉扯扯，似乎要将她拉到自己怀里去，却因为脚步虚浮，自己也要人搀着便没得逞。

关昕在门口看得有些冒火，死死盯着毛手毛脚的姜伟杰，差点就忍不住上前揍人了。

方云搀着宋羽涵出门，已经看到关昕，心里一松，立刻将宋羽涵交到他手上，示意关昕带着她先行离开。

关昕搂过宋羽涵，向方云微一点头正要走，却被人拦住了去路。

"羽涵，这就要走吗？我还没喝够呢。"

醉醺醺的姜伟杰挣脱了扶他的人，上来一把拉住宋羽涵，色眯眯地盯着她，咽了口唾沫："宋羽涵，你今天可真美。"

宋羽涵被关昕搂着，放下心来，对姜伟杰妩媚一笑："姜总过誉了，五年前姜总没觉得羽涵好看，没道理现在会改观。"

关昕低头，见宋羽涵虽然神思清明，身体却不听使唤地往下滑，皱起了好看的双眉，搂紧宋羽涵就要走，姜伟杰却不依不饶地拦上来。

关昕一挑眉，斜望着姜伟杰："姜总还有什么事？"

"羽涵答应我继续喝酒去的，怎么能就这么走了？"他抬头瞪了关昕一眼，"你，把她给我，这儿没你的事了。"

关昕理都不理他，向方云使了个眼色，将宋羽涵打横抱了起来，塞进车里一关门，车一溜烟绝尘而去。

一回家宋羽涵就跌跌撞撞地冲进浴室，一顿狂吐后，瘫在地上起不来。

关昕进厨房煮了解酒汤后进来，便看到宋羽涵倚着黑色的大理石墙砖，整个人看上去苍白瘦小，不由得心里一软，过去扶她。

宋羽涵就着关昕的手，将解酒汤喝完，靠在他肩头直喘气。

"下次别喝那么多酒了，或者让方云替你喝，你看你都成什么样子了，嗯？"

关昕低沉的嗓音，拖着上扬的尾音，在宋羽涵心头缠绕，刚喝过解酒汤的嗓子又干哑起来，整个人趴在关昕怀里，软成了一摊水。

"关昕，我头晕，你别教训我。今天的酒喝得奇怪，我才喝两口就觉得不对劲，明明很清醒，可是手脚却使不上劲，所以我才拦着没让方云也喝，不然我们俩今天都交代在那儿了。"

关昕把宋羽涵抱起来回房间，看着怀里一动不动的宋羽涵，心脏一缩："哪里不对劲？是不是姜伟杰？"

"我怀疑他给我下药了，还好我机灵，跟他换着喝了几杯，他没得着好处。"

关昕听得心惊，将宋羽涵抱上床，听她不断咻咻地笑，叹了一声去拧了热毛巾给她擦脸。

宋羽涵晕乎乎的，半眯着双眼见关昕拿了毛巾要走，心里一下子空荡荡的，连忙一把抱住关昕的手臂，闭着眼蹭了蹭，呢喃道："别走。"

关昕被宋羽涵拉住，重心不稳跌倒在床上，望向宋羽涵醉眼蒙眬的双眼，有丝期盼又有些担忧的眼神，缓缓吻上她的双眼。

"关昕，我喜欢你，"宋羽涵微闭了眼，意识不清地重复着，"关昕，我喜欢你。"

关昕没有回答，将宋羽涵拥在怀里。

"关昕，我喜欢你，"宋羽涵还在说，"你能不能也喜欢我？"

关昕听了一滞，动作立刻僵硬，他轻轻将宋羽涵裹进被子，将她连人带被子抱在怀里躺下，阻止宋羽涵不安分的动作。

宋羽涵躺在他怀里，一阵阵地打哈欠，脸颊蹭着他的胸口，枕着他坚定有力的心跳，渐渐熟睡过去。

关昕将宋羽涵安顿好，收拾宋羽涵的衬衣时，发现衣服的前襟有残留的酒液，用力嗅了嗅，有种怪异的甜香味道，他找来一个密封袋，将衬衣塞进去封好袋口，给欧阳昊五打了个电话。

宋羽涵直到第二天下午才完全清醒过来，其间关昕叫过她几次，她都似醒非醒的样子，冷汗出了一身又一身，被关昕灌下了一壶牛奶。

宋羽涵躺在床上病恹恹的，提不起精神，脑子里一片空白，完全想不起昨天是怎么回家的。直到关昕端着白粥小菜进来，她的精神才好一点。

"我昨天怎么回来的，为什么我一点印象都没有？"

"姜伟杰在你的酒里下了药，你不记得了？"

见宋羽涵一脸茫然地望着他，关昕有些好气又好笑："你昨天喝的酒有问题，我请顾叶盛帮忙，化验了你衣服上残留的酒液，确实是有些药物成分，还好剂量不大。"

"我没做什么奇怪的事吧？"

"没有，你昨天很快就睡着了，又睡了很久，顾叶盛说这属于药物反

应，等你睡醒了，药性就自然代谢掉了，还嘱咐我让你多喝牛奶，可以解毒。"说罢，关昕又递过来一杯牛奶，示意宋羽涵喝完。

宋羽涵皱了双眉："顾叶盛？"

"顾叶盛旗下有云都设备最先进的食品检验所，化验个酒液不成问题，我们这次可算欠了他一个人情。"

宋羽涵点点头：将牛奶喝完，一抹唇，眼神肃杀地说："姜伟杰这个浑蛋，我一定不会放过他。"

关昕摸摸她的头，"他约了我一会儿见面，估计也是刚醒没多久，我去看看他的情况，听他会跟我说什么，你跟菲菲两个人没问题吗？"

"我没事，你放心。"

关昕又嘱咐两句，将一切安排妥当后才出门赴约。

这次姜伟杰约在一家私人会所，精致玲珑的包间里，他戴着墨镜静坐桌边等待。

关昕在他面前坐下，也不开口，等着姜伟杰发话。

姜伟杰隔着墨镜盯着关昕看了许久，转身从包中取出一份协议递到关昕面前："这是股份赠予的协议，你看一下，如果没有问题就签字，两个工作日后，你的股份便是公司中层里最多的了。"

关昕接过协议，仔细地看完，很快便在最后签了名字，向姜伟杰微微一笑："谢谢姜总了。"

姜伟杰对关昕的这一举动似乎很满意，摘下墨镜看着他："关昕，你是我最得力的助手，'友杰'正是靠着你们才发展到今天的，以后跟着我好好壮大公司，我保证年底分红一定让你拿得手软。"

关昕不予置评，淡淡一笑，让姜伟杰有种瞬间冰寒的感觉，他接下来的话让姜伟杰更冷："我想姜总的雄心壮志，不是靠那些见不得人的药物来实现的吧？"

"你什么意思？"

关昕扬扬眉："昨天的事，还需要我挑明吗？你对羽涵存着怎样的心，为了达到目的不择手段，这些我都了解。"

"你知道什么？你要做什么？"姜伟杰的语调透出一丝不易察觉的慌乱。

"你若还想我帮你做事，就离羽涵远一点，别再打她主意。"

"你在威胁我？"

关昕摇头："我不敢威胁你，任爱蓓的父亲还躺在医院贵宾房，那都是靠着你的关系才维系至今的，看着他的面上，我也不能对你怎么样。"

姜伟杰沉默了许久，望着关昕的眼神颇为复杂。认识他那么久了，到今天他才发现，他看不透关昕的心思，他甚至怀疑让关昕去宋家做卧底到底正不正确。

他稳了稳心神，强作镇定："这些你明白就好，我做事还不需要你来指手画脚，你只要做好我吩咐你的事就行。"

说罢，也不等关昕回应，他便戴上墨镜走了出去。

关昕端起面前的茶盅，抿一口杯中的大红袍，先苦后甜的味道，醇厚的甘甜气息，让他瞬间想到了宋羽涵笑靥倩倩的模样。

他有些烦躁地扒拉下头发，决定还是去医院看看任爱蓓的父亲。

去医院却扑了个空，任伯父早不在贵宾房了，护士解释因为第一阶段化疗结束，病人已经回家休养。

关昕熟门熟路地赶去任爱蓓家，却发现任伯父由任妈妈和任爱蓓搀扶着，在小区的小公园散步。

他远远地隐在一丛冬青后看过去。任爱蓓收敛了浑身的锋芒，乖巧懂事地陪在任伯父身边，她大概刚好说了一个笑话，逗得任伯父大笑不已，天伦之乐的画面重重敲进关昕的心。

他想到自己四年的任性，那么久没有关爱过父母，没有陪伴在他们身边，心中的愧疚让他疼得五脏六腑都绞起来。

关昕突然对任爱蓓不再有怨了，他理解任爱蓓的行为，父亲的病已经将她逼得走投无路，这个家庭的重担全部压在她肩头，她没有其他选择。

关昕缓缓向他们走去，微笑着向他们打招呼："伯父、伯母，好久不

见了。"

任爱蓓的笑意还挂在脸上，回头见是关昕，立刻冷了下来，又碍于父母的面不好马上跟他发作，只淡淡道："你来做什么？"

任伯母那里任爱蓓预先知会过，了解两人现在的关系，一时有些尴尬，可任伯父却毫不知情，一见关昕立刻欢喜地说："小关来啦，真的好久没见你了。"

关昕深深看了任爱蓓一眼，回答道："最近工作比较忙，一直抽不出时间过来看您。"

"哎，你这孩子啊，就是太认真了，走吧，上家里吃饭去。"任伯父站了起来，拉着关昕的手就要上楼。

"爸，你跟妈先上楼，我跟关昕有点话要说。"

任爱蓓拉住关昕的手臂，笑着对任伯父说："我再去买点菜回来，你们先上去吧。"

任伯父看看关昕又看看任爱蓓，笑眯眯地说："行，你们去吧，记得买瓶酒回来，我要跟关昕喝两杯。"

任爱蓓笑着答应，并没有拂了父亲的兴致，等看着父母上楼去了，才带着关昕走到小花园外围没人的地方。

"你来到底什么事？"

关昕望着她憔悴的面容，眼神软了下来："蓓蓓，姜伟杰对你好吗？"

任爱蓓白他一眼："关你什么事？"

"我知道你为了伯父的病熬得很辛苦，我不该怪你。"

任爱蓓出言打断他的话："关昕，你到底想干吗？我从来没想要你原谅我。"

关昕凝视着她的双眼，平静地说："如果有一天我有了很多很多的钱，你会不会回到我身边？"

任爱蓓唇角又露出那抹熟悉的嘲笑："你能多有钱啊？比姜伟杰还多？"

"嗯，比他还多。"

Chapter 8　关昕，你能不能也喜欢我

任爱蓓笑出了声，仿佛关昕在说一个很好笑的笑话。

"关昕，你看看你自己，去英国学了两年MBA，回来还不是在给别人做保姆？以前觉得就算你没有很多钱，我也一样能跟你幸福到老。可是现在不一样了，我没办法丢下我爸不管，他的病你担不起。"

说到这里，任爱蓓神情冷淡："更何况，你不像姜伟杰那样，有个富豪老爸。"

见任爱蓓消瘦的脸上神情黯然，关昕有些不忍，正迟疑要不要说出自己的身份，却听到任爱蓓突然说道："难道，是宋羽涵要给你一大笔钱？"说罢，她上下打量着关昕，眼神越来越不屑。

关昕只是笑笑，没有再解释，只对着任爱蓓摇头。

任爱蓓呼出一口气，继续说："所以关昕，别再想着跟我复合这种事了，我既然打定了主意，就不会容许自己后悔，希望你别再来打扰我的生活。再说了，你也比我好不到哪儿去，你现在不是也靠着宋羽涵在生活吗？"

关昕一时有些哭笑不得，任爱蓓认定了他就是一个吃软饭的小白脸，怪不得那天晚宴上她没给他好脸色看。

对话有些难以为继，关昕终于能收拾好心情，平静地对任爱蓓说："其实我今天来，就是想告诉你，那些钱你不用还我了，作为认识那么多年的朋友，这些钱不足挂齿。说实话，这么多年的付出，很难让我立刻接受这事，但是我尊重你做出的决定，也真心希望你不会后悔。"他抬头长长舒出一口气，"今天是我最后一次来找你，以后不会再来了。"

任爱蓓斜睨了关昕一眼，点点头。

"我不能陪伯父喝酒了，你跟他说一声吧，我先走了。"

关昕向她摆摆手，潇洒地转身走了。

任爱蓓留在原地，看着他挺拔的身影越行越远，决绝地转身回家。

可是，潇洒转身说了不会再见任爱蓓的关昕，却在两天后又见到了她。

关昕的高中死党洛一哲定在十月结婚，早就联系了关昕，让他去做伴

郎的，结婚当天他一大早就一直陪着新郎接新娘，到中午才刚刚能歇下来。

因为婚宴是定在晚上，下午的时候小夫妻拉着伴娘一起去湖心公园拍风景照，关昕就躲开了。他惦记着姜伟杰的那份协议书，借了洛一哲的车开去"友杰建设"取了已经生效的协议，又马不停蹄地赶去"盈天城投"见宋羽涵。

见到一身正装的关昕，宋羽涵愣了下，随即反应过来他今天要去做伴郎，于是不免多看了他两眼。

关昕今天穿着裁剪得体的黑色绸缎包领礼服，白色的纯色衬衣，黑色的领带，衬得一张如玉面容更是俊朗非凡。

宋羽涵笑着站起来迎接他，戳戳他的肩头："你穿成这样新郎不会哭吗？"

关昕奇怪地问："为什么？"

"因为你抢了他的风头啊。"宋羽涵笑着，吩咐秘书送茶水进来。

关昕想了想，一本正经地说："怪不得他今天见了我脸色不好看，原来是因为这个。"

宋羽涵哈哈大笑，招呼他在沙发上坐下，接过他手中的文件袋。

袋子里有一张薄薄的股份赠予协议，关昕签了字，盖了"友杰建设"公章的。

还有两张是"环龙集团"和关昕个人的持股证，显示"环龙集团"拥有"友杰建设"12%的股份，关昕拥有2%。

这几张纸加起来就占了"友杰建设"15%的股份，瞬间让宋羽涵觉得手中沉甸甸的。

关昕将袋子里的一枚田黄石印章拿出来，递到宋羽涵手中，淡淡地说："这是我的私章，交给你保管了。"

宋羽涵定定望着手中印章，轻声问他："你想好了吗？"

关昕点头，向她微微一笑："我做了决定的事，不会轻易改变。"

宋羽涵盯着他双眼看了许久，终于点点头，起身将袋子锁进了保险柜。

"你下午没事了吗？不用继续做伴郎？"

关昕喝了口茶看看手表，慢悠悠道："一会儿我就过去了，下午没什么事，婚宴在晚上呢。"

宋羽涵挑挑眉，在办公桌前坐下，继续看手中的一份合同，安静又祥和的气氛悄悄蔓延，关昕不由得弯了弯唇角。

将杯中的茶喝完，关昕站到宋羽涵身边，静静看着专注的宋羽涵，她的发微微垂下，露出衬衣领口的一段脖子，颀长莹白，像一段鲜嫩的萝卜。

这联想让关昕自己笑了起来，宋羽涵听到他的笑声，抬头看他，脸上一片茫然。

"我的脸上有什么吗？"宋羽涵下意识摸摸自己的脸。

关昕将她的手拉下来，轻轻握在手中，突然问她："晚上你要不要跟我去吃饭？"

宋羽涵一愣："跟你去喝喜酒？这样不好吧，都是你的同学，我又不认识。"

关昕微笑道："那有什么关系，都是我高中的死党，我想把你介绍给他们。"

宋羽涵望着关昕的眼神充满欣喜，心里柔软得一塌糊涂："还是下次吧，你今天是去做伴郎，自己都应付不来，哪里还有空招呼我？"

关昕不说话，这点他倒是没想到，只想着让羽涵见见他的朋友，却没想过自己也许会冷落了她。

"等下次吧，你把你的死党都约出来，我请他们吃饭怎么样，嗯？"

宋羽涵轻柔的嗓子拖着上扬的尾音，软软地绕在关昕心头，酸酸甜甜的感觉让他下意识地点头。

宋羽涵拍拍他的手，继续说："晚上我要请人吃饭，估计也不会早，到时候我来接你一起回去好不好？"

"好的，"关昕笑着答应，又看看表，"我该走了，再晚就赶不及婚宴

了。"

宋羽涵起身送他出门，柔情似水的双眸望着他："晚上等我。"

关昕忙点头出去了，留下得逞的宋羽涵一个人偷笑。

洛一哲的婚宴办在华茂，三楼的大宴会厅，开了三十五桌酒席，关昕跟着洛一哲上蹿下跳地招呼客人，忙得不可开交。

一个转身，关昕便瞧见了任爱蓓，她穿着一身淡紫色的缎面的短款礼服裙，化着精致完美的妆容，正款款向他走来。

任爱蓓站到洛一哲面前，笑嘻嘻地递上红包："洛一哲，恭喜你啦。"

洛一哲欣喜道："任爱蓓，我还以为你不来了呢。"

他接过红包转手递给关昕，打量了眼任爱蓓，赞赏道："任爱蓓，你比以前可漂亮多啦。"

"你什么意思，难道我以前不漂亮吗？"任爱蓓假意生气，跟洛一哲说笑。

洛一哲忙打着哈哈，招呼关昕："你带任爱蓓去宴会厅吧。"

关昕沉默着点头，沉默着领了任爱蓓便往楼上去。

任爱蓓深深看了眼关昕，开口道："你今天穿得很正式。"

关昕点点头，不说话。

任爱蓓看着关昕剪裁合身用料考究的衣服，心底一阵阵发酸，等他抬手按电梯时，不经意扫过他的手腕，惊讶道："你换了新手表？"

关昕一怔，拉起自己的衣袖看看，这枚手表还是四年前的老款，最简单的白色表盘配黑色的皮质表带，那时候关培龙做生意也赚了些钱，一次去香港出差的时候，给他带回了这块表，他还记得当时的价格，两万块港币，他离家出走时留在了家里，关母为他保养得很好，今天为了配衣服才找出来的。

任爱蓓只看得懂牌子，却看不懂款式，又看了眼他身上裁剪得体的礼服，酸溜溜地说："宋羽涵对你真好。"

关昕不动声色地将手表收进袖口，见电梯到了，让过一边示意任爱蓓进去，他站在门外不卑不亢地说："宴会厅在三楼，出了电梯左转。"

"你不跟我上去？"

"我还要帮洛一哲迎客。"说完电梯门便关上，关昕撇撇嘴，回到洛一哲身后。

洛一哲正在招呼新来的客人，关昕从他身后看过去，就见到小小的一个身影，穿着白色的绣花棉衬衣，靛蓝色的棉质长裤，丝缎般的黑发松松地系在脑后，看背影有些眼熟，却一时看不出是谁。

见关昕到来，洛一哲忙将身前的人拉到关昕面前，笑道："关昕，快看谁来了？"

尖瘦的瓜子脸，含波潋滟的双眸，小巧的鼻子和嘴，微微上翘的唇角边，露出一个浅浅的梨窝，这么多年没见，她依然清丽脱俗。

"裴子瑜？"关昕惊道，"好久没见到你了。"

裴子瑜笑着跟他打招呼："关昕，好久不见。"

高中的时候，关昕和裴子瑜一个是团支书，一个是班长，这两人不光相貌出色，学习也好，一直都是轮流坐"年级第一"那把交椅。

每次学校组织活动，广播中通知干部开会，也准有这两人的名字，所以不光同学们经常开他们的玩笑，有时候连老师都会玩笑似的对他们说："等你们都上了北大就更般配了。"只可惜他们俩都没有上北大。

高中三年，他们就像附中的代言人一般，提到附中就会提到这一对璧人，所以外校的学生戏称他们为"附中双璧"。

只有当事人双方心底明镜似的清楚，他们俩之间，绝对不会有火花。

"哎，这下我们的'附中双璧'就齐了，我等不及想看看同学们见到你们的情景了。"

洛一哲兴高采烈地看着眼前的两人，被新娘一把拉住耳朵："人家'双璧'重逢，你兴奋个什么劲？还不过来准备？"

这时伴娘过来通知新人吉时到，宴会厅已经准备好了。

洛一哲看看时间，宾客都到得差不多了，便对关昕说："你先带裴子瑜上去，一会儿你就陪她坐吧，我看你俩好久没见，好好聊聊。"

关昕向洛一哲点头，护着裴子瑜去乘电梯，在等电梯的当口，两人互相打量着彼此，又互相笑出了声。

"关昕，你还是老样子，都没怎么变。"

听了她的话，关昕摸摸自己的头发："老了，呵呵，都那么多年了。"

裴子瑜也摸摸自己的脸，笑道："被你这么一说，我不是更老？我还比你大一个月哪。"

两人为着幼稚的对话笑得很开怀。

电梯到了三楼，关昕带她去找座位，奢华绚丽的灯光下，宴会厅坐得满满当当，有相熟的同学看到关昕远远地招呼他，关昕微笑着应了，领裴子瑜过去。

邻近的两桌坐的都是高中同学，看到关昕带着裴子瑜出现，一个个大声起哄，激动得跟什么似的，引得周围人纷纷侧目，还好一对新人还没出现，否则定会被生生抢了风头。

裴子瑜跟身边的旧同学打着招呼，在关昕身边坐下，刚坐定便接收到对面射来的不友善目光，抬眼一看，原来是任爱蓓，她刚想笑着打招呼，却见她硬生生转了眼光，抬起下巴不再看她。

裴子瑜一愣，再抬眼看看身边的人，有些了然地转头，拍拍关昕的肩示意他靠近，凑近他耳边问道："毕业时我记得任爱蓓向你表白来着，你们后来怎么样了？"

关昕轻叹一声："一言难尽。"接着他看裴子瑜一眼，反问道，"那后来你和顾叶盛怎么样了？"

裴子瑜也学着他的语气："一言难尽。"

两人相视一笑，裴子瑜笑道："没关系，一会儿我们有很多时间可以叙旧。"

容貌外表如此般配的两个人，神态举止也如此亲密，让在座的其他同学忍不住窃窃私语，猜测着他们，毕业后是不是真在一起了。

这些话难免被任爱蓓听到，心中酸意更甚，正在发作边缘时，婚礼仪式开始了。

Chapter 8　关昕，你能不能也喜欢我

洛一哲挽着新娘的手缓缓踏上宴会厅红毯，旧日同学大叫着起哄，把气氛也带动起来，洛一哲一路乐颠颠地带着新娘站上了舞台，笑得嘴都快咧到耳根了。

仪式进行得温馨浪漫，在一班同学旧友的带动下，气氛越来越感人，到最后新郎新娘含着热泪宣布完婚宴开始，便一溜烟地去换衣服了。

台下的酒席开始热闹，菜还没上两个，新人还没来敬酒，同桌的两桌倒自己闹起来，大家一个个过来跟当年的"附中双璧"喝酒，大有把他们两人灌醉的架势。

关昕知道裴子瑜不能喝酒，上前拦着向她敬酒的人，替她喝了不少，等到洛一哲来敬酒的时候，关昕的脸已经全红了。

洛一哲是敬完所有人后，最后才来同学这的，打定了主意要被人灌酒，所以也没叫关昕替他，一边开着关昕和裴子瑜的玩笑，一边喝着酒，就像回到了上学的时候。

关昕一手撑着头，笑着听他们说话，一手转着酒杯玩。看着裴子瑜微微发红的脸颊，突然想到那个大雨的夜晚，宋羽涵酡红的醉颜，她微醺着说出喜欢他的时候，那模样让人心疼。

"在想什么？"裴子瑜注意到关昕的怔忪，轻轻碰下他的手。

关昕低低一笑，眼中柔得似要滴出水来，望着杯中红酒缓缓道："在想一个全心全意喜欢着我的人。"

裴子瑜瞟一眼正喝着汤的任爱蓓，问道："你跟任爱蓓开始过吗？什么时候分手的？"

"我们交往了四年，前不久刚刚分手。"

裴子瑜眉毛一挑："刚分手？太可惜了，为什么呀？"

关昕悠悠夹起一块炸鱼排塞进嘴里，细嚼慢咽，末了对裴子瑜说："我曾经离家出走，前不久才刚回去的。"

裴子瑜愣了下："你离家出走？什么时候的事？"

"大学毕业之后，被我爸强行送去英国读了两年的MBA，以此交换我和任爱蓓交往的自由，谁知道等我回来后，我爸食言了。"

"于是你便'冲冠一怒为红颜'了？"

　　听到裴子瑜的调侃，关昕轻笑："算是吧，可惜她嫌弃我没钱，不要我了。"

　　"什么？"裴子瑜惊叫，"她因为你没钱跟你分手？"

　　裴子瑜父亲和关昕的父亲也算旧识，当时云都崛起了一批白手起家的实业家，他们成立了一个企业家协会，定期聚会交流，裴子瑜和关昕的父亲都在那个协会中，有几次家庭聚会中，两人还相遇过，所以裴子瑜对关昕的家世也算有些了解。

　　"她不知道你是'环龙'的少董？"

　　关昕苦笑："既然离家出走，那些身份当然都不要了。"

　　裴子瑜眼风扫过任爱蓓，见她正跟洛一哲开心地聊天，不由得轻叹："唉，真是可惜了，她要是知道了你的身份，该多后悔啊。"

　　想到自己的身世，裴子瑜也向关昕苦笑："我其实挺理解任爱蓓的，什么叫'一文钱逼死秀才'，我现在总算了解了。"

　　关昕放下杯子，环顾四周，看大家还在劝酒嬉闹，倒是没人注意到他们两个，便伸手指了指外面："我们去外面透透气吧，这里太闷了，关于你和顾叶盛的事，可以慢慢告诉我。"

　　裴子瑜忍了许久的泪差点掉下来，这么多年，她憋了许多的话，总算碰到一个对她过往了解的人，终于能一吐为快了。

　　两人悄悄地收拾了东西出去，都没留意一道冰冷的眼神始终跟在他们身后。

　　宋羽涵来接关昕的时候，就看到关昕和一个身形婀娜的女生一起靠在"华茂"外的花坛边，女生的身上还披着关昕的西装外套，美艳的容貌，倾国倾城的笑。

　　宋羽涵下了车，不动声色地过去扶住关昕，仰头娇笑着问："关昕，这位姑娘是谁？"

　　关昕忙把裴子瑜拉过来，向宋羽涵介绍道："这是我高中的同学裴子瑜，好多年没见了。"

宋羽涵大大方方地伸手："你好，我叫宋羽涵。"

裴子瑜轻轻握住，笑着点头："我知道，'盈天城投'最年轻的接班人。"

关昕扶住羽涵的肩，低头柔声问道："我们送子瑜回家吧，让她一个人回去，我不放心。"

宋羽涵向他甜甜一笑："这是应该的。"

上了车，问清了裴子瑜的地址，宋羽涵将车开入车流。

"你今天没喝酒吗？"关昕侧靠着椅背望着精神奕奕的宋羽涵。

宋羽涵笑嘻嘻地点头："是啊，让其他人挡了。"

她看眼关昕，又从后视镜看看裴子瑜："你们今天喝了不少吧？"

关昕痴痴望着宋羽涵，唇边始终挂着笑却不说话。

裴子瑜揉了揉眉心："关昕喝了不少，好像有些醉了。"

"今天，任爱蓓也去了吧？"

"你认识她吗？"裴子瑜抬头望着宋羽涵的侧脸。宋羽涵的身上有种豁达大度的气质，仿佛什么事都可以不放在心上，却又仿佛什么事都逃不过她的眼。

宋羽涵轻笑："打过交道而已。"

裴子瑜的美貌让宋羽涵有压力，她跟关昕熟稔的关系也让宋羽涵隐隐不安，除了任爱蓓之外，她还是第一次见关昕对异性如此照顾。

"你跟关昕，有多久没见了？"

裴子瑜微弯唇角，如水双瞳含着笑意："自从高中毕业后，我们就没有联系过，一直到今天。"

话音刚落，她的手机响了起来，她从包中找出电话，见到来电名后，微微叹了口气才接通。

宋羽涵不说话，静静听她敷衍着电话那头的人："嗯，结束了，我正回家。你别过来了，有人送我回去。我的同学，你不认识。唉，我不知道这是哪里，你别过来了。"裴子瑜烦躁地挂上电话，望着车窗外逝去的夜

景不说话。

关昕靠着椅背睡着了，车厢里的气氛一时有些尴尬，宋羽涵趁着等红灯，飞速地回头看了裴子瑜一眼："你没事吧？"

裴子瑜的脸上，明明白白挂着两行清泪，清丽容颜弥漫着淡淡哀伤，听到宋羽涵的话，她轻轻一抹脸，向宋羽涵微笑："麻烦你前面的路口让我下车。"

"你男朋友来接你？"

宋羽涵查看着路况，找个人多热闹的路口，将车子靠边停了下来。

裴子瑜准备开门下车，被宋羽涵叫住："需要我在这里陪你等吗？"

裴子瑜苦笑："不用了，今天真是麻烦你了。"

她指了指睡着的关昕对宋羽涵说："替我谢谢他。"

宋羽涵点头，看着裴子瑜下车，站到路边的灯光下开始打电话，等她电话打完抬头，见宋羽涵的车还没走，便向她招招手示意没事。

宋羽涵这才将车子开走，但她仍是不放心将她一个人扔在路边，前进了几十米后又停下来，从后视镜中看着裴子瑜。

她垂着头，出神地盯着面前的地面，长发轻柔地垂在身前，她像是沉浸在自己的世界中，丝毫没注意宋羽涵的车就停在前面，只一动不动地站着，白色衣衫在路灯的照射下，似笼了一团烟雾，淡淡地散发着柔和炫目的光华。

过了大概十五分钟，一辆黑色的途锐停在她身边，裴子瑜抬头望了一眼，飞速地开门上车。车子很灵巧地汇入车流，很快便消失了。

宋羽涵侧头看向副驾驶座的关昕，伸手在他脸上狠狠捏了一把，将车重新开上路。

Chapter 9
你啊，就是个恶霸

"环龙"酒店的建设进行得如火如荼，因为先期工程都由"盈天城投"负责，所以宋羽涵工地跑得格外轻快，她那辆小巧的mini不适合成天跑工地，于是决定买辆新车。

周末的时候，她拉上关昕陪她去看车，挑来挑去看上一款路虎的极光，付了定金拉着关昕去试车，在另一个4S店门口，看到姜伟杰上了一辆崭新的英菲尼迪，宋羽涵一打方向，悄悄地跟了上去。

关昕看了宋羽涵一眼，对后排的销售人员说："这车我们能不能开远一点，多熟悉熟悉车况和性能？"

见销售人员点头，他转过头似自言自语，又似对宋羽涵说："要是不错，我们倒可以买两辆。"

宋羽涵瞥他一眼，没接话，关昕继续说："你买白色的，我买辆红色的，多般配啊。"

后排的销售人员殷勤地说："没关系，你们慢慢试，城里兜一圈都没关系。"

关昕抿唇一笑，不再说话，宋羽涵不理他，专注地盯着前面那辆英菲尼迪，始终落下一个车身的距离。

姜伟杰将车开去了大学城，在路边接上一名长发黑裙，学生模样的姑娘，那姑娘看上去跟他很熟悉，打量了下他的新车，开心地关了车门。

在我们相遇之后

　　英菲尼迪的车窗没有贴膜，能很清楚看到车里的情况，姑娘一上车就被姜伟杰搂在怀里又亲又揉，那姿态让看的人都脸红心跳。

　　宋羽涵和关昕对望一眼，又不约而同地别过脸，关昕尴尬地轻咳了声。

　　英菲尼迪又汇入车流，宋羽涵连忙跟上，一路尾随着到了"青梅"的楼下。

　　宋羽涵皱着眉："姜伟杰在'青梅'有房间吗？"

　　关昕摇头："也许不是去'青梅'而是去了下面的酒店呢？"

　　宋羽涵看着他点点头，瞥到车后座的销售员，突然问他："能不能麻烦你帮我做件事呢？"

　　销售员被宋羽涵的肃容吓到，有些结巴地问："什，什么事？"

　　宋羽涵一指关昕，温柔一笑："如果你能完成的话，这位先生会再向你订一辆车。"

　　销售员立刻两眼放光，不断点头："好的好的，我保证完成。"

　　宋羽涵指了指酒店大堂，对销售员说："我们想打听刚才那辆英菲尼迪车里的人进了哪个房间。"

　　见销售员呆了呆，宋羽涵接着说："他叫姜伟杰，是'友杰建设'的总经理。"

　　销售员立刻笑着点头："行了，你们在车里等等，我一会儿就来。"

　　看着销售员下车进了酒店大堂，宋羽涵才笑出了声："关昕，你怎么不问我想干吗？"

　　关昕宠溺地摸摸她的头顶："你觉得开心就行。"

　　"还真是蛮开心的，又开心又刺激。"说罢她向关昕一伸手，"把你的手机给我。"

　　关昕依言将手机递给她，有点猜到她要做什么，低低叹了口气："羽涵，你会不会做得太狠了点？"

　　宋羽涵从关昕手机中找出任爱蓓的电话，开始在自己手机上编辑短信，一边对关昕摇头："我只是想让她看清事实而已，跟姜伟杰交往，必须要有一颗'海纳百川'的心。"

关昕好气又好笑地听她乱用成语,又一次伸手揉乱她的头发。

宋羽涵将短信编辑好,抬起明亮的双眼,向关昕慧黠一笑:"再说,她找人来讹诈我,害你差点留下打人的案底,这口气我不出不快。"

"你啊,"关昕轻点着宋羽涵额头,"真是小气。"

宋羽涵揉揉额头,瞪了关昕一眼:"我就是小气,小气又记仇,还喜欢食言,怎么样?"

"不怎么样。"关昕眼里软得能滴出水来,伸手轻轻捏了捏宋羽涵的脸。最近的他总是喜欢捏她的脸,或是摸她的头发,一系列动作将他对宋羽涵的宠溺表露无遗。

很快,那名销售员就出来了,上了车他一扬手中的便笺纸,得意地说:"打听到了,就在酒店的六楼。"

宋羽涵将房间号添进短信,立刻发送了出去,向关昕一扬手机:"就看她会不会上钩了。"

短信发出去不久,任爱蓓的电话就打了过来,宋羽涵不接,任铃声响个不停。

半个小时后,任爱蓓打车到了酒店门口,她不停地拨打宋羽涵的电话,似乎想求得最后的印证,在门口踌躇了片刻,她终于进了酒店。

"还需要看下去吗?"关昕戳戳她的脑袋,"戏到这儿也该收场了。"

宋羽涵吐吐舌头:"我还没看到大结局呢,别着急啊。"

很快,任爱蓓怒气冲冲地出来,后面跟着姜伟杰,在急促地解释什么,任爱蓓却恍若未闻,上了酒店门口一辆的士很快走了,姜伟杰垂头丧气地回了酒店。

宋羽涵眼神一闪,伸了个懒腰,终于将车子开回4S店。

等关昕拿了购买意向书填时,宋羽涵状似不经意地说:"关昕,酒店的工程我想撤资。"

关昕从面前的表格上抬起头,只淡淡看宋羽涵一眼,便又低头:"你决定了的话,我回去跟欧阳昊五说一声,让他出面配合你。"

宋羽涵点点头，靠在他的肩头，一起看关昕填的表格。

关昕写的一手行楷很是流畅，一笔一画间就像他的人一样，沉稳内敛毫不张扬。

"你还真买红车啊？"宋羽涵看眼他填的订车单，轻笑出声。

关昕一本正经地说："那当然，你不是喜欢红色吗，我只是配合你一下。"

宋羽涵靠着他笑个不停，直到他将填好的表格递给销售员，这才认认真真地说："关昕，谢谢你。"

关昕起身将宋羽涵拉起来，柔情似水地看她，"走吧，我们去接菲菲。"

"不急，"宋羽涵拉住关昕的手，"去接菲菲前，你先陪我去个地方。"

关昕不解地望着她，宋羽涵只神秘一笑，便开车将关昕带至市内最繁华商务区。

"怎么来这儿？"关昕跟着宋羽涵走进最核心的那栋写字楼，有些不明所以。

宋羽涵按了电梯，食指向上一指："我带你去买一个学校好不好？"

关昕张着嘴，愣了很久都没合上，上电梯的那一刻，他轻叹一声，伸手揉了揉宋羽涵的头发："你啊，就喜欢胡闹。"

宋羽涵很享受这种被他包容宠爱的感觉，偏了头向他温婉一笑："以后我养你吧。"

关昕轻轻拉起宋羽涵的手，小心地握在手中，拇指指腹细细地摩挲她的手背，笑着点头。

到了楼层，宋羽涵拉着关昕出去，找到一家名叫"欧亚"的外语培训机构，问前台的接待："我来找陈总，已经预约过了。"

前台看了下日程："是宋小姐吧，请跟我来。"

宋羽涵和关昕跟着她往里走，好几间教室都有人，透过门上的玻璃可以看到外教正卖力地教着课。

宋羽涵看了眼关昕，满意地点点头，拉着他的手一直到办公室门口才松开。

接待敲了门，得到回应后示意宋羽涵和关昕进去。

进门就见一名四十多岁的女子，正是苏蘅给她看过照片的陈馨华，只是真人看着更年轻一些。

见宋羽涵和关昕进来，她和气地指指面前桌前的沙发："两位请坐吧。"

声音清亮中气十足，听起来很有架势。

宋羽涵笑着说："陈总这儿真热闹。"

陈馨华点点头："是啊，我们是国际连锁的培训机构，很多人都是慕名而来，所以不愁生源。"

见宋羽涵点头，她起身为两人倒了两杯水放到茶几上，迟疑着问道："那两位今天来是想买我们的培训课程吗？"

之前宋羽涵打电话过来，说是想联系做公司培训业务，具体要面谈，所以陈馨华才安排了这次见面。

宋羽涵打量了下这间办公室，调侃道："听说公司的最大股东在美国？可'欧亚'这个连锁品牌不是英国的吗？"

注意到陈馨华稍微变了变脸色，宋羽涵继续道："我听说陈总还有个儿子是吧，在英国的华威商学院？"

这下陈馨华彻底坐不住了，她一脸戒备地望着宋羽涵："你是谁，你要做什么？"

宋羽涵甜甜地笑了："我只想和你做笔交易。"

"什么交易？"

"我要买你的培训机构。"

陈馨华脸上挂不住了，嗤笑一声："我从来没想过要卖学校，你凭什么来买我的学校，真是莫名其妙。"

"陈总，话别说得那么满，"宋羽涵起身，从包中取出几张纸放到陈馨华面前，"希望你能再考虑下。"

陈馨华取来一看，立刻脸色大变，看向宋羽涵的眼神也带了惊恐的神

色:"你究竟是谁?"

宋羽涵盯着她微微颤抖的手指,气定神闲地说:"我是谁真的一点都不重要,重要的是,我要做的事。"

"你要做什么?"陈馨华下意识地顺着宋羽涵的话。

"我要买下你的学校,还有你手上'友杰建设'的股票。"

"我没有'友杰建设'的股票。"陈馨华握紧了拳头,手渐渐不抖了,说话也有了底气,"再说,你拿的这些对账单并不能说明什么,我为什么要听你的?"

"是么?"宋羽涵捏起那几张纸,轻描淡写道,"那我们不如请检察官仔细调查下那几家给你打款的公司,看看是不是真像你说的,说明不了什么。"

"本来就没什么,你去调查好了。"陈馨华还在嘴硬。

宋羽涵冷笑一声,从包中取出几张照片扔到陈馨华面前:"本来我不想用到这些照片的,但是看你好像听不太懂我的话,那我就继续给你解释下。"

陈馨华只看了一眼照片,立刻大惊,照片里自己的儿子赤裸着身体。

"我想你清楚华威商学院是个多么保守的学院,你觉得他们会包容你儿子的所作所为吗?"

陈馨华双手捂脸,"呜"一声哭出来,边抽泣着边激动地叫道:"你想让我干吗,你说啊,你说啊。"

宋羽涵一耸肩,在关昕身边坐下,慢悠悠地说:"要求我刚才已经提了,我要你把这家培训机构转给我,当然你跟海外的那些乱七八糟的联系必须终止。"

顿了顿,她继续说:"还有'友杰建设'的股份,在你转给我之前,这家机构必须持有'友杰'的股份。"

陈馨华还在嘤嘤地哭着,关昕坐在沙发上看着,眉头微微皱起。

宋羽涵看了眼关昕,对陈馨华说:"'友杰'的股份对你来说应该不难要吧,趁着姜友忠的老婆还没有发现你们的关系,你还是早点离开他的好，去英国照顾儿子也不错，你可以看着他，别让他再做错事了。"

她递了张纸巾给陈馨华："我知道你的培训机构赚钱，更知道'友杰'的股份价值多少，所以你放心，价格上我肯定会让你满意。"

等陈馨华慢慢止住哭泣，宋羽涵双手撑在桌子上俯视着她："我和'友杰'有私仇，所以调查过姜友忠，你只不过正好跟他有些不清不楚的关系，所以我才从你下手。希望你能谅解，好好考虑下我的提议，到时候我自会跟你联系。"

她拉起关昕要走，在门边时又顿住，回头轻快地说："不要试图报警，在你报警的同时，我也会把手上的这两份证据送去检察院，孰轻孰重我想你还是能衡量出来的。"

一进电梯，关昕就有些不太高兴。

宋羽涵微扬了唇角，凑上去讨好道："怎么了，是不是生我的气了？"

看宋羽涵摆出一副撒娇无赖的神情，关昕就没有办法，叹了口气，伸手捏住宋羽涵的脸："你啊，就是个恶霸，坑蒙拐骗连威胁，什么招数都用上了。"

宋羽涵的脸被捏得变形，豁着嘴说："我最喜欢当恶霸了，可以强抢美男什么的。"说罢，她故意不正经地斜一眼关昕，继续说，"来给爷笑一个，笑好了今天就抢你回家。"

关昕终于被她逗笑，一手握拳抵在唇边轻笑，望着故意卖萌的宋羽涵，就像看着自己宠溺的孩子，被自己惯得无法无天的样子，一双清澈光亮的双眸中，看到的唯有他一个人，让他不由得心中一暖。

唉，恶霸行径又何妨，为人不齿又如何，他愿意包容，愿意宠爱，这便够了。

一个星期后，"环龙"的酒店工程陷入了停顿，"盈天城投"在完成了大部分的前期工程过后，突然撤场了。

姜伟杰打电话给宋羽涵，都被方云以各种理由堵了回去，去"盈天城投"找宋羽涵，却见不到人，想找去宋羽涵家才发现，他不知道宋羽涵住

哪儿。

摊子铺得那么大，现在要收回来谈何容易，姜伟杰急得上了火，跟"盈天城投"的工程负责人交涉了几次，对方都只有一句，合同内容完成，合理退场。

姜伟杰又研究了几遍合同，终于败下阵来，合同上写明了"盈天城投"只负责基础部分以及最后的内部装修。

那些大型的施工机械和大批的建筑材料，都是由"盈天城投"联系提供的，姜伟杰就是看中了这一块，原想着工程没结束"盈天城投"不会撤场，那些机械和材料正好可以继续让他使用，这一笔不菲的费用就可以省下来了，却没想到宋羽涵来了这一招。

她完全按照合同的条款，将前期工程完成了，但是合同中并没有规定，必须要工程全部完工后才允许退场，基础部分完成先退场，等内部装修工程开始再进场，完全合情合理，让人挑不出刺来。

怪只怪公司资金周转不灵，他又急于贪便宜，吃了个哑巴亏。

现在再去联系机械和材料，惯常来往的几家公司都接着工程在做，机械调度根本来不及不说，更可能因为知道他急用而抬价格，比平时合作的价格翻个几倍都有可能。

姜伟杰叹了口气，为今之计是先联系"环龙"，看能不能压着"盈天"的工程款不放，让他先缓过这阵再结算给"盈天城投"，这工程本来要求就高，工期更是紧张，各个单位工程一环扣着一环，一旦有一环脱节，就会影响进度，工程款就会被扣除相应违约金。

姜伟杰气得心口一抽一抽，看样子宋羽涵是宁愿后期的工程款被克扣，也要拖着他延误工期，陷入更大困境，这种伤敌一千自损八百的事，只有疯子才做得出来。

这事还不能让姜友忠知道，若被他知道了，不知又要怎么讽刺他，连个女人都斗不过。

这时，工程部长打电话进来，告诉他"盈天城投"的第一笔工程款已经结清，因为之前的合同签订时，宋羽涵要求单独与"环龙"进行资金结算，不通过"友杰"财务走账，当初他急着吸纳宋羽涵的第一笔工程启动资金，对这方面便没有过多坚持，所以"盈天城投"的工程款，一向都是"环龙"直付的。

姜伟杰盯着手中的电话，终于狠狠地砸向地面，破碎的零件四散飞溅，有一块飞起划破了他的手背。姜伟杰脸色阴冷地查看，伸舌舔了舔细小血珠，眼神凶狠："宋羽涵，你给我等着。"

等着姜伟杰的却远远不止这些。

"盈天城投"退场后，"环龙"酒店建设的工地便麻烦不停，临时租用的机械和设备故障不断，怎么维修都没有起色；没过多久，质检部门就发现，抽查的混凝土质量严重不合格，责令整改；好不容易质量合格了，安监部门又发来了整改通知书，指出工地的施工安全存在重大隐患，必须停工整改。

姜伟杰焦头烂额，瞒着姜友忠四处去贷款，拆东墙补西墙，过得很是辛苦。

偏在这时，有件让姜伟杰闹心的事浮上水面。

姜友忠在外面有人，这事姜伟杰是知道的，甚至还找人去调查过，知道那个女人在父亲的帮助下开了家培训机构，父亲每个礼拜都会过去看一趟。

但是这一次，姜友忠又给了他重重一击，他居然要把公司的股份转让给那个女人！

这是他绝对不能容忍的事情，所以他再次派人去调查那个女人，一定要把她的目的搞清楚。

姜伟杰还没去调查陈馨华，姜友忠却找上了他，一大早就守在办公室等他了。

早起的姜伟杰有些意外看到比他更早的姜友忠。

"爸，你昨天没回家。"

姜友忠庞大的身躯陷进了沙发，调整了舒服的坐姿，示意姜伟杰坐下。

"阿杰啊，爸爸有些事要告诉你。"

姜伟杰略一迟疑，还是在他身边坐下。

"你也知道，陈馨华跟了我快十年，从来没有提过什么要求。"

姜伟杰斜了父亲一眼，凉凉地说："妈还跟了你三十年呢，也从来无欲无求。"

知道姜伟杰带了抵触情绪，姜友忠也不恼，长长地叹了口气："我知道你妈也不容易，所以这次我想跟陈馨华彻底了断。她问我要公司的股份，无非就是想要钱傍身养老而已，她儿子不在国内，有什么事也照顾不到，确实怪可怜。她拿了公司的股份也做不了什么，那股份是转在她的机构名下，到时候我再出点钱，把她的机构买过来，让她拿着钱去英国就行了。"

姜伟杰瞥他一眼，嘀咕道："那也要人家肯才行啊，拿了那么大笔股份，谁肯轻易放手。"

姜友忠点了根烟，慢悠悠地抽着："不会，她没那个胆子。"

见姜伟杰似乎不信，他笑着说："其实那家机构，就是我帮她开的，当初是为了转手一些资金，从国外进来通过机构洗白了再转回去，我们可以赚个差价。"

姜伟杰吓了一跳："爸，这可是犯法的。"

姜友忠毫不在意地摆摆手："都这么多年了，谁来查？再说，这机构本来就是全球连锁，有些境外投资也很平常，只要账做得好，谁看得出来。"

姜伟杰还是担心道："爸，趁着还没出事，快收手吧，这种生意太危险了。"

姜友忠抽完一根烟，按熄了烟头："没事的，反正那个机构我很快就会收回来，陈馨华也让她去英国，没有人会知道这件事。"

眼见着父亲已经打定了主意，姜伟杰心中再有不甘也只能强按下，默默地出门去工地了。

一路上他越想越觉得憋屈，自从跟宋羽涵联合投标"环龙"的工程后，这段时间似乎事事不顺，任爱蓓又因为他上次去酒店开房的事跟他闹，不光盯他很紧，还总爱挑他刺，让他烦心不已，渐渐心生厌烦。

任爱蓓一直都没出去找工作，每天就在家照顾她父亲，空闲得很，一得空就给他打电话，一上午就已经打了六个，让他苦不堪言。

所以上午的事刚一忙完，他便赶去任爱蓓家，想跟她好好说清楚。

任爱蓓对他一反常态的热情，拉着他的手嘘寒问暖，还亲手为他盛了一碗香浓的鸡汤，就差亲自喂他喝了。

之前还对他恨得咬牙切齿的人，怎么突然这么殷勤，她的热情瞬间让姜伟杰恢复了自命不凡的本性，扬扬得意地喝着鸡汤，对任爱蓓说："你上午找得我那么急，有什么事吗？"

"你给我买块手表吧。"

姜伟杰瞟了眼她的手腕："好好的怎么要手表？"

任爱蓓却不回答他，眨巴着双眼说："我那天看到关昕戴了块手表，还蛮好看的，那个宋羽涵还真舍得为他花钱。"

姜伟杰将碗搁在桌子上："你说宋羽涵还给关昕买手表？"

"是呀，你是没看到，那天关昕一身的名牌，从衣服到鞋子，可是下足了血本的。"

姜伟杰打量了眼任爱蓓，色眯眯地盯着她："你浑身上下不也是吗，连内衣都那么贵。"

任爱蓓主动靠过去，捏住了他的耳朵狠狠道："你到底买不买？"

姜伟杰吃痛，连连求饶："买，立刻就买。既然关昕现在那么有钱，你怎么不回头跟他和好？"

"他的钱不都是宋羽涵的么，我才不稀罕呢。"

姜伟杰似乎想到什么："他跟宋羽涵关系那么好？"

任爱蓓点头，不明所以。

姜伟杰皱着眉神情焦躁地在房间里踱步，末了掏出手机拨了个电话，吩咐彻底调查关昕的背景。

"怎么了？关昕有什么好查的？"

挂上电话的姜伟杰瞪了眼任爱蓓："难道关昕没有告诉过你，他拥有'友杰建设'的股份？那些股份足够他下半辈子吃喝不愁了，为什么他还要傍着宋羽涵？这里面肯定有问题。"

乍一听说关昕拥有姜伟杰公司的股份，任爱蓓心里有些不舒服，所以听到姜伟杰的疑问后，她便不屑地说："这有什么奇怪的，他们俩在一起了呗。"

"你这个蠢货，我才不在乎他们俩是什么关系，我只在乎他的股份在哪儿。宋羽涵一直想整垮我的公司，要是被她得到了关昕的股份，我就麻烦了，你懂不懂？"

姜伟杰恶狠狠地看着任爱蓓，越想越觉得，都是任爱蓓跟关昕分手，才将关昕推到宋羽涵身边的，因此对她的厌恶又多了两分。

"你瞪着我做什么？又不是我让关昕去宋羽涵家做保姆的。"

姜伟杰怔了下，收拾了东西准备离开，临走前对任爱蓓说："你帮我稳住关昕吧，看能不能套出他的话，看看股份还在不在他手上，你要是能问到，我也给你买块手表，怎么样？"

任爱蓓的脸涨得通红，气得手都在抖，突然用力地将姜伟杰往门外推："你走，我再也不要见到你。"

姜伟杰被任爱蓓推搡着，却也毫不在意，轻松地吹了声口哨，故作潇洒地拍拍衣服走了。

云都的秋季，雨水特别多，秋风秋雨似乎将整个城市推入了多事之秋。刚刚才从之前的撤场风波中安稳下来的"环龙集团"最近似乎颇多不顺。

城南大学城东面有块商业用地，"环龙"对拿下这块地势在必行，却没料到中途跳出来一个"江南实业"，在拍卖会上胡乱抬价，结果"环龙"为了那块地，多付了将近一亿的价格。

"环龙集团"有条商品混凝土的生产线，规模和产量都颇具规模，占据了市内混凝土销量的大半壁江山，却没想到"江南实业"也投资了混凝土生产厂，大规模地抢占"环龙"的市场份额，销售业绩有下滑趋势。

种种迹象表明，"江南实业"似乎处处都在与"环龙集团"作对，顾叶盛那个人最近又"神龙见首不见尾"怎么都联络不上，看样子是故意避开欧阳昊五。

欧阳昊五着急上火，找去"江南实业"再次被拒后，心急火燎地冲到宋羽涵家。一进门便瘫倒在沙发上，连说话声音都哑了："羽涵，快给我杯水，累死我了。"

端水过来的却不是宋羽涵，也不是关昕。

欧阳昊五瞪着眼前娇柔娴静的女子，结结巴巴地说："裴——裴子瑜，你怎么在这儿？"

裴子瑜笑眼弯弯："关昕请我来吃饭，我正好有些事想请教宋小姐。你怎么会来？"

"天啊，"欧阳昊五一拍额头，"我终于明白顾叶盛为什么要这么做了。"

听到欧阳昊五的大呼小叫，宋羽涵从书房跑出来，推了推鼻梁上的眼镜，白了欧阳昊五一眼："你又怎么了？"

欧阳昊五却不理她，一捏拳头冲进厨房，对正在忙着炒菜的关昕恶狠狠道："炒炒炒，都是你，害我快被炒了。"

宋羽涵扔了手里的书本资料，快步进厨房捶了欧阳昊五一拳："你凶什么？把话说清楚。"

关昕也一脸疑惑地望着欧阳昊五，实在无法理解他满脸怒容是为了什么。

欧阳昊五一回头，见裴子瑜还站在客厅望着他，赔笑道："子瑜啊，我跟他们商量点事，涉及商业机密，那啥，你先去坐一会儿。"

裴子瑜点了点头，走到客厅那头，欧阳昊五关上了厨房门。

"什么事那么神神秘秘。"关昕斜他一眼，自顾自低头炒菜。

宋羽涵在料理台边的高脚椅上坐下，摘下眼镜盯着欧阳昊五。

欧阳昊五苦笑一声："裴子瑜最近是不是经常来你们家？"

宋羽涵摇头："我不清楚，你要问关昕。"说罢似笑非笑地看向关昕。

关昕关了火，在宋羽涵对面坐下："我最近跟裴子瑜见面还挺多的，高中时的老师让我们做一份同学的通讯录出来，还一起去找过几个很久没联系的人。"

欧阳昊五脸上的笑比哭都难看，一屁股在宋羽涵身边坐下，趴上了料理台："关昕啊，你知不知道最近我们公司被'江南实业'追着打？"

"'江南实业'？那不是顾叶盛的公司吗？"宋羽涵一手撑着头，透过厨房的玻璃移门看向客厅里端坐在沙发一角的裴子瑜。

她温婉安宁的气质，让见到她的人下意识地安静下来，浮躁的气息渐渐摒除，仿佛这世界上没有任何过不去的槛，没有任何事能够打扰到她。

"关昕这笨蛋，因为一个女人差点毁了公司。"欧阳昊五狠狠咬着牙，恨不得上前摇醒关昕看清楚现实。

"我？"关昕指着自己的鼻子，一脸疑惑地望着关昕，再看看同样一头雾水的宋羽涵，更觉茫然，"我什么时候为了一个女人而毁掉公司了？你在胡说什么？"

欧阳昊五不理他，向客厅裴子瑜方向努努嘴。

原本完全弄不明白状况的宋羽涵，突然脑子里灵光一现。

"你是说顾叶盛和裴子瑜？可是顾叶盛不是喜欢男人吗？他们俩什么关系？"

"男女关系，"欧阳昊五没好气地回她，颓丧地坐回椅子，"这下跟顾叶盛更解释不清了。"

顾叶盛脾气本来就差，一向少言寡语，跟欧阳昊五也是因为比较熟稔才聊得多一些，现在为了裴子瑜居然连他都不愿见了。

"顾叶盛？"关昕沉吟下，"我只知道她和顾叶盛交往过，没想到现在还在一起。"

"她没跟你说过？"宋羽涵撑着头，不断上上下下地打量关昕，眼中是满含深意的笑。

"你别这样，"关昕被宋羽涵看得有些发毛，立刻撇清关系，"我和裴子瑜就是普通的同学，顾叶盛一定是误会什么了。"

欧阳昊五哀号一声："就因为一场误会，弄得公司上下草木皆兵，我都快神经质了。"

宋羽涵轻笑出声，拍拍欧阳昊五的脑袋，"不管怎么样，这段时间是我们独占了裴子瑜，理应跟顾叶盛解释清楚，他会吃醋也算正常，说明他还在乎子瑜。"

她取出手机看看行事历，一个电话拨给顾叶盛，没想到他居然接了电话，她瞥一眼身边一脸讨好笑容的欧阳昊五，无奈地摇摇头，只好约顾叶盛出来见个面，不知出于什么心理，顾叶盛也答应了，时间就约在后天周六的晚上，地点是"青梅"宋羽涵的包间。

欧阳昊五一脸崇拜："姐姐，你到底用了什么方法让顾叶盛答应出来，我好话都说尽了，他都没理我。"

宋羽涵眼风扫过，见关昕正一脸严肃地想着心事，嘿嘿一笑："这叫同病相怜。"

欧阳昊五愣了下，好半天说不出话来，最后只能尴尬地憋出一句："成语不是这么用的好不好。"

他又在厨房待了一会儿，找了个借口出去跟裴子瑜聊天了，宋羽涵继续留在厨房帮关昕打下手。

炒完最后一个菜，正在洗锅的关昕突然说："羽涵，你是不是生气了？"

宋羽涵正在将可乐鸡翅摆盘，听到他的话头都没抬："这有什么好生气的，我又不是小孩子。"

"可你不是说，顾叶盛生气是因为他还在乎裴子瑜。"

宋羽涵放下筷子，专注地盯着关昕墨黑漂亮的双眸，认真地说："顾叶盛之所以会这样，是因为他对裴子瑜不信任，又或者说他对自己没信心。"

"而我，不仅对你有绝对的信任，更对自己有信心，这世上除了你父母，不会有人比我更爱你了。"

宋羽涵的话让关昕心跳停了一拍，不是第一次听到宋羽涵的告白，可是每次她说，都让他有种心跳加速的感觉，那种酸甜满心的感觉，让他感觉非常好。

关昕拥住宋羽涵，轻轻吻了下她头顶的发："谢谢你。"

宋羽涵轻拍他的背，吐了吐舌头："把菜端出去吧，欧阳和子瑜该饿了。"

关昕和宋羽涵将菜一样样端上餐桌，招呼欧阳昊五和裴子瑜过来吃饭。

找到解决办法的欧阳昊五又恢复了那种粗神经的状态，兴奋地围过来盯着桌上的菜："子瑜，你尝过关昕的手艺吗？从大学时的勉强能入口到现在的色香味俱全，他的进步可谓神速啊。"

裴子瑜盈盈一笑，在桌边坐下，对关昕说："高中时没听说你会做饭，现在看来你还真变了不少。"

"没办法，生活所迫。"关昕向她微一耸肩，将一只鸡翅夹到她碗里。

宋羽涵清了清喉咙，宣布道："子瑜，周六我要请顾叶盛吃饭，想邀请你出席。"

裴子瑜怔住，脸色微变，终于意识到方才欧阳昊五怒冲冲的表情也许跟她有关，脸渐渐白了。

"别担心，我没别的意思，就是想向顾叶盛解释下这段时间你和关昕频繁见面的原因，他的这把妒火烧得有点莫名其妙，再不说清楚，关昕家的公司就该倒闭啦。"

裴子瑜的脸唰地红了，低垂着头，默默扒拉两口饭，又默默地点头答应。

这下，欧阳昊五心头的大石总算放下了，他又开始耍宝卖萌，一顿饭吃得心情舒畅，胃口大开。

Chapter 10
爱上你出乎意料又顺理成章

到了周六，宋羽涵先接了关昕，又去接裴子瑜。

一上车，裴子瑜就拍拍心口道："刚才顾叶盛想叫我晚上一起吃饭，被我拒绝了，他还问来问去的，我差点就说漏嘴了。"

宋羽涵嬉笑道："说漏也没关系嘛，正好接了一起去吃饭。"

裴子瑜摇头："他还要回公司总部去处理些事情，估计会比我们晚到。"

宋羽涵点头，打量了眼裴子瑜，她今天穿了一条橙蓝撞色宽条纹的长裙，外面披了件米色的针织衫，飘飘欲仙的裙摆有种娴静淡雅的味道。

"子瑜今天穿得真漂亮，怪不得顾叶盛放不开了。"宋羽涵边开车边开裴子瑜的玩笑。

裴子瑜脸微红，不自在地拉拉衣服："不是说去'青梅'吃饭么，我特地穿得稍微正式点。"

"不错，不错，"宋羽涵看了眼身边正襟危坐的关昕，取笑道："怎么，害怕等下顾叶盛会冲上来揍你？"

关昕白她一眼："我还欠顾叶盛一个人情呢，要是能就此还了不是正好。"

"什么人情？"裴子瑜倾身过来，好奇地看着关昕。

见她对顾叶盛的事感兴趣，又见宋羽涵没有拒绝，关昕便将之前宋羽

涵被姜伟杰下药，将沾了药的衣服让顾叶盛化验一事详细地说了下。

一直到车子在"青梅"停车场停稳，兴致勃勃的关昕才刚说完。

裴子瑜始终微笑着听他说话，宋羽涵白了关昕一眼，带着他们去乘电梯。

电梯里灯光明亮，宋羽涵静静打量裴子瑜，只见方才还神情放松笑容亲和的裴子瑜，此刻看起来有些紧张，握着包带的手，关节隐隐泛白。

看来顾叶盛对裴子瑜造成的压力不小，宋羽涵在心底微哼一声，他倒是痴情得很，为了裴子瑜追着"环龙"打压，却从没想过这样会让裴子瑜难做人。

出了电梯，早有服务生候着，将他们三人带去宋羽涵的包间。奶白的色调，洛可可风格的装修，咖啡色转角沙发是为了宋羽涵特意从西班牙订的货。

繁复炫目的水晶吊灯，将室内景色投影到宽阔的飘窗上，绚丽的万家灯火瞬间成为了华丽的背景。

白色的实木长桌上，摆着一瓶宋羽涵最喜欢的蓝色绣球，淡淡的清香四散，沁人心脾。

欧阳昊五和顾叶盛都还没来，裴子瑜明显松了口气，一个人在沙发上坐了下来，单薄的身影衬得沙发愈加宽大。

宋羽涵向关昕使了个眼色，让他去陪着裴子瑜，自己出了包间。

顾叶盛跟着服务员进门时，看到的便是关昕和裴子瑜并膝坐在沙发上，裴子瑜一手趴在扶手上，略带迷糊的神情，在见到他之后立刻清醒过来。

"你不是说今天有事？"顾叶盛站在门口，眯起眼盯着裴子瑜，直看得她低下头去，放在身前的手绞在一起，手心竟起了一层薄汗。

看不得裴子瑜局促的样子，关昕站起来挡在她面前，对顾叶盛笑道："没有预先告诉你，羽涵邀请了子瑜一起来吃饭，你应该不会介意吧？"

安排好菜色的宋羽涵回来就看到顾叶盛杵在门口，微一怔愣立刻明白了过来。

Chapter 10　爱上你出乎意料又顺理成章

"顾董来了呀，快请坐。"

宋羽涵似没有看到顾叶盛难看的脸色，招呼他在桌边坐下，看到沙发边木然站着的裴子瑜，低声埋怨："关昕，你怎么招呼子瑜的，让她来坐啊，我们不等欧阳了。"

她瞥向顾叶盛，看到他脸色又黑了两分，心中窃笑，状似无意识地介绍："顾董，这位是关昕的同学裴子瑜，平时一个人在家吃饭不定时，我和关昕心疼她，今天特地拖她一起吃饭的，你不会介意的哦？"

宋羽涵上扬的尾音像一记重拳狠狠击在顾叶盛心上，他这段时间工作忙碌，竟不知裴子瑜吃饭不定时，看着她愈加苍白的脸色，心头一阵愧疚。

正说着话，欧阳昊五冒失地闯了进来："不好意思，我们来晚了。"

说话的却是欧阳昊五身后的人，一袭酒红色裹身西装裙，勾勒出玲珑苗条的身姿，微卷的长发染成亚麻色系在肩头，秀丽标致的脸上架着副平光眼镜。

"苏蘅？你怎么来了？"宋羽涵大感意外，暂时放下揶揄顾叶盛，将苏蘅拉到身边。

欧阳昊五苦笑着："我跟这丫头聊天时说漏了嘴，她非跟着我来不可。"

宋羽涵似笑非笑地盯着他："是吗，我怎么没发现你现在跟苏蘅关系那么好。"

"唉，"欧阳昊五脸都要皱到一起了，"你自己问她吧，压迫得我气都快喘不过来了。"

宋羽涵捏了把苏蘅的手臂："有你的啊，能把我们五少逼成这样。"

苏蘅轻哼一声，也不说话，径自在欧阳昊五身边坐下。

哪知欧阳昊五却起身换了位子，坐到离她最远的地方。

餐桌是长方的，怎么安排座位让宋羽涵犯了难，她看了眼关昕，两人很默契地在桌子两头坐下，裴子瑜刚要邻着关昕坐下，却被顾叶盛一把拉住，黑着脸让她坐到宋羽涵身边去，自己坐到了苏蘅身边。

宋羽涵在心底又是一阵好笑，却一点都不能表现出来，叫来服务员开了一瓶红酒。

她向顾叶盛举杯："顾董，我们认识那么久，这是我第一次请你吃饭。"

顾叶盛抿一口酒，一挑眉淡淡道："原来今天宋总邀约，只是为了叙旧。"

"不然呢，顾董还有何提议？"宋羽涵也淡淡地回应着，一门心思地吃面前的那盅珍珠雪梨羹。

顾叶盛将他的甜盅放到裴子瑜面前，示意她继续吃，自己却将杯中的酒一饮而尽。

"我以为你今天是帮人出头来的。"

"哦？是吗？"宋羽涵也执着酒杯慢慢品，对于顾叶盛的话也不置可否，"我需要帮谁出头？有什么事需要我出头？"

两人你来我往，却谁都不挑明了说，餐桌上火药味渐浓，裴子瑜茫然地抬头看向隐忍着怒意的顾叶盛，想出口相劝却不知道该说什么。

关昕和苏蘅只顾埋头吃饭，对剑拔弩张的两人视而不见。

唯有欧阳昊五，见顾叶盛和宋羽涵都一副凉薄的样子，心头上火，狠狠扔了筷子叫道："行了，你们俩别顾董，宋总的了。"

说罢他一指顾叶盛，怒道："今天请你来吃饭是我的意思，你看看你最近做的事，干什么总针对我们'环龙'？我们是哪儿招惹到你了？你别否认，我跟你认识那么多年，你的心思总还能猜到一点。"他又指着关昕和裴子瑜，"不就是这两人最近走得比较近么？也值得你如此大动干戈，要对'环龙'下手？你究竟是不放心裴子瑜呢，还是对你自己没信心？"

一席硬邦邦的话让在座的人都噤了声，听到他最后的问题，裴子瑜猛地抬起头凝视顾叶盛，眼中有盈盈期待。

顾叶盛却没看她，也没说话，只认真地喝完杯中的红酒，又倒满又喝掉，连喝三杯，依然没说话。

宋羽涵冷眼旁观着，知道顾叶盛心里已经软下来，只是他始终不肯承

Chapter 10 爱上你出乎意料又顺理成章

认自己对裴子瑜的感情，让她心里真心为裴子瑜不值。

她抿一口香醇的葡萄酒，看向微蹙着双眉，一脸焦虑的裴子瑜，柔声道："子瑜，别皱眉了，你该多笑笑，你不知道你笑起来多好看。"

裴子瑜一怔，摸摸自己微红的双颊，尴尬地回道："呃，羽涵，你说这个做什么？"

宋羽涵放下酒杯，斜一眼顾叶盛："我想也许某人还没有发觉吧，你笑起来双眼弯弯的，有多么可爱。"

"你不用这样讽刺我，"顾叶盛神情冷漠地瞪一眼宋羽涵，"我和子瑜之间的问题，我们自己会解决，倒是你，既不是'环龙'的人，今天却为何替'环龙'设宴？"

"这不是你一直避着不见我吗？我才央求羽涵帮忙的。"欧阳昊五立刻解释，见到顾叶盛唇边挂着满含深意的笑，他的心中就一阵阵发虚，"再说，关昕是'环龙'少董，这你不是知道么。"

顾叶盛一挑眉，犀利星眸看向欧阳昊五："这个不用你说我也知道。"

众人都看向裴子瑜，直看得她低下头去："我，我只是无意中提过一次。"

欧阳昊五在心里哀号，你无意中说的话，差点害死了"环龙"啊。面上却只能装作毫不在意："没事没事，反正过段时间我们也会对外宣布的。"

顾叶盛依然咄咄逼人地盯着宋羽涵："我对'环龙'所做的一切，就算是因为关昕，但这跟你又有什么关系？"

"我们是合作伙伴。"

"她是我女朋友。"

宋羽涵和关昕同时开口，在听到关昕回答后彻底怔住，她还是第一次听到关昕亲口承认他们的关系，心中有些感慨，守候了那么久，期待了那么久，总算有了回报。

她突然觉得喉咙酸涩不已，眼睛也有点涩涩的，心中最后一丝委屈随着他淡淡的一句话消散得干干净净。

关昕笑得温柔，隔着一整张方桌凝视着宋羽涵，双眸似两泓泉水，让宋羽涵几乎溺毙其中。

关昕扬扬眉，看向顾叶盛："不知道顾董对这个回答是否满意？"

顾叶盛轻笑一声："既然关少董这么说了，那今天的一切都一笔勾销。"

他站起身，牵过裴子瑜的手就想走。

"哎，等等，那'环龙'的损失怎么办？"欧阳昊五懊丧地看着两对恩恩爱爱的情侣。

"我已经让人将那条混凝土生产线的转让合同送去'环龙'总部了，算作对大学城那块地的补偿。"

欧阳昊五欣喜地长叹一声："那真是太好了。"

顾叶盛拥着裴子瑜走到门边，许久没说话的宋羽涵突然道："顾叶盛，谢谢你。"

顾叶盛看了眼怀中局促的裴子瑜，回头勾了勾唇角："彼此彼此。"

宋羽涵笑眯眯地目送两人出了包间，一直沉默着的苏蘅突然说："看这情景，我怎么有种羊入虎口的感觉。"

"吃你的吧，"心情大好的欧阳昊五用筷子点点面前精致的菜品，"菜都没动几口，这两人亏大了，'青梅'昨天刚换了大厨，据说祖上是做御厨的，今天才推出的新菜品。"

关昕也是心情极好，笑着白了欧阳昊五一眼："你就知道吃，人家不吃都能饱了，有什么亏的。"

欧阳昊五瞥他一眼，神情古怪地低头吃饭。

关昕向宋羽涵招招手，让她坐到自己身边，握住宋羽涵的手："你啊就喜欢替人强出头，你看被人将了一军吧。"

宋羽涵开心地摇摇头："非也非也，我和顾叶盛只能算打个平手，你没瞧见他看子瑜的眼神都变了，我想这下他应该能看清自己的心思了吧。"

关昕依然宠溺地捏捏她的脸颊："心情那么好，一会儿我们要不要出去玩？"

难得关昕那么主动，宋羽涵得意得人都轻飘飘的，连忙点头。

苏蘅和欧阳昊五对视一眼，皆哀叹一声收拾东西准备走人，欧阳昊五像突然想到什么似的，歪着头对关昕说："舅舅准备下个星期就宣布由你接替董事长职位，你准备准备。"

关昕皱了皱眉，却还是点头答应了。

"羽涵，之前委屈你了，我从来没有对你承诺过什么。"

关昕凝望着宋羽涵微醺的醉颜，将她颊边一缕长发夹至耳后，顺势扣住她的脖子，俊脸缓缓往下，轻轻吻住她的双唇。

宋羽涵的身子有些僵硬，怔愣地盯着他微微含笑的眼眉和高挺的鼻梁。

关昕无奈地叹口气："我的吻对你来说那么没有吸引力吗？你能不能认真一点？"

宋羽涵娇俏地笑着，伸手勾住关昕的脖子。

"前所未有的认真。"说罢她主动送上双唇。

最后两人还是决定去看电影。十点多的影院人不是很多，他们坐在最后排的沙发椅中，看头顶上放映机投放出的光柱，点点浮尘飘荡，有种现世安稳的感觉。

电影院漆黑，两个人挨得很紧，关昕的气息拂上宋羽涵的面颊，宋羽涵的心跳莫名加快，血液从血管中呼啸而过，让她有点晕眩。

黑暗中，关昕就着屏幕的亮光看了眼宋羽涵："怎么了？是不是困了？"

才说完，宋羽涵便打了个大大的哈欠，两人都轻笑出声，宋羽涵将身体靠过去，头搁在关昕肩头，细声细气地说："不知道是不是刚才酒喝得太快了，现在有点晕。"

关昕一只手反过来拍拍她的脸颊："那我们回家。"

宋羽涵摇头，微闭上眼："电影才刚开始，别浪费了，再说你不是想看这电影很久了吗？"

关昕笑了，伸手将她搂在身前，让她倚得更舒服些，轻轻拍着她的

背，宋羽涵很快便睡了过去。

等她再次醒来，影院已经没有人了，大屏幕上是还未结束的字幕，宋羽涵坐直了拢拢头发，斜瞪他一眼，嗔道："你怎么也不叫醒我。"

关昕活动了下被宋羽涵压麻的肩头，笑眯眯地望着她："看你睡得那么熟，不忍心叫醒你。"

宋羽涵站起来活动了下："走吧，我们回家。"

两人开心地回了家，菲菲早被宋羽涵送去了宋家大宅，所以半夜三更两人回家倒也不觉得很晚，匆忙地洗漱了上床，宋羽涵躺在床上却毫无睡意。

脑子里过电影般想起了许多事，从认识关昕到现在，一桩桩一件件，对她来说都是最珍贵的回忆。她一一回想着，关昕到底是在什么时候也喜欢上她的。是在她生病的时候？还是为她打架的那次？又或者在很久前，他们第一次见面的时候便已经互相喜欢了。

宋羽涵捂着脸，裹着被子在床上滚来滚去，一个不留意，"扑通"一声掉在了地上。

她刚爬起来，关昕便冲了进来，开了灯便问："羽涵，你没事吧？"

宋羽涵红着脸抱着被子站在床边，尴尬地看着关昕："呃，不小心从床上滚了下来。"

关昕想忍笑却没忍住，笑了出来："是不是刚才睡太久，现在睡不着了？"

宋羽涵只好老实地点头。

关昕轻叹一声，拉着宋羽涵在床上躺下，他也顺势躺在她身侧，将她拥在怀里，给她盖上薄被。

"我陪你。"

关昕的声音恬淡中透着融融暖意，抚平了宋羽涵激荡不已的心。她安安静静地躺在关昕怀里，一动也不动。

"关昕，你今天说的话是认真的吗？"宋羽涵一只手抠着关昕睡衣上的扣子，一下一下似一只挠心小猫。

Chapter 10 爱上你出乎意料又顺理成章

"你觉得我像玩笑吗？"关昕的手下意识抚摸着宋羽涵顺滑的头发。

"嗯，我觉得不像。"宋羽涵偷偷笑着，将脸埋在他胸口，空气中都充满了甜蜜幸福的味道。

关昕轻笑着，胸腔震动，引得宋羽涵也笑出来声："别笑了，我知道你觉得我傻，可是你不知道，我等你的这句话等了多久。"

"对不起，"关昕将她拥得紧了些，"我不该让你等那么久，也不该在你告白之后消失，让你心里难受了。"

宋羽涵抱着关昕，鼻端都是她熟悉又温柔的气息，淡淡的薄荷混着柠檬的清香，让人安心的味道。

眼皮越来越沉，宋羽涵窝在关昕的怀里，终于睡了过去。

这一觉睡得香甜，醒来已是天光大亮，窗子没有关，白纱窗帘被风吹得飞起来。

和关昕在家腻歪了一天后，宋羽涵终于开了手机去上班。

方云已经急得团团转，就差冲到家里来找人了，见宋羽涵出现，终于松了口气，却是告诉她一个消息，姜友忠将他8%的股份转给了陈馨华的机构。

宋羽涵笑眯眯地点头，示意方云打电话给陈馨华联系转让事宜，没想到陈馨华却不愿意了。

思索片刻，宋羽涵决定立刻赶去陈馨华的机构。

车行途中，她还是打了个电话给欧阳昊五，让他先别急着公开关昕的身份。

电话那头的欧阳昊五不乐意了："为什么呀，怎么又不能公开？我舅舅都等了那么久了，为什么还要他等。"

宋羽涵心情本来就不好，这时也有了些怒气："陈馨华的机构转让后，关昕是法人代表，如果此刻他的身份被公开了，陈馨华还会把机构转给我吗？"

"你也说了，那是转给你，跟关昕有什么关系？"

"吱"一声，车胎擦过地面的声音，宋羽涵一个刹车将车停在路边。

"欧阳昊五，你再说一遍。"

宋羽涵咬着牙说话，声音冷到了骨子里，让电话那头的欧阳昊五瑟缩了下。

"我是说，其实那机构不就是转让给你的么，让关昕出什么面啊，直接转给你不就行了。"

宋羽涵怒极反笑："是啊，我怎么没想到呢，我真是太笨了，是不是？"说完，也不管欧阳昊五的反应直接挂断了电话。

坐在车里的宋羽涵气得浑身都在抖，连电话都拿不稳，将手机扔在旁边的座位上。

宋羽涵靠着椅背，深深叹了口气，关昕的身份公开，陈馨华肯定不愿意将机构转让，那她做的一切努力都将成为泡影，能不能拿到股份是次要的，最重要的是，那是她想送给关昕的礼物。

却没想到现在连这么简单的事她都做不到。

宋羽涵颓丧地趴在方向盘上，心里却对欧阳昊五一点都怨不起来。

欧阳昊五的意思她明白，之前关昕将"环龙"拥有的股份都给她，在所有人看来都仁至义尽了，再没有必要帮她去争取那另外的8%。

"环龙"的关董等儿子回归这天等得太久了，谁都不忍心再忤逆了老人家的意思，况且最近"环龙"的股价低迷，也许正需要靠这件事来振奋一下。

宋羽涵又长叹一声，将车子重新启动，缓缓地开去陈馨华的公司。

本以为陈馨华拒绝了她会对她避而不见，却没想到她还是在办公室里接待了她。

只是原本看上去光鲜美艳的容颜苍老了许多，鬓边也隐隐有了几丝白发。

她穿着一身米白的西装套裙，坐在宽大的办公桌后，疲态尽现，却是任宋羽涵打量她，什么话都不说。

宋羽涵站着居高临下地望着她，突然觉得压抑，将包中的一个信封扔到她桌上。

接收到陈馨华疑惑的眼光，宋羽涵只微扬了扬下巴："这是你儿子的照片，我想还是给你比较好。"

见陈馨华想说话，宋羽涵一摆手："我可以不要你的学校，但是我希望你能答应我一个条件。"

"你说。"

"我希望你这段时间最好避开姜友忠父子，或者去英国待一段时间，机构也不要转给任何人，可以吗？"

陈馨华思索片刻，也就点头答应了。

宋羽涵将一张支票推到她面前："希望你不会食言。"

陈馨华将支票拿起来看看收到抽屉中。

"你放心，我现在唯一挂心的，也只有我儿子了。"

从陈馨华那儿出来，宋羽涵看时间尚早，想去接菲菲放学，刚要打电话给关昕，他就打来了。

宋羽涵笑嘻嘻地接通刚要说话，就听那头的关昕却是语带焦灼："羽涵，你现在有没有空，到菲菲学校来一趟。"

"菲菲怎么了？"

"你来了再说吧。"

宋羽涵不敢有耽搁，立刻开车去菲菲的幼儿园，远远地便看见关昕着急地等在门口，一看到宋羽涵的车便迎了过来。

"菲菲出什么事了？"

宋羽涵下了车，和关昕一起往幼儿园走。

"菲菲在幼儿园和别的小朋友打架，好像还打伤了小朋友，丁老师打电话给我，让我跟你一起来看看，我也是刚到。"

宋羽涵皱紧眉头，步履匆匆地随关昕往里走，还没到老师办公室，在门外就听到小朋友在号啕大哭，宋羽涵听得心里一惊，急忙冲过去。

菲菲被老师抱在怀里喝酸奶。

沙发另一头，一个胖乎乎的小男孩正哭得伤心欲绝，老师和生活阿姨

怎么劝都没用，边哭还边蹬着腿。

见宋羽涵和关昕到了，抱着菲菲的丁老师立刻站起来，关昕抱过菲菲上下查看。

"怎么回事？"宋羽涵板着脸瞪着菲菲，菲菲却不理她，一撇嘴搂住关昕的脖子，扭过了头。

丁老师忙说："没什么，小朋友打架了，菲菲没事，就是多多的手蹭破了皮，已经上过药了。"

宋羽涵点点头："让你费心了，丁老师。"

丁老师摆摆手："宋董吩咐我们要好好照顾菲菲，我们也知道菲菲的情况比较特殊，一直都很小心，今天也确实是疏忽了，不知道她怎么会跟多多打起来。"末了，丁老师笑着补充道，"菲菲看着瘦瘦小小的，没想到力气那么大，一下子就把多多推倒在地上了。"

宋羽涵哭笑不得地瞪了眼趴在关昕肩头正偷听大人讲话的菲菲，菲菲瑟缩了一下，往关昕怀里拱了拱。

见宋羽涵不说话，丁老师又叮嘱道："多多的家长还没有来，一会儿最好让菲菲给人家道个歉，毕竟受伤的是多多，人家家长心里肯定不好受。"

宋羽涵点头："这个我明白。"

正说着，多多妈妈也扑了进来，一进门便嚷道："多多，你怎么了？"

听到妈妈的声音，原本已经止住哭泣的多多又号了起来："妈妈，菲菲欺负我。"

宋羽涵将菲菲从关昕怀里拎了下来，让她站到多多面前，厉声道："菲菲，快给多多道歉。"

菲菲倔强地站着，抬头看着宋羽涵就是不肯说话。

"菲菲，你到底为什么要跟多多打架？是不是有什么事？"

菲菲淡淡地说："多多骂我。"

宋羽涵怒了："他骂你你就打他了？谁教你这么做的？"

"哎哟，还是别做戏了，谁不知道你家宋汐菲是幼儿园的宝贝啊，谁敢骂她，谁敢说她？"胖乎乎的多多妈将多多护在怀里，心疼地揉着他的手，一双眼还不时地白着宋羽涵。

"多多妈妈，这是两个小朋友之间的事，我们还是不要牵扯到幼儿园。"宋羽涵皱着眉，强压下心中的不悦，"我想这里面一定有什么误会。"

多多妈嚷嚷道："怎么，仗着你家是这幼儿园的董事，连话都不让人说了吗？"

宋羽涵还没反应过来，丁老师不乐意了："多多妈妈，小朋友之间有矛盾也是正常的，最好是让小朋友们自己解决，打电话请你来是园方出于责任，一起商量下这个事情怎么解决。"

"怎么解决，当然是去医院了，要是我家多多出了什么问题，我可不会放过你们。"多多妈蛮横地将丁老师推开抱起多多。

哪知多多听到医院两个字，哭得更大声了，声嘶力竭地抱住沙发扶手，就是不肯走。

一时间老师办公室里只听到多多的哭声和多多妈的训斥声。

这时候，一直安静站着的菲菲突然说句话："多多说我没有爸爸。"

那么细微的声音，却让在场所有的大人都安静了下来。

菲菲面无表情地盯着还在哭泣的多多，多多渐渐止住哭泣，抽噎着缩在他妈妈的怀里，不敢再发出声音。

宋羽涵冰冷的眼神看向多多，沉着嗓子问："多多，是这样吗？"

多多吓得一抖，连连点头。

"谁告诉你菲菲没有爸爸？"宋羽涵弯下腰盯着多多的脸，心里清楚孩子会说出这种话，跟他父母脱不了干系。

刚才还气焰嚣张的多多妈，立刻没了气势，抱着多多强撑："你那么凶干什么，都说小孩子之间的矛盾让他们自己解决了，大人跟着掺和什么呀。"

宋羽涵眯着眼，神情冷到极致，直起身抱着菲菲头也不回地走了。

关昕一愣，只能望着宋羽涵的背影苦笑，留下和丁老师一起将多多母子安排妥当了，才出来找宋羽涵。

宋羽涵抱着菲菲坐在汽车后排，菲菲已经枕着她的腿睡着了，宋羽涵低着头不知在想什么，关昕从后视镜里看她一眼，发动了汽车。

初秋的傍晚，天色晚得越来越早，昏暗的街道，路灯这时候一盏盏的亮了起来，映在宋羽涵身上明明灭灭，看不清她的表情。

直到车开上了高架桥，宋羽涵突然开头了："菲菲问我要爸爸，我要怎么回答她？"没等关昕说话，宋羽涵接着说，"告诉她，爸爸不要她了，他抛下我们母女不顾，所以妈妈在向他报仇？"

关昕没有说话，只是安静地将车开下高架桥，绕上环湖路，在一处临湖草坪停了下来。

他下车开了后车门，听到动静的宋羽涵抬起双眼，疲惫无力，有种过尽千帆的沧桑，让关昕心底一抽，伸臂将她拥在怀里。

"关昕，你说我是不是做错了？"靠在关昕怀里，听着他平稳心跳，宋羽涵的心绪渐渐平息，她缩着头闷声问。

"我说错了你就不做了？"

关昕的声音通过胸腔传到宋羽涵耳中，似隔着千山万水，宋羽涵心里一痛，却依然摇摇头。

关昕轻轻顺着宋羽涵的头发，缓缓说道："已经决定的事，就别再思前想后，不管对还是错，只要你决定要做，我都会支持你。"

"要是与'环龙'有冲突呢？"

"冲突？"关昕轻笑，胸腔微微震动，"任何利益上的冲突都不是问题。"

关昕捧起宋羽涵的脸，与她四目相对，眼中柔情似两泓温泉水，温热满溢，将宋羽涵溺毙其中。

爱上羽涵，出乎意料却又顺理成章，在他不知不觉中就对羽涵用情至深，望着羽涵难得表露出的柔弱无助表情，关昕差点就说出了：为了你我可以连'环龙'都不要。

最后时刻，他只是飞快在宋羽涵唇上啄吻了下，说："快放假了，我们带菲菲出去玩吧。"

宋羽涵也觉得最近烦心事很多,带着菲菲出去散散心,还能增进他们的感情,便同意了。

回到家,菲菲一副还没睡醒的样子,关昕原本要带菲菲去洗澡,宋羽涵犹豫了下,决定还是自己去给菲菲洗澡。

关昕赞许的表情还挂在脸上,门铃却响了,欧阳昊五风尘仆仆地站在门外,手里还拎着行李,看样子是刚下飞机。

"关昕,羽涵呢?"

他进了门自顾自地去倒了杯水,一口气喝了精光。

"羽涵在给菲菲洗澡,你要找她吗?"

"哎,找你也一样,我今天刚从日本赶回来,羽涵给我打电话的时候我正在赶飞机,心里有些着急,对她说了很多乱七八糟的话,你让她别生气。"

关昕睥睨他一眼,挑眉道:"你跟她说了什么?"

欧阳昊五怔住,结结巴巴道:"呃,她,没跟你告状啊?"

"说。"

冷冰冰的一个字,让欧阳昊五听了小心肝一颤,再加上关昕双眼微眯,眼底闪过一抹精光,欧阳昊五立刻说道:"我说,我说。"

"羽涵之前联系我,问公开你身份的事能不能再拖个两天,被我回绝了。"

"为什么?"

"她怕公开了你的身份,那个陈馨华就不肯转让机构了。"

关昕皱了眉,之前他和宋羽涵一起去找陈馨华的时候,宋羽涵就已经了解公开他身份的事,那个时候她没有担心,没理由隔了那么久反而迟疑,除非是遇到问题了。

"你怎么跟她说的?"

欧阳昊五迟疑了下,紧张地咽了咽口水:"我让她把机构转到自己名下去,反正这事本来就跟你没什么关系。"

"你,"关昕狠狠瞪他,"你居然跟羽涵说这种话,你明知道她做的那

些事对她来说有多重要，她要是有办法，也不会来求你拖两天。你就是这么对她的？"

"哎哎，你别生气么，我这不是来赔罪了么，我之前赶飞机有点上火，脑子也不太好使，才会对她说出那些话的，这不是来求她原谅了吗？"

欧阳昊五也急了，绕着餐桌走来走去，六神无主的样子。

"行，我原谅你，你可以走了。"从浴室一出来，宋羽涵就听到欧阳昊五的话，再看到他一副焦虑的表情，心里微微解了气，立刻顺着他的话说道。

见宋羽涵出来，欧阳昊五忙迎了出来，嬉笑着搭住宋羽涵的肩："姑奶奶，是小的错了，小的赔罪，您大人大量，别跟小的一般见识行么？"

宋羽涵不着痕迹地挣脱欧阳昊五，躲进厨房给菲菲热牛奶。

欧阳昊五见大的不理他，转而向小的献媚。

菲菲坐在关昕身边，很自觉地拉住关昕的手，一脸戒备地看着欧阳昊五，显然把他当成了怪叔叔。

"菲菲啊，叔叔带你出去玩好不好，我们去看米奇和米妮，叔叔再带你去乘热气球好不好？"

怪叔叔的话对菲菲来说毫无吸引力，她坚决地摇了摇头。

关昕看着一脸挫败的欧阳昊五，真是又好气又好笑，一巴掌狠狠拍在他背后："你啊，早知现在，何必当初。"

欧阳昊五哭丧个脸："关昕，你帮帮我？"

关昕摇头："我和羽涵本来就商量好假期要出去玩，你这招真是没创意。"

欧阳昊五眼睛一亮："你们要出去玩？去哪儿？我来我来，我请你们去。"

关昕白他一眼："谁稀罕。"

欧阳昊五都快哭了："关昕你别这样，你们带上我嘛，我帮你们照顾菲菲，让你们两个人甜蜜蜜去。"

"行啊，我同意了。"

宋羽涵端着牛奶出来，将温热的牛奶递给菲菲，斜欧阳昊五一眼："我同意带你一起去度假，所有的费用你出。"

"行行行，我出我出。"欧阳昊五连忙答应，连连点头，窃喜宋羽涵总算是能够原谅他了，也不枉他下了飞机便直奔过来。

宋羽涵瞧着欧阳昊五窃喜的神情，心中冷笑："欧阳昊五，你可别开心得太早了。"

Chapter 11
关昕的真实身份

欧阳昊五果真张罗着度假的事，甚至还拉上了顾叶盛和裴子瑜，宋羽涵只淡淡说了句要去欧洲，欧阳昊五就全部搞定了。

等按照欧阳昊五要求的时间集中到机场，他们才知道此行的目的地是挪威。

"这个北欧小国拥有全世界最美丽的景色。"欧阳昊五在等着助理去办登机手续时，神神秘秘地推荐着他订的旅行计划。

大家却对躲在他身后的人比较感兴趣。

"欧阳，不介绍下这位姑娘？"宋羽涵眯着眼似笑非笑地打量着欧阳昊五，问出了所有人的疑问。

欧阳昊五抓抓头发，将身后那名身形娇小长相甜美可爱的小姑娘拉到身前："她叫齐韵，是我同事。"

"我们公司聘用童工？"

关昕看着欧阳昊五一脸愕然。

"哇，这孩子真可爱。"

宋羽涵一手拉着菲菲，一手摸摸齐韵的头发，像在看另一个孩子。

"欧阳，原来你还好这口。"

顾叶盛凉凉的声音飘过来，让欧阳昊五打了个激灵。

他一把将齐韵搂进怀里，急忙解释："齐韵早成年了，她只是看着小了些，你们别吓坏她了。"

欧阳昊五那占有欲极强的动作，让宋羽涵想起另一个强势又凌厉的女子，苏蘅对欧阳昊五步步紧逼，穷追不舍，最终还是将他推进了别人的怀抱。

一直没说话的裴子瑜这时候走过来，亲热地拉住齐韵的手说："来，到这儿来，别理这个怪叔叔。"

欧阳昊五哭笑不得，齐韵却毫不着恼，只乖顺地看着欧阳昊五，低眉顺眼的神情让欧阳昊五的大男人心性得到了极大的满足。

"我只有一个问题，"顾叶盛"啪"一声合上手中的杂志，换了个舒适的坐姿盯着欧阳昊五，"我答应你一起来度假，你就是这么安排的？就这么点钱你还要我付？"

宋羽涵靠着关昕，唇角勾着一抹满含深意的笑："原来你说请我们去度假，用的是顾叶盛的钱？怪不得这么慷慨。"

听到这话，顾叶盛冷冷看着欧阳昊五，缓缓道："机票钱是我付的，挪威的行程我说了算，不过，你埋单。"

欧阳昊五欲哭无泪："我特地为了我家小韵安排的旅行，都被你们给搅了。"

宋羽涵和关昕拉着菲菲准备去登机，顾叶盛和裴子瑜也自顾自地说着悄悄话，只有齐韵上前，踮着脚轻轻拍着欧阳昊五的头安慰他。

当广播通知可以登机时，被欧阳昊五肉麻的发嗲声蹂躏的众人总算松了口气。

还好欧阳昊五订了商务舱，否则以顾叶盛的脾气，那么久的飞行，若欧阳昊五再买了经济舱，估计他会当场翻脸，然后拉着裴子瑜下飞机。

安顿好菲菲，宋羽涵靠进宽大的椅背，不由想起上次乘飞机是什么时候，应该是带菲菲回国吧。曾经那么娇小柔弱的一个小婴儿，现在已经长得这么大了。

她望着正在专心摆弄座椅上液晶屏的菲菲，脸上的神情变得柔和。

还能记得当初冒着大雨跪在宋家老宅门外求父亲原谅时，那种孤立绝

望的心情；更记得独自一人在异国他乡带着个孩子，是多么的不容易，多少次她都觉得自己快撑不下去了，却仍然坚持了过来。

而这些都是拜姜伟杰所赐。

再想到这些，宋羽涵只觉得心底的恨淡了许多，她转头瞥了眼坐在后方的关昕，他正低头翻看着飞机上的英文杂志，一脸平静安然。

关昕就像一帖最佳的柔化剂，能让她坚硬的心彻底融化，每次复仇的怒火吞噬她时，关昕都能让她瞬间平息下来，将她的心熨烫得妥妥帖帖。

她抬头摸摸菲菲的头发，小声道："菲菲是不是很想要个爸爸？"

菲菲疑惑地望着她不出声。

"菲菲想不想关昕叔叔做你的爸爸？"

菲菲睁着一双滚圆的黑眼珠，意外地开口："妈妈要跟关昕叔叔结婚吗？"

稚嫩的童声在一片宁静中特别清晰，宋羽涵想要捂住她的嘴已经来不及了，周围的人都转头看向她。

关昕站了起来，有些意外地看着宋羽涵，却是什么都没说，眼中是欣喜的神色。

宋羽涵尴尬地放开菲菲，好不容易挤出笑容，对上那几道眼光："菲菲随便说说的，你们别当真。"

避开恼人的视线，宋羽涵向关昕招招手："快坐下吧，就快起飞了。"

关昕无奈坐下，却仍不死心地对她说："一会儿我要跟你谈谈。"

宋羽涵将他不安的举动都看在眼里，心中惴惴不安，她不知道关昕是什么心思，可对于她来说，结婚还是很遥远的事。

身边的菲菲，正一脸无辜地看着最爱的故事书，飞机爬升时她也习以为常地将安全带紧了下，继续看书。

这孩子成熟得不像话，哪里像五岁的小娃娃，也不知道是不是因为从小由宋爸爸带的缘故，举手投足活脱脱宋爸爸的翻版，一副老气横秋的小大人样子。

宋羽涵亲昵地揉揉她的头发，却换来她的一个白眼。

Chapter 11 关昕的真实身份

飞机刚一飞稳,关昕就解开安全带扑到宋羽涵身边,热烈的眼光在宋羽涵身上来回逡巡。

"关,关昕,你怎么了?"宋羽涵有些结巴,环顾四周神情尴尬。

关昕蹲在她身边,悄声说:"刚刚菲菲说的……"

"小孩子的话你那么认真干吗?"宋羽涵脸一红,忙一把捂住关昕的嘴不让他再说。

一抬头,见到空乘人员正在走过来,宋羽涵着急地说:"你先回座位去,有什么事我们到了目的地再详细说。"

关昕忽地站起来,却是盯着欧阳昊五问:"多久才能到挪威?"

欧阳昊五一愣,结结巴巴地说:"呃,算上中转时间,大概要15个小时吧。"

"中转!"

"15个小时!"

关昕和顾叶盛同时惊呼,两个人都有把欧阳昊五掐死的冲动。

宋羽涵忙拉住关昕:"你小声点,公共场合,别吓着菲菲了。"

顾叶盛也被裴子瑜抱住手臂小声地安慰着。

"都上了贼船了,我们就既来之则安之吧。"宋羽涵向关昕调皮地吐了吐舌头。

她又指了指关昕的座位:"你过去坐吧,这么舒服的座椅,15个小时很快的,是不是?"

关昕无可奈何,只能抬手摸了摸宋羽涵的脸颊,转身回座位。

欧阳昊五舒了口气,正要感谢宋羽涵帮他说话,却被宋羽涵狠狠地瞪了一眼,小心脏又扑通扑通地跳个不停,一头钻进齐韵的怀抱寻找安慰去了。

宋羽涵醒过来的时候,天色依然黑暗,她以为自己只是打了个瞌睡,直到看了手表才发现,原来她已经睡了将近十个小时,她没想到自己在飞机上能睡那么沉,居然连梦都没做一个,一觉到天亮,连飞机什么时候中转都没察觉。

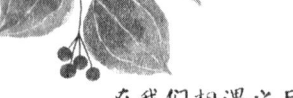

宋羽涵站起来活动下酸软的脖子，环顾四周，裴子瑜缩在顾叶盛怀里睡得香甜，欧阳昊五和齐韵也互相依偎着，唯独她一个人，孤零零地睡在靠窗的座位，关昕的怀中躺着的则是菲菲。

　　宋羽涵在心底长叹一声，轻手轻脚去洗手间匆匆洗了把脸。

　　接近冬日的凌晨，天色亮的晚，等天边灰蒙蒙逐渐显亮，机上的人也差不多都醒了，广播通知飞机已经到达挪威上空，所有人都坐直了身子。

　　下了飞机领好行李，早已经有人等在那里，见到顾叶盛，殷勤地上前行礼，另一人还帮他们推起了行李。

　　顾叶盛和那两人边走边交流，很快到达门口，两人将他们的行李搬上一辆房车上。

　　爬进宽敞的车内，宋羽涵舒了口气，转动脖子："总算到地方了。"

　　车子稳稳地开上公路，所有人都按摩着自己发酸的手臂，一起看向欧阳昊五。

　　欧阳昊五缩了缩脖子，没好意思再说话。

　　顾叶盛给裴子瑜倒上一杯热茶，看了看时间，说："现在才五点多，你要不要再休息一会儿，离我们到目的地还有大概两个小时。"

　　宋羽涵看眼正哄着菲菲喝水的关昕，伸了个懒腰问道："能知道我们的目的地是哪里吗？"

　　"洛恩镇。"

　　"哦，不。"

　　顾叶盛刚说出目的地，欧阳昊五就沮丧地捂着脸长叹一声："我的计划彻底被你们改变了。"

　　顾叶盛白他一眼，没再理他。

　　宋羽涵好笑地看着欧阳昊五吃瘪的样子，转头去照顾菲菲，这孩子一路上话出奇的少，一个人看书玩游戏，对宋羽涵的提问也不太搭理，只对关昕露出依赖的神情。

　　此刻，她正一个人窝在椅背里，仍然翻看着手中的北欧神话。

　　她想到之前空乘跟她说的话，扬声问顾叶盛："我们是要去峡湾吗？

住哪个酒店？亚历山大？"

"你怎么知道？"

顾叶盛一挑眉，双眼在宋羽涵和关昕之间打了个转。

宋羽涵也没在意，朗声道："之前飞机上的空乘向我推荐的，说来挪威旅行必去峡湾，峡湾的酒店最顶级的，也就是洛恩镇的亚历山大了。"

"你们还聊到这些了？"

关昕斜眼看着宋羽涵，眼中清明一片，脸上的神色却是不太高兴。

宋羽涵一怔，等见到顾叶盛脸上不怀好意的笑容，她才明白过来。她眼神闪了闪，用车里人都听得到的声音说："那个帅哥空乘可真是个好人，对我们的照顾无微不至，他还不时来向我打探消息，问我顾董的联系方式。"

一车的人都愣住，齐刷刷的目光看向顾叶盛。

"原来人家看上的是你啊。"欧阳昊五一掌拍向顾叶盛的后背，笑起来。

关昕也跟着微微笑起来，唇角勾起好看的弧度，抓起宋羽涵搁在扶手上的手，轻轻捏了下。

在外旅行，人也似乎放松了许多，宋羽涵脸上露出了小女孩般娇俏的神情，她薄唇一弯，嬉笑着凑上关昕耳边，戏谑道："我不知道你原来还会吃醋。"

关昕捏着她的手紧了紧，耳根已微微发红，面色如常地在宋羽涵耳边低声道："看我怎么收拾你。"

宋羽涵哼了一声甩开他的手，挣了两下没挣脱，只好由他握着，扭头去看窗外的景色。

天色已渐渐亮起来，沿途的风景一点点显露出来，就像缓缓揭开了北欧女神朦胧的面纱，郁郁葱葱的美景似一幅幅秀美名画展现在面前，让人应接不暇。

绵延的青山，蓝得透明的湖泊和渐渐清晰的蓝天白云，就这么撞进视线，让人看得直叹，这里简直就像世外桃源。

沿着不算宽阔的公路,车子开进了洛恩镇,在小镇西面一幢蓝顶亮黄色砖墙的三层小楼前停下。

将行李搬下车,楼里出来一名身材魁梧的北欧男子,见到顾叶盛万分高兴,快步上前与他拥抱。

"顾,房间已经准备好了,你们要先去休息还是先吃早餐?"

顾叶盛搂过裴子瑜看了看,向男子点头道:"汉斯,先去吃早餐吧,一会儿再回房间。"

在汉斯的带领下,大家进了一楼大堂,正要去餐厅,欧阳昊五向众人摆摆手:"我们不去吃早餐了,太累了想回房休息。"

一路上顾叶盛就没给他过好脸色,此刻也一脸不悦地盯着他:"你不怕饿,小朋友可挨不了饿,别说我没提醒你,这里的早餐只供应到九点钟。"

欧阳昊五张了张嘴,却最终什么话都没说,垂头丧气地任由齐韵牵着,跟在顾叶盛后面进了餐厅。

宋羽涵暗自偷笑,欧阳昊五一向任性妄为,这一路过来看到他被顾叶盛打击得那么彻底,心中对他的那一点点怨怒也消失了。

她牵着菲菲的手,跟在关昕身后,心里乐得就快吹上口哨了。

早餐后回房间,他们住在一栋临湖的别墅中,宋羽涵和关昕的房间窗外便是波光粼粼的湖面,推开窗清新的湖风带着湿漉漉的气息扑面而来,洗涤了肺腑。

关昕从后面拥住站在窗前的宋羽涵,与她一起享受清风拂面的感觉。

"一会儿想做什么?"

关昕低头,贴着宋羽涵的耳朵低低问她,热气吹得宋羽涵耳朵立刻红了起来,他便轻吻着她玲珑的耳垂。

宋羽涵反手勾住他的后脑,主动送上自己的双唇。

正吻得热烈,房门却"咚"的一声,被人很用力地推开,宋羽涵和关昕连忙分开,就看到菲菲一脸茫然地望着他们。

宋羽涵尴尬地轻咳一声,上前搂住菲菲,问她:"菲菲想去哪里玩

Chapter 11　关昕的真实身份

呢？"

菲菲伸手一指外面，齐韵和欧阳昊五正站在楼梯口等她，想来是要带她一起去玩。

宋羽涵点点头，帮菲菲背上她的随身小背包，送她出门。

齐韵开心地蹲下来迎接菲菲，一把将她抱住亲了两口，身边的欧阳昊五却一脸懊恼，耷拉着头跟在齐韵后面，不时地瞥她两眼，眼神哀怨无比。

宋羽涵只觉得心里畅快无比，回头扑进关昕的怀里，笑道："为什么我见到欧阳吃瘪那么开心呢？"

关昕好笑地捏捏她的鼻子："你啊，就是个孩子。"

快乐的心情一直延续着，不管是在小镇上散步玩乐，还是乘小船去冰川冒险，又或者沿着山路一边观赏瀑布，一边听着潺潺水声和鸟叫，这样悠闲的日子很容易让人忘记时间。

等方云打电话向她汇报公司情况时，她才惊觉，她已经带着菲菲在这个让人惊艳的小镇上住了七天了。

顾叶盛和裴子瑜比他们提前两天回国，欧阳昊五和齐韵如胶似漆的，貌似还不想离开这个景色如画的小镇。

宋羽涵只好和关昕一起带着菲菲回去，乘的却是"环龙"的专机，直接将他们接回云都，时间确实比转机节省了不少。

方云在电话里只说姜友忠要买陈馨华的机构，却没说详细情况。

等到了云都，方云来接他们时，才将实情告诉她：陈馨华已经去了英国，那家机构的法人代表也已经变成了姜友忠。

宋羽涵的双眉紧锁，一言不发地坐进车里想着对策，冷若冰霜的脸上毫无表情，菲菲有些害怕，缩进关昕怀里不敢看她。

"羽涵，别那么严肃，你吓着菲菲了。"

宋羽涵看了眼菲菲，好不容易挤出一丝笑容："菲菲别怕，我们一会儿回外公外婆那儿好吧？"

见菲菲点头，宋羽涵抬头凝视关昕，双眼闪亮："关昕，之前一直压

着不让你的身份曝光,你会不会怪我?"

关昕摇头:"我说过都听你的。"

宋羽涵沉吟了下,缓缓道:"看来要把欧阳昊五召回来,我们即刻就准备。"

环亚国际酒店七楼,可容纳八百人同时就餐的大宴会厅,此刻布置得典雅华贵,宝蓝和金色两种色调的装饰,将大厅映衬得格外辉煌。

硕大的天鹅冰雕伫立在大厅中央,底座上一排金色的字,让每个人都看得清清楚楚:"庆环龙集团投资圣罗德酒店封顶"。

云都市商界的人几乎来齐了,甚至还惊动了媒体,多家纸媒和网络媒体的记者扛着器材在人群中穿梭往来,忙着采访。

欧阳昊五在门口迎客,他将齐韵带了过来,拜托宋羽涵在一边代为照顾。

宋羽涵瞪他一眼,这小子明知道苏蘅会来,还带齐韵来刺激她。

宋羽涵惴惴不安了很久,哪知道苏蘅来了却只淡淡瞥了齐韵一眼,什么话都没说。

这便奇了怪了,宋羽涵抬头疑惑地看看关昕,他也一耸肩,表示什么都不知情,便又去看顾叶盛,哪知顾董压根儿没看苏蘅,正忙着低头安抚怀中的裴子瑜。

不知道这两人又在闹什么别扭。

宋羽涵撇撇嘴,带着齐韵去餐点区找东西吃,一转头就看到姜伟杰带着任爱蓓走过来。

左右一看实在躲避不了,宋羽涵只能硬着头皮迎了上去。

"羽涵,好久不见了。"

姜伟杰嬉笑着向宋羽涵打招呼,过于熟稔的态度让齐韵也抖了一下,默默地退后一步。

宋羽涵看她一眼,淡淡回道:"姜总真是贵人多忘事,我们前天才见过面。"

Chapter 11　关昕的真实身份

圣罗德酒店封顶，预示着"友杰建设"的工作量即将完成，之后的工作都由"盈天城投"来接手，前天欧阳昊五约姜伟杰和宋羽涵一道去了趟工地，就工作的交接碰了个面。

姜伟杰干笑两声，看看宋羽涵身后："怎么没见关昕？"

宋羽涵一指右边："不是在那儿吗，姜总找他有事？"

关昕正站在冰雕前方和裴子瑜说话，顾叶盛站在一边抿着唇不说话。

宋羽涵心中好笑，一碰上裴子瑜的事，顾叶盛就不淡定，原来他的软肋就是裴子瑜。

一直在姜伟杰身边没说话的任爱蓓突然开口："关昕那身西服可真好看，想必价值不菲吧。"

宋羽涵白她一眼，微微叹口气，无奈道："他自己买的衣服，我不是很清楚价格，任小姐若是有兴趣可以自己去问他。"

任爱蓓脸一阵红一阵白，扭过头去不再看宋羽涵。

宋羽涵也懒得应酬他们，带着齐韵绕过他们去吃点心。

等人都差不多到齐了，欧阳昊五过来找齐韵，宋羽涵见不得欧阳昊五对齐韵的那股腻歪劲，去了关昕身边，顺便给他带了碟美味的点心垫饥。

关昕就着宋羽涵的手吃了两块，深邃的双眸中，温柔的神情似要将她溺毙其中，宋羽涵脸一红，轻轻捶了他一下："你正经一点。"

"我很正经。"关昕果然一本正经地站直了，拉拉自己西装的衣袖。

宋羽涵刚要笑他，关家二老就来到他们身边，她连忙收敛心神，微笑着跟他们打招呼："关董，关夫人，两位好。"

宋羽涵今天穿了一身银白色的希腊式晚礼服，柔软的丝缎面料将她的腰身勾勒得非常完美，肩膀上点缀了大片的钻石和水晶，将她一张粉扑扑的脸衬得愈加柔嫩，关昕为了配她的衣服，特地去定做了一套有银白色缎面包领的灰色礼服，此刻两人站在一起交相辉映，真是一对璧人。

关培龙暗暗打量着宋羽涵和关昕，赞许地点点头，对关昕交代："一会儿你跟我一起上台，我将你正式介绍给大家。"

宋羽涵看向关昕，见他眼中闪过一丝惶然，伸手握住了他的，向他温

柔一笑。

关昕对她点点头，跟着关培龙上了台，欧阳昊五紧随其后，开始主持庆祝仪式。

看到站在台上的关昕，姜伟杰的脸色变了又变，他搜寻着宋羽涵的身影，见她站在人群中，正一脸柔和地望向台上的关昕，便慢慢靠过去。

台上，关培龙站在话筒前，清了清嗓子说："感谢各位百忙之中还抽空莅临这个酒会，庆祝圣罗德酒店工程的封顶，其实今天要庆祝的并不单只这一件，另有一件事更值得庆祝。"

他示意关昕上前，一手拍拍他的肩，说道："在这里我要向大家介绍我的儿子关昕，他将会接手圣罗德酒店的建设工程，也会成为'环龙集团'下一任的董事。"

闪光灯亮成一片，台下众人纷纷鼓掌，姜伟杰正好来到宋羽涵身边，听到这话，一脸难以置信的表情。

宋羽涵回头，见到姜伟杰像见了鬼一样盯着关昕，轻哼一声："姜总有何指教？"

姜伟杰回神，一把抓住宋羽涵的手，恶狠狠地说："你早就知道了？"

宋羽涵环顾四周，低叫道："你先放开我。"

哪知姜伟杰反而越抓越紧，两眼露出凶光，全然不顾大庭广众之下，就要将宋羽涵往宴会厅外拖。

正在台上介绍圣罗德酒店工程情况的关昕，看到宋羽涵的情况，便将欧阳昊五招来，跟他低语了两句，欧阳昊五眼一扫，立刻往宋羽涵身边来。

姜伟杰处于癫狂边缘，紧紧捏着宋羽涵的手不肯松开，欧阳昊五看周围人的注意力都被台上的关昕吸引了，便反手向姜伟杰后颈劈去。

姜伟杰手松开，就要往地上瘫去，被宋羽涵一把扶住。

欧阳昊五向宋羽涵使了个眼色，两人一人一边扶着姜伟杰往宴会厅外带。

经过任爱蓓的时候，宋羽涵见她还没从震惊中恢复，也一并将她带离人群。

欧阳昊五把姜伟杰架到宴会厅外的沙发上，任爱蓓见到昏迷的姜伟杰总算是清醒了些，扑到他身边叫他的名字。

宋羽涵向服务员要来一杯冰水，一点点洒在姜伟杰脸上，没一会儿他便醒了过来。

"阿杰，你没事吧？"

看得出任爱蓓是真关心姜伟杰，忧心忡忡的神色做不了假。

姜伟杰瘫坐在沙发上，望着宋羽涵的眼神有点蒙，等缓过神来时，宋羽涵和欧阳昊五正要回宴会厅。

"关昕的身份你知道？"

宋羽涵转身，正对上姜伟杰隐藏着怒意的双眼，她走回两步，站在姜伟杰面前，没有说话，只居高临下地望着他。

宋羽涵的气势让姜伟杰心里很不爽，他心中似燃着一团火，烧得双眼发红，死死盯着宋羽涵。

过往的很多事，一桩桩一件件，全部串联了起来，从宋羽涵打压"友杰建设"开始，"环龙"融资"友杰"；关昕一开始拒绝要"友杰"的股份，后来又欣然接受；到之前"盈天城投"撤场的事，这根本就是一个圈套，让他自己往里钻。

"你们联合起来整我。"

姜伟杰咬牙切齿，宋羽涵却巧笑嫣然："我们做了什么事整你？"

宋羽涵的姿态一派轻松，微弯着腰望着沙发上的姜伟杰，柔软的发尾轻轻垂在胸前，美丽优雅。

姜伟杰想不明白，为什么曾经那么软弱听话的宋羽涵，会变成现在这个样子，她以前从来不会有这种表情。

见宋羽涵和欧阳昊五许久没进宴会厅，关昕匆匆结束了介绍出来，在门口碰上顾叶盛，两人一起过来找他们。

一见到关昕，姜伟杰就有些不淡定，他猛地站起来揪住关昕的衣领就要打，被欧阳昊五和顾叶盛拦住。

"关昕，你这个骗子。"

关昕整整衣领，淡淡瞥一眼姜伟杰："姜总自己也清白不到哪儿去，你当初让我去宋家的目的，不也是骗人么？"

宋羽涵抬头看一眼关昕，被他一把搂过，紧紧拥在身侧。

"我现在只不过是忠于自己内心而已。"关昕说完，搂着宋羽涵就要走，却被任爱蓓拦住了。

"关昕，我们能谈谈吗？"

宋羽涵与关昕对视一眼，向他点点头，关昕便带着任爱蓓去了走廊最末端。

欧阳昊五和顾叶盛将姜伟杰扔回沙发上，宋羽涵上前一步，将剩下的半杯冰水浇到他头上："姜伟杰，这是你欠我的，当年我就该这样对你。"

她将杯子重重一搁，挽着欧阳昊五和顾叶盛就走，两步后又回头，向姜伟杰翩然一笑："我之前所受的苦，会让你一点点品尝到，别着急。"

关昕隔着走廊，望着宋羽涵重新进了宴会厅，这才将注意力放在任爱蓓的身上。

她今天很漂亮，改良的长款旗袍，勾勒出玲珑的曲线，艳丽的牡丹图案，更显得她妖娆动人。

只是她再美，对关昕来讲也已经没有了吸引力，他斜倚着窗台，收回打量任爱蓓的视线，缓缓道："你想跟我说什么？"

他的语气不带一丝感情，平铺直叙得让任爱蓓心底发凉。

"你居然瞒了我那么多年。"

任爱蓓苦笑着，只觉得连嘴里都是苦的，这么重要的事，关昕居然瞒了她那么多年，回想起他们交往以来的点滴，心中更加苦涩。

"原来你说会有很多很多钱，不是骗我的。"

"原来你的手表、衣服其实是自己买的。"

任爱蓓思维混乱，自顾自地说着只有自己才听得懂的话，关昕低头望着她失神的模样，心里有丝愧疚。

Chapter 11 关昕的真实身份

"其实如果当初我们不分手,我不会回'环龙',我原本打算和你一直这么平淡地生活下去。"

"呵,是吗?可你为什么现在又回去了?"没等关昕回答,任爱蓓又问,"因为宋羽涵?"

关昕的双眸黑沉如墨,他迟疑了下,还是点头。

任爱蓓有些受打击的模样,她盯着关昕哭道:"你就没觉得对不起我吗?"

"有,所以我回头找你,想跟你重新开始,可是你已经选择了姜伟杰。"

任爱蓓哭得更凶了,抽泣道:"你那时候突然跑来跟我说这样的话,我怎么可能相信。"

关昕没说话,只等任爱蓓渐渐止住哭泣,摇摇头转身要走,任爱蓓突然抬头问道:"关昕,我们认识十一年,交往了四年,你确定你真的喜欢过我吗?"

关昕不懂:"什么意思?"

任爱蓓直面关昕,"既然我们说开了,那就说个清楚。毕业之后的那两年你为什么要去英国?也是,你连家世都能瞒着我,去英国的事就更不用提了。但是关昕,你去英国的那段时间,除了每个礼拜给我写一封类似学习汇报的电邮外,还跟我交流过什么?我不知道别的异地恋人都是怎么交往的,可是你对我实在太放心了点,又或者,你根本就没有把我放在心上。"

任爱蓓的控诉一下下击在关昕心上,他蹙着双眉,上前轻轻圈住任爱蓓颤抖的双肩,千言万语只化为一句:"对不起。"

任爱蓓抬起婆娑泪眼,望着关昕恳求道:"关昕,我跟姜伟杰在一起只是为了气你,我们重新开始好不好?"

关昕放开任爱蓓,轻轻叹了口气:"可是我已经有羽涵了。我看姜伟杰对你还算不错,你好好珍惜。"

说罢,他头也不回地进了宴会厅,留下任爱蓓在原地,瘫软在地上痛哭流涕。

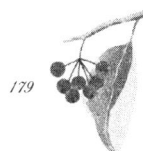

Chapter 12
灰姑娘的故事只能是童话

伴随着关昕身份的揭露，他和宋羽涵的恋人关系也立刻曝光，包括两人一起住在宋羽涵的公寓，两人开同一款车，都成为人们津津乐道的话题。

甚至"环龙"和"盈天"的股价都水涨船高，"环龙"的股份更是连着两个涨停，让一众股民笑得嘴都合不拢。

宋羽涵和关昕却对此烦不胜烦，又不是娱乐明星，记者却还是盯着他们不放，每天出入都跟随，不是偷拍就是冲上来采访，让人颇为恼火。

宋羽涵这段时间住回了宋家大宅，关昕也每天都回关家别墅去住，和欧阳昊五同进同出，准点在"环龙"上班。

两人在工作中倒是时常能碰面，"盈天城投"再次进场，进行"圣罗德"酒店的内饰和收尾工作，因为圣罗德酒店的负责人是关昕，宋羽涵时常能在各种碰头会上见到他，还一起吃过工作午餐。

夏末秋初，云都的初秋雨水充沛，绵绵秋雨一下就是一个星期，"圣罗德"酒店的工程进度也因此缓慢下来，也因为下雨，跟着关昕和宋羽涵的记者也都不出现了，两人终于能过回清静的生活。

关昕终于得空，便约了宋羽涵一起去看房子。之前他在市区有套房子，但是分手的时候过户给了任爱蓓，他也没要回来的打算。

最近住的关家大宅在市郊，每天上下班开车需要四十分钟，遇上堵车就更久，他就想在市里再找个离"环龙"近点的公寓。

关昕接了宋羽涵，再去接约好的房产经纪人，连着看了两套都不甚满意。不是户型不好就是楼层不合心，宋羽涵还挑剔着小区的环境和规模。

关昕笑着揉揉她的发顶："不知道情况的还以为是你要找房子。"

"要不你还是住我那里吧，环境好离你公司也近。"

关昕摇摇头："这样对你不好。"

机灵的房产经纪人突然眼睛一亮："宋小姐住的那个小区倒是还有套房子待售，楼层也不错，两位要不要去看看？"

宋羽涵住的那个楼盘开发商就是"盈天城投"，当初宋羽涵就是挑中这里的环境和地理位置，才跟父亲要了这套公寓，房产经纪说的房子是楼盘的三期，交付使用没多久，因为小区完善，周边配套设施齐全，所以入住率非常高，那套房子在小区最东面，和宋羽涵住的那栋楼隔着一个漂亮的人工湖。

宋羽涵一直在打电话，直到上了楼进了房间，才挂断电话，抱歉地看向关昕："我问了下，三期所有的房子都卖掉了，我们手里一套都没剩下。"

"是啊，这儿的房子卖得特别火，我们手上这套还是客户买了特意挂在我们公司的，价格已经比他买入时翻了近一倍。"

宋羽涵咋舌："涨那么厉害，我要不要把房子卖掉？"

关昕轻笑了声，跟着经纪人转了圈，朝向、房型、楼层都很满意，最主要是精装修，随时能入住，便立刻拍板买了下来。

宋羽涵还在叹息："白白让外人赚了那么多钱。"

关昕从后面拥住她，下巴顶着她的头顶，和她一同看向窗外："别想了，能买下就好。"

关昕扳过宋羽涵肩头，将她扎实地抱在怀里，轻叹一声："好久没抱你了。"

宋羽涵不说话，只靠着他享受静谧时光。

关昕搂着她轻轻地左右晃动，突然"扑哧"一声笑起来。

"你笑什么?"

"我们俩搞得像偷情一样。"

宋羽涵啐他一口:"谁和你偷情呢,我们不是在光明正大地看房子吗?"

"我不喜欢有那么多人盯着我,我只想跟你安安静静地在一起。"

她抬头看看关昕,他的唇抿起来,梨窝越发明显,宋羽涵用手指轻触,伸手勾上他的脖子,埋在他胸口听他有力的心跳,心中无比安宁,真希望就这样跟关昕相拥着到老。

安逸的气氛被电话铃打破,宋羽涵很不高兴这段闲适的时光被打扰,可一听到苏蘅的声音,她便立刻答应了见面要求。

"关昕,苏蘅约我去逛街。"

关昕毫不在意地摸摸宋羽涵的头发:"雨天路滑,你小心开车,晚上早点回来,我给你煮膏蟹粥喝好不好?"

"好。"宋羽涵笑得灿烂,看在关昕眼中是毫不遮掩的快乐。

苏蘅的精神看上去不太好,坐在星巴克靠窗的位子,低着头不知在想些什么。

宋羽涵不动声色地坐到她面前,过了好一会儿苏蘅才像突然看见她的样子,吓了一跳。

"你怎么那么憔悴?"

"现在还憔悴吗?"苏蘅摸摸自己的脸颊,细瘦的手指划过下颌,"已经比之前好很多了,羽涵,我要出国了。"

"出去玩吗?去多久?"

"不知道,也许就不回来了。"

宋羽涵讶异地看着她:"这是怎么了?发生什么事了?"

"经历了一些事,才发现自己的不足,所以想出去历练一下。"

秋日的雨天,阴沉得很,照进室内的光线明明暗暗,投影出一个个淡而无光的影子。

苏蘅的表情更淡,右手握着搅拌棒一下一下地搅拌着杯子里的咖啡,看不出什么情绪，让宋羽涵觉得她的性格转变了许多，原本那个一点就炸的毛躁丫头，突然变得沉稳安静，让人不太适应。

"走吧，不是说要去逛街买衣服吗？"

总算调动起苏蘅的情绪，宋羽涵拉着她进了港中百货。

苏蘅看上几款新上市的冬装，正一件件地试。

宋羽涵坐在店内的沙发上，喝着导购递过来的甘草茶，悠闲地翻着杂志。

宁静的气氛没有维持多久，她便被一通电话破坏了心情，任爱蓓不知道从哪里要到了她的电话，要求见她一面。

宋羽涵环顾四周，看店堂内客人不多，环境尚好，就报出了地址。

等待任爱蓓出现的时间里，她看上了一双冬季新款高跟鞋，黑色金银纱和丝绒面料，鞋跟高达十三厘米，宋羽涵估算着她穿上这鞋的高度，和关昕的身高差也缩小了很多。

导购殷勤地将鞋取来让宋羽涵试穿，她穿着走到试衣镜前，一抬眼便看到任爱蓓推门进来。

宋羽涵没有理会，依旧前后左右地照着镜子，直到看满意了才坐下来，回头状似不经意地对任爱蓓说："你来啦，坐吧。"

有导购为任爱蓓端来茶，她有些受宠若惊，忙不迭地接过道谢，挨着沙发边缘坐下了。

她的局促宋羽涵都看在眼里，她从进门就绷紧了神经，紧张得连手都不知道该怎么放。

不是不明白她此行的来意，宋羽涵喝茶，从杯沿看她，静静等着她开口。

"宋小姐，我来找你，是想求你件事。"

见宋羽涵不说话，任爱蓓继续说："我知道这件事难以启齿，但是我必须要说，我不想下半辈子在后悔中度过。"

宋羽涵搁下茶杯，靠着沙发扶手，侧着头对任爱蓓说："什么事，你不妨说说看。"

在我们相遇之后

　　任爱蓓一向对自己的容貌有信心，宋羽涵长得再好看，却始终不及自己明艳动人，可此刻专卖店中灯光明亮，照着宋羽涵耳朵上一对钻石耳坠晶亮缤纷，似要闪瞎人的眼，更衬得她一张巴掌大的小脸越发精致，她突然没了底气，准备好的说辞也变得干巴巴的："我和关昕认识了那么多年，感情一直非常好，直到他认识了你，我们两个才因为误会分开。宋小姐，你和关昕认识有一年吗？你们的感情有什么基础？他对你只是一时的迷恋而已，我希望你能主动退出，把关昕还给我。"

　　刚踏出试衣间的苏蘅，将任爱蓓的话一字不漏地听了进去，没等宋羽涵说话，她便站在店中央，用所有人都听得见的声音说道："任小姐，感情不是用交往的时间长短来衡量的，当初是你自己甩了关昕选择了姜伟杰，怎么？现在知道关昕比姜伟杰有钱，就想着吃回头草了？"

　　任爱蓓的脸红得快要滴血了，一副快要哭出来的样子："宋小姐，以前是我不懂事，太看重金钱，等失去了我才明白，我最爱的还是关昕，宋小姐你成全我吧。"

　　宋羽涵一手撑着头，靠在沙发扶手上看着任爱蓓，唇边始终挂着一抹似有若无的笑意，见任爱蓓一脸期待地看着她，宋羽涵这才站起身，拍拍衣服上并不存在的浮尘，走到展示柜前，纤长的手指点了点两双鞋子，导购立刻为她找来合适的尺码让她试穿。

　　宋羽涵坐回沙发上，试穿了鞋子，点点头让导购把鞋子都包起来，一转身将苏蘅的衣服也拿来一并结账。

　　做完这些，她才正眼看向任爱蓓，将一张黑色信用卡在她面前晃了晃："你想像我一样这么肆意地购物？"

　　顿了顿，她继续说："和关昕复合，确实能让你享受到无与伦比的物质生活，可是你确定你们真能复合？"

　　她站起来，将卡递给导购，又低头看着任爱蓓说："在这个世界上，我最不相信的就是灰姑娘的童话，你真以为，家世背景那么悬殊的两个人能够和谐相处？"宋羽涵微眯着眼，凑近任爱蓓的脸，迫人的气势散发出来，将任爱蓓逼得缩进了沙发，"灰姑娘的故事，永远只能是童话，王子

Chapter 12 灰姑娘的故事只能是童话

身边站的只能是公主，绝对不会有第二种可能。"

"不会的，关昕爱我，我们的感情那么深厚，不是你三言两语就能抹掉的。"

"你还是别妄想了，"苏蘅收好购物袋，站在宋羽涵身边，盛气凌人道，"别以为削了脚跟穿上水晶鞋就能当上公主，王子还不一定要你呢。"

宋羽涵微微一笑，制止苏蘅再说下去，拉着她正要走，突然想到什么，又低头对任爱蓓说："任小姐，当初我低声下气地求你再给关昕一次机会，你是怎么回答我的？现在我都原样还给你，关昕，你要不起，我不会把他让给你，他只有和我在一起才会幸福，我能给他的，你给不了。"

说罢，她没再看一眼任爱蓓，挽着苏蘅出了店门。

任爱蓓陷在沙发里，许久都没动弹，店内的职员小心翼翼地上前询问："小姐你还好吗？"

好一会儿任爱蓓才涩涩地说："没事。"

见她要起身，导购员想去扶她，却被任爱蓓一把打开，她跟跟跄跄地冲出店门，又走了几步，蹲在地上抽泣起来。

她知道宋羽涵说的没有错，也知道之前她放弃了关昕是多么错误的一件事，但她就是不甘心，明明是自己不要他的，他怎么能说放手就放手。

她不想就这么放弃，宋羽涵不过就是仗着家里有钱而已，她宋羽涵能做到的，自己也一样能。

几场秋雨后，天气变得愈加寒冷，感冒的人也日渐增多，宋羽涵不幸中招，发烧至38℃。

自从关昕身份公开后，他就不能再照顾菲菲了，再加上宋羽涵感冒，宋家二老立刻将菲菲接回大宅，每天由宋爸爸接送上学，福婶和宋妈妈照顾她的生活起居。

关昕在搬进新居前，暂时还跟宋羽涵住在一起，这次的流感大暴发，他也没有躲过，在宋羽涵感冒三天后，他也发起了高烧。

难得天气放晴，两人却躺在公寓里长吁短叹，宋羽涵裹着毯子盘腿坐

在沙发上，对另一头的关昕说："要不我打电话订外卖吧，不然我们俩都得饿死。"

关昕摇头："外卖的粥不如自己煮的好吃。"

"没米怎么煮？"

关昕一时也沉默了。

宋羽涵拿出电话："我让欧阳送米过来。"

电话那头的欧阳昊五被宋羽涵调侃得哇哇大叫："你们这两个人太过分了，我都已经替关昕出差了，你们还让我千里迢迢来送米，太过分了。"

关昕怔了下，羞赧道："是我忘记了，因为我感冒，他替我去北京出差了。"

宋羽涵倒在沙发里，哀叹："算了，还是叫外卖好了。"

正要打电话，门铃就响了，关昕看了眼大门，疑道："外卖来了？"

"我还没打电话哪，哪家外卖有预知能力？"

宋羽涵白他一眼，裹着毯子去开门，裴子瑜提着两只环保袋站在宋羽涵面前。

"我来给你们送点吃的。"说完她向宋羽涵微微一笑，侧身进门，轻柔的话语让宋羽涵觉得就像天使降临。

"子瑜，我爱你。"

"咳咳。"

怪异的咳嗽声传来，宋羽涵看向门外，方才见到裴子瑜太过高兴，竟然忽略了她身后的人。

"顾董怎么也来了？不怕被我们传染感冒吗？"

顾叶盛一脸很不高兴的样子："我是送子瑜来的。"

裴子瑜已经在餐桌摆开了碗筷，正招呼关昕过来："我听说你们俩都病了，想着你们会不会没东西吃，就煮了点粥过来，你们快过来趁热吃。"

宋羽涵开心地坐到桌边，看到一个圆形的保温桶里，是满满一桶的排骨粥，裴子瑜已经为她盛了一碗出来，撒上了香菜递过来，香气四溢。

另一个方形的餐盒里，是她做的凉拌菜，芹菜拌香干、金针菇粉丝、五香毛豆、糖醋藕片。

绿绿白白的四样小菜，看着就有胃口。宋羽涵取了筷子就去夹毛豆吃，一边还不忘调侃裴子瑜："子瑜，谁娶了你真是太幸福了。"

顾叶盛只斜了宋羽涵一眼，不说话。

关昕看看低垂着眉眼的裴子瑜，真诚道："子瑜，谢谢你。"

裴子瑜抬头，向他甜甜一笑，"别说了，快吃吧，吃完把药吃了就去睡觉，我留在这儿照顾你们，晚上给你们做了晚饭再走。"

宋羽涵埋头喝粥的空，还不忘瞥一眼顾叶盛，看他一脸憋屈的样子，心情大好。

等他们吃完，裴子瑜收拾碗筷，宋羽涵和关昕坐在沙发上消食，顾叶盛给他们倒了水吃药，却没急着回厨房陪裴子瑜，反而在宋羽涵面前坐下了。

宋羽涵抬眼看他，知道他有话要说，也不说话，等着他开口。

顾叶盛看了眼厨房，见门关得好好的，清了清喉咙说："上个礼拜，裴子瑜的妈妈自杀。"

宋羽涵和关昕皆是一愣，对望一眼惊得什么话都说不出。

"她妈妈长期患抑郁症，一直都在接受治疗，情况时好时坏。前段时间刚清醒了一些，上星期不知道受了什么刺激，把偷偷积攒的安眠药一次性都吞了，等医生发现时，已经过了最佳抢救时间。现在还在深度昏迷中，情况不乐观。"

"怎么会这样。"宋羽涵喃喃道，关昕伸手将她圈住，轻拍安慰。

"医生要家属做好心理准备，说情况随时会恶化，我怕她受不住，先跟你们知会一声，若真到了那时候，我怕我顾不过来，你们替我多担着点。"

宋羽涵连忙点头："你放心吧，我们会照顾好她的。"

这时候，裴子瑜收拾好厨房出来，见两人还在沙发上坐着，教训道："怎么还不吃药睡觉去？"

宋羽涵和关昕连忙把药吃了，裹着毯子就要回房间，裴子瑜又说：

"趁着你们睡觉，一会儿我去超市买些菜回来，羽涵你家厨房什么都没有，真不知道这两天你们俩是怎么过的。"

宋羽涵羞愧地将毯子裹紧些，扫了眼顾叶盛："你们俩一起去吗？我留把钥匙给你吧。"

"好。"

"不。"

宋羽涵和关昕眼神交流了下，关昕取出钥匙放在餐桌上："钥匙在这里，你们俩看着办吧，我们去休息了。"

两人各自回了房间，宋羽涵立刻转身将耳朵贴在门板上，倾听着客厅里的声音。

听不清他们说的什么，却能听出裴子瑜语气激动，顾叶盛只低低地回应她，声调并不高，只说了没几句，两人便出了大门。听到关门声，宋羽涵长长地舒出一口气。

这一觉再醒过来时，四周已经一片昏暗，她一动，怀中的手臂也动了下，伸手将她搂进怀中，在额头印下一吻。

"醒了？"

宋羽涵伸了个懒腰，好久没有睡得这么安稳、香甜了，她慵懒的姿态让关昕不自觉搂紧了些。

睡了那么久，加上感冒，关昕的声音有些暗哑："我好像不发烧了。"

宋羽涵探他额头，确实温度不再高，总算放下心："看来你体质比我好，才一天就恢复了，我都烧了三天呢。"

关昕揉揉她的头发，盯着她的唇就要吻上来。

宋羽涵抱住关昕的头不让他动，突然问了句："不知道子瑜在不在？"

关昕听了身体一僵，手撑在宋羽涵身侧不再动弹。

宋羽涵推了他一把，从他身前溜走，滑下床披上毯子就去开门。

客厅里一片黑暗，只有餐厅开着灯，子瑜坐在桌边看着一本书，桌上是几样小菜和一锅白粥。

听到声音，她抬头看了眼宋羽涵，起身张罗碗筷，微笑道："醒了？

来吃晚餐。"

宋羽涵往餐厅走，顺便将地暖的温度提高两度，看了眼墙上的钟，惊讶道："我居然睡了这么久。"

裴子瑜点头："多睡感冒才会好，粥开了保温，随时都能吃，就是菜我热了两次，可能味道没有刚出锅那么好。"

宋羽涵拉裴子瑜坐下，愧疚万分："子瑜，你吃了吗？不会一直在等我们吧。"

"没事，我不饿。"

宋羽涵更内疚了，看了眼走进餐厅的关昕，喃喃道："子瑜一直在等我们。"

"没事啦，我没什么胃口，你们快吃吧。"

裴子瑜为他们盛上粥，笑吟吟地指着桌上的四样小菜："我会做的菜不多，你们将就着吃。"

宋羽涵和关昕不再说话，专注地吃饭，对裴子瑜的手艺赞不绝口。

裴子瑜果然胃口很小，吃了小半碗粥便没再动筷子。

宋羽涵和关昕对视一眼，心中恻然，心里压着事，胃口哪能好的起来。

"子瑜，你跟顾叶盛，是不是有事？"宋羽涵忍了很久，终于问出来。

裴子瑜垂头盯着面前的瓷碗，闷声道："他是不是跟你们说了什么？"

宋羽涵想了下："他只说你母亲出了事，让我们照顾你。"

"呵，是啊，他怎么不说我妈为什么会出事。"

宋羽涵和关昕交换个眼神，两人都有些吃惊，难道子瑜母亲出事还跟顾叶盛有关？但是裴子瑜不说，他们也不好继续追问。

宋羽涵清了清喉咙："子瑜，时间很晚了，你今天别回去，就住下吧。"

裴子瑜咬了下唇，低问："会不会打扰你们。"

"不会，不会。"两人连忙摆手。

"客房在阁楼上，虽然没人住过，可是钟点工每星期都打扫，换套被

褥就行。"

关昕立刻起身，去储藏室找出一套干净的纯白色被褥上楼给裴子瑜铺床。

裴子瑜有些不好意思想去帮忙，被宋羽涵拉住。

"子瑜，我想告诉你，你可以把这里当成你自己的家，或者说一个让你能喘口气的地方，不论顾叶盛跟我们说了什么，我们唯一关心的只有你，只在意你的想法和感受，明白了吗？"

裴子瑜点头，再点点头，泪汪汪的双眼望着宋羽涵，微张了双唇却还是没说话。

宋羽涵看她一副欲言又止的模样，也不在意，拍拍她的手："别说了，去洗个澡睡觉吧，穿我的睡衣不介意吧？"

说罢她便起身要走，突然又想到什么，回头对她说："我和关昕都在感冒，你要不要也喝点什么药预防一下？别回头你也感冒了。"

裴子瑜破涕为笑："放心吧，我有数。一会儿冲杯抗病毒冲剂喝了就好。"

宋羽涵点点头，端了桌上的剩菜要去厨房，裴子瑜在身后低声道："羽涵，谢谢你。"

"跟我还客气什么。"宋羽涵一扬眉，进厨房洗碗。

裴子瑜在宋羽涵家住下来，将病中的两人照顾得无微不至，对于她妈妈的病情，裴子瑜一个字都没有说，也不愿意提到顾叶盛。

三天后宋羽涵上班，关昕还没全好，之前的房产经纪人打电话找关昕，让他去办房屋过户手续。

因为宋羽涵不在，裴子瑜便开着关昕的车载他去房屋登记中心。

裴子瑜小心翼翼地驾驶着车辆向市中心行驶，车子很舒适，刚吃了感冒药的关昕靠在座椅中，窗外暖融融的日光照得人昏昏欲睡。

裴子瑜趁着红灯看他一眼，体贴地说："你先睡一会儿吧，到了我叫醒你。"

Chapter 12　灰姑娘的故事只能是童话

关昕点头，找了个舒服的姿势沉沉睡去。

也不知过了多久，他被一阵惊呼吓醒，突然觉得天旋地转，人被撞离椅背，又被安全带拉回来，刚刚清醒的意识又渐渐模糊。

等再次睁开眼时，他已经在医院，父母和宋羽涵焦急地候在床畔，欧阳昊五站在床尾，也一脸担忧地盯着他。

见他醒来，宋羽涵垂着头牢牢盯着他双眼，却没有说话。

"阿昕，你还认得我们吗？你听得到我们说话吗？"关妈妈上前扶关昕靠坐起来。

关昕闭了闭眼，努力回想了下，哑着声音问道："我怎么会在这儿？"

"你出了车祸，车子被一辆闯红灯的工程车撞了，还好你系着安全带，没有什么大碍。"

关妈妈将棉签蘸了水，为他湿润嘴唇，关昕的脸色比病床上的白被单还要惨白，脸上有细微的划伤，头上也青肿着。

"子瑜呢？子瑜怎么样？"关昕突然一把抓住宋羽涵的手，"她有没有事？"

"阿昕，你别激动啊。"关妈妈抱住关昕的手，默默地流着眼泪。

"她没事，"站在床尾的欧阳昊五立刻回答关昕，"她没什么大碍，就是受了些惊吓，在隔壁病房躺着呢，顾叶盛陪着她。"

关昕闻言松了口气，整个人放松下来，额头上开始一丝丝抽痛，痛得龇起牙。

"是不是头痛？有没有恶心想吐？或者眼花看不清东西？"关妈妈心疼得想扑上去抱住关昕，被关培龙拦住。

"关昕醒过来就好，我们去医生那儿问问他的情况，看看能不能安排他出院。"

等父母都出了病房，关昕才拉着宋羽涵的手，轻轻说："让你担心了。"

许久没有说话的宋羽涵深深吸了口气，哽咽着说："你没事就好。"

欧阳昊五上前搂了搂宋羽涵的肩，柔声道："没事，你别担心了。"

说罢他低头看了眼宋羽涵，表情古怪地对关昕说："听到你车祸的消息，我和羽涵正在开会，你没看见她的样子，简直要急疯了，我都快被她吓死了。看到你昏迷着，她又不敢靠近看你，一个人站在门口哭，路过的医生护士还以为……"

"别胡说。"宋羽涵立刻给了他一肘子，打得他摸着肋骨直呼痛。

"他不是没事吗。"

"没事也不能胡说。"

宋羽涵向他一瞪眼，欧阳昊五立刻乖乖地往门外走去，边走边说："我去隔壁看看子瑜去。"

等欧阳昊五离开，宋羽涵在关昕床边坐下，一弯腰轻轻趴在关昕的身边："没事就好。"

关昕伸手摸着她的发顶："别哭了。"

宋羽涵将脸埋在关昕的被子上，将心中的恐惧和着泪水一起流出，被子上很快洇湿一块。关昕听着宋羽涵吸鼻子的声音，无奈地顺着她的头发。

等关培龙夫妇进来时，宋羽涵已经恢复常态，安静地坐在床边陪关昕说话，只红肿的双眼泄露了她的情绪。

"阿昕，医生说醒过来就没事了，刘秘书在给你办手续，我们一会儿就回家。"

关妈妈扶着关昕，忙给他找鞋子和衣服。

宋羽涵看看表，对关昕说："你先回去吧，我去看看子瑜怎么样，晚点再跟你联系。"

裴子瑜的病房是个套间，一进门就见到欧阳昊五和顾叶盛坐在外间的沙发上，一脸愁苦的样子。

"怎么坐外面？子瑜怎么样？"

宋羽涵越过他们正要去推里间的门，被顾叶盛伸手拦住，他看着自己的手，吞吞吐吐地说："等下进去，里面在检查。"

宋羽涵一愣，下意识地退后一步，转身坐到欧阳昊五对面的沙发上。

"关昕没事了？"顾叶盛重新坐下，宋羽涵这才注意到他衣服皱巴巴的，头发也很凌乱，一脸的憔悴疲惫，完全没了她印象中那副盛气凌人的样子。

"他没事，跟父母回家了，子瑜呢？你看起来也不太好的样子。"

欧阳昊五轻咳一声："子瑜没事，扭到手腕而已，我们先走吧，这里留给顾叶盛处理就好了。"

宋羽涵被欧阳昊五拉起来就要走，有些莫名其妙："欸，我还没看到子瑜呢。"

欧阳昊五已经将她拖到门边，顾叶盛叫住了她："这段时间，子瑜多亏了你们照顾，谢谢了。"

宋羽涵勾了勾唇角："我是她朋友，这是应该的。"

"子瑜的妈妈，昨天晚上过世了，她刚才知道了这消息，情绪很激动，不想见我。医生怕她伤害自己，给她打了镇定剂，现在在做全身检查，等她一会儿镇定下来我再进去。"

宋羽涵点点头，怪不得顾叶盛看起来那么狼狈，浑身上下像脱了力般。她站在门边想了下："如果子瑜还想住我家的话你就送她过来，关昕住回大宅去了，我可以陪着她。"

顾叶盛无力地点头："谢谢你了。"

宋羽涵叹了口气，顾叶盛和裴子瑜之间的纠葛她并不清楚，只依稀知道两人很早就相识相恋，中间因为误会分开很久，重新开始没多久，现在看来两人之间依然误会重重，毫无进展。

出了医院，欧阳昊五本想带她一起去关家大宅，宋羽涵心里挣扎了下，却最终因为没有勇气踏进关家大宅而放弃了。

回到家，宋羽涵找出之前联系过的调查公司电话，将手中拿到的交通事故责任书传真过去，让他们帮忙调查。

她知道子瑜一直是个很小心谨慎的人，绝对不会闯红灯，可是一个绿灯放行那么多车子，那辆闯红灯的工程车单单只撞了他们的车，哪有那么巧合的事。

心中的疑惑逐渐加深，她实在放心不下，唯有请人将这一切都调查清楚，不管是什么结果，她才能安心下来想对策。

关昕感冒没全好，又添上了新伤。关妈妈自然不会再放任他一个人住在外面，非要他在关家大宅养伤，住满一个月。

房产经纪人听说关昕来签合同时出了事故，吓得再也不敢让关昕出来，直接上门让他签了合同，为他办好一切手续，只等一个月后送房产证给他。

因为"圣罗德酒店"工程主体已经完工，一些后期收尾的工作宋羽涵不用参与，这段时间便空闲了下来，每天都回郊区的别墅，陪宋爸爸下棋散步，陪菲菲做功课、玩游戏。

最享受其中的，莫过于宋汐菲小朋友了，她的自闭症本来就轻微，之前因为关昕的照顾和引导，已经活泼了不少，再加上宋羽涵对她的态度越来越亲和，菲菲的脸上笑容也多起来，就连见到陌生人也会下意识地微笑。

菲菲的变化宋家爸妈看在眼里，终于欣慰，自家唯一的女儿，终于觉察到这外孙女的重要性了。

这日宋羽涵坐在暖房里看菲菲搭积木，暖融融的日光照着菲菲的脸庞，唇角微微上扬的表情，像足了关昕。

"菲菲知道关昕叔叔受伤了吗？"

菲菲瞥了眼宋羽涵，点点头，继续手中的积木工程。

"关昕叔叔受伤，菲菲该不该去慰问一下呢？"宋羽涵轻咳声，继续循循善诱。

菲菲的注意力总算被吸引过来，放下手中积木，看着宋羽涵："你想去看关昕叔叔就说好了，我不介意做你的挡箭牌。"

宋羽涵被呛得咳起来，一手指着菲菲，一手拍着自己心口顺气，这孩子从哪里学来那些乱七八糟的词语，宋羽涵甚至在菲菲的眼中很肯定地发现一闪而逝的戏谑神色。

最终宋羽涵还是带着这个小"挡箭牌"开车去关家大宅，一路上菲菲

Chapter 12 灰姑娘的故事只能是童话

坐在安全座椅里悠闲地喝着福婶给她准备的果汁，甚至还对她的车评头论足，"妈妈，你的新车比原来的那辆好多了。"

她叹口气，虽然自闭症被治愈是值得高兴的事，可是看菲菲这样子，似乎治愈得有些过头了，她的思想完全不像一个才上幼儿园中班的孩子。

到了关家，关妈妈对稚嫩的菲菲异常疼爱，自来熟地拉着菲菲在屋里参观，美其名曰"探险游戏"，关爸爸和欧阳昊五都不在，关昕说他们还没下班，宋羽涵思考了两秒钟才想起今天并不是休息日，只不过菲菲的幼儿园提前放寒假而已。

"你的伤怎么样了？"

宋羽涵站在关昕房间宽大的落地窗前，看着窗外淡淡日光下的人工湖，虽不是辽阔无边，却也称得上亮如明镜，只是冬天的午后虽然阳光普照，湖边的绿植却早已经凋零，看上去始终有几丝萧条，远不如挪威湖畔别墅的鲜活美景。

关昕站到宋羽涵身边环住她肩膀，让她靠上胸膛。

宋羽涵轻推他一把，站直了看他，屋里的地暖开得很热，关昕只穿了一件细格纹的衬衣。

他脸上还有些车祸留下的细微伤痕，额头的肿块已经消退，只留下一片青紫的印记，看得人心疼。

宋羽涵伸手抚摸着那片瘀青："还疼吗？还好没有留下后遗症，等瘀青退了就没事了。"

关昕抓住宋羽涵的手，将微凉的指尖裹进掌中，执到颊边轻轻摩挲着手背，温热的脸颊让她的手掌渐渐有了温度。

"羽涵，我们结婚吧。"

宋羽涵一僵，抬头对上关昕双眼，眨了又眨，似乎没有听明白关昕说的话。

"呵，"关昕将她搂得更紧，"羽涵，嫁给我。"

意识到关昕说的是认真的，宋羽涵有些窘迫，她离开关昕的怀抱僵直了身子，垂头盯着关昕衬衣的纽扣，嗫嚅着就是说不出那个好字，关昕的

脸色也渐渐沉下来，突然两人都没了话说。

"妈妈。"菲菲适时推门进来，化解了两人间的尴尬，"妈妈，关昕叔叔的妈妈让我们吃过晚饭再回去，她说会给菲菲做最喜欢的小肉丸。"

宋羽涵蹲下直视菲菲："关昕叔叔的妈妈，你应该叫奶奶，知道了吗？"

菲菲想了想："可是关昕叔叔不是我爸爸呀，只有爸爸的妈妈才叫奶奶。"

宋羽涵有些词穷，在这些称呼上，她总是不知道该怎么教菲菲。

"就叫关奶奶吧。"关妈妈跟在菲菲后面进来，听到菲菲和宋羽涵的对话，上前搂过菲菲，羡慕道，"我现在要是有个这么大的孙女就好了，羽涵你爸妈真有福气。"

"妈，那你就把菲菲当亲孙女好了。"

关昕抬手摸摸菲菲的头顶，被菲菲一把抱住腿："关昕叔叔，你要做我的爸爸吗？"

宋羽涵羞得脸上发烫，手脚都不知道该怎么放，口中低喃道："菲菲别乱说话。"

关昕不理她，索性一把抱起菲菲问道："我做你爸爸，你乐意吗？"

菲菲似乎还真的考虑了下，然后郑重点头。

关妈妈笑得合不拢嘴："好好，菲菲乖奶奶这就给你准备晚饭去。"

待关妈妈离开，宋羽涵才娇嗔道："我都还没答应呢，你就误导你妈。"

关昕一手抱着菲菲，另一手也搂过宋羽涵，心满意足地说："我们三个早晚都是一家人，这哪里算误导。"

菲菲看看宋羽涵，再看看抱着她的关昕，突然一把搂住关昕，伏在他肩头轻轻抽泣。

宋羽涵和关昕吓了一跳，连声询问，菲菲只是倔强地趴着哭不肯抬头，关昕肩膀的衬衣很快就打湿了。

两人只好无奈地等着她哭完，隔了一会儿，菲菲搂着关昕的脖子，很小声地叫了声:"爸爸。"

宋羽涵心底一酸,上前紧紧搂住了菲菲和关昕,她对菲菲的关爱太少,导致她不光缺少父爱,连母爱都缺失,才会形成现在这样的性格。

现在菲菲不仅有母亲陪在身边,还拥有了从不曾有的父爱,怎能不让她喜极而泣。

"关昕,谢谢你。"宋羽涵环抱住关昕,"谢谢你为菲菲做的一切。"

"那你就快点嫁给我。"

宋羽涵僵直许久的背终于软下来,靠着关昕的肩头甜甜地"嗯"一声。

晚饭之前,关培龙和欧阳昊五都回来了。见到菲菲在,欧阳昊五自来熟地跟她打招呼,还从自己房间给她拿来一个包装精美的芭比娃娃。

见所有人都若有所思地望着他,欧阳昊五忙解释道:"这是齐韵买了要送给菲菲的,我一直忘记带去给她,好像是上次去挪威玩的时候,齐韵答应菲菲的。"

关培龙对白白嫩嫩包子脸的菲菲也很是喜爱,不时地摸摸她的头发,还把自己的围棋盘贡献出来教菲菲玩五子棋。

吃晚饭的时候,关培龙坐上首,菲菲就坐在关昕和宋羽涵的中间,另一边坐着关妈妈和欧阳昊五。等菜一道道端上来的时候,关妈妈突然感叹道:"我们家好久没这么热闹了。"

欧阳昊五环住她的肩头,安慰说:"舅妈,您现在是真幸福,不单有了儿子,连媳妇和孙女都有了。"

关妈妈打了下欧阳昊五的头:"你这孩子净胡说,让宋小姐看笑话了。"

"舅妈,您就别宋小姐、宋小姐的叫了,我有没有胡说,您自己问关昕。"

关妈妈转头去看关昕,见他一脸笃定地喝着汤,心也放下来,招呼宋羽涵吃饭:"羽涵别听小五的话,多吃点菜。"

宋羽涵看着碗里的那个小肉丸，再看看正大快朵颐啃着小肉丸的菲菲，在心底叹了口气，在关妈妈的心目中，自己和菲菲是一样的吧。

关昕看了眼宋羽涵，将她碗中的肉丸夹走："妈，您自己多吃点，我看您好像又瘦了。"

"你妈最近在减肥呢。"关培龙瞥了眼关妈妈，脸上是憋不住的笑意，"她上回在港中百货看上一条裙子，最大号穿着都有点紧，可是又实在喜欢，就买回家挂在镜子前每天看一眼，督促自己减肥。"

"欸，你这老头子怎么什么都对孩子说。"

关妈妈羞得红了脸，狠狠瞪了关培龙一眼，又给菲菲夹了个小肉丸，转移大家注意力。

"阿昕，其实那裙子是你妈妈买了准备你结婚的时候穿的，你可别让你妈等太久。"

宋羽涵看一眼关昕，顿时感觉到无形的压力，握着筷子的手心隐隐冒汗。

"爸妈，别再说了，我有分寸。"

关昕将这话题轻轻带过，化解了宋羽涵的尴尬，他看了眼菲菲吃得干干净净的碗，表扬道："菲菲今天真乖，一会儿让小五叔叔给你讲故事。"

"我？为什么是我？"欧阳昊五委屈得像只被人丢弃的小狗，无辜的眼神看向关昕。

关昕却气定神闲地瞟他一眼，哼，谁让你刚才提我们俩的事了。

欧阳昊五哀叹一声，只好将菲菲带走。关爸爸吃完就去了书房，关妈妈进厨房收拾去了，只留下宋羽涵和关昕，坐在客厅的沙发上大眼瞪小眼。

"我爸妈很喜欢菲菲，以后可以经常带她来玩。"

"好。"

"我爸妈刚才说的话，你别介意。"

"好。"

"羽涵，嫁给我吧。"

"好。"

关昕坏笑着盯着宋羽涵,等着看她幡然醒悟的样子,却没料宋羽涵始终笑眯眯地看着他,这下轮到关昕傻眼了。

"你知道自己说了什么?"

宋羽涵点点头:"知道。"

"你答应嫁给我了?"

"我只是答应嫁,没说什么时候嫁。"

宋羽涵向他俏皮地一吐舌头:"我带菲菲回去了,你好好休息。"

关昕找来菲菲,和欧阳昊五一起送她们出门,宋羽涵开了车,突然想到什么,回头叮嘱关昕:"你最近最好不要出门,要是出门也小心些,让欧阳陪着你最好。"

"怎么了?"

宋羽涵犹豫了下,还是说:"我怀疑你的车祸不只是意外那么简单。"

欧阳昊五也拧起了眉毛,"你确定吗?"

宋羽涵摇头:"目前还没有头绪,就算是我的直觉也好,反正凡事小心总没错。"

关昕却笑了,拍拍宋羽涵肩膀:"放心吧,没事的,你别想太多了。"

宋羽涵和欧阳昊五对视一眼,皆默契地点点头,不再提这件事。

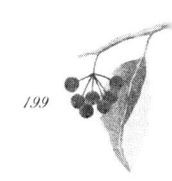

Chapter 13
遇见你我的人生便是好上加好

事实证明，宋羽涵的直觉并没有错，隔两天姜伟杰找上门的时候，私人侦探所的调查报告已经先他一步放在了宋羽涵桌上。

姜伟杰进门的时候，宋羽涵默默地将那个文件袋塞进了抽屉里。

"姜总找我有什么事？"

姜伟杰大咧咧地在宋羽涵对面的沙发里坐下，唇边始终挂着得意的笑容。

宋羽涵也不恼，双手交握坐在桌前等着他开头。

姜伟杰终于沉不住气，抖着二郎腿问她："关昕的伤好些了么？"

宋羽涵斜他一眼："关昕受伤了？我怎么不知道。"

姜伟杰轻哼了一声，开门见山地说："你别装了，你找人调查我的事，以为我不知道呢。"

宋羽涵也不跟他绕圈子，扔下手中的笔，挑眉冷冷看着他。

"陈馨华的那家机构，你还打算买呢？"

"原本想买，现在没这个必要了。"宋羽涵也开诚布公。

"我知道你在收购我们公司的股份，也知道你想尽办法在打压'友杰'，虽然'盈天城投'实力确实雄厚，又有'环龙'给你撑腰，但是跟你的这一仗，我未必会输。"

"是吗？"宋羽涵站起身，居高临下地看着姜伟杰，"所以你就用关昕来威胁我？"

姜伟杰一耸肩："关昕不是出的车祸吗？跟我有什么关系？我什么时候用他来威胁你了？"

宋羽涵微眯着眼，冷冷看着姜伟杰："姜伟杰，原本看在关昕的面上，我并不准备继续对你的公司下手，可是这次你不光惹了我，还惹到了顾叶盛。"

姜伟杰脸上的笑有些挂不住，厚着脸皮问："这又关顾叶盛什么事。"

"关昕出车祸的时候，裴子瑜也在车里。"

宋羽涵很满意看到姜伟杰的脸色渐渐白下去，却依然死撑着："那关我什么事，车祸又不是我造成的。"

宋羽涵叹口气："所以，我可以答应不对你进行报复，顾叶盛却未必答应。"

她走到姜伟杰身边，拍拍他肩膀："姜总，你要谈条件的话，真的找错人了。"

快年终了，宋羽涵的事情本来就多，还要分神来处理姜伟杰带给她的麻烦，所以她对着姜伟杰也越来越没耐心。

"姜总还有什么事吗？"

姜伟杰深深看了她一眼，神情复杂地站起来："宋羽涵，你可别后悔。"

宋羽涵点点头，不想再跟他纠缠下去，直接开门请他走人。

送走了姜伟杰，她将抽屉里的档案袋取出，犹豫再三，还是给顾叶盛打了电话，约他在欧阳昊五新开的餐厅见面。

两个月前，齐韵从"环龙"辞职出来，欧阳昊五出资为她开了个小规模的西餐厅，她的一手好厨艺总算有了用武之地。他们俩还瞒着所有人，悄悄地把证给领了，让人大跌眼镜。

西餐厅虽然不大，可布置得非常有情调。

宋羽涵坐在靠窗边的卡座里，冬日的阳光射进来，洒在米色的亚麻桌布上，让桌上的鸢尾花格外妖娆。

宋羽涵握着骨瓷杯小口地喝着咖啡，和欧阳昊五面对面坐着，等待顾叶盛的到来。

"欧阳，你还欠齐韵一场婚礼。"

吧台边擦着玻璃杯的齐韵，尖瘦的小脸漾着淡淡的笑容，幸福而满足。

欧阳昊五放下手中资料袋，和宋羽涵一起望向齐韵，轻声道："放心，我不会亏待她。"

正说着，顾叶盛推门进来，一脸的焦灼与疲惫让宋羽涵和欧阳昊五都吃了一惊。

"子瑜怎么你了，把你折磨成这样？"

顾叶盛白了欧阳昊五一眼，在他身边坐下，取过他手中的资料翻看。

"是不是子瑜有事？"

顾叶盛摇头："公司最近遇到一些棘手的事。"

"没事吧？"欧阳昊五为他取来一杯咖啡，关切地拍拍他肩头。

"没事，我能应付。"

"会不会是姜伟杰？"宋羽涵联想到姜伟杰说的话，心中不无担忧。

顾叶盛却立刻否定："跟他没关系，问题很久以前就存在了，只不过最近爆发出来而已。"他飞快地看完手中的资料，将资料袋扔到桌上，双手交叉枕在脑后，靠进椅背，"证据指向姜伟杰，你准备怎么处理。"

宋羽涵一耸肩："我听你的。"

"我最近可能没精力来处理这件事，你若是不着急，可以等我忙过这一阵。"

宋羽涵喝了口咖啡，悠闲地说："这事你说了算。"

"咦，"欧阳昊五惊奇地盯着宋羽涵，"这不像你啊，以前你不就是复仇女神化身么？恨不得把姜伟杰大卸八块的样子，怎么现在这么淡定？"

宋羽涵甜甜一笑："要沉得住气，年轻人。"

一句话说得顾叶盛也忍俊不禁，欧阳昊五哀怨地瞪她一眼："羽涵，你可比我还小。"

"你是想说你白长了那么几年的岁数吗?"

顾叶盛终于忍不住大笑起来,欧阳昊五吃瘪,索性去帮齐韵擦杯子了。

宋羽涵收了笑意,认真地看着顾叶盛:"要帮忙就开口,不管是裴子瑜还是公司。"

顾叶盛也认真地看着她,微一点头:"我记住了。"

宋羽涵捧着咖啡杯,转头看向窗外,宁静的冬日午后,飘忽恬淡的英文歌做了背景音,偶尔有两声杯碟相碰的轻响,一切闲适安稳,若有关昕陪在身边就更加完美。

正想着,关昕的电话就打来了,原来他之前让欧阳昊五载他去了趟母校,现在要回家,问宋羽涵要不要一起回去吃饭。

宋羽涵问清了去关昕母校的路,便开车去接他。

恰逢晚高峰时间,路上有些堵,等宋羽涵到学校时,就见到关昕正倚在校门边,两个年轻漂亮的女孩正跟他说话。见到宋羽涵的车,关昕和她们道别后,匆匆走过来,直到上了车,才发现宋羽涵正用玩味的神情看着他。

"走吧,这儿不让停车。"关昕拍拍她搭在方向盘上的手。

宋羽涵似笑非笑地盯着他看了许久,才将车开进车道。

没等宋羽涵说话,关昕先开了口:"我之前碰到大学时教我的毛教授,他现在已经是博导。"

"所以你想重新回学校读书?"宋羽涵双眼直视前方,脸上仍是似笑非笑的表情。

关昕点头:"嗯,毛教授说会让我带两个本科班的学生,应该算边教边读吧。"

"那'环龙'怎么办?"

"不是还有欧阳么。"关昕双手枕在脑后,长长地舒了口气,脸上一派轻松。

宋羽涵知道关昕的兴趣一向都不在商场上,让他留在"环龙"实在是

难为他了，如今终于能有件他感兴趣的事，确实该支持他。可是看他一副早已做好决定的模样，宋羽涵心里就来气，他都没跟她商量过就安排好了一切，现在只不过是告知她一声，这让她心里很不舒服。

宋羽涵不动声色继续开车，一路上听关昕开心地规划着他的未来，在等红灯时，她突然问道："你爸妈知道这事吗？"

关昕的脸色顿时阴了下来："我还没告诉他们。"

"你觉得他们会同意吗？"

宋羽涵瞥了关昕一眼，暗自好笑，关家父母好不容易盼到儿子回归，"环龙"也有了继承人，现在关昕要离开"环龙"他们怎么可能那么轻易答应。

关昕望着宋羽涵，笑得意味不明："我有办法说服他们。"

宋羽涵一怔，关昕那么自信的话，说明他早就成竹在胸，不知道为什么，她总觉得他的笑容里有丝丝阴谋的味道。

"看下雪了。"宋羽涵一指车窗外，灰色的天幕下，大片的雪花纷纷扬扬落下，一会儿便铺满了挡风玻璃。

今冬的第一场雪，就这么不期而至，车内的两人相视一笑，融融的爱意蔓延，宋羽涵对自己方才的小心眼觉得有些好笑。

车子驶进地下车库，宋羽涵停了车，转身对着关昕认真地说："关昕，不管你做什么决定，我都会支持你。"

"我知道。"

直到看到隔天的报纸上刊登了"江南实业"董事换届的消息，宋羽涵才明白顾叶盛面临的难题是什么：他被从董事长的位置上撤了下来。

宋羽涵立刻打电话给顾叶盛，信号不是很好，一片嘈杂，面对宋羽涵的关切，顾叶盛的声音却异常清晰："我和子瑜都没事，我们正在机场准备飞墨尔本。"

"现在这样关键的时候你去墨尔本做什么？"

顾叶盛却笑了，语调轻松："子瑜怀孕了，已经满三个月，我准备让她在墨尔本生产，先陪她去熟悉环境。"

"你要等她生了才回来？"

"不，陪她过完圣诞我就先回来，你有事？"

宋羽涵一时语塞，听顾叶盛的口气，他像是胜券在握的样子，自己的担心也变得多余了，想到此她便也笑了："没事，我就是看到新闻才想到问你一声，你到了墨尔本安顿好子瑜把地址告诉我，我有空就过去看她。"

电话那头传来子瑜温柔的声音，宋羽涵微微一笑，跟顾叶盛又寒暄两句便挂断了电话。

身边的一对对终于都修成了正果，不管路途多么坎坷曲折，有结果总是好的。

宋羽涵跟关昕说起裴子瑜和顾叶盛的事，他也是吃惊不已，他跟宋羽涵的想法一致，也决定有空就去看看裴子瑜。

圣诞前夕，圣罗德酒店工程全部完工，宋羽涵和关昕一商量，决定两家联合起来，包下华茂最大的宴会厅，办一个盛大的年终庆祝派对，犒劳辛苦了一年的职员。

派对交给专业的公关公司承办，宋羽涵和关昕完全不用操心，年底了事情格外多，宋羽涵已经有近一个星期没有见到菲菲了，她将所有的工作安排都推迟到明年年初，空出四天时间，趁着圣诞假期，带着菲菲一起飞去墨尔本看了趟裴子瑜。

墨尔本的空气非常好，又是夏天，菲菲最喜欢的季节，裴子瑜见到菲菲也非常开心，领着她们到处逛，感觉每天的时间都过得太快。

从墨尔本回来后便是公司的年终派对了，公关公司的负责人小卢从圣诞前就不停地给宋羽涵打电话要求她去试礼服，说要根据她的礼服来确定派对最终色调。

宋羽涵被雷到了，又不是她的个人派对，干吗还要根据她的礼服来确定颜色，她跟关昕说了这事，没想到关昕也是一脸的无奈，原来小卢联系了关昕，让他催宋羽涵订礼服，并且根据宋羽涵的礼服来确定他的礼服。

宋羽涵惊呼，手中的时尚杂志又狠狠翻过一页："太复杂了，一个年

终派对面已，需要那么复杂吗？"

关昕陪着宋羽涵坐在家中，等着公关公司将定制的礼服送来，宋羽涵将手中杂志翻得哗哗作响，不时看表。

"少安毋躁，"关昕顺着她的头发，"你也不是坐不住的人，怎么今天那么急。"

宋羽涵扔了杂志，窝进沙发："我不喜欢任人摆布的感觉，这公关公司太摆谱了，要不是因为之前已经投入那么久，真想换掉他们。"

"别着急，好东西总是值得等待的。"关昕一点都不急，还是一下下顺着宋羽涵的头发。

直到门铃响起，宋羽涵的脸色才算好一些。

陪着公关公司职员一起来的，还有欧阳昊五和齐韵，以及本该在千里之外的裴子瑜。

这个惊喜实在是太大了，宋羽涵抱着裴子瑜还有些回不了神。

"你不是应该在墨尔本吗？什么时候回来的？你身体怎么样？累不累？"一连串的问题让裴子瑜忍俊不禁。

"羽涵，你冷静一下，我很好，一点事情都没有。"

宋羽涵扶裴子瑜在沙发上坐下，又看看门口："顾叶盛没陪着你？"

"他忙呢，我一个人无聊就来找你玩了。"

屋里暖气开得很大，裴子瑜将围巾大衣脱下，只穿着一件棉布的衬衣，宋羽涵吓了一跳："你怎么穿那么少，我去把温度调高。"

"没事，我哪有那么娇贵。"

宋羽涵盯着裴子瑜的肚子："怎么一点都看不出？"

裴子瑜笑着："才四个月还不是太明显。"

"子瑜，你太瘦了，要多吃点。"

一直没有说话的关昕打量着裴子瑜："多吃点水果和蔬菜。你吃得太少了。等等，我去给你煮个补汤。"

"哎，关昕，你别忙了，一会儿顾叶盛就得来接她。"欧阳昊五叫住关昕，笑话道，"顾叶盛不知道多紧张她，就是来这儿一会儿，也是跟我左

Chapter 13 遇见你我的人生便是好上加好

叮嘱右叮嘱，你先忙你们的事吧。"

公关公司的小卢手一挥，助理推上来一排衣架，上面红红绿绿的挂着许多件礼服，她指着衣服对宋羽涵说："宋小姐，这是各品牌最新款的晚装礼服，你可以去试一下看看哪件合身。"

宋羽涵无奈地看了眼关昕，向衣架努努嘴，示意让他帮着看，欧阳昊五又逮着机会笑话她："这都要让关昕帮你挑吗？回头你们结婚，是不是婚纱也要他给你找？"

宋羽涵白他一眼："我乐意，关你什么事？"

关昕揉了揉她的头发，走到衣架前巡视一遍，挑出一件深红色的裹胸礼服："就这个吧。"

宋羽涵扫了两眼："好看是好看，会不会太隆重了？还是红色的，又不是结婚。"

所有人都怔了两秒，欧阳昊五打着哈哈："羽涵，这衣服又简单又华丽，简直是奢华与低调的合体，太完美了，配你真是太合适了。"他话没说完，齐韵一把捏住了他的右手，疼得他龇牙咧嘴。

宋羽涵看了她一眼，接过那件礼服："我也没说不穿啊，你至于夸得天上有地上无么？"

关昕温柔地看她一眼，向小卢点点头，小卢会意，带着助理陪宋羽涵试衣服去了。

衣服出奇的合身，深红色将她的皮肤衬得更白，腰身也收得正好。

宋羽涵惊叹道："你们是预先知道了我的尺寸去定做的吗？完全都不需要改。"

小卢低头查看着衣服的细节，一本正经地说："这衣服是薇薇的，也许她的标准尺寸跟你的尺寸正好吻合。"

宋羽涵看她一眼，自动默认为她在夸她身材好，心里还颇有些沾沾自喜。

处理好一些细节，小卢就要宋羽涵换下衣服出去等，宋羽涵诧异道："不用穿出去给关昕看看吗？"

小卢合上手中的资料夹，示意助手将衣服套好挂在宋羽涵衣柜上，"反正派对那天总是会看到的，急什么。"

好吧，宋羽涵穿上自己的衣服出去找他们，欧阳昊五正帮齐韵在衣架上挑礼服，拿着件米黄的鱼尾式礼服在她身前比画。

宋羽涵皱了皱鼻子，坐到关昕身边："你就别这么折腾了，齐韵不适合这种，她适合那件。"

宋羽涵的食指指向另一件香槟色斜肩礼服，蓬蓬纱的下摆俏皮又华丽。

欧阳昊五看了两眼，立刻向宋羽涵竖起大拇指："还是你有眼光。"

宋羽涵白他一眼，去衣柜拿出大衣："走吧，我们出去吃饭，子瑜你跟我们一起去吧。"

"顾叶盛说好来接我，我们应该会一起出去吃饭吧。"

"那就叫上顾叶盛一起，让他埋单。"欧阳昊五雀跃地拉上齐韵，"我们就去'青梅'吧，那儿新请了个大厨，擅做越南菜，我们去尝尝。"

宋羽涵给裴子瑜取来衣服围巾："你乘我们的车走，一会儿让顾叶盛直接去'青梅'。"

裴子瑜见大家这么热情，也不好拂了面子，打电话给顾叶盛，没想到他居然没空来吃饭，只让裴子瑜把电话给宋羽涵，吩咐她晚饭后将裴子瑜平安地送回去。

看在裴子瑜的面子上，宋羽涵也没有追究顾叶盛说话的语气，只狠狠挂了电话，勾起裴子瑜就走。

"青梅"的老板很会做生意，关昕的身份曝光后，"青梅"就为他准备一间古意融融的房间，关昕却一次都没去过。

今天欧阳昊五突发奇想，要去看看关昕的包间，等他们到时，"青梅"的经理早已经得到消息，恭候在门口了。

经理领着他们一路往房间去，宋羽涵和关昕两人走在最后，一边小声说着话，一边慢悠悠地踱着步，抬头便看到一个包间门正打开，门内是一个他们都熟悉的人，那个说没空陪裴子瑜吃饭的人，此刻正陪着另一个女人。

只一刻门便关上了，宋羽涵抬头与关昕对视一眼，两人不约而同地皱起眉头，宋羽涵向关昕摇摇头，示意不要提，关昕配合地点点头。

"你们俩快点啊，在那儿打什么哑谜呢？"走在前头的欧阳昊五回头催他们。

他们俩连忙跟上，进了关昕专属的包房。

很快安排了酒菜，五个人脱了外衣坐下，宋羽涵不停地给裴子瑜夹菜，不时唠叨着要她吃胖一点，裴子瑜哧哧笑着："羽涵，怎么你比我还紧张。"

关昕抬头看了眼宋羽涵，见她笑得有些尴尬，忙道："你就当她再次感受怀孕状态。"

欧阳昊五嚼着一颗花生，斜眼瞟了宋羽涵一眼："看样子我快做叔叔了？"

宋羽涵没有理欧阳昊五，只柔着声音对裴子瑜说："当初菲菲生下来的时候营养不良，险些保不住，医生抢救了很久又住了很久的保温箱，这才算存活下来。她因为先天营养不良，所以很容易生病，一不留神就会着凉发烧，那时候我孤身一人在英国，一边上学一边打工，还要不时带菲菲去医院，幸好房东是一对很善良的老夫妻，白天肯帮我照顾菲菲，我都不知道那段日子我是怎么支撑下来的。"

裴子瑜了然地拍着宋羽涵的手背："都过去了，菲菲现在不是很健康么，我和宝宝也不会有事的。"

"我要做宝宝的干妈。"宋羽涵反握住裴子瑜的手，眼中尚有盈盈泪光。

裴子瑜重重地点头。

宋羽涵这才展露笑颜，细心地为裴子瑜拆着鸡肉。

吃过晚餐宋羽涵和关昕一起送裴子瑜回家，顾叶盛还没有回来，屋里暖气开得很足，却依然有种让人凉彻心扉的感觉。

裴子瑜窝在沙发上不想动，宋羽涵劝她去睡觉，她却执意要等顾叶盛

回来，宋羽涵没有办法，只好和关昕告辞出来。

一路上两人都没有说话，最终还是宋羽涵打破了沉默："关昕，我今天看到裴子瑜和顾叶盛两人，突然有种不祥的预感。"

关昕叹了口气："什么不祥的预感？"

"我不知道，"宋羽涵摇头，"我总觉得这两人之间有问题，就好像感觉他们俩不会有结果。"

关昕趁着红灯，看了眼窝在座椅里的宋羽涵，她神情萎靡地静静注视着自己，眼中是浓浓的哀伤。

"不会的，你别想多了。"关昕不得不安慰她，"你怎么表现得比孕妇还要多愁善感。"

宋羽涵自嘲地笑笑："以前吃了太多苦，我很明白离婚妈妈单身一人在国外带着小孩是多么痛苦的事，我不希望子瑜会经历这一切。"

"顾叶盛不是那种人，他把子瑜看得那么重要，怎么可能让她经历这些。"

"但愿吧。"

关昕见宋羽涵疲惫地摇摇头，窝进椅背闭目养神，只好无奈地笑笑。

宋羽涵从圣诞开始便放了年假，所以隔天的年终酒会，她睡到很晚才起床准备。

菲菲和宋家二老从大宅过来，和宋羽涵一起在外面吃了顿午饭，菲菲的性格确实改变了不少，不时打量餐厅陈设和来往客人，小声提出好奇之处，让宋羽涵解答，那么多的为什么，直问得宋羽涵快招架不住了。

宋爸爸却还在一边笑："菲菲难得那么多话，她只有跟你在一起的时候才肯多说。"

宋爸爸的话让宋羽涵很受用，那露了头的一点点不耐烦也不见了，认认真真地充当十万个为什么，让宋爸爸和宋妈妈赞许地点头。

晚宴的时候，小卢找了化妆师上门给宋羽涵化妆换衣服，给菲菲换上了同色系的小纱裙，也给她化了个淡妆。

因为是"盈天城投"和"环龙集团"一起办的跨年宴，所以宋羽涵也算是半个主人，必须提前到场。

等她带着父母和菲菲抵达华茂的时候，关昕一家的车子也才刚停下，两家人站在酒店门口就寒暄起来。

宋羽涵穿着薄纱礼服，外面只裹了一件黑色大衣，菲菲也只穿了件红色羊毛大衣，在寒风中瑟瑟发抖。

关昕一看宋羽涵刷白的脸色，立刻明白了，拉着羽涵和菲菲闪进了酒店。

两家老人见小的在门里等着他们，不好意思再寒暄下去，一并进了门往宴会厅去。

酒店的暖气开得很足，宋羽涵很快就缓过了劲，一冷一热间，脸上泛起红晕，更衬得一张脸娇艳俏丽。

关昕看得痴迷，拥着宋羽涵走在最后，悄悄地在她耳边说："羽涵，你今天真是太迷人了。"

宋羽涵抬头瞥他一眼，再打量了眼关昕黑色的礼服，白色领结，戏谑一笑："你今天也是玉树临风、潇洒倜傥啊。"

关昕护在宋羽涵后腰的手轻轻捏了捏："取笑我呢？一会儿要你好看。"

宋羽涵狠狠白了他一眼，快走两步牵住菲菲的手，回眸向关昕笑道："我可等着呢。"

因为晚宴采用自助餐方式，所以大家来的时间都很随意，两家公司的职员是最先到的，因为都是年轻人，所以很快便都热络起来，跟大BOSS打过招呼之后，便三三两两地认识新朋友去了。

宋羽涵和关昕带着菲菲，取了适合小孩子吃的面条、点心，躲在角落喂菲菲吃晚餐，留双方父母去招呼客人和朋友。

宋羽涵坐在小圆桌边，一手托腮，看关昕喂菲菲喝果汁，突然开口道："看到你们俩这么和谐的场面，我突然觉得，也许结婚也是件不错的事。"

关昕抬头看了宋羽涵一眼，张了张嘴却没说话。

宋羽涵也不在意，伸手给菲菲擦掉嘴边的油渍，问道："你说我们要是结婚的话，住哪儿呢？你那儿还是我那儿？菲菲要不要和我们一起住？"

关昕忍了许久，终于说："羽涵，现在说这些，会不会太早了？"

"怎么会呢？你不是已经在准备了吗？"

关昕愣了愣，无奈道："你怎么会知道的？"

宋羽涵摸着手腕上的一只宝石手镯，笑道："你的一张脸上都写着呢，我还不了解你么。"

"唉，"关昕只能叹气，"看来我还是太嫩了，你有了心理准备就不算惊喜了。"

"要是没有心理准备，我估计一会儿惊是有的，喜却未必。"

宋羽涵看着关昕，慢悠悠地喝了口香槟，将菲菲的杯盘收拾好，又帮她擦干净唇角，牵着她去找外公外婆了。

没多久宾客都到齐了，两家掌门人上台致辞，宋羽涵拉着菲菲的手坐在台下，看着自己的父亲，岁月不饶人，那个曾经意气风发的企业家，已经变成了鬓角斑白的老人，棱角被磨平，性格更圆润，这两年更是将公司的事全部转交给宋羽涵，宁愿整天在家陪着母亲买菜养花，陪着菲菲讲故事，带着她们到处去游玩。

望着台上仍在滔滔不绝的人，宋羽涵找出纸巾按按湿润的眼角，身边的裴子瑜关切地问："怎么了？"

宋羽涵摇头："一时有点感触，没事。"

两人正说着话，欧阳昊五突然盯着门口说："这两人怎么来了。"

众人都看向门口，任爱蓓勾着姜伟杰的手臂站在宴会厅门口，一边有服务生在询问他们。

宋羽涵皱眉，他们肯定是有什么计划才会这么大咧咧过来，根本无视邀请函，想来肯定已经有了打算。

宋羽涵叫来服务员重新安排座位，让姜伟杰和任爱蓓坐下，欧阳昊五有些紧张地盯着他们："怎么到哪儿都少不了他们。"

"欧阳，没事的，他们起不了风浪。"宋羽涵喝了口水，冷眼看过去，没想到姜伟杰也正看向她，还示威似的向她举起了酒杯。

宋羽涵大度地笑笑转过头，正看到宋锦书讲完，身边的关昕不知道什么时候上了台，关培龙正在说着什么，底下的人哄堂大笑，关昕笑得很腼腆。

她看着关昕温良的笑，心底的暖意一圈圈升上来，没留心大厅的灯光突然变暗了。

只见关昕正握着话筒站在台上，深情款款地走下台，一束追光灯打过来，随着他的移动缓缓前行，最后停在宋羽涵面前。

宋羽涵料想到关昕今天肯定会有所动作，但是不确定他要做什么，心里还是有些紧张。

全场的人都安静下来，屏息注视着关昕牵起宋羽涵的右手，凝视着宋羽涵的双眼，缓缓单膝跪地，好多人都尖叫起来，场面一时热闹非常。

关昕始终微笑着看向宋羽涵，温柔的神情让宋羽涵看了有些不好意思，她猜到关昕要说什么，却还是激动地捂住了嘴。

等人群的尖叫安静一些，关昕握着话筒对宋羽涵说："我知道，如果没有遇见你，我的人生也许还会有千万种别的可能，却绝不会有任何一种能比现在更好。但是我贪心，想好上加好，羽涵，你能不能嫁给我，让我实现这个愿望？"

人群沸腾起来，所有人都站起来起哄，要宋羽涵答应关昕的求婚，宋羽涵笑着瞪向地上的关昕，果然和预想的一样，他当众求婚了。

再看看周围的人，都是一脸期待的模样，宋羽涵在心底感叹，出钱请人来吃饭，还要被人看出好戏，实在是太亏了。

想了想，她站起来环顾四周，人群立刻噤声，坐回了座位，她将关昕拉起来，认真地看着他，却什么话都不说，正在关昕准备说句什么打破沉默时，宋羽涵突然伸手环住关昕的脖颈，对准他的嘴唇吻了下去。

耳边尖叫连连，闪光灯亮成一片，宋羽涵都不在意，要看戏索性就来热烈一些的，她的行动也很好地说明自己的答案了吧。

终于一吻结束，众人都拥上来恭喜两人。除了姜伟杰和任爱蓓，所有人都沉浸在激动和兴奋中。

　　因为圣罗德酒店工程，"友杰建设"的资金链出现了问题，问银行贷了很多款，原指望着多接些工程还贷，却被"江南实业"抢走了先机，不光工程中不了标，连几个主要的技术人员都相继跳槽了，银行的贷款还不上，银行就不再愿意放贷，姜伟杰被折腾得灰头土脸的，甚至连公寓都抵押出去了。

　　他们俩原本就是想趁着酒会来看看有没有什么人能帮助"友杰建设"，可看眼下这场面，应该不会有人肯在这么热闹的时候来谈公事吧。

　　姜伟杰的脸色很不好看，盯着宋羽涵和关昕的眼中显出狠戾之色，任爱蓓倒是怔愣在一边，痴痴凝望着关昕一脸哀伤。

　　姜伟杰愤愤起身，拖任爱蓓起来，喃喃道："看什么看，再看他也不会成为你的。"

　　任爱蓓突然发作，一把甩开姜伟杰："别拉着我，要不是你，关昕也不会不要我。"

　　姜伟杰盯着任爱蓓决然的脸，表情渐渐狰狞，他凑近了任爱蓓一字一顿地说："你现在不走可别后悔。"

　　任爱蓓瑟缩了下，最终还是倔强地扬起下巴，任姜伟杰独自离开。

　　场内依然很热闹，宋羽涵和关昕接受着众人的祝福，任爱蓓盯着两人的表情越来越冷，最终也愤然离场。

　　第二天云都的各家媒体，都在报道关昕向宋羽涵求婚的事，他们两人的结合不单单是郎才女貌，更是云都两大巨头的强强联合，是云都的一件大事，再加上年关将近，这事更是增添了几分喜气。

　　裴子瑜在晚宴第二天就回了墨尔本，欧阳昊五带着齐韵去东南亚小岛度蜜月去了，留下宋羽涵和关昕越发孤单。

Chapter 14
这种经历我深恶痛绝

正当宋羽涵觉得一切都那么平和安宁的时候,一张请帖将她炸得差点掉下椅子。

那是一张米白色的订婚请帖,订婚人是:顾叶盛和展珍。

不知道为什么,宋羽涵立刻想到"青梅"见到的那一幕,顾叶盛陪着一名短发女子一起吃饭,不知道那女子是不是就是展珍。

她和关昕面面相觑,当时觉得顾叶盛和裴子瑜两个人可能会出问题,没想到一语成谶。

她将请帖扔给关昕,在客厅来回踱着步:"怎么办?子瑜怎么办?"

关昕也蹙着眉,死死盯着请帖上订婚人的名字,恨不得将请帖烧穿。

宋羽涵终于忍不住,拿出电话打给顾叶盛,电话被转到了语音信箱,急躁的她立刻打给欧阳昊五,劈头就问:"顾叶盛要订婚的事你知道吗?"

电话那头的欧阳昊五像是还没睡醒的样子,哑着嗓子"啊"了一声,接着问:"他不是跟裴子瑜结婚了?"

宋羽涵怒道:"给你一分钟时间清醒了再跟我说话。"

电话那头立刻传来移门的声音,欧阳昊五像是走到了室外,清了清喉咙说:"好了,说吧,出什么事了?"

"顾叶盛要订婚了,新娘叫展珍,你认识吗?"

欧阳昊五沉默了一会儿:"如果是'展望集团'的展珍,我应该认

识。"

"零食业巨头'展望'?"宋羽涵蹙眉，"展珍跟'展望'是什么关系?"

"'展望'的创始人是她的爷爷。"

这下换宋羽涵沉默了："他这算什么？引进外资？"

"呃，羽涵，'展望'只是邻市的企业，算不上外资吧？"

"那子瑜怎么办？"

欧阳昊五叹了口气："羽涵，我真不知道这事，要不你等我回国再说吧。"

欧阳昊五挂了电话，宋羽涵捏着电话沉默了许久，对关昕说："我怕子瑜会想不开，要不我们去墨尔本陪她吧。"

关昕抓住宋羽涵的手，让她在身边坐下，分析道："顾叶盛这事，肯定有我们不了解的隐情，我想还是问清楚比较好。"

"唉，好吧。"宋羽涵无奈地点头。

宋羽涵连着两天打顾叶盛的电话，都被转入语音信箱，直到第三天才接通，顾叶盛的第一句话就是："子瑜明天回来，你帮我去接她吧。"

宋羽涵咬牙切齿道："顾叶盛，你到底想干什么？"

顾叶盛无力道："我只是想取回自己的东西。"

"公司？"宋羽涵提高了音量，"你为了公司就要牺牲子瑜？"

"小姐，不是你想象的那样。"

"是吗？你遇到困难为什么不找我们帮忙？"

顾叶盛淡淡地说："我的问题，你们都帮不了。"

"所以你要牺牲你和子瑜的幸福？顾叶盛，你别以为子瑜乖顺就能随便欺负，你做决定之前有没有想过她？"

长久的沉默后，顾叶盛只说了句"我的事不用你管"。便挂断了电话，气得羽涵差点摔了手机。

宋羽涵狠狠地咒骂着，顾叶盛那里没有挽回的余地，现在唯一担心的就是裴子瑜，身体能不能承受。

隔天宋羽涵开车去机场接裴子瑜，她穿着一身黑色的羽绒服，戴着墨

Chapter 14　这种经历我深恶痛绝

镜走出关口的时候,宋羽涵差点没认出来。她瘦得惊人,怀孕四个多月的身形隐在宽松的羽绒服里,一点都看不出来。

宋羽涵看不到她墨镜下的表情,从精神来看倒是还好,宋羽涵故作轻松地问:"子瑜,关昕正在家做饭呢,等我们回去正好上桌。"

裴子瑜坐进车里,一开口嘶哑的声音让宋羽涵吓了一跳:"羽涵,这次又麻烦你了。"

"子瑜,你声音怎么了,我带你去医院看看。"

裴子瑜一手压上宋羽涵控制着方向盘的手,低声说:"没事,可能感冒了,昨天发了一晚上烧,我不敢吃药,只能硬扛着。"

"那怎么行,"宋羽涵惊道,"怀孕的时候感冒是多么危险的事,我立刻送你去医院,吃不吃药不是你说了算的。"

裴子瑜无力地靠着座椅,取下墨镜露出憔悴面容,说话的语调已经带了哭腔:"羽涵,我真是一点力气都没了。"

宋羽涵为她把座椅放倒,宽慰道:"你先歇一会儿,长途飞机肯定很累,到了医院我叫你。"

裴子瑜用手背压着双眼,渐渐地传出啜泣的声音。

宋羽涵听着心里难受无比,却又不知该怎么安慰她,只好全神贯注地开车。

哭泣的声音渐低,裴子瑜终于睡着了,眼睛上压着的手也滑下来,露出布满泪痕的小脸,睡梦中双眉依然紧蹙。

宋羽涵长长叹了口气,真不知道裴子瑜上辈子是做了什么孽,这辈子会遇到顾叶盛这个克星,爱得那么艰难辛苦。

宋羽涵让方云联系了云都妇产医院的高主任,让她安排裴子瑜的检查事项,等她们到医院的时候高主任已经等在门口了。

裴子瑜还是一脸没睡醒的样子,脸色已经比方才好了很多,她跟着高主任去做了一系列的检查,确诊是过度劳累引发的扁桃体发炎,高主任开了一些消炎的药给她,让她按时按量服用。

宋羽涵始终握着她的手,陪在她身侧,等听完高主任的一些嘱咐,裴

子瑜的神色却渐渐黯然。

宋羽涵察觉出异样，捏了捏她的手，裴子瑜抬头苦笑："其实这应该算是我第三次产检，顾叶盛一次都没有陪我来过。"

宋羽涵心中一酸，却不知该怎么安慰她，嗫嚅了半天说："子瑜，他的订婚宴在后天，你还是别去了吧。"

裴子瑜微一摇头："我要去，事情总该问个清楚，我不想不明不白地过下去。"

宋羽涵知道裴子瑜的脾气，一旦下定决心，很难更改，只好点头答应："到时候你跟我们去。"

顾叶盛的订婚宴很低调，只在"青梅"楼上的大暖房里办了个自助酒会，到场的宾客也就一百多人，都是云都和南江市的一些企业家，以及双方的亲友。

宋羽涵和关昕到的时候，正看到欧阳昊五一脸的心急火燎，正要拉着齐韵往里冲。

见到宋羽涵，欧阳昊五舒出一口气："你们来得正好，子瑜呢？"

宋羽涵和关昕对视一眼，警惕地问："你想干吗？"

"我这两天都联系不上她，只想告诉她别来这儿。"

"为什么？"

"我听到消息说，展家的人知道了子瑜的存在，面子上挂不住，想要找子瑜谈谈，今天会有人在这里堵她。"

宋羽涵忍不住想骂人："这个顾叶盛到底是怎么了？之前把子瑜宝贝得跟什么似的，现在又一副不管不顾的样子，亏子瑜还怀了他的孩子。"

"唉，先别说这个了，子瑜到底会不会来？"

宋羽涵看看关昕仍在犹豫，关昕说："子瑜肯定会来，不过不是现在，我们准备在宴会中间时，把顾叶盛约下来，在酒店大堂让他们谈一谈，就算展家的人要找子瑜，大堂人多，他们也不敢怎么样。"

"行，也只能这样了。"欧阳昊五点头，拉着齐韵和宋羽涵、关昕一起

Chapter 14　这种经历我深恶痛绝

上楼。

"青梅"熟识的服务生迎上来,引着他们去暖房。

宾客已经到得差不多了,正三三两两地聚在一起闲聊,见到宋羽涵和关昕,很多人都围了上来,说着客套的话,宋羽涵心里却只觉得累。

好不容易打发掉一拨,她和关昕走到玻璃墙边取水喝,今天的暖房布置得非常典雅,白色和粉色玫瑰装饰在四周,看上去浪漫纯洁。

宋羽涵却觉得刺眼非常,转身看向外面铅灰色的天幕,靠上关昕的肩头。

"看天气像要下雪。"关昕握着玻璃杯的手垂在身侧。

欧阳昊五找到他们:"展家人来了。"

四人一起去跟顾叶盛打招呼,见了他,宋羽涵心中的火更大,也懒得跟他多话,只悄悄打量着那名叫展珍的女子。

她的五官立体深邃,一头短发梳得服帖,身上一袭烟灰色缎面长裙内敛华贵,此刻正勾着顾叶盛的手臂,笑得仪态万方。

容貌姿色皆是中等偏上,却远及不上子瑜的美貌,宋羽涵在心底嗤笑一声,转头又看展家的其他人。

展家的当家展波身材纤瘦高挑,容貌硬朗轮廓清晰,跟展珍有七分相似,此刻他正主动跟宋羽涵打招呼,她却只淡淡一笑,展波来了兴趣:"宋小姐真是端庄淑雅。"

宋羽涵连表情都没了,干巴巴地回道:"展先生谬赞了。"

见宋羽涵面色不豫,顾叶盛找了个借口带她避开众人,询问道:"子瑜会来?"

宋羽涵盯着顾叶盛的脸看了许久,却始终找不到一丝一毫的外露情绪,冷笑道:"原来顾先生还关心子瑜的死活。"

顾叶盛皱眉:"羽涵,我说过我的事自己会解决,你不要掺和进来好吗?"

宋羽涵冷哼一声:"你自己解决?怎么解决?找展家人来给子瑜下马威?让她永远不要出现在你面前?"

"这跟展家没关系，是我和子瑜之间的事。"

"是吗？那你准备怎么解决？家里娶一个，外面养一个，两手抓？真让人恶心。"宋羽涵憋了许久的怒火终于爆发出来，她将手中的杯子随手一扔，只听一声闷响，碎片在地毯上落了一地。

顾叶盛的脸色变得极为难看，宋羽涵心里却觉得非常痛快："再过半个小时，她会在楼下的大堂等你，是死是活，麻烦你给个痛快，别再拖着她了，你最好看着点展家人，这里是云都，不是南江，还轮不到他们为所欲为。若是展家敢做出半点伤害子瑜的事，"宋羽涵顿了顿，凌厉眼色扫过地上碎成渣的玻璃杯，"你知道我的性格，到时候有什么后果，希望展家人心里有数。"

"宋羽涵，这不关你的事。"顾叶盛咬着牙，压低声音，刚才杯子碎裂的声音已经引得很多人看着他俩。

"是吗？你就当我路见不平吧，我不会让子瑜重蹈覆辙，这种经历，我深恶痛绝。"她妩媚一笑，向顾叶盛欠了欠身，用所有人都能听到的声音说，"希望顾先生和未婚妻能白头到老，恩爱一辈子。"

说罢便转身出了暖房。关昕追上来，将大衣裹在宋羽涵身上："骂了一顿舒服点了吗？"

宋羽涵点头，攥紧了大衣的前襟，浑身因为寒冷抖个不停："不知道为什么，看到顾叶盛，我总是会想起以前的事，关昕，我不想子瑜落得凄惨收场。"

"不会的，不会的，"关昕搂住宋羽涵进了电梯，亲吻着她的发顶，"你不是还有我吗？哪里凄惨了，子瑜也不会，她还有我们。"

宋羽涵挤出一抹笑容，向关昕点点头，两人便在大堂等着方云将裴子瑜送来。

半个小时后，裴子瑜到了，宋羽涵立刻上前扶住她："子瑜，你觉得怎么样，如果不舒服我们就回去。"

"我没事，"裴子瑜拍拍她的手以示安慰，"该来的总是要面对的。"

宋羽涵握住裴子瑜的手，像要将自己的热量传递给她："方云回去

Chapter 14　这种经历我深恶痛绝

了，我们去把车子开过来，在门厅前等你，要是过了十五分钟你还没出来，我们就报警。"

裴子瑜笑出了声："我知道啦，羽涵你真是太紧张了，我没事。"

宋羽涵这才和关昕一起去取车，等车子开进门厅时，裴子瑜已经等在那里了。

宋羽涵惊道："这么快就谈完了，这才过了五分钟啊。"

裴子瑜窝进后座，表情淡得让人心惊，只轻轻说了句："够了，五分钟已经足够决定我的人生了。"

她一脸憔悴，一副不愿多谈的模样，关昕和宋羽涵也不忍再多问，直接载着她回家。

第二天，裴子瑜提出要找房子搬出去住，说是怕打扰到宋羽涵和关昕。

宋羽涵答应帮她找房子搬出去住，但前提是要等孩子生下来出了月子，裴子瑜只能答应。

关昕搬回了自己的公寓，却每天依然来宋羽涵家照顾裴子瑜的三餐，晚上吃过晚饭再回自己家看书复习，准备考试。

除夕夜的时候，宋羽涵带着裴子瑜和菲菲一起回宋宅，宋妈妈看到裴子瑜，心疼得跟什么似的，一个劲嘱咐福嫂炖补品给她补身子，让裴子瑜连呼吃不消。

宋羽涵工作忙碌，放寒假的菲菲一个人在家很无趣，宋羽涵给她找了个钢琴老师，上门教菲菲钢琴，没想到这孩子对钢琴非常感兴趣，一坐一个小时，专心练习指法。

宋羽涵对钢琴一窍不通，菲菲弹的什么她都听不懂，更别提菲菲的那些专业提问了，还好裴子瑜以前学过十年的钢琴，也曾经在琴行打工，应付菲菲的提问还是绰绰有余的。

裴子瑜的性格直接影响了菲菲，她变得开朗了许多。每天除了吃饭睡觉，都要跟裴子瑜在一起，连宋羽涵这个妈都不要了。

所以宋羽涵才说，应该谢谢裴子瑜带给菲菲那些正面、活泼的影响。

裴子瑜苦涩一笑，抚上肚子，怀孕第五个月，她的肚子凸显了很多，显得人更加瘦弱："你们为我做了那么多，我却没办法回报你们，真是没用。"

"别傻了，你现在唯一要想的就是怎么把自己吃胖，然后给菲菲生个健健康康的弟弟或者妹妹。"

"弟弟。"一直看着两人的菲菲突然开口，"干妈肚子里的是弟弟。"

"你什么时候认阿姨做干妈了？"宋羽涵挑了挑眉。

"我喜欢阿姨，就认她做干妈了。"

"你知道干妈是什么意思吗？"

菲菲理直气壮："菲菲的另一个妈妈。"

裴子瑜笑着搂住了菲菲，"再叫一声听听？"

菲菲看着她甜甜地叫："干妈。"稚气的童声软糯绵甜，让裴子瑜笑得流出了眼泪。

"子瑜，你哭什么啊，"宋羽涵吓了一跳，"菲菲，快亲亲阿姨。"

"我这是高兴。"裴子瑜搂住菲菲不肯放手，亲着她红润的小脸蛋。

宋羽涵把菲菲从裴子瑜身上抱了下来："看来要给你们正式办个认干妈的仪式了。"

"好呀，你要昭告天下吗？"

于是她们商定了情人节那天在华茂圆顶订个六人座的包间，带上欧阳昊五和齐韵，庆祝菲菲认干妈。

情人节当天，大家哄笑着，开酒吃菜。

过了没多久，裴子瑜起身上洗手间，宋羽涵担心地问："要不要我陪你去？"

裴子瑜笑道："上个洗手间而已，不用陪着了，你看好菲菲吧，我很快的。"

宋羽涵看她今天心情很好，气色也不错便没跟着她，转头去喂菲菲吃饭。

直到小半碗肉酱面喂完，宋羽涵才反应过来，看了眼裴子瑜扔在桌上的手机，问关昕："子瑜是不是出去有一会儿了？"

关昕看看时间："好像是很久了，要不你去看看吧。"

宋羽涵扔下饭碗就出去找裴子瑜，菲菲拉住她的衣袖："妈妈，我也要去。"

"菲菲别捣乱，你跟关昕叔叔一起在这里等我。"

"我要去。"菲菲固执地挡在宋羽涵面前，双手叉腰鼓起腮帮子瞪着她。

宋羽涵心一软，拉着菲菲一起出去："那说好了，你不能乱跑，要跟着妈妈。"

出了包房是一条弯弯曲曲的走廊，走廊的尽头便是洗手间，两边都是包房，门的开合间，可以看到包房内皆是一对对情侣，亮着柔和的暗色灯光，看起来浪漫甜蜜。

宋羽涵的眼扫过一间间包房，搜寻着裴子瑜的身影，却一无所获。走廊尽头的洗手间也是空的，一个人都没有，宋羽涵急了，拉着菲菲往大堂找去。

大堂在走廊左边，情人节的晚上，大堂几乎坐满了，比平时热闹许多，上菜的服务员来来去去非常忙碌。

宋羽涵带着菲菲在边上走了一圈，仍然没有看到裴子瑜的身影，心里越来越着急。

这时关昕打来电话，她还以为是裴子瑜回包房了，却原来是关昕问她找到子瑜没有。这下宋羽涵更上火了，你说一个孕妇好好吃着饭呢，去上个厕所而已，怎么人就不见了。

她正要找来餐厅经理发飙，菲菲忽然拉拉她的衣服："妈妈，干妈在那儿。"

宋羽涵一抬头，吧台附近有一个小阳台，连着餐厅的落地窗，可以俯瞰整个云都的夜景。

此刻裴子瑜正缩在小阳台边的圈椅里，靠着玻璃窗看向外面漆黑的夜色，玻璃上倒影出她瘦弱孤单的身影。

"子瑜。"宋羽涵过去拍拍她的肩膀，却看到哭得梨花带雨的容颜，"你没事吧？"

裴子瑜用手背擦擦脸，挤出一丝笑意："突然想到一些事，有点伤感，大概是怀孕的缘故吧，体内激素改变了，容易多愁善感。"

宋羽涵在她对面坐下，盯着她双眸使劲看着，突然问道："你是不是看见谁了？"

裴子瑜一惊，抱住菲菲的手也紧了些，却不敢再看宋羽涵，低头望着菲菲的鞋尖。

宋羽涵叹口气："子瑜，从你和顾叶盛分开到现在，你都没有说过你们之间到底怎么回事，我想就算你们再如何和平离婚，看到自己的前夫和未婚妻一起过情人节，心里肯定不会好受。"

裴子瑜抬眼，似水双眸盈盈望着宋羽涵，低叹口气："你也看到他了？"

宋羽涵点头："我没想到他居然也会来这里吃饭，云都那么大，吃饭的地方那么多，居然也会被你们遇上，该说你们俩真的有缘，还是孽缘。"

裴子瑜不说话，握着菲菲的手轻轻抚摸，过了许久才说："他第一次带我来公开场合吃饭，就是在这里。"

宋羽涵长叹一声："子瑜，一味地沉溺过去对你一点好处都没有，你该为你的孩子想想。"

"你说得对，我还有孩子。"

"回去吧，欧阳吓得东西都吃不下了。"

宋羽涵扶着裴子瑜起身，笑着对她说："你不知道，你一直不回来，菲菲可着急了，非要跟我出来找你。"

裴子瑜摸摸菲菲的头："干妈没白疼你。"

穿过大堂踏上走廊，菲菲说："妈妈，我要上洗手间。"

宋羽涵看看菲菲又看看裴子瑜说："菲菲再忍一忍，妈妈陪干妈回去了再带你去上洗手间。"

"我憋不住了。"菲菲绞着双腿，不住地看向洗手间方向。

Chapter 14 这种经历我深恶痛绝

"你快带她去,小孩子不能憋尿。"

"那你怎么办。"宋羽涵说着,看了眼前方包房的门。

裴子瑜略一迟疑:"就这几步路,没关系。"

宋羽涵皱眉:"那要不你就在这里等我,我带她上了洗手间很快就出来。"

见裴子瑜点头答应了,宋羽涵领了菲菲去洗手间,刚帮菲菲把裤子拉下来,就听到走廊上"哐啷"一声巨响,宋羽涵吓了一跳,飞快地跑出去查看情况。

只见走廊上一片狼藉,地上都是打翻的菜汤,一名传菜的服务员坐在地上,裴子瑜蹲在墙边护着肚子。

宋羽涵差点吓得魂飞魄散,立刻冲上去护住裴子瑜:"子瑜,你怎么样?"

裴子瑜抬头,带着哭腔说:"是我不好,站在走廊上挡着路了,他端菜过来没看到我,撞上了我的后背。"

"你有没有事?有没有哪里不舒服?"

大堂经理也过来看情况,见撞的是个孕妇,分外紧张,连声问着要不要紧,需不需要去医院,一面让人把地上的服务员拉起来查看。

众人正乱做一团,一个冷冽的声音在头顶炸开,"你们在做什么?"

裴子瑜的身形抖了下,往宋羽涵怀里缩,眼睛却不由自主地瞥向来人。

顾叶盛站在满地狼藉前,只一瞬便看明白了,他一把将裴子瑜横抱起来,不由分说便往外走。

"喂,顾董,你怎么自说自话啊。"宋羽涵要拦,被顾叶盛瞪了过来:"我的家务事你别插手。"

宋羽涵还要拦,被闻声赶来的关昕拉住。"别担心了,子瑜不会有事的。"

"哼!"宋羽涵狠狠一跺脚,回身去洗手间找菲菲,当她看到空空如也的隔间时,脑子里嗡的一声,一片空白。

关昕正站在洗手间门口等她们，见宋羽涵跌跌撞撞地跑出来也吓了一跳："菲菲呢？"

"菲菲，菲菲不见了，"宋羽涵死死抓住关昕的手，浑身颤抖，"怎么办？怎么办？"

关昕拽着她冲进洗手间翻了个底朝天，果然没见菲菲，又在大堂找了一遍，也没找到，连所有的包房都一个个查看过来，仍然一无所获。

餐厅听说有个孩子不见了，还是"盈天城投"宋总家的孩子，立刻也不做生意了，所有的职员都去找孩子，楼梯间，电梯井都找过了，一层层找下去，直到底楼也没找到菲菲。

一直折腾到凌晨两点，都没找到菲菲的身影，餐厅的经理直呼奇怪，按理说菲菲这么大的孩子如果独自一人走出餐厅，都会有服务员上前询问，不可能让她独自离开。

调餐厅监控，洗手间那一块偏偏是个死角，餐厅大门的监控又临时出了故障。

宋羽涵颓然地跌坐在地毯上，欲哭无泪，菲菲就这么凭空消失了。

Chapter 15
把孩子还给我

菲菲消失第二天，关昕陪着宋羽涵去警察局报案。

一家人守在宋羽涵的公寓等消息，关培龙带着关妈妈也来了，欧阳昊五带着齐韵来了，两天后，裴子瑜也在顾叶盛的护送下回来了，自从进了门就没给顾叶盛好脸色看。

宋羽涵一直呆坐在客厅的沙发里，眉心紧紧地皱在一起，她强迫自己冷静下来，想了一遍任何菲菲可能去的地方，发动公司的员工全城搜索，再仔细回忆自己曾经得罪过的人，一个个排除可能。

毫不费力地，她便想到了姜伟杰，立刻一个电话打过去，姜伟杰和任爱蓓一起在南江，他们都没有见过菲菲。

宋羽涵挂了电话，却一点都不相信姜伟杰的话，大冬天的两个人跑去南江玩，这是算有情调呢，还是避风头？

宋羽涵的分析很有道理，是目前绝望中的唯一一丝希望了，只是苦于没有证据，就算告诉警方他们有嫌疑，也不能立刻找他们来问话。

顾叶盛沉默了很久，迟疑道："我知道展家在南江颇有实力，或者可以请他们帮忙调查一下。"

"好。"

"不用了。"

裴子瑜和宋羽涵同时开口，见宋羽涵拒绝，裴子瑜狠狠瞪了她一眼：

"现在不是闹脾气的时候，菲菲的安危要紧。"

"你，"宋羽涵苦笑着，"这种时候，你比我懂事多了。"

顾叶盛也不多话，立刻走开去打电话，裴子瑜盯着他的背影，幽幽地叹了口气。

关昕将宋羽涵带到阳台上，轻轻握住她的手："羽涵，如果真是姜伟杰就不用太担心了。"

"我懂你的意思，可是我没告诉过姜伟杰，菲菲是他的孩子，任爱蓓也不知道，我怕他们会对我报复。"

关昕摇摇头："其实，姜伟杰知道菲菲是他的孩子。"

"怎么会，我……"宋羽涵才刚质疑，便立刻反应过来，张着嘴盯着关昕，一脸的难以置信。

关昕艰难地点点头："当初我来你家，做的第一件事便是协助姜伟杰去做亲子鉴定。"

宋羽涵望着关昕，久久不说话，寒风呼啸而过，将她的心头吹得一丝热度都没有，她张了张嘴，却什么话都说不出，最后无力道："好吧，就这样吧，我能进去了吗？我要等菲菲消息。"

"羽涵，你别这样。"关昕一把将宋羽涵搂在怀里，"一开始做的那些事并不是我本意，我也担心菲菲的安危，更担心你。"

宋羽涵就这么被他抱住，听着远方的风声，不知道该说些什么。

就在这时，欧阳昊五突然拉开玻璃门冲了出来，手里举着宋羽涵的手机，焦急地说："羽涵，姜伟杰又打电话过来了，你快接。"

宋羽涵一接通电话，姜伟杰阴恻恻的声音就在那边说："宋羽涵，我要去法院告你。"

"你要告我什么？"

"你隐瞒菲菲身份，故意不让我认女儿。"

"菲菲在你那儿？"

一屋子人听到这句话都紧张起来，一个个都盯着宋羽涵的脸，指望着从她的表情上看出些端倪。

"笑话,我带我自己的女儿出来玩,谁都管不着。"

"姜伟杰!"宋羽涵咬牙切齿地说,"把菲菲给我送回来。"

"那可不行,这是我的女儿,谁都没权力命令我。"

宋羽涵沉默了,听筒里只听到她喘着粗气的声音,像是在极力控制情绪:"好,你说,要有什么条件你才能把菲菲还给我。"

"那你就用'盈天城投'来换吧,这样我的'友杰建设'就算被你搞垮了,我也不吃亏。一样换一样,很公平。"

"你做梦!"

"那菲菲就是我的了,我们下次就法庭上见面吧。"

"你等等!"宋羽涵立刻服软,"你让我考虑下,先让我听听菲菲的声音。"

电话那头话筒大概是被盖上了,过了一会儿声音清晰,宋羽涵听出来是菲菲最喜欢的动画片《加菲猫》的声音,姜伟杰轻声说了句:"你妈妈电话。"菲菲的声音就出现在另一头:"妈妈。"

宋羽涵的眼泪一瞬间流了下来,她一口咬住自己紧握成拳的手,哽咽道:"菲菲,你还好吗?"

"姜叔叔说他是我爸爸,是吗?"

宋羽涵立刻说:"不是不是,你别相信他的话,妈妈一定会救你出来的。"

那头的姜伟杰立刻拿走电话:"不是她的爸爸?你到现在还要对孩子撒谎?宋羽涵我告诉你,你要是想再看到菲菲,就按我说的去做,什么时候准备好股权转让,什么时候再来找我。"

未等宋羽涵再接话,姜伟杰便挂断电话。

宋羽涵心里一阵失落,突然钻进关昕怀里哭了起来,关昕一下下轻拍她的后背宽慰她。

大家都盯着这两人,从方才电话的只言片语中,知道了菲菲是被姜伟杰带走的,皆是松了口气,但是很多的还是担心,不知道姜伟杰会对菲菲做什么。

大哭过一场后，宋羽涵恢复了平静，头脑也冷静下来，思考着对策，姜伟杰会带走菲菲，一定是有预谋的行为，那天在餐厅，她在大堂和各包厢门口都走过一圈，也没有发现姜伟杰和任爱蓓，他们一定是偷偷跟踪她到的餐厅，然后趁她不备带走了菲菲。

因为有姜伟杰的参与，所以他带走菲菲并不能算是绑架，因为他是菲菲的血亲，所以警察局也不会依照绑架来立案。

宋羽涵揉着太阳穴，姜伟杰这次是彻底拿捏住了她的软肋，他算准了宋羽涵为了菲菲，可以不惜任何代价。

"姜伟杰的条件是什么？"关昕让她坐在沙发上，轻柔地为她做着头皮按摩。

宋羽涵看向自己的父亲："姜伟杰要我用'盈天城投'去换。"

"这个畜生，"宋爸爸狠狠骂道，"连自己的女儿都能成为他换取利益的工具，真是太无耻了。"

宋羽涵沉着眉，缓缓地说："我不会让他如愿的，他喜欢大礼，那我就送他一份好了。"

宋羽涵所说的大礼，便是一纸诉状，将姜伟杰告上法庭，要求确认他和宋汐菲的父女关系，确认宋汐菲对"友杰建设"的继承权，并永久取消姜伟杰的抚养权，要求姜伟杰支付宋汐菲出生至今的抚养费。

她还向警察局报案，声称任爱蓓参与绑架她女儿宋汐菲的案件，要求警察将罪犯绳之于法，将宋汐菲救出。

这两件事一出，犹如两块惊天巨石扔进深潭，整个云都都沸腾了起来。

记者对宋羽涵及家人进行围追堵截，想从他们口中挖出点内幕出来，宋爸爸和宋妈妈却早已经和关家二老飞去国外，避过这个多事时刻。

宋羽涵每天躲在公寓足不出户，靠电话遥控公司运作，关昕和欧阳昊五也都受到了影响，进出都会有记者跟着，只好加强了公司的保安力量。

关昕每天都会带食物去宋羽涵公寓，不仅羽涵要吃，最重要的是，还有个孕妇需要补充营养。

"羽涵，打电话给姜伟杰吧，让他把菲菲送回来。"

关昕将饭菜端上桌，盯着一锅胡萝卜牛尾汤许久，这是菲菲最爱吃的菜，也不知道她跟着姜伟杰有没有好好吃饭。

"你觉得他会答应我吗？"

宋羽涵扶着裴子瑜在桌边坐下，斜了关昕一眼："关昕，我知道你担心菲菲，我也一样担心，可是姜伟杰是什么人你也清楚，他怎么可能这么轻易就把菲菲还给我。"

"那我们就答应他的条件吧。"

"什么？"宋羽涵提高了音调，抬头看着关昕，"你要我向姜伟杰妥协？"

裴子瑜看餐桌上的气氛有些僵，便缓和道："上次顾叶盛来不是说过了么，姜伟杰带着菲菲在南江最好的酒店，还专门请了两个保姆照顾菲菲。关昕，你别太担心了。"

看出宋羽涵面色不悦，关昕也不再说话，坐下一起吃饭。

宋羽涵握着筷子，叹了口气："关昕，菲菲是我的女儿，我比谁都担心她的安危，可是现在这样的时刻，要我向姜伟杰妥协是绝对不可能的，你说过不管我做什么决定都会支持我的，现在还是吗？"

关昕盯着她的眼睛，清澈的双眸渐渐暗淡下去，过了许久他终于开口："我永远都会支持你。"

尽管宋羽涵说着没办法将菲菲接回来，可她还是想办法，通过媒体向警方施压，警方已经正式将菲菲的失踪定义为绑架，发动媒体一起寻找嫌疑人任爱蓓的下落。

迫于压力，姜伟杰和任爱蓓回到了云都，但姜伟杰始终不愿将菲菲交还给宋羽涵，且拒不承认他和任爱蓓是绑架菲菲，称只是作为父亲带女儿出去散心。

同时他也向法院提起诉讼，要求法院解除宋羽涵对宋汐菲的抚养权，判定由姜伟杰抚养宋汐菲。

有八卦之人爆料，说宋羽涵回国便是着手对姜伟杰的报复，她早控股姜氏的"友杰建设"，成为最大股东，"友杰建设"即将易主。

这个料爆出的第二天，"友杰建设"的股价便连连下滑，因为之前"友杰"的决策失误，股价便一直低迷，此番更是连续三个交易日跌停，股民们纷纷抛出手中的"友杰"股票，生怕公司真的有大变动，所有投入的钱都打水漂。

宋羽涵坐在电脑前，满意地看着"友杰建设"那绿油油的价格，不时地抿一口茶。

关昕却在一边担心地说："羽涵，你说能不能让警察开个搜查令，直接把菲菲带回来？"

"肯定不行啊。"

"那菲菲在姜伟杰那里，会不会有事？"

宋羽涵摇头，笃定地说："姜伟杰还要靠菲菲来要挟我，绝对不会让她出事，再说菲菲是他的亲生女儿，我不信他会对自己的女儿做出什么事来。"

关昕无奈地点头，却依然不放心："菲菲那么小，到了一个陌生的环境，也不知道她吃得好不好，睡得好不好。我们还是想办法把菲菲接过来吧。"

宋羽涵一手撑着下巴沉默片刻，说道："既然这样，那我明天就通知'友杰建设'的陆总他们，可以收网了。"

"你要做什么？"

"我只想逼一逼姜伟杰而已，告诉他，如果再不将菲菲还给我，我就会让他失去'友杰建设'。"

关昕突然心里一跳，有种不祥的感觉涌上心头："羽涵，这么做会不会把姜伟杰逼上绝路了？他不会对菲菲不利吧？"

宋羽涵心里也有些不舒服，却依然嘴犟着说："不可能，他是菲菲的爸爸，他如果真要这么做的话就真的是禽兽不如。"

关昕没有接话，抬头看向二楼转移话题："这两天怎么不见子瑜？"

"顾叶盛接走了,说是带她安心待产去。"

"怎么,他们俩和好了?"

"不和好又能怎么办,顾叶盛毕竟是孩子的爸爸。"

说完,宋羽涵意有所指地看了眼关昕。

关昕叹口气:"好吧,我知道了,那我就再相信你这一次,只是就这一个礼拜,如果下个礼拜这事还没有解决,我会不惜一切代价,把菲菲带回来。"

宋羽涵点头:"等明天'友杰建设'的董事会一开,我就不信姜伟杰还能淡定得了。"

"需要我作为'环龙'的代表到场吗?"

宋羽涵伸出双手环住关昕脖子,与他额头相抵,和他气息相缠:"关昕,明天的我,也许前所未有的咄咄逼人,我不想让你看到这一面,我还想在你面前展现温柔可人的一面呢。"

关昕"噗"一声笑出声。将她搂在怀里轻拍,一面憧憬着:"等姜伟杰把菲菲还给我们,我们就带她出去旅行,让她慢慢淡忘这里发生的这一切。实在不行我们就带她在国外定居吧,让她重新开始。"

宋羽涵趴在关昕怀中,被他的温情占据了大脑,毫不犹豫地答应道:"好。"

第二天一早,天阴沉沉的像要下雪。

等宋羽涵将事情都吩咐下去,已经到了中午,仓促召开的"友杰建设"临时股东大会定在下午的三点。

宋羽涵看看时间尚早,决定去楼下吃个午饭再做准备。

此时的餐厅已经没有什么人,宋羽涵点了份什锦炒饭坐下慢慢吃。

临街的窗子透着淡淡的天光,天气始终很阴沉,连街上的景色也变得死气沉沉的,可宋羽涵的心里却异常的轻松,连面前乏善可陈的什锦炒饭都变得美味不少。

就着一碗热汤,她吃完了整盘炒饭,擦擦嘴回了办公室,收拾好东西

便带着方云往"友杰建设"去。

路上,她接到姜伟杰打来的电话,看着屏幕上不断跳跃的名字,她的心情变得更好,轻快地按下接听键。

"姜总找我什么事?"

"宋羽涵!"

电话那头的姜伟杰简直咬牙切齿:"临时股东大会,是不是你搞的鬼?"

"姜总言重了,我又不是你'友杰建设'的股东,关我什么事啊?"

"有种你一会儿别出现。"

"姜总又说笑了。"宋羽涵爽朗地笑着,挂断了姜伟杰的电话,她的预期目的已经达到,一听说召开股东大会,姜伟杰就乱了阵脚,让他交还菲菲,应该更容易了。

到达"友杰建设"的时候,负责工程前期的陆经理正在楼下等他们,见到宋羽涵他立刻迎了上来。

"宋总,会议室已经都安排好了,只等股东们和姜总的到来了。"

宋羽涵点点头,这个陆经理是她很早以前就安排进"友杰建设"的,没想到终于有一天派上了用场。

"陆经理,辛苦你了。"

"宋总是来参加我公司的股东大会?"

宋羽涵回头,原来是一直都没有露面的姜伟杰,他穿着一身烟灰色的西装,双手插在裤子口袋里,一派轻松自在的神情,全然不复刚才电话里的那种焦躁模样。

见宋羽涵不理他,他缓步走到宋羽涵面前,垂眼看着她,俊秀的脸上阴沉地笑着:"羽涵,你难道还不明白吗?只有答应我的要求,你才能见到菲菲,别再做无谓的挣扎了。"说完,他哈哈一笑,率先上了电梯,一直跟着宋羽涵的陆经理无奈,只能跟着姜伟杰上楼。

会议室里人不多,除了姜伟杰和陆经理外,还有一名监事会的成员和五名董事会的成员,见到宋羽涵,他们都不是很意外。

Chapter 15　把孩子还给我

宋羽涵在桌边坐下，示意方云将手中的文件放在桌上，她一份份地展示给姜伟杰看："这是持有你们公司股份的说明和股权转让协议，我现在拥有'友杰建设'23%的股份，也就是说，跟你父亲的持有量是一样的。"

"我不知道你居然持有了那么多。"姜伟杰愣了一愣，随即又恢复到那副随性的样子。

宋羽涵脸上的表情淡淡的，看着姜伟杰的眼神也是淡淡的，她轻轻叹了口气："姜伟杰，你可以看一下会议室，董事会十一名董事只来了五名，这说明了什么？你应该明白，难道你不想跟我谈一谈吗？如果你现在答应把菲菲还给我，我立刻就回去，并且答应你不会再找'友杰建设'的麻烦。"

她的态度很诚恳，语气也有些急迫，菲菲在姜伟杰的手里那么多天，现在不光关昕着急，连宋羽涵自己也有些沉不住气了。

姜伟杰沉默了下，直接拒绝："我说过，只有你答应了我的条件，我才会把菲菲还给你。"

"那好吧，"宋羽涵直接对监事会人员说，"作为'友杰建设'的最大股东，我要求撤换公司董事长和总经理。"

监事会人员有些为难地看了姜伟杰一眼，没有接话。

姜伟杰闲适地靠进椅背，向监事会人员点点头："既然大股东要求，我们没理由拒绝，那就投票吧。"

"你如果不怕丢人，我可以陪你玩。"宋羽涵将授权委托书放到桌上，神色渐渐不耐。

姜伟杰不语，只看着她高深莫测地笑，宋羽涵的心里突然没了底，十一名董事中除去姜伟杰父子，她只拿到了四份授权委托书，算上"环龙"的一票，她也只有五票而已，还没过半数。

该死。宋羽涵在心底暗自咒骂，看姜伟杰的样子，剩下的五名董事他应该都已经打过招呼了，他今天完全是有备而来，成心要将她一军。

陆经理和监事会人员着手准备投票的东西，会议室里一片安静。

这时，门被人敲了两下就打开了，门外站着的居然是顾叶盛，他扫了

眼会议室内众人，低沉的嗓音歉然道："不好意思，路上塞车，我来晚了。"

姜伟杰站起来，蹙眉望着他："今天是我们'友杰建设'的股东大会，顾董现在过来，难不成你手上也有我们公司的股票？"

顾叶盛长腿一伸，几步走到宋羽涵身边坐下，抬头望着姜伟杰："姜总说得不错，我就是来参加股东大会的。"

姜伟杰跌坐在座椅里，脸色有些灰败："你为什么会有？"

"这个你得去问你父亲，为什么会把他的股份转给我，这里是'友杰'股份的转让协议，已经公示过，持有人是我。"

顾叶盛将一份协议扔到姜伟杰面前，并将一份授权委托书递给宋羽涵："这些都交给你了，你看着办吧。"

宋羽涵站起来，走到姜伟杰面前低头看他："现在'友杰建设'最大股东已经易主了，你为什么不考虑下我的提议？只要你把菲菲还给我，我可以既往不咎，把'友杰建设'还给你。"

姜伟杰没有说话，盯着桌面出神，宋羽涵知道他是在考虑，也不逼他："我再给你三天的时间考虑，若到时我还没见到菲菲，'友杰建设'将会改名为'盈天建设'，怎么样？"宋羽涵说完，示意顾叶盛和她一起离开，到了门边她顿住，回头对仍然保持着低头姿势不动的姜伟杰说："我等你电话。"

出了"友杰建设"的大门，宋羽涵站住，看向顾叶盛："谢谢你今天及时出现。"

"不用谢我，这是我欠你的。"

她隐隐猜到顾叶盛是为了什么而报答她，点点头，"子瑜最近好吗？"

"还不错，胖了许多。"顾叶盛的脸上不自觉地露出了微笑，宋羽涵看在眼里，唇角也微微上扬。

"预产期快到了吧，她不去国外生吗？"

"快了，还有两个月，我们就在国内生产，已经订好了。"

"那就好，你们现在住哪儿？等菲菲回来了，我带她去看子瑜。"

顾叶盛报了个地址给她，便向她微一点头："事情办完，我该走了，子瑜还在等我。"

宋羽涵向他道别，看他进了路边的车里，司机很快将车汇入车流，她终于长长地舒了口气。

"宋总，回家还是回公司？"方云让自己把车开过来，为她开了车门。

宋羽涵想了想，还是回家吧，她要跟关昕一起等姜伟杰的消息，也许他今天就会想通，将菲菲还给他们。

还没等姜伟杰给宋羽涵打电话，姜友忠却被送进了医院，他急匆匆将菲菲托付给任爱蓓，便去了医院。

姜友忠的身体这两年每况愈下，高血压、高血脂，心脏也不太好。姜伟杰知道"友杰建设"是父亲一手建立起来的，见到现在的局面，他的血压怎么可能不高。

病房内的姜友忠正在抢救，病房外的姜伟杰颓丧地坐在长椅上，这两天的突发事件太多，他被打击得有些蒙，脑子里始终空荡荡的。

姜妈妈坐在他身边，轻拍着他的脊背："孩子，辛苦你了。"

"妈，我没事，"姜伟杰揉了揉脸，重新直起身，"最近我忙，顾不上您，您还好吧？"

"不用担心我，"姜妈妈握住姜伟杰的一只手，打量着他的眉眼，"你爸也会没事的，你放心。"

见姜伟杰点点头，姜妈妈继续说："什么时候把你女儿带回家来吧，别老是这么躲在外面，毕竟是我们姜家的孩子，别太亏待了。"

"妈，这个我有数，您别管了，等忙过这一阵，我带她回来。"

姜妈妈长长地叹了口气，无奈地说："你爸爸这人把公司看得比什么都重，之前你和宋家那姑娘闹得满城风雨，你爸爸都没说一句话，现在公司出了事，他就……"

姜伟杰不说话，只盯着面前空荡荡的走廊。

姜妈妈看了眼他的脸色，试探地问："阿杰，你能不能跟宋羽涵商量

商量，看在你们孩子的面上，别再对公司穷追猛打了，你爸受不了打击了。"

"妈，我有数，您别操心了。"

正说着，病房的门打开了，主治医师走了出来："姜先生已经脱离危险了，他是血压升高引起的脑出血，后遗症就是偏瘫，也就是我们俗称的中风。"

姜伟杰上前抓住医生的手："汪医生，我爸的病，严重吗？"

汪医生叹了口气："目前来看，他的左半边身体和部分语言功能受到了影响，你们护理的时候注意一下。"

姜伟杰放开汪医生的手冲进病房，却在门口站住不敢进去。此刻，身材魁梧的姜友忠安静地躺在床上，收敛起所有嚣张跋扈的气势。

姜伟杰心里蓦地一酸，差点掉下泪来，他不知道该说什么、做什么，手足无措地站在门边上。

姜妈妈轻轻打了下他的后背，姜伟杰似清醒过来，立刻转身到走廊外面打电话。

电话一接通，他立刻就说："我决定答应你的要求，把菲菲还给你，但你要答应再也不针对'友杰建设'。"

得到宋羽涵肯定的回答，姜伟杰松了口气，站在走廊尽头的窗口，凛冽的寒风吹得玻璃呼呼作响，他怔愣地盯着窗外灰蒙蒙的天空，脑子里一片空白。

姜妈妈走到他身边，轻声问："你决定了？"

姜伟杰沉默了许久，点点头："我不敢再拿爸爸的健康冒险，他把公司看得比什么都重，我不能再让他失望。"

姜妈妈勾住他的肩膀，轻拍安慰着："你已经做得很好了。"

姜伟杰瞬间红了双眼，他死死盯着窗外，深深吸了口气："妈，我进去看看爸。"

床边的仪器在监测着姜友忠的心跳，机械又单调，姜伟杰木然地看着床上的父亲，心情变得无比沉重。

Chapter 15　把孩子还给我

"阿杰,是不是你手机在振动?"

姜妈妈拉拉他的衣袖,姜伟杰这才反应过来有电话,忙走到病房外去,一看来电显示是任爱蓓的,下意识地微微皱眉。

"什么事?"

"阿杰,阿杰你快来啊,菲菲出事了。"

电话那头任爱蓓慌乱的声音让他的心也悬了起来:"你慢慢说,到底怎么回事?"

"我不知道怎么回事,刚刚她说要吃薯片,我带她去楼下便利店买,刚出了小区她就被一辆电动车撞了,怎么办?怎么办?"

任爱蓓慌慌张张的描述带着哭腔,周围的环境也乱糟糟的,很多人说话的声音,姜伟杰知道问不出个所以然,便让她立刻抱着孩子来医院。

姜伟杰带着医生等在医院门口,一见任爱蓓下车,立刻上去将菲菲接过来,抱上一边的担架。

"阿杰,吓死我了。"到了医院,任爱蓓总算松了口气,站在门口轻拍着胸口,见姜伟杰要跟着医生进去,一把拉住他。

"孩子送到,我走了。"

姜伟杰愣了下,看了她一眼,点点头,任爱蓓也不多说,直接上了来时的出租车走了。

直到车子开出了视线,姜伟杰才回过神来,往医院里冲去。

急诊室里,医生在忙着抢救,姜伟杰颓丧地坐在门外的长椅上,突然间觉得身心俱疲。他垂着头,盯着一片黑色的手机屏幕,终于将电话打给了宋羽涵。

"你最好现在来第一医院,菲菲在抢救。"

宋羽涵和关昕赶到医院的时候,医生正好从急诊室出来,他看了眼门口的三人,问道:"孩子被重物所击,内脏受到了损伤,现在准备送去手术,你们去办一下手续。"

医生说完转身进了急诊室,关昕拍拍宋羽涵的手以示安慰,便去一边打电话了。

"重物所击？"

宋羽涵转头盯着姜伟杰："这到底是怎么回事？"

"任爱蓓说她被电动车撞倒了。"

"那开电动车的人呢？"宋羽涵一把揪住了他的前襟，"人在哪儿？"

姜伟杰呆了一呆，讷讷地说："人，好像跑了。"

"姜伟杰！"宋羽涵又气又急，扬手一巴掌就打在姜伟杰脸上，姜伟杰木着脸也不还手，直愣愣地低着头。

关昕打完电话过来，一看宋羽涵脸色，忙上前拉住她："羽涵，你冷静点，孩子要紧，我先去办住院手续。"

"姜伟杰，我恨不得你死。"宋羽涵盯着姜伟杰，咬牙切齿地说。

姜伟杰难得没有反驳，他在长椅上坐了下来，深吸口气，"我爸生病住院了，我在医院陪着他，没顾得上菲菲。"

宋羽涵紧抿薄唇，冷漠双眼中似有怒火熊熊燃烧："姜伟杰，原本我还打算看在菲菲的分上放过你，现在看来我太过仁慈了，明天开庭我不会答应和解，你也别再希望我会对你手下留情。"

姜伟杰烦躁地抓了抓头发："我可以申请撤诉，把菲菲还给你，也希望你别再对公司下手了。"

"姜伟杰，到了这个时候，你还有什么资格跟我谈条件。"

姜伟杰还想说什么，宋羽涵不再搭理他，转身跟着菲菲的推车上手术室。

空寂的手术室外空无一人，宋羽涵只能站在门外，看着手术室的门一层层关上，菲菲那个瘦小的身影消失在门口。

她的心里瞬间像空了一块，疼得站不住，颓丧地坐在长椅上，空洞的眼只盯着面前的地面。

关昕捏着一叠缴费单找来，看到宋羽涵孤零零地坐在手术室门口，心中一阵抽痛，上前一把拥住宋羽涵瘦弱的肩头："菲菲一定会没事的，你别担心。"

两人沉默地坐在手术室门外，宋羽涵一句话都说不出，她的手紧紧攥着，被关昕握在手中，就算手指酸麻，她依然紧握着拳，怕一放松手便会不由自主地发抖。

手术持续了3小时，当护士推着菲菲从手术室出来，宋羽涵差点瘫倒在推车上，被关昕一把抱住，随着推车一起往病房去。

因为床位紧张，菲菲被临时安置在走廊的加床上，宋羽涵站在闹哄哄的走廊上，看着病床上的小人，鼻头一酸差点掉下泪来。

菲菲比之前瘦了许多，小小的身影蜷缩在白色病床上，像只乖顺的小猫，宋羽涵有种想冲出来抽打姜伟杰的冲动，最终被她克制下来。

"孩子还在麻醉期内，短时间不会醒过来，等她醒了以后伤口可能会疼，你们注意别让她碰到伤口就行。"

护士叮嘱过后，检查了下菲菲挂着的药水便离开了，关昕跟着去护士站拿药。

宋羽涵轻轻抚摸着菲菲的头发，她还在昏睡着，下巴尖尖的，汗湿的头发贴在额头，脸上泛着不自然的潮红，嘴唇干裂着，是宋羽涵从来没见过的可怜模样。

她的泪终于还是没忍住，决了堤一般汹涌，关昕回来的时候，便看到宋羽涵站在菲菲床边狠狠地哭着。

关昕搂过宋羽涵的肩轻声安慰道："别哭了，菲菲不是没事吗？欧阳已经帮我打过招呼了，一会儿科的李主任就来接菲菲过去，别太担心了。"

宋羽涵哭得上气不接下气，抱住关昕的腰使劲点头，哽咽道："关昕，我不会饶恕姜伟杰，我一定不会放过他。"

"好了，现在先别说这个，菲菲最重要。"关昕拍着她的背帮她顺气。

很快李主任便带着护士过来，他先跟抢救的医生讨论了几句，然后用推床将菲菲接走，直接进了儿科的特护病房。

宋家二老是和关家二老一起来的，他们旅行刚回来，听说菲菲出事立刻赶了过来，接着到达的是欧阳昊五和齐韵。

房门的开关间，宋羽涵看到呆站在门外的姜伟杰，她拉拉关昕的手，和他一起站在姜伟杰的面前。

"你还来做什么?"

宋羽涵咄咄逼人的气势没有吓退姜伟杰,他迎着宋羽涵的目光说:"过段时间我会带我父亲去国外治疗,我可以把'友杰建设'交给你,我只有一个要求,不要更改公司名称。"顿了顿,他继续说,"孩子我不会和你抢,只是想你能允许我不定时地来看看她,毕竟她也是我的孩子。"

宋羽涵和关昕都没有说话,姜伟杰自嘲地笑笑,转身要走,宋羽涵叫住了他:"姜伟杰,逃避就是你的选择吗?菲菲离开我的时候那么健康那么活泼,现在为什么会伤得这么严重?我不想追究到底是谁的责任,但是你和任爱蓓私自带走菲菲这件事,我是不会善罢甘休的。"

姜伟杰的动作滞了下,没有接话不回头地走了。

宋羽涵颇为不齿地嘲笑道:"真是个没担待的人。"

关昕皱了眉头,轻拍宋羽涵肩膀:"现在先别管他了,去守着菲菲吧。"

重新进了病房,恰好医生出来说菲菲醒了,宋羽涵连忙冲进去看她。

病床上的菲菲看到宋羽涵立刻哭道:"妈妈。"

孩子稚嫩的哭声让病房里的众人阵阵心酸,宋羽涵的心都揪紧了,她上前将菲菲搂在怀里:"菲菲乖,妈妈就在这里陪着你,哪儿都不去,菲菲伤口疼不疼?"

菲菲点头,没打点滴的左手紧紧握住宋羽涵的手不肯放开,宋羽涵在床边坐下,轻轻抚摸着她的头发,给她唱最喜欢的歌哄她入眠,直到睡着,菲菲的手依然紧握着。

儿科的李主任安慰道:"孩子被撞之后,脾脏受了损伤,手术修复还是很成功的,现在只需要养好伤口就行,我们还给她做了个全身检查,过两天就会有报告出来。"

"太谢谢你了,李主任。"

宋爸爸将李主任送出门,将空间留给关昕和宋羽涵。

关昕站在床的另一边,看着菲菲的小脸:"羽涵,等菲菲出院我们就结婚吧,三个人一起生活。"

宋羽涵抬头凝视关昕，下意识地点点头："谢谢你，关昕。"

初春的阳光透过没有拉严的窗帘照射进来，将关昕笼上一层淡淡的光晕，温暖明媚，让宋羽涵的心中充实饱满。岁月这般静好，只等菲菲出院便一切完美。

可是上天，却总是喜欢与人作对，宋羽涵的愿望在现实面前化为了残酷的泡沫。

李主任急匆匆地拿着血液报告来找宋羽涵，开口便是："你和孩子的父亲能不能去做个血液检查。"

宋羽涵愣了："为什么？"

李主任将手中的化验单递给宋羽涵："她的检查显示血小板数值有问题。"

宋羽涵只瞥了一眼，立刻丢回给他："我看不懂这些，你直接说吧，到底怎么回事？"

李主任清了清喉咙："我们初步怀疑，孩子得了急性血小板减少症紫癜，也就是出血性紫癜。"

"白血病？"

"只是一种血液病，是有方法能够治疗的。"

宋羽涵彻底呆住："怎么会这样？"

李主任想了下，继续说："当然，现在还没有确诊，我们也只是初步推断，这两天还要再给孩子安排一次彻底的检查。"

"这病能治好吗？"

"我现在不能给你准确的答复，现在的当务之急是确诊然后对症下药。"

李主任说完就走了，宋羽涵呆站在病房里久久回不了神。

初春的午后，天气阴阴的似要下雨，宋羽涵站在窗前，望着窗外灰蒙蒙水汽潮湿的天空，脑子里一片混乱。

菲菲正在午睡，苍白的小脸上渐渐有了血色，宋羽涵在她身边躺下，

在我们相遇之后

她实在太累了，心上像压了块石头，透不过气。

半梦半醒间，她又见到了那个艳丽、开朗的女子，她热情勇敢，对一切都充满了憧憬和期盼，明媚的阳光下，她穿着嫩黄的吊带裙，笑着对宋羽涵说："羽涵，你就是我最好的朋友。"

宋羽涵挣扎着醒过来，脸上都是泪水，她侧头看着熟睡中的菲菲，心如刀绞，菲菲对她来说就是人间至宝，如今眼看着自己最宝贝的东西将被摧毁，她怎么可能甘心。

宋羽涵将电话打给方云，让他帮忙查找国外类似病情的治疗方法，一旦确诊，她将送菲菲去国外治疗。

等关昕得到消息赶来医院，宋羽涵已经将一切都安排了下去，见到关昕，她只是淡淡地一笑，对他说："关昕，我有事要告诉你。"

关昕在她面前坐下，握住她的手："你说吧，我听着。"

"这是一个很长的故事，希望你能耐心听下去。"

见关昕点头，宋羽涵便缓缓道出了这个压在她心头许久许久的秘密。

Chapter 16
她早就是我们的家人

阴冷潮湿的伦敦，难得有个艳阳高照的日子，宋羽涵将两床羽绒被拉到窗前晾晒，看到楼下的大街上，一对身材相配的亚裔男女走过。

她略一探头，看出女子正是自己的室友徐薇，男子却是不认识，但她很快便反应过来男子应该是徐薇时常提起的姜伟杰，她相识不久的男朋友。

宋羽涵到伦敦只有三个月，她在学校的BBS上认识了正找人合租的徐薇，两个中国姑娘一见如故，一起租下了这套小公寓。

徐薇比她大一年，学的是精算专业。她的家境不算富裕，父母离异，母亲耗尽一生的积蓄送她来英国，徐薇也争气，不光人长得漂亮，性格脾气也很好，说话声音软软糯糯的，总是笑脸迎人，在留学生圈子里有很高的人气。

徐薇说，她是在一次留学生聚会上认识的姜伟杰，彼时的他身边有个亚欧混血的女朋友，见到徐薇的时候，脸色都变了，用徐薇的话形容就是，小狗终于看到了心仪的肉骨头。

宋羽涵总是笑话她，用这样的比喻来形容两人的相遇，徐薇却总是叹着气对她说："羽涵，我就像一根骨头，总有一天被他拆分了吞进肚子里。"

曾经的宋羽涵不明白徐薇这句话的意思，当一切尘埃落定她才醒悟过

来，原来很多时候，结局早已经一语成谶。

他们交往很顺利，徐薇的话题总是围着这个现任男友转，姜伟杰满足了她对白马王子的所有幻想：年轻、英俊、富有，最主要的是对她死心塌地。

她曾说过等两人关系稳定后就将他介绍给宋羽涵，看来应该是今天了。

宋羽涵将被子晾好，拉上窗帘，进自己房间换了身衣服，坐在窗前静静地等待两人进门。

很快，客厅传来开门声和徐薇的说话声，随着声音的渐近，宋羽涵的房门被推开了："羽涵来，介绍你认识我男朋友，姜伟杰。"

那是宋羽涵和姜伟杰的第一次见面，她还能记得那天她穿着一条深蓝色的针织连衣裙，裙子上绣了许多毛绒小球，而姜伟杰穿的是一件拉夫劳伦的卡其色风衣，他的身材很好，举手投足间显示出良好的家庭教养。

宋羽涵笑着向他伸出了手："你好，我叫宋羽涵，来自云都，你呢？"

"真是巧了，我也是云都的。"

姜伟杰的手干燥温暖，就如窗外难得一见的阳光，让人由心底暖了起来，宋羽涵突然就理解了徐薇越陷越深的原因，这冰冷潮湿的伦敦，还有能让人心头一暖的事物，实在是不易。

徐薇准备了食材，晚餐是中式麻辣火锅，三个人窝在小公寓里吃得大呼过瘾，饭后宋羽涵洗碗，徐薇和姜伟杰在客厅看电视。

从厨房的玻璃移门看出去，他们俩靠在沙发里，头挨着头窃窃私语着，似乎有说不尽的情话，那恩爱的画面，让宋羽涵突然有种寂寞孤独的感觉。

匆匆洗完碗碟，宋羽涵顾不上避讳，执意留在客厅当起了电灯泡，因为都是云都人，所以她和姜伟杰有很多共同语言，他们甚至还发现小学时两人还是校友。

宋羽涵和姜伟杰的第一次见面很开心，姜伟杰临走时，她甚至还有些依依不舍，可徐薇防备的眼神让她心中生出了一丝莫名其妙的快意，她明

Chapter 16 她早就是我们的家人

白了当初徐薇说的那些话，看着她幸福美满的样子，一些她自己都无法控制的小心思在心中慢慢滋生。

宋羽涵开始参与到徐薇和姜伟杰的生活中，两人的约会只要是在徐薇公寓，宋羽涵必定在场，因为姜伟杰和宋羽涵学的专业相同，宋羽涵经常向姜伟杰讨教一些专业知识，甚至有时候两人只顾着说话，把徐薇晾在了一边。

徐薇心生不快，特地跟宋羽涵说了这事，让她不要过多参与到她和姜伟杰的生活中，宋羽涵却呆了呆，一脸很无辜的样子，上前环住徐薇的手，将头枕着她的肩亲昵地说："你知道我没什么朋友，难得认识了你，我想跟你多待一会儿。"

徐薇无奈地说："羽涵你不能一直黏着我，该去认识新的朋友，明天姜伟杰的朋友会跟我们一起吃饭，我介绍你们认识。"

宋羽涵一下直起身，牢牢盯着徐薇的双眼，却被她几次避过。

"你是要给我介绍男朋友？"

徐薇被问得有些尴尬，最后硬着头皮点头，宋羽涵面无表情地答应了她，这让徐薇着实松了一口气。

第二天姜伟杰果然带着他的朋友出现，那是一个中英混血的帅哥名叫亨利，家在伦敦，对宋羽涵非常热情，相识的第二天便邀请宋羽涵去他家玩。

这下反倒是徐薇不安了："羽涵，你们会不会太快了？"

宋羽涵正对着镜子刷睫毛膏，听到她的话头都不抬："哪里快了？"

"你去他家做什么？"

"他说他家有好几辆限量版的自行车，邀请我去参观，他还说他会做好吃的番茄牛腩，要做给我尝尝。"

"就这么简单？"

"啪"一声，宋羽涵将手中的睫毛膏丢在化妆台上："徐薇，让我去交朋友的是你，现在说太快的也是你，你到底要我做什么？"

"我，我只是怕你会吃亏。"徐薇有些结巴，又有些理亏。

"亨利是你和姜伟杰介绍的，你们不知道他人品好不好？人品不好就介绍给我？"

"不是的，不是的，"徐薇连连摆手，"亨利人品很不错，不然我也不会让阿杰介绍给你认识，我只是怕你陷得太深了。"

"谢谢了。"宋羽涵穿上外套抓过背包就出门了。

徐薇站在门内，只能对着她的背影叹气。

放假的时候，亨利带着宋羽涵游遍了伦敦的各个角落，带她详细地认识这座城市，甚至连郊外都不放过，带着她一一去了解。

就在徐薇以为一切都会很顺利地发展下去时，情人节的时候却出事了。

那天，为了庆祝徐薇和姜伟杰结婚，四个人相约一起出去吃饭，饭后去一家热闹的PUB喝酒。

那天气氛很好，四个人都有点喝多了，唯一还算清醒的是姜伟杰，他嘱咐亨利看着宋羽涵，自己先扶着徐薇去拦出租车。

等拦了车回头，却发现原本倚着路灯柱的两人不见了，他也没多想，先跟徐薇回去了。

等他安顿好徐薇后，等了有半个多小时，宋羽涵还没有回来，姜伟杰开始不安起来，他先是打亨利的电话，关机状态，打宋羽涵的电话却没有人接。

不放心的姜伟杰决定去亨利家看看，却在路上接到了宋羽涵的电话，电话那头的宋羽涵哭得撕心裂肺，将姜伟杰吓得魂飞魄散，急匆匆赶到亨利家，就看到亨利半身赤裸，一脸愁苦地坐在床边，宋羽涵蜷缩在床上，衣衫不整，早已经哭得没了声音。

姜伟杰二话不说，上前将亨利一拳掀翻，脱下外套裹住宋羽涵就往外走，亨利没有追出来，他只低低地对宋羽涵说了句："Sorry."

姜伟杰没有将宋羽涵送回家，而是带去了酒店。姜伟杰让她躺下，要去为她倒杯热水，被宋羽涵拉住手。

"别走，别留下我一个人。"

姜伟杰在床边坐下，犹豫了许久终于问她："你跟亨利，到底怎么回事？"

宋羽涵又哭了起来，从她断断续续的描述中，他才弄明白，原来在他招出租车的时候，亨利带着宋羽涵去了邻街找车，因为不清楚宋羽涵的住址，车子将他们送到了亨利家。

亨利想对宋羽涵非礼时，宋羽涵奋力抵抗，那时她已经将电话回拨给姜伟杰，所以姜伟杰才听到电话里宋羽涵哭叫的声音。

"阿杰，还好你来了，你来救我了。"

瑟瑟发抖的宋羽涵脸色惨白，躺在深色的被子里看起来格外娇小，她小心地拉着姜伟杰的手，让他看了心中升起怜惜，还好他赶到了，还好他去得及时，否则后果真是不堪设想。

他将宋羽涵的被子紧了紧，安慰她："别想了，好好睡一觉，没事的。"

宋羽涵拉着姜伟杰的手始终不肯放开，可怜兮兮地问他："你能不能留下陪我喝点酒压压惊？"

那一晚，姜伟杰留了下来，第二天便将宋羽涵送了回去，两人颇有默契地对徐薇隐瞒了共度一晚的事，也隐瞒了亨利对宋羽涵的行为，只说因为性格不合，两人已经分手了。

没过多久，宋羽涵便搬出了她和徐薇合租的公寓。

徐薇觉得突然，可是又说不上哪儿不对劲，宋羽涵家那么有钱，直接给她买个房子才行，再跟她一起挤在这个小公寓里，确实难为她了。

宋羽涵与徐薇依然有联系，时不时在网上聊天谈心，只是没再见过面。

没过多久，徐薇的母亲突然病重。她心急如焚，跟宋羽涵说起这事时都快哭出来了。宋羽涵劝她回国看看，并且帮她订好了机票。徐薇匆忙收拾了行李回了国。

徐薇的母亲患的是很严重的贫血症，在长期缺医少药，营养不良的生活环境下，身体每况愈下，徐薇回去只来得及见到母亲的最后一面，从此

便阴阳相隔。

徐薇变卖了家中的房产还清了母亲患病欠下的债务，割舍了一切回到伦敦，却发现怎么都联系不上姜伟杰了。

手机关机，家里也找不到人，她甚至还找到了姜伟杰的学校，却始终不见姜伟杰的踪影，徐薇询问亨利是否知道姜伟杰的行踪，得到的却是支支吾吾语焉不详的回答，徐薇疑心顿起，下意识打电话给宋羽涵，也是关机状态。

一直到两天后，宋羽涵才和姜伟杰一起出现，原来是两人都认识的一个朋友要结婚了，他们结伴回云都，婚礼过后又一起回伦敦。

敏感的徐薇在打通了姜伟杰的电话后，忍了很久才没在电话里哭出来，她约了姜伟杰见面。

也就是那一天，姜伟杰和徐薇离了婚，成为了宋羽涵的男朋友。

和姜伟杰的交往中，宋羽涵才算明白了，为什么徐薇会对姜伟杰那么钟爱，他确实具备了一切优质条件，从外形到内在，都是优秀出色的，只除了一点，花心。

宋羽涵不知道他跟徐薇在一起的时候，是不是也这么花心，两人去酒吧玩的时候，总是会有陌生的姑娘来搭讪，不管是亚裔还是白种人，姜伟杰总是来者不拒，就算宋羽涵在身边，他也会跟她们打情骂俏，完全不把宋羽涵放在眼里。

为此，宋羽涵跟他闹过几次，可每次姜伟杰都说："这有什么，逢场作戏而已。"

姜伟杰的话说得很放肆又伤人，可是热恋中宋羽涵怎可能察觉到，她只是觉得伤心，原来自己的魅力还不足以让姜伟杰对她死心塌地。

两人交往没多久，远在云都的父亲将她召唤回去，当她忐忑不安地站在父亲面前时，看到的是桌上一叠偷拍的照片，画面中都是她和姜伟杰。

"爸，你找人调查我！"

"我只是担心你一个人在国外生活会不习惯，所以让人暗中盯着你，

Chapter 16　她早就是我们的家人

结果你却给我找了个男朋友!"

宋锦书一脸怒气,用手指敲敲那叠照片:"那姓姜的小子,哪里是真心喜欢你,他只是利用你,姜友忠早就想跟我们公司合作,因为我觉得他人品有问题才一直拖着没答应,没想到他们会向你下手。"

宋羽涵冷笑:"爸,你也太看得起我了,我什么时候变得跟公司一样重要了?"

宋锦书狠狠一拍桌:"宋羽涵,你说的这是什么话,我什么时候看轻过你了,从小到大,我都是把你放第一位的,你现在为了这么个臭小子质疑我?"

"我没有质疑你,我只是想告诉你,我是确确实实爱上了姜伟杰,我了解他,他绝不会因为一些公司的利益而出卖我,因为他也爱我。"

宋锦书笑了,那似乎洞悉一切的笑容让宋羽涵看了心虚:"小羽,你如果不信的话,大可以试一试,到那时你可别哭着回来找我。"

执拗的宋羽涵一仰头:"你放心,就算再苦我也不会回头找你。"

她终于从家里挣脱出来,收拾了行装义无反顾去英国寻找姜伟杰时,却在姜伟杰租住的公寓楼下遇到他,以及一名身材丰满的西班牙裔女子。

姜伟杰的手亲昵地搂着那女子的腰,在见到宋羽涵后,面无表情地说:"你的东西我已经收拾好了,一直放在公寓门口,一会儿你带走吧。"

宋羽涵不可置信地瞪着他俩:"阿杰,你怎么跟这女人一起,她是谁?"

"她是谁跟你没关系。"姜伟杰将手一挥,搂着那个女人就要绕过羽涵。

宋羽涵挡在姜伟杰面前:"什么意思?我才走了没几天你就这样,你对得起我吗?"

"对不起?我哪里对不起你了,跟你交往大半年了,你以为我乐意?要不是为了我爸的公司,我早甩了你了。"

顿了顿,他继续说:"我看到国内新闻了,你爸登报跟你断绝了父女关系,现在你和盈天城投连半毛钱的关系都没有,我还理你做什么?"

仿佛一个惊雷打在宋羽涵头顶,她被炸得眼冒金星,眼前就是自己深爱了那么久的男人,可是此时此刻,他却当着另一个女人的面羞辱她,将她像过期杂志一样扔掉了。

她还是不死心,做着垂死的挣扎,她上前抓住姜伟杰的手,哀求道:"伟杰,你不要这样,我知道你是爱我的,你不要丢下我好不好。"

她迟疑了下,说:"伟杰,我有了你的孩子。"

姜伟杰打断她:"你别诬陷我。"

听到这话,宋羽涵的心理防线彻底崩溃,她抱住姜伟杰的手臂"呜呜"地哭,却被姜伟杰厌烦地推开:"要哭你去边上,别碍着我的路。"

宋羽涵无力地蹲在路边,看着姜伟杰和那名女子一起嬉笑着进了公寓,接着就从三楼的阳台扔下来一只纸箱子,东西落得四处都是,羽涵的照片、书、已经成为碎片的杯子。

宋羽涵擦去眼泪,在路人的围观中将东西收拾好,默默离开。

抱着纸箱的宋羽涵渐渐止住了哭泣,乘上了回家的地铁,一出地铁站,她便遇见站在楼梯口的徐薇。

"那么巧,你也乘地铁吗?"宋羽涵垂眼看了看手中的纸箱,绕过徐薇就要回家,却被徐薇拦住。

"羽涵,我特地在这里等你。"

宋羽涵刚哭过的眼肿得睁不开,她抱着箱子低头看着徐薇的鞋子,是一双黑色小牛皮的小短靴,还是她陪着徐薇一起买的。

"羽涵,我怀孕了。"

地铁站口实在不是一个谈话的地方,来往的路人走过,都会看一眼站在路口的两名亚裔女子。

宋羽涵一度疑心自己听错了,她抬头不可置信地望着徐薇:"你再说一遍?"

徐薇将宋羽涵拉到路边避风处,一字一顿地重复:"我怀孕了。"

宋羽涵呆了呆,下意识地问:"谁的?"

徐薇苦笑了下,卷曲的长发被风吹散,她伸手按住发尾,看着宋羽涵不说话。

"阿杰的?"宋羽涵看了眼她的肚子。

"羽涵,我没有骗你。"

宋羽涵沉默了,抱紧箱子向她的公寓走去,徐薇亦步亦趋地跟在她身后。

到了公寓,宋羽涵将箱子放下,给自己倒了一杯水,冰凉的水从喉头灌入胃里,将她激得打了个寒战。

她放下玻璃杯,问坐在桌边的徐薇:"你跟到我家也没用,你该找姜伟杰去,我们俩刚刚已经分手了。"

"我知道。"

"那你还来找我干吗?"宋羽涵火了,将杯子重重地放在桌上,"故意来刺激我的吗?"

徐薇摇摇头,淡淡地说:"我是来求你的。"

"求我什么?"

"借我钱,让我把这孩子生下来。"

"呵,"这下宋羽涵真的笑了,"这孩子又不是我的,我为什么要借钱给你?你应该去找姜伟杰要钱,而不是来求我。"

徐薇轻轻地叹了口气,"羽涵,你是我唯一的朋友,我只能想到你。"

徐薇无助惶恐的眼神打动了宋羽涵,她在徐薇面前坐下,压下心头的不快问她:"为什么不去找姜伟杰?"

徐薇的泪突然流了下来,她摇着头,哭道:"我们完了,我不会再跟他在一起。你帮帮我好吗?"

"我不懂,真的不懂,"宋羽涵也扑过去扶着她,低叫着,"你明明还爱着他,甚至愿意为他生孩子,为什么不能跟他在一起?"

徐薇泪眼婆娑地看着同样泪流满面的宋羽涵:"他说他爱我,和我登记结婚了,可一看到你家境好,就背叛了我,和我离婚了。刚办完手续,没多久,我发现自己怀孕了。你觉得我该回头找他吗?"

宋羽涵抱着徐薇,两个人哭得肝肠寸断,又一齐在地毯上睡了过去。

第二天，宋羽涵就帮徐薇收拾了东西，搬到了宋羽涵的公寓，原先的公寓转租出去，还能赚点生活费。

最艰苦的生活开始了，宋爸爸为她一次交清了学费，就再也没给她提供过一分钱，所有的生活支出都必须她亲手赚回来。

徐薇原先打工的一家快餐店得知她怀孕后，就辞退了她，虽然拿到了一笔补偿，但是杯水车薪，宋羽涵必须负担起两个人的生活费用。

宋羽涵将自己所有的奢侈品送去二手店寄卖，分到了不少钱，扣除生产所需费用，余下的钱，两人过得也是紧巴巴的。

她们再也承担不起宋羽涵那套昂贵的公寓，只能租了一个简陋的小套房，宋羽涵拼命打工赚钱，每天都只睡四个小时，人急速消瘦下去。

很多次，她都问自己，为什么要这么辛苦，为什么要负担起一个跟她完全不相干的人，她明明可以过更好的生活，只要她回去跟父亲低头，从前那种养尊处优的日子还是可以继续。

可是她不愿意低头，不愿意承认自己的失败，更不愿听到父亲说："看吧，当初我是怎么劝你的，现在果真如此吧。"

日子过得越苦，她的心里就越坦然，起码她是在靠着自己生活，而不是按照父亲的既定轨道存在。

徐薇怀孕到了快九个月的时候，为了生产顺利，她们俩经常在饭后去附近散步，时隔那么久，宋羽涵终于能平静地说起她和姜伟杰的过往。

"徐薇，你知道吗？其实当初姜伟杰跟我分手时，为了挽留他，我曾说过自己怀孕了。"

"他信吗？"

宋羽涵笑了："怎么可能会信，我们俩从来都没发生过关系。"

徐薇愣住了："可是他当时要跟我分手的原因，就是你们俩已经……"

宋羽涵摇摇头："好几次都是我故意灌他酒，让他以为做了对不起我的事。"

"你故意的？"徐薇停住脚步，看着宋羽涵，"为什么现在才告诉我？"

宋羽涵抬起头，望向黑漆漆看不到一颗星星的夜空："只觉得该是时

Chapter 16 她早就是我们的家人

候放下这一切了，你也可以放下了吧？"

徐薇向着夜空微微一笑，低低地说："你真的放得下吗？"

"你说什么？"宋羽涵没留意听她的话。

只见徐薇抱着肚子弯下了腰，大声说："我说，我肚子痛，好像要生了。"

"天！"

宋羽涵惊叫一声，手忙脚乱地扶起徐薇往家里走去，一边打电话叫救护车，一边冲上楼拿待产包。

救护车很快就到了，徐薇已经疼得说不出话，任由医生抬上担架，宋羽涵紧张得满头是汗，握着徐薇的手不肯松开。

"别紧张，羽涵，你捏疼我了。"

徐薇的脸色惨白，隔着氧气面罩，她还是向宋羽涵露出笑容，汗湿的头发贴在她耳际，她一定是疼得很，却始终不肯哼一声。

"别怕，很快就到医院了，没事的。"宋羽涵为她拭去额头的汗水，安慰她。

徐薇将氧气面罩拉下，忍着痛楚说："羽涵，我要你答应我一件事，不论如何，一定要帮我把孩子生下来，万一我不行了，求你别扔下孩子，帮我养大他。"

"别胡说，你不会有事的，等你把孩子生下来，我就回去向我爸爸认错，到时候我们一起养孩子，好不好。"

徐薇点点头，断断续续地说："记得，一定要保孩子，就算舍弃我也要让孩子平安。"

"医生，还没到医院吗？"宋羽涵急切地询问医生，徐薇疼得开始说胡话了，可是医院却还没到。

一到医院，徐薇被推进了急诊室，宋羽涵被拉去填了一堆的表格，等她晕头转向地找到急诊室，徐薇还没有出来。

医生出来跟宋羽涵哇啦哇啦说了一通话，带着伦敦腔的英文让宋羽涵听得越发心慌，好不容易抓住医生说的重点，却让她惊得六神无主，医生

说，徐薇难产，可能会有生命危险，让她做好心理准备。

她想到了徐薇在救护车上说的那些话，就这样站在急诊室外哭了起来。

宋羽涵拿出手机，直觉要给姜伟杰打电话，听筒里却机械地重复着，机主已关机，她不知道还能找谁，只能一个人握住手机，无助地站在急诊室外哭泣。

等那名棕发医生再次出来时，带给宋羽涵的却是个噩耗，徐薇因为产后大出血抢救无效死亡了，孩子救了过来，是名健康的女婴。

说到这里，宋羽涵顿住了，她望向关昕的眼中充满了疲惫和无力："后面的事，你应该都清楚，我一个人带着孩子回国，告诉爸妈这是我的女儿，一直将菲菲养到现在。"

关昕脸上的震惊依然没有退去："你的意思是说，菲菲不是你的女儿，而是姜伟杰和别的女人生的？"

见宋羽涵点头，他继续问："是不是你瞒住了所有的人，包括你的父母？"

宋羽涵继续点头。

"天！"关昕感叹，"宋羽涵，你连自己的父母都骗。"

"我没有办法，我怕我爸妈知道真相后，让我把孩子送给姜伟杰，这样我的计划都泡汤了。"

"你收养菲菲，就是为了你自己的复仇计划？"

关昕不可置信地看着她，突然觉得面前的宋羽涵很陌生，他以为他们两人感情已经很深，不该有任何隐瞒的事，却没想到宋羽涵连他都瞒着。

"我承认一开始是为了报复姜伟杰，可是后来我才发现，我是真正喜欢菲菲，把她当成自己的孩子，而且这也是徐薇临死前的托付。"

"你现在为什么又说出来？"关昕站起身到窗边去透气，眼睛却看向病房的那扇门，害怕菲菲突然从门里走出来，听到这些耸人听闻的过往。

"医生刚刚来说，菲菲的病情也许跟遗传也有关系，需要亲属做血液检测，一旦做血检，我和菲菲的血型不匹配，我不是她生母的事也许会瞒不住，所以我想先告诉你，让你有个心理准备。"

关昕摇头苦笑："这件事太令人震惊了，我完全没准备好。"

宋羽涵沉默不语，关昕接着说："姜伟杰现在正在起诉你，要取消你对菲菲的抚养权，如果知道这件事，他会不会让你彻底见不到菲菲？"

"我不知道，我现在乱得很，一点头绪都没有。"

"当务之急是菲菲的伤势，"关昕皱眉沉吟，"血液检查是必须的，我来想想办法，能不能不让姜伟杰看到你的血检报告。"

"好。"

"但是这件事，你必须跟你父母立刻坦白，我想他们那么爱菲菲，应该会很快就原谅你的。"

"那你呢？你原谅我了吗？"宋羽涵可怜巴巴地望着关昕，让关昕心一软。

他长长地叹了口气："羽涵，我说过，不管你做什么我都会支持你，你做任何事我都不会生气。"

"关昕。"宋羽涵上前环住他肩头，将脸埋在他的胸前，感觉一颗悬着的心终于安放下来。

"羽涵，你在吗？"

门外传来宋爸爸的声音，宋羽涵急忙去开门。宋爸爸拥着宋妈妈进了门，宋妈妈放下手中的保温壶便到里间去看菲菲，关昕看到这个情况，叮嘱了一声便起身去找医生询问菲菲病情。

宋羽涵明白，他是将空间留给他们俩，让宋羽涵向宋爸爸坦白真相。

她清了清喉咙："爸，其实有件事我必须要告诉你。"

宋爸爸一挑眉："说。"

宋羽涵咽了口唾沫："其实，菲菲并不是我亲生的，我没生过孩子，她只是我的一个朋友和姜伟杰的孩子。"

宋爸爸一副波澜不惊的样子："我等你这句坦白，已经等了六年。"

这下轮到宋羽涵惊呆了："爸，你的意思是，你从一开始就知道了？"

宋爸爸点头:"当初你一个人跑回了英国,我找人跟踪过你,看着你跟姜伟杰分手,看着你和那个叫徐薇的姑娘一起生活,也知道菲菲就是那个姑娘的孩子。"

宋羽涵说不出话来,只呆愣地坐着,看着自己苍白无力的手。

"如果不是你今天坦白这件事,我还会继续装不知道,在我看来,你就是菲菲的亲妈妈,菲菲已经是我们家的一份子,我不想她被别人带走。"

"爸,可她终究不是我的孩子。"

"你如果愿意的话,可以带着菲菲去国外生活,远离这里的是是非非,重新开始。"

"爸。"宋羽涵哽噎着,感激地望着自己的父亲说不出话来,直到现在她才彻底明白,关键时刻家人的支持和帮助是最温暖人心的。

Chapter 17
凭什么你要我就必须给

第二天，宋羽涵和姜伟杰就去做了血液检查，在等待检查结果的时间里，宋羽涵找到姜伟杰，要求跟他签一份协议。

宋羽涵将连夜写好的协议放到姜伟杰面前："这是一份承诺放弃菲菲抚养权的协议书，若你能立刻撤诉，并就此放弃菲菲的抚养权，我可以将'友杰建设'的股份转让给你。"说着，她拿出一份'友杰建设'的股权转让协议让姜伟杰过目，"这份协议，必须用你手里的那份承诺书来换，你答应吗？"

姜伟杰点点头，二话不说在那份放弃抚养权的协议上签了字，宋羽涵满意地接过，将手里的股份转让协议交给姜伟杰。

"从此以后，宋汐菲的一切都和你没关系了。"

姜伟杰迟疑道："我可以不定期去看她吗？"

宋羽涵斜他一眼："你可以先给我打电话。"

姜伟杰闭了闭眼，再睁开时已经没有先前的无奈和不甘，他向宋羽涵点点头，转身离开了。

宋羽涵捏着那份协议书，心里还是忐忑不安，她不知道这份协议到底能不能将菲菲留住，更不知道她和姜伟杰的血检对菲菲是不是有用。

很快血液检查的结果出来了，从宋羽涵和姜伟杰的血检报告来看，基本排除了菲菲的病是遗传的因素，所以针对菲菲的病因，医生又开始了新

一轮的诊断。

菲菲在迅速地消瘦下去，伤口虽然在慢慢长好，但是她变得更加安静不愿说话，自闭的倾向比之前更为严重。

宋羽涵心急如焚，却束手无策，连医生都没有有效的办法，只能嘱咐宋羽涵和家人多和菲菲说话，陪她一起玩游戏，看书。

关昕每天都在医院陪着菲菲，考试也不准备了，"环龙"的一切事务都交给了欧阳昊五，他和宋羽涵的婚事就此搁置下来，两家人都没有心情在这个时候提结婚的事。

这天宋羽涵不在，关昕在病房陪着菲菲，和她一起下跳棋玩，突然姜伟杰像疯了一样冲进病房，将他们吓了一跳。

"关昕，宋羽涵在哪儿，你让她出来见我。"

关昕稳住菲菲的情绪，悄悄按了护士铃："羽涵去公司了，不在这里，你要找她的话去公司好了。"

姜伟杰摇头，盯着病床上的菲菲看了许久，突然上前将菲菲抱住："孩子，爸爸要带你走。"

菲菲被他吓哭了，使劲往关昕怀里钻。

关昕将姜伟杰拉开，怒道："姜伟杰，你要做什么？你吓着菲菲了，她的伤还没好。"

"我要带她走，她是我的女儿，你们管不着。"

关昕拦住他，皱眉提醒道："姜伟杰，你签过协议了。"

"那协议不算。"姜伟杰指着菲菲质问道，"菲菲是我一个人的女儿，跟宋羽涵没有关系，凭什么女儿要给她？她瞒了我那么久，到底是什么目的？"

姜伟杰直愣愣地杵在关昕面前，理直气壮地要去抱菲菲，关昕被他唬住了，一愣神就被他抱起了菲菲，菲菲吓得尖叫起来。

医生和护士赶到，看到这个情形都扑过来拉住姜伟杰，让他把菲菲放下，姜伟杰却怎么都不肯松手，场面一时混乱不堪。

"都放手！"愤怒的声音盖过了病房里其他的声音，宋羽涵一脸怒容地走进来。

"姜伟杰,你如果想菲菲死的话,大可以把她抱走试试。"

姜伟杰被宋羽涵的气势吓到,抱着菲菲僵在原地。医生护士眼疾手快,将菲菲放了下来。关昕将她轻柔地圈在怀里,小心地安抚,护士重新扎针打点滴,医生给她浑身检查一遍,一番忙碌后又都退了出去。

宋羽涵拉起姜伟杰就往外走,到了外面的会客室将门关严实后,反身给了姜伟杰一巴掌。

姜伟杰捂着脸瞪着她,本想举手反击,忍了许久后终于又把手放下了。

"姜伟杰,你有没有脑子!"宋羽涵压低了声音怒骂,全力压制着自己的怒气。

"菲菲病成这样,你居然还这么闹腾,万一她有个闪失怎么办?"

"你为什么不告诉我?"姜伟杰也克制着自己的愤怒,在沙发前走来走去,"菲菲明明不是你生的,你为什么要跟我争抚养权?她到底是谁生的?"

"你自己的女儿,你都不知道母亲是谁?我为什么要告诉你?"

宋羽涵在沙发上坐下,看着他的眼神冰冷无情:"是不是你交往过的女人太多了,你也想不起谁会给你生孩子吧?"

姜伟杰颓丧地跌坐在沙发另一端,双目无神地看着宋羽涵:"是徐薇对不对?"

"是啊,你在脚踏两条船的时候,就没有想过会有这样的后果吗?"

"我去找过她,可是她已经不住在那里了,去学校找她才知道她休学了,"姜伟杰突然热切地看着宋羽涵,"她在哪儿?徐薇在哪儿?"

"公墓。"

姜伟杰的脸霎时变得惨白:"她在那里上班,还是?"

宋羽涵冷笑了声,取出手机,翻出一张照片给他看,照片上是一块黑色大理石的墓碑,碑上有白色漆写的字:挚友徐薇之墓,立碑人是宋羽涵。

姜伟杰双眼通红，身体微微地发抖，他低下头缓缓将脸埋进手掌，捂住嘴哭了起来，呜咽声哀恸压抑，让宋羽涵心里也一片酸楚。

可是想起当初她和徐薇所受的苦，她又恶狠狠地对姜伟杰说："你现在哭有什么意思？当初她大着肚子受苦的时候你在哪里？但凡你再上心些，找得细致些，不至于找不到她吧？"

"她是怎么……"

"生菲菲的时候难产过世的。"

姜伟杰渐渐止住哭泣，宋羽涵丢给他一张纸巾擦脸，姜伟杰盯着纸巾看了半天才反应过来是用来擦眼泪的。

宋羽涵微微摇头，她现在怎么也想不明白，当初她是怎么喜欢上姜伟杰的，也许真的是因为太寂寞了。

看他将脸擦干净，情绪也慢慢平稳下来，宋羽涵缓缓地说："徐薇过世前将菲菲托付给了我，她并不想你知道菲菲的存在，她只想一个人带着菲菲长大，我想在她心里应该还没有原谅你。"

姜伟杰吸吸鼻子，带着浓重的鼻音说："既然菲菲跟你没有血缘关系，那我们之前签的协议就无效了，她是我和徐薇的女儿，我必须带她走。"

"你考虑清楚了，协议的代价是'友杰建设'，你要菲菲的话，'友杰'就归我了。"宋羽涵靠进沙发背，气定神闲，"当初签那份股份转让协议时，我添加了一个附加条款，就是那份抚养权协议生效，转让协议才有效，否则协议作废。"

"你，"姜伟杰愣住，他刚下飞机就听到宋羽涵不是菲菲亲生母亲的消息，一时冲动就跑来医院找宋羽涵对质，可是他完全没想好对质后该怎么办，菲菲的抚养问题和现阶段的治疗，都是他必须考虑的事。

"我要菲菲，但我更要'友杰建设'。"

"姜伟杰，这世上的事哪有那么容易？凭什么你要，我就必须给？"宋羽涵冷冷地看着他，"菲菲的抚养权我不会放弃，如果你硬要跟我抢，那'友杰'我也不会让，我给你时间考虑，希望你想清楚了再来找我。"

姜伟杰瞪着宋羽涵许久,明白自己从她这里讨不到一点好处,终于站起身:"菲菲和'友杰'我都不会放弃。"扔下这句话,他头也不回地出了病房。

宋羽涵深呼吸几下,揉了揉自己的脸,这才微笑着推开内室的房门。

病床上,菲菲靠在关昕的怀里已经睡着,睡梦中也依然拉紧关昕的手不肯放开。

见宋羽涵进来,关昕将菲菲在床上安顿好,和她一起走到窗边。

窗外是一个宁静的小花园,迷蒙的春雨将园里的一草一木洗得干净发亮,春天的气息也一点点显露出来。

宋羽涵一手撑着下巴,手肘搁在窗台上,望着窗外的细雨许久,长叹一声:"关昕,我该怎么办?"

关昕伸手将她拥进怀里,"如果觉得累了就放手吧,把菲菲和'友杰建设'都还给姜伟杰,在一切还没有弄僵之前,我们可以跟姜伟杰谈谈,让他允许我们一直陪着菲菲,直到她的病好,以后也能不时地去探望她,你觉得怎么样?"

"当然不行,"宋羽涵直起身体,望着关昕微微皱眉,"菲菲一定不能给姜伟杰,这是徐薇托付给我的,是我一个人的孩子,我承诺他用'友杰建设'来换菲菲,已经是很大的让步了。"

关昕叹口气:"可是姜伟杰是菲菲的父亲。"

"那又怎么样?我养了菲菲六年!"

眼见着宋羽涵又激动起来,关昕忙上前一把抱住她,"好好,我们先不讨论这个,当务之急是给菲菲治病。"

宋羽涵安静下来,双眉却皱得更紧:"下个星期我想带她去美国一趟,做个全面的检查。"

关昕点头:"也好,换个环境,也许菲菲的情况会好转一些。"他回头看了眼熟睡中的菲菲,担忧道,"我现在担心的不是她身体上的疾病,而是她的心理。"

宋羽涵叹口气:"你之前的努力都白费了,想想就觉得对不起你。"

"别傻了，"关昕揉揉她的发，温柔地笑道，"只要菲菲没事，我都不介意。"

宋羽涵伸手环住关昕的腰，靠在他身上汲取他的温暖，鼻端熟悉的气息让她安心，只要有他陪在身边，什么都不必担心。

宋羽涵动作很快，联系好了美国的医生，等菲菲的伤养得差不多了，便陪着菲菲一起飞到了美国做检查，检查的结果喜忧参半，她的病没有特效药，目前只有靠药物控制，再加上疗养，只要按时遵照医生嘱咐吃药，她的病是会慢慢好的。

宋羽涵略略松了口气，带着菲菲回到云都，西医的治疗已经告一段落了，宋羽涵通过关系找了一位看血液病颇为有名的中医，给菲菲开了很多中药吃，用中药来控制她的病情。

迎接宋羽涵的除了关昕，还有一份法院的传票。

姜伟杰果真将宋羽涵重新告上了法庭，要求法院通过亲子鉴定，来决定菲菲的抚养权，并且剥夺宋羽涵对菲菲的探视权利。

宋羽涵的起诉书在三天后送达法庭，她告姜伟杰遗弃罪，六年内没有探视过宋汐菲，要求法院剥夺他的抚养权，并要姜伟杰支付六年内宋汐菲的抚养费，共计六百万。

这件事在云都已经闹得沸沸扬扬，菲菲的照片甚至也被搜索了出来。

菲菲的照片就这么毫无掩饰地暴露在公众之下，很多照片甚至都没有打马赛克，关昕对此非常头疼，因为这件事对菲菲的影响是最大的，虽然她现在在宋家的别墅疗养，远离尘世，但是总有一天她会踏入社会，这些负面的消息会吓到她的。

派出的公关人员在努力稳定着媒体和公众的情绪，试图将菲菲的曝光率降到最低，但是爆照片的人就像雨后的春笋，不断冒出来，甚至还有人贴上了已经绝迹的，很久前宋羽涵被打的视频，那里面菲菲的小脸清晰无比，也没有打马赛克。

关昕只好像只鸵鸟一般，在别墅陪着菲菲安静地生活，捂起耳朵，遮住眼睛不去看不去听，假装那些伤害都不存在。

Chapter 17　凭什么你要我就必须给

姜友忠也回到了云都，在家里静养。他支持姜伟杰夺回宋汐菲的抚养权，甚至宣称"友杰建设"可以放弃，但是孩子不能放弃。

这一转变让姜伟杰有些不适应，之前父亲中风时，还叮嘱过他，无论付出什么代价，都要把"友杰建设"夺回来。

姜伟杰站在房门口，看着正在喝中药的姜友忠，脑子里突然闪过小时候的画面，那时候他才刚刚上小学，有一次从学校回来就发烧，又拉又吐的，去医院检查后确诊是急性肠胃炎。

那时候"友杰建设"才刚刚起步，父亲全身心都扑在公司，时常吃住都在公司。他生病的时候，父亲已经在公司住了一个月了，听到他生病的消息，父亲急忙乘车赶去医院，在观察室里看到正在打吊针的姜伟杰，却什么都没多说，只是摸摸他的头，叮嘱了母亲几句，又急匆匆地回公司了。

那时候的姜伟杰对父亲充满了怨恨，觉得自己还不如一个公司重要，直到他在"友杰建设"工作了这么多年，他才渐渐体会到父亲的用心，"友杰建设"是他的另一个孩子，一个比他更脆弱更需要人扶持保护的孩子。

可现在，他却愿意为了那个素未谋面的孙女，而放弃自己一手建立起来的王国，这样的决定对他来说，有点太过残忍了。

他走到父亲床边，微微叹了口气："爸。"

余下的话都哽咽在喉咙里，什么都说不出口。

姜友忠搁下药碗，拍了拍姜伟杰的手臂："上庭的准备都做好了吧？到时候我和你妈妈就不陪你去了，我们在家等着你的消息。"

姜伟杰双眼睁得通红，努力不让自己的眼泪流下来："爸，对不起，我不知道会这样。"

"我没有怪你，"姜友忠也叹了口气，"不知道是不是前半生做了太多的错事，后半生老天来惩罚我，不光病了这一场，连最重要的公司也要转手他人。那个孩子，也许是上天赐给我们姜家的礼物，在我失去了那些名

利财之后，让我意识到，钱财都是过眼云烟，只有你们一直陪在我身边，才是最重要的，我这身子估计也没几年好活了，还好在有生之年还能看到第三代，也算知足了。"

姜友忠的一番话，让姜妈妈也频频拭泪，姜友忠伸手握住了她的手，满含深情地说："我这辈子，最对不起的人就是你妈妈，年轻时让她跟着我吃那么多苦，到老了也没过上几天舒心的日子。"

"别说了，你好好躺下休息一会儿吧。"姜妈妈帮他放好枕头，让他躺了下来，也许是喝的药发挥了药性，姜友忠一会儿就睡着了。

姜伟杰辞别了母亲，回到自己的住处，任爱蓓已经做好了午餐正在等他。

姜伟杰坐到任爱蓓面前，看着她娇美的容颜，似乎看到了徐薇的影子，她们都有圆而有神的大眼，又细又弯的眉毛，微微上扬的唇角，两人的五官看着竟有几分相似。

他微一皱眉，深吸了口气，对任爱蓓说："等我取得了菲菲的监护权，我们一家可能会移民国外。"

"那我一会儿就搬回自己家去。"

"不不，我不是这个意思。"

"别说了，阿杰我们分手吧。"任爱蓓望着他双眼，眼中没有任何情感，她淡淡地说，"在你对我说要移民的时候，其实已经做了决定，不是吗？你的未来从来就没有我。"

被说中心思的姜伟杰僵坐着，说不出话来，一直以来，任爱蓓对他来说都是可有可无的，既不是特别喜欢也不是特别讨厌，所以当父亲说出要移民打算的时候，他也没有考虑过要带她一起走。

确实，他从来没有想过他的未来会有她。

"对不起。"

一句道歉的话，终于让任爱蓓淡然的脸上有了点动容的表情："阿杰，你变了。"

"以前的你，怎么可能会说'对不起'这三个字，你从来都是肆意妄为，不听别人解释的，没想到临分手，我还能听到你说这句话。"

任爱蓓盛了一碗饭递给他："快吃饭吧，也许这是我最后一次做饭给你吃了。"

尽管在父母那里已经吃过饭，姜伟杰还是将那碗米饭吃了下去，刚搁下碗筷，任爱蓓就拖着一只行李箱走了出来。

"你不用那么着急走，这里你可以继续住。"

任爱蓓摆手拒绝了他的好意，望着姜伟杰许久，眼底闪过淡淡的疲惫："我只想告诉你，不管别人怎么认为，不管你怎么看我，我是真的爱你，以前是，现在是，也许以后也会一直爱下去。"

她的话还淡淡地飘散在空气中，人却已经轻轻地开门出去，也走出了姜伟杰的生命。

姜伟杰重重地躺倒在床上，脑子里一片空白，他强迫自己睡着，强迫自己乱成一团的大脑好好休息，以应付第二天的开庭。

第二天的庭审主要是审理宋羽涵诉姜伟杰遗弃罪，宋羽涵并没有出庭，只是委托她的代理律师到场，因为这个案件比较特殊，法院本着协调为主的原则，将当事双方请到了调解室，想看看双方到底能不能调解。

姜伟杰看了眼宋羽涵的代理律师，扔下四个字"毫无诚意"转身就走。

代理律师打电话给宋羽涵的时候，她正和关昕一起陪着菲菲吃饭，听到律师的话，宋羽涵只冷哼一声："随他去，我就是要让他调解不成，直接让法院判好了，我要让世人都知道，姜伟杰是一个抛弃妻子，毫无良心的人。"

她的话让关昕皱了眉，他看了眼身边不说话的菲菲，安静地等宋羽涵挂断电话。

他将宋羽涵拉至餐厅门边，小声地说："以后你接这些电话能不能不要当着菲菲的面说？"

"为什么？"宋羽涵挑了挑眉。

"菲菲虽然不说话,却不代表她听不懂。"

"好吧,"宋羽涵点头,"那我以后不当着菲菲的面说,这总可以了吧?"

关昕迟疑着,拉着宋羽涵的手不让她离开。

"怎么了?吞吞吐吐的不像你啊。"

关昕看着两人交握的双手,突然说:"羽涵,收手吧。"

宋羽涵怔住:"你什么意思?"

"菲菲还小,难道你想让菲菲以后都生活在这件事的阴影里?"

宋羽涵斜看了他一眼:"你觉得我做的一切会让菲菲以后都抬不起头?"

"不是抬不起头,是整件事对她的影响太大了,你没看到网上对菲菲的人肉搜索吗?那一张张照片,让人一眼就认出来了,她又不是公众人物,为什么要把她曝光到所有人面前?"

关昕越说越激动,音调也渐渐高起来,其实这番话,他最想质问的是网上那些毫无顾忌将菲菲曝光的人,是专业狗仔也好,普通网民也罢,这事跟他们毫无关系,他们如此随意地将一个六岁孩子的照片曝光到网上,从来都不会考虑一下孩子和家人的感受,这么做的目的到底是什么?

宋羽涵不说话了,她知道关昕是一个很注重隐私的人,也是一个很重视家庭的人,他现在会这么说,是因为他的底线被触动了。

"你说过,无论我做什么决定你都会支持我。"

关昕摇头:"这一切的前提都是不伤害菲菲,她还那么小。"

宋羽涵也皱了眉:"我也没想到会变成现在这样,我的心里也不好受。"

"那就放手吧。"关昕急切地握住宋羽涵的手,眼底的期待让她看了不忍,"我们跟姜伟杰协商,让菲菲过回平静的生活,这样对她的病也有帮助。"

宋羽涵不说话,最终还是摇头:"关昕,你不明白,姜家的人不像你想的那么善良,如果我放手,把菲菲还给他们,我就再也见不到她了。"

关昕看着宋羽涵良久，轻轻叹了口气，转身要走。

宋羽涵上前从后面抱住他的腰，贴着他宽厚的背，脸颊感受着他的体温："关昕，我答应你，等这事过了，我们就带菲菲去国外，让她在没有人认识的环境中重新开始。"

关昕任由她抱着，心头也软了下来，法院的判决还没有下来，菲菲未必就会判给她，羽涵把这一切都想得太美好了，关昕张了张嘴却最终没有说出口。

法院下达了几次调解通知，宋羽涵都没有到场，也就是说，她消极地抵触着法院的调解，终于等来了法院的判决：宋汐菲的抚养权归姜伟杰所有，判定姜伟杰补偿给宋羽涵赡养费一百万。

接到电话的那一刻，宋羽涵简直不能相信，自己期待了那么久的结果居然是这样的，她不能接受，她看了眼安静靠在床上看书的菲菲，一个念头顿起。

"菲菲，妈妈带你出去玩好不好？"

菲菲抬头，只疑惑地看着她却并不说话。

宋羽涵坐到床边，伸手抚摸着菲菲细嫩的小脸，心中的怜惜和不舍战胜了一切，她轻轻抱起菲菲，心中又是一酸，菲菲自生病以来瘦了不少，原本肉嘟嘟的小身体，抱起来轻飘飘的。

趁着关昕不在，宋羽涵将菲菲抱上车，将车开出了自家的别墅。

春天的气息越来越浓，暖融融的阳光照的人昏昏欲睡，菲菲蜷缩在车座上，歪头看着窗外的景色，绿色的植物越来越多，万物复苏，一派樱红柳绿的景象。

"妈妈，我们去哪里玩？"

菲菲总算有了一点兴致，脸上的表情也生动起来，大眼珠黑得发亮。

宋羽涵挤出一点笑容："妈妈带你去看桃花好不好，菲菲不是最喜欢吃桃子吗？"

菲菲甜甜一笑："桃花是什么颜色的？"

"桃花有好多颜色，白色的，粉红的，还有大红的。"

"错了，桃花没有大红的。"菲菲狡黠一笑，"妈妈说错了。"

"你知道了还问我啊。"

"我就是想考考你知不知道。"

"菲菲知道桃花谢了之后树上会结什么果子呢？"

"我当然知道啦，"菲菲得意地说，"是我最喜欢吃的桃子。"

菲菲幼稚的语调，像一道软软的巴掌，打在宋羽涵的心上，让她心里酸疼不已，宋羽涵眼眶一红，加速将车子开上了高速。

"菲菲，还有一段路呢，你先睡一下好不好。"

菲菲嗯了一声，听话地爬去后座躺下，拉开小被子和小枕头，很快睡了过去。

宋羽涵不敢开得太快，一路上还要注意着路牌，很快在一个路口下了高速。

这是云都附近的一个小镇，名唤桃源，以盛产桃花和桃子出名，"盈天城投"在多年前曾经参与过小镇的开发和建设，宋羽涵便以私人名义在那里买了一幢两层的小楼，样式简单户型也不大，这么多年一直空置着。

她必须带着菲菲躲起来，躲开姜伟杰，躲开法院的人，躲开世人的耳目。

宋羽涵将车子看到小楼门前的空地上，看看左右的房子，这几年桃源镇的桃花林远近驰名，当地的很多村民将自家的小楼开辟出来，办了农家乐，原本二层的加盖成了三层四层，原本她的房子在当地还算气派，现在夹杂在一片片小高楼里，看上去格外矮小。

现在这个季节，桃花才刚刚开放，再加上非周末，来农家乐的人并不多，没有旺季时的嘈杂，正适合菲菲休养，也是宋羽涵带她来此的原因，这处房产没有人知道，连她父母都不清楚。

从房子建造完成起，宋羽涵便请了一对老实的夫妻帮她看房子，几年下来屋子依旧整洁如新，一早便得到消息的沈阿姨已经在门口等她了，看她下车，忙帮着她把菲菲抱进屋，直接上了二楼卧室。

"宋小姐,一路辛苦了吧,要不要吃点什么?"沈师傅从厨房出来,脸上堆满了朴素的笑。

当年,他儿子跑运输出了车祸,酒后驾车撞死了一名开电动车的人,自己也在车祸中丧生,可怜沈师傅中年丧子,不光一分钱赔偿拿不到,还要赔偿那名死者家属。沈师傅将家里的房子卖了,桃林也卖了,夫妻俩正无家可归的时候遇到了宋羽涵。

那时宋羽涵正找人照料房子,有人介绍了沈师傅夫妻,宋羽涵见两人都很敦厚老实,便请他们帮忙至今,果然没有看错。

宋羽涵疲惫地摆摆手:"沈师傅,您别忙了,我和菲菲一起睡一会儿,到晚饭再下来吃。"

朝南的大房间被沈阿姨收拾得干干净净,大飘窗里透出的阳光直接照到床上,菲菲就睡在暖融融的阳光里,已经醒了却懒懒地不肯睁开眼。

见到宋羽涵,沈阿姨微微一笑便退了出去。

宋羽涵躺到菲菲身边,轻轻地搂住她,小心避开她的伤口,虽然伤口养得非常好,但还是在菲菲的小肚子上留下了一道疤痕。

宋羽涵躺着不动,听到背包里的手机又在振动,却始终不愿去看。

一路行来,手机已经响了很多次,宋羽涵一个都没有接,直接将手机调到了振动,她知道所有人找她只有一个目的,那就是菲菲,可是她不想把菲菲交给他们,最起码现在不想。

她取来手机,毫不意外地看到一串的未接来电,其中关昕的名字最多。

关昕的短信更是一条接一条,问她在哪儿,问她要干什么,最后更是惶恐地说:"羽涵,千万别做傻事。"

宋羽涵扔掉手机,又躺回菲菲身边,静静地看着日光一点点移动,从床中央一直到床尾。直到沈阿姨上来叫他们吃晚饭,宋羽涵才反应过来,她居然就这么抱着菲菲睡了一下午。

农家的饭菜朴实简单,一个炒鸡蛋,一个土豆青椒,还有一条红烧的鳊鱼和一大锅土鸡汤,四个人安安静静地吃着饭,菲菲的胃口也似乎特别

好，不光吃光了碗里的饭，还喝了一大碗鸡汤。

饭后沈阿姨洗碗，沈师傅陪着宋羽涵和菲菲一起去附近散步。

小楼后面就有一大片的桃林，桃花还没有完全盛开，暮色中的桃花影影绰绰，暗中透着粉红，朦朦胧胧的，景致无双。

沈师傅在前面走着，回头不好意思地对宋羽涵说："这些年，你给我们的钱不少，我们两个人也用不完，所以去年我用剩下的钱承包了一亩桃林，一年下来收成还不错，你们要是多住些日子，就能吃到我种的桃子了。"

宋羽涵想到了去年夏天，沈师傅请人带给她的桃子，个个又大又饱满，菲菲吃得汁水横流。

"伯伯，原来我吃的桃子是你种的呀。"菲菲牵着宋羽涵的手，有些崇拜地看着沈师傅。

沈师傅乐呵呵地笑着，"是啊，菲菲今年还要吃吗？"

"要，要。"菲菲连连点头，"我最喜欢吃桃子了。"

"那今年伯伯再种给你吃。"

被桃子收买的菲菲，很快跟沈师傅两口子热络起来，每天跟着沈阿姨去喂鸡、喂兔子，跟沈师傅去桃林转一圈，顺便钓两条鱼，小脸晒黑了不少，身体也在一点点好起来。

宋羽涵每天都在数着日子，在被找到前的这些日子，每天都像是偷来的，她已经不知道自己到底在执着什么，只是固执地想要跟菲菲一起，做一个母亲该做的一切，在菲菲的记忆力留下永不磨灭的影子。

该来的总是会来的，她却没想到来得那么快，两个星期后，关昕开着他新买的车找了过来，当他下车的一刹那，菲菲欢快地扑了上去，抱住了他的腿。

关昕一把将菲菲抱起，紧搂在怀里："菲菲，你的伤口还疼吗？"

"我很好，不疼呀。"短短两个星期，让菲菲发生了很大变化，黑了瘦了，可是也壮实了许多，她的性格也开朗了，不再忧郁自闭，每天都咯咯地笑个不停。

关昕很意外，抱着菲菲看向宋羽涵："你，没带着菲菲……"

"做傻事？"宋羽涵截住他的话，扯了扯嘴角，"你觉得我像是这样的人吗？"

"当然不是。"关昕被菲菲的好心情感染，笑得开怀，只看到他白白的牙齿，和唇边的两个梨窝。

宋羽涵望着他俊美的笑容，被他找到的不快也消失殆尽了："关昕，你是来陪我们的吗？"

关昕脸上的笑犹豫了下，随后点点头："是啊，前两天有人来这里农家乐，看见了你的车子，我想你带菲菲来这里玩，怎么能不带上我呢，所以就赶过来了。"

他闭口不提要带菲菲回去的事，宋羽涵也没有拆穿他，反而带着他往楼上去，打开向南的另一个房间："你住这间吧。"

关昕将菲菲放下，将窗户打开："乡下的空气真好，真想一辈子住在这里。"

菲菲开心地说："那关叔叔就跟我们一起住下，等着吃桃子吧。"

说罢，她一个转身跑了出去，"我该跟沈伯伯去钓鱼啦，关叔叔再见。"

看着菲菲健康的模样，他的心总算放了下来："她每天有固定活动？"

"嗯，上午喂鸡、喂兔子，下午钓鱼，每天都这样。"

宋羽涵的唇边始终挂着浅浅的笑容，让关昕心中一动，他上前缓缓抱住宋羽涵，伸手抚摸着她的脸颊："羽涵，你变了很多。"

宋羽涵不说话，关昕继续说："以前你看菲菲的眼神，从来不会像现在这么轻柔，你现在的脸上写满了母爱。"

宋羽涵轻笑一声："关昕，你还爱我吗？"

关昕直起身，低头看着怀中的宋羽涵："怎么了？"

"你如果还爱我，就安心陪我在这里住下，别提任何我不想听的事，好吗？"

关昕迟疑许久，终于点点头，宋羽涵在心中暗暗叹息一声，等她可以

很平和说起败诉的那一天,也许就是菲菲要离开的时刻。

春天的傍晚,日头西沉的越来越晚,晚饭后的时候,楼前的空地还很明亮,关昕陪着菲菲一起打幼儿网球,这一大一小的欢快笑声,甚至还引来了相邻来农家乐的人,快乐的气氛一时传染到四周,大家都开心地望着两人。

宋羽涵站在门内望着他们,眼泪无声无息地滑过脸庞,这样快乐的日子不知道还有多久,一想到菲菲要离开,她的心如刀绞,明明菲菲就在面前,她却只能隐在暗处默默地流泪,什么都做不了。

第二天一早,关昕就来找菲菲,一开门看到宋羽涵还抱着菲菲睡得正香,笑道:"大猪小猪起床了,太阳晒屁股了。"

菲菲骨碌一个翻身就爬了起来,穿着睡衣一把搂住关昕的脖子:"关叔叔没敲门,不能进女生的房间。"

关昕一把抱住她,坐到宋羽涵面前:"起床吧,我们去镇子周边转转,你们老是闷在这个地方,不觉得厌烦么?"

睡眠被打扰,宋羽涵有些烦心:"不去不去,在这儿挺好的,我不想出去。"

"我要去,"菲菲从关昕怀里跳起来,扑到宋羽涵面前,"妈妈起床吧,我们出去玩。"

"不想去,"宋羽涵想都不想就拒绝。

关昕想了想说:"要不你继续睡觉,我带菲菲去玩,等你起来我们差不多也该回来了。"

宋羽涵迟疑了下,向他挥挥手答应了。

菲菲欢呼一声,自己找出想穿的衣服,让关昕帮她穿戴整齐,还凑到床边亲了下宋羽涵的脸:"妈妈乖乖睡觉,我和关叔叔走了。"说完便轻手轻脚地走出去,还帮宋羽涵关上了门。

宋羽涵微微一笑,翻了个身继续睡去,过了没多久,她突然翻身坐了起来,跌跌跄跄地找到自己的手机打电话给关昕,菲菲起床了直接就上了关昕的车,连牙都没刷,普通的游玩怎么可能不刷牙洗脸就出门,她怀疑关昕根本就不是带菲菲去玩。

电话那头传来机械的女声:"您所拨打的用户已关机。"

宋羽涵的心都凉了,赶忙换了衣服追出去,她开着车,在镇上转了一圈,哪里还有关昕那辆黑色越野车的影子,她坐在车里,只觉得浑身都在抖,好不容易将车子开了回去,她将自己关进房间,努力控制着自己的情绪。

也许关昕是真的带菲菲出去玩了,他只是没带手机而已,或者手机没电自动关机了。

宋羽涵一遍遍地给自己做心理暗示,怎么都不愿将事情往最有可能的那一面想。

Chapter 18
关昕，让我安静地想一想

关昕进门的时候，宋羽涵仍坐在床上，双眼无神地看着窗外，阳光将她的脸晒得通红，她却浑然不觉，一动不动。

关昕胸口一闷，上前将窗帘掩上，回身抱住她："羽涵，我们回去吧。"

宋羽涵不动，问道："菲菲呢？"

"羽涵，你别这样，先跟我回去再说。"

"菲菲在哪儿？"

关昕放开她，和她默默对视着，"羽涵，你该知道菲菲去了哪里，你只是不愿意承认。"

"菲菲在哪？"宋羽涵不理关昕，只固执地问着同一个问题。

"云都，我送她去了姜伟杰那里。"

"为什么？"宋羽涵的声音降到了冰点。

"她是姜伟杰的女儿，法院已经判得很明确了。"

宋羽涵一把抓住关昕的手，急切地问："你去再把她带回来好不好？"

"羽涵，你冷静点。"

"我怎么冷静？我在这儿坐了快一天了，现在菲菲被你送走了，你有没有想过我的感受？"

关昕愣了愣，重新抱住宋羽涵，充满柔情的脸上写满歉意："对不起，我该跟你说一声的。"

"我不要对不起，我只要菲菲。"

关昕皱起双眉，脸上的歉意渐渐淡下去："羽涵，你讲点道理好不好，菲菲本来就是姜伟杰的孩子，你这样强占着不让她回去有什么意义？"

"菲菲是我的女儿，我养了她六年！六年！"

宋羽涵使劲地推开关昕，退后一步，狠狠地盯着他，眼中的怒气熊熊燃烧。

关昕无奈地叹气："羽涵，法院都宣判了，你还想干吗？你把她偷偷带到这个镇子上，不告诉任何人，已经触犯法律了，我是阻止你继续错下去。"

"我不需要你帮我！我只要菲菲。"宋羽涵的眼神有些涣散，她的脸上泪水肆意，蒙眬的双眼将恨意衬得更明显。

"羽涵，你清醒一点，我这是在帮你，姜伟杰已经申请了法院的强制令，你如果还不将菲菲送回去，他就要告你非法拘禁。"

"我是不是该对你说谢谢？"宋羽涵冷笑一声，将脸上的泪水用力抹去。她扭头不再看他，突然觉得疲惫无比，原来这么久以来，他们两个人从来都没有真正认识过彼此，她不了解关昕，而关昕也不曾真正了解她。

"在你带菲菲离开的这段时间里，你有没有想过在云都的我们？有没有考虑过我们的感受？"

关昕看着她一副漠然的表情，心里也一片冰凉："你带走菲菲的事，在云都引起一阵喧嚣，甚至有舆论说你是绑架菲菲，你父母和顾叶盛将事态平息了下来，姜伟杰那里也开出了条件，只要你能将菲菲平安送回，他们就既往不咎。"

宋羽涵不说话，只冷哼了一声。

关昕叹口气，接着说："羽涵，你有没有想过，你这么做不但不明智，还可能让你永远都见不到菲菲。"

"你不将菲菲送回去，菲菲就永远跟我在一起。"

关昕有些抓狂，问题又绕了回去："羽涵，我说过如果你不送回菲

菲，法院就会强行将菲菲带走，那时候你要怎么面对菲菲？"

"那么关昕，你在送走菲菲之前为什么不跟我说？为什么要瞒着我？我跟你说过什么你都不记得了吗？还是你根本就不爱我？"

"宋羽涵。"关昕暴怒，"你理智一点好不好？我将菲菲送走和爱不爱你没有关系，纯粹是为了让你摆脱困境。"

"困境？我唯一的困境就是认识了你。"

宋羽涵的话让关昕愣在当口，他一把捏住宋羽涵的双肩，难以置信地看着她："你再说一遍。"

话一出口宋羽涵就后悔了，可是那么高的台阶，她怎么都下不来，只能犟着头，直愣愣地盯着关昕，气势上便输了一截。

关昕的右手一把捏住宋羽涵的下巴，凑近了盯着她双眼，一向温良的脸上显出有些狰狞的笑容："现在才觉得后悔认识我吗？还是说你觉得我爱你爱得不够？"

宋羽涵刚要否认，被关昕一口咬住下唇，纯粹清冽的气息，是她熟悉的味道，充斥着她的鼻端，让她无处可逃。

关昕的吻不同于以往的任何一次，霸道地吻住她的双唇。

宋羽涵醒来时，天已经完全黑了，窗帘没有拉上，隐约还能见到天幕上闪烁的星星。她的意识逐渐恢复，感觉到腰上横着的手臂，这才反应过来，此刻两人仍然搂抱在一起。

宋羽涵将关昕的手轻轻移开，缩手缩脚地穿上衣服。

四周一片黑暗，宋羽涵不知道现在是什么时候，她蹲在床边，凝视着关昕的脸，他熟睡的容颜在夜色中看不真切，她能想象到他宁静满足的样子，关昕就是这样简单的一个人，坏情绪来得快去得也快，所以现在才会睡得这么安稳。

宋羽涵在他额头印下一吻，起身下楼，沈阿姨正在楼下看电视，声音开得很低很低，见宋羽涵下来，忙站起来指着桌上说："你们没下来吃饭，我给你们留了菜，你快趁热吃吧。"

Chapter 18 关昕，让我安静地想一想

宋羽涵站在客厅中央，迎向沈阿姨殷殷期盼的眼神，摇摇头："我要走了，可能又要好久才会来了。"

沈阿姨点点头，又指指楼上："那小关呢？"

宋羽涵顺着沈阿姨的手看了眼楼梯，轻声说："他还在睡，大概明天才会醒，要是他问起我，你就说我走了，不知道去了哪里。"

沈阿姨一迭声地应着，却讷讷地看着她，不再说话。

宋羽涵拍拍她的手臂，拎着旅行袋转身出了门，门外她的车依然停在那里，她上车缓缓驶离桃源镇。

离开桃源镇，她略一迟疑，开上了回云都的高速，不管在外面流浪了多久，那里总是她的家，况且菲菲也已经回去了。

回到公寓是在凌晨一点多，宋羽涵什么都不想，和衣躺在床上很快就睡了过去，一直到快中午时分才醒来，手机上又有许多未接来电，她全部忽视，直接打电话给姜伟杰。

对于她的出现，姜伟杰确实有些意外，原本他以为关昕将菲菲送回后，宋羽涵应该不会再联系他了，却没想到隔天就接到她的电话。

宋羽涵也不啰唆，跟姜伟杰约定了下午1点见面，她决定心平气和地跟他谈谈。

洗澡换衣服，宋羽涵特意穿了一身素白，开车去接姜伟杰，并且要求他带上菲菲。

姜伟杰怎么可能答应，在电话中冷笑："宋羽涵，你又想干什么？"

"我们来做笔交易吧，"宋羽涵坐在车里，一手握着电话，另一手紧紧扣住方向盘，"姜伟杰，你想知道徐薇葬在哪里吗？"

"你要什么？"

"我要求不高，只要能让我见菲菲。"

电话那头的姜伟杰迟疑了，他顿了顿，缓下态度问："你不会把她再绑走？"

"你一个大老爷们在，我怎么把她带走？你是信不过你自己的能力吗？"

"那好吧，你现在就过来我家。"

宋羽涵飞车过去，姜伟杰已经拉着菲菲的手等在门外了，见到宋羽涵，菲菲开心地叫着扑了上来。

事实上姜伟杰正因为菲菲的不合作头疼，这孩子不愿吃饭不愿换衣服，一直嚷嚷着要妈妈，哭得声音都哑了，晚上也没睡好，整个人看起来没精打采的，直到见到宋羽涵的车子，这才勉强有些精神。

宋羽涵强忍着泪，将菲菲抱在怀里，柔声问她："菲菲有没有乖乖吃饭和睡觉？"

菲菲用力点点头，继而又摇摇头："妈妈，这个人说他是我的爸爸，我要叫他爸爸吗？"

宋羽涵抬头看了眼姜伟杰，露出一丝苦笑："是啊，菲菲，他确实是你的爸爸，菲菲曾经问过妈妈菲菲的爸爸在哪里，现在你有爸爸了，开不开心？"

菲菲摇摇头："我想你和关昕叔叔，你们是不是不要我了？关昕叔叔为什么还不来接我？"

"菲菲，妈妈现在还不能接你回去，你跟爸爸一起生活好不好？"

"为什么？我不要。"

"菲菲从小只有妈妈没有爸爸，是不是？"

见菲菲点头，宋羽涵继续说："幼儿园的小朋友是不是笑过菲菲是没有爸爸的孩子？"

菲菲点点头。

"那菲菲想不想让所有的小朋友都知道，你是有爸爸的？"

"想。"

"那你就先跟爸爸一起生活一段时间好不好？这样所有的小朋友都知道菲菲是有爸爸的，就没人敢欺负你了，对不对？"

菲菲似懂非懂地点点头，抬头期盼地看着宋羽涵："那妈妈跟我们一起好不好？我要妈妈陪我睡觉。"

"妈妈最近很忙要出差，让爸爸陪你好不好？以前妈妈不在的时候，不都是关昕叔叔陪你吗？你不是也睡得很好。"

"那好吧，"菲菲妥协了，"那我跟奶奶一起睡。"

这时，姜妈妈出来找菲菲，见她和宋羽涵、姜伟杰一起站在院子里，便唤她过去："菲菲，外面太阳晒，你回屋里好不好？奶奶给你做了巧克力奶油蛋糕。"

菲菲刚要动，又回头拉住宋羽涵的手："妈妈跟我一起去。"

宋羽涵摆摆手："妈妈还有事，你先进去吃蛋糕好吗？妈妈过会儿再来看你。"

"好的，一定要说话算数哦。"

"嗯，去吧。"宋羽涵点点头，目送着那个小小背影离开，这才正眼看向姜伟杰。

"走吧，我带你去看徐薇。"

姜伟杰点头，跟着宋羽涵上车，这时候已经快走到屋内的菲菲突然转身跑出来，一边跑还一边叫着："妈妈，你别走，别留下菲菲。"

宋羽涵顿了顿，没有停留，直接开门上车。

菲菲跑得飞快："妈妈、妈妈你是不是不要菲菲了，你带我一起走吧，我不要在这里，我要跟你在一起。"

眼看着菲菲就要跑到车子前了，被姜伟杰一把拦住，抱起来往屋里去。

菲菲在姜伟杰怀里拳打脚踢，哭叫着："妈妈，你不要菲菲了吗？你带菲菲一起走，我要跟你一起走。"

宋羽涵狠狠心，控制着自己冲下去抱住菲菲的念头，紧紧握住方向盘，憋了一天的眼泪终于还是忍不住掉了下来。

姜伟杰拉开车门，看到的便是宋羽涵哭得稀里哗啦的脸，有些意外地盯着她，不敢上车。

宋羽涵抽了张纸巾擦干泪水，回头狠狠瞪了姜伟杰一眼："看什么看，还不上车。"

姜伟杰默不作声地上了车，忍不住频频回头看她，认识这么久以来，这是他第二次见宋羽涵哭，两次都是跟他有关，这让他心里有些歉意。

"我没想到你跟菲菲的感情这么好。"

"我养了她六年,你说好不好?"

宋羽涵将车开上公路,一路向城郊西山驶去,姜伟杰顿了一顿,突然问道:"徐薇当初为什么要去找你?"

"我不知道。"

"那你当初为什么帮她?"

"说实话,我是为了报仇。"

宋羽涵瞥了姜伟杰一眼,撇撇嘴:"别这么看着我,你当初那么决绝地甩了我,这口气我怎么可能咽得下去。我不清楚她为什么会来找我,但是我知道当初你父亲找过她。"

"我爸?找她干吗?"

宋羽涵哼了一声:"还能干吗,当然是让她离开你,你爸那种势利的脾气会容忍你找个没背景、没家世,对你家没有任何帮助的老婆?"

姜伟杰不出声了,当初父亲确实为他张罗过好几个女朋友,每个都是身世显赫,最重要是对"友杰建设"有帮助,像徐薇这样的,的确不是父亲看得上的。

"很老套,他告诉徐薇,他不可能会答应,如果你离婚后还执意要跟她在一起,他会断绝跟你的关系,把你丢在英国不闻不问,让你们俩在贫贱中渐渐磨去感情,相看两生厌,如果徐薇肯离开,他可以给她一笔钱,让她足以在英国过得舒心。徐薇离开了,却没有拿你爸给的钱,于是她来找我。"

姜伟杰沉默地低着头,放在膝头的双手紧紧握拳,原来他和徐薇之间的阴差阳错都是他父亲造成的,如果那时候他能再坚持一点,如果他对待徐薇能再真诚一点,也许就不是现在这样的结果了。

宋羽涵将车子开得很快,西山公墓很快就到了。

不是清明节,公墓里很安静,只有几个管理人员在走动,宋羽涵停好车,按着记忆中的方位一路找过去,终于找到了徐薇的墓地。

这么多年下来,黑色的大理石墓碑显得有些陈旧,照片上的徐薇看上去仍然很鲜活。

姜伟杰将路上买的一束白玫瑰放在墓碑前，望着那张黑白照片里的人，他再也控制不住，扶着墓碑痛哭失声。

宋羽涵长长地叹了口气："当初将她的骨灰带回国后，我自作主张将她葬在云都，而不是她的老家，就是想着也许以后能有机会让你来见见她。"

"但其实，从她落葬这里之后，我一次都没有来看过她。"

见姜伟杰的情绪稍稍平复下来，宋羽涵掏出一块手帕，轻轻擦拭着黑色的墓碑："当初答应帮她，我确实想过利用她和孩子来要挟你进行报复，但是后来我渐渐地觉得，我的人生中还有很多事比报复重要，比如菲菲，比如徐薇。所以徐薇难产那天我给你打过电话，我想着如果你接了我的电话，那我就原谅你，并且告诉你徐薇有了你的孩子，让你来医院和她们团圆。"

姜伟杰回想了下："那段时间我好像回国了，手机关机没带回去。"

"是啊，也许这就是命运，徐薇最终也没有熬过去，你没有接到我的电话，我也是在那时候决定了要向你复仇，连徐薇的那份一起。"

"对不起。"姜伟杰诚恳地低头，向宋羽涵更是向徐薇道歉。

墓园里安静冷寂，微微的山风吹过，温柔地吹拂起宋羽涵的发丝和衣角，像徐薇宁静的气息拂过。

"你似乎将菲菲照顾得很好。"

"她是我和徐薇的女儿，我一定会好好照顾她。"

宋羽涵的眼眶慢慢红了，她吸吸鼻子，从包中拿出一个文件袋递给姜伟杰："这是我送给菲菲的礼物，等她成年后交给她。"

姜伟杰掂了掂袋子："我可以看么？"

"请便。"

姜伟杰从袋子里抽出一张股份赠与协议，赠与方是宋羽涵，受赠方是宋汐菲，监护人写着姜伟杰的名字。

"这是？"

"没错，这是我所拥有的'友杰建设'的所有股份，是作为妈妈送给女儿的礼物，等将来她成年，也可以成为她的嫁妆。"

顿了一顿，宋羽涵继续说："当然，这份嫁妆的多少取决于'友杰建设'的经营状况。"

姜伟杰脸色都变了，有些结巴地问："羽涵，你是要把这一切都还给我吗？"

宋羽涵冷哼一声："姜总，我跟你不熟，请不要叫我的名字。"

"羽涵，"姜伟杰一把握住她的手臂，情绪激动，"谢谢，谢谢你为我，不，是为菲菲做的一切。"

"说了我跟你不熟，"宋羽涵用力甩开姜伟杰的手，狠狠瞪了她一眼，"还有，你应该感谢的是徐薇，如果没有她就没有菲菲，所以你还是在这里多陪她一会儿。"

见宋羽涵转身往山下走，姜伟杰急了："羽涵，你不等我了吗？"

"我都说了跟你不熟，而且我还没原谅你，干吗要等你？你自己想办法回市区吧。我走了。"

宋羽涵边说边沿着台阶往下走，头都没回地开车走人。

回到云都她便给父亲打电话，听到电话那头父亲中气十足的咆哮，她微微一笑："爸，你的声音那么洪亮说明妈把你照顾得很好。"

"别给我废话，你在哪儿，现在给我回家来。"

"对不起爸，我现在还不能回去。"

"你什么意思？关昕都已经把菲菲还回去了，你可别乱来。"

宋羽涵在电话里轻轻一笑："爸您说哪儿去了，菲菲在姜家好着呢，我这两天要出国一趟，公司还是要拜托给你，反正新一年的计划我都安排好了，您只要花时间督促下实施情况就行，其他的事方云会解决。"

"你这话什么意思？你要去哪儿？去多久？"

"您别问了，到时候我会打电话给您，就这样。"

宋羽涵没等宋锦书多问便挂断电话，车子已经驶进小区，在楼道门口看到正来回踱着步的关昕。

Chapter 18　关昕，让我安静地想一想

宋羽涵调整了心情，微微勾起唇角露出点笑容，这才开门下车，关昕立刻迎过来："羽涵，你去了哪里，我给你打电话为什么不接？"

"手机没电了。"宋羽涵扬了扬已经关机的电话，和关昕一起上楼。

"昨天为什么不辞而别？"

一进电梯，关昕一抬手将她困在电梯一角，深邃双眸牢牢盯着她，不让她逃开。

宋羽涵低了头，避开他灼热的目光："我想起来还有些事没有解决，所以提前回来了。"

"是什么重要的事，让你在大半个月后才想起来没解决？"

宋羽涵不说话，等电梯门开了便直直地冲出去。

进门的左手边是个门厅柜，宋羽涵正撑着门换鞋子，被关昕一把拉住困在柜子前，他不依不饶地追问宋羽涵："你到底为什么事连夜跑回云都，连叫醒我的时间都没有？"

宋羽涵用力推开关昕，仰着头与他对视，扬声道："我能做什么，我还能做什么？我不过是回来看看菲菲，这都不行了吗？"

关昕顿住了，松开握住她手臂的手："你回来看菲菲了？姜伟杰允许了？"

宋羽涵叹气："关昕，我现在很累了，你能不能让我休息一下，我一晚上没睡。"

关昕立刻让开路，宋羽涵扔下包便回房间，将门"咔哒"一声关上，扑倒在松软的床上倒头就睡。

她再次醒来时，天已经黑了，半开的窗户外有凉丝丝的夜风吹进来，空气中似乎有股栀子花的气息。

宋羽涵洗了个澡开门出去，客厅里开着一盏昏黄的壁灯，餐厅里的吊灯亮着，关昕正坐在桌边看书，见宋羽涵出来，向她招招手。

"我做了你爱吃的红豆粥，先过来吃一点吧。"

这个熟悉的场景曾经出现过很多次，宋羽涵鼻头一酸，想起关昕种种的好，心里有浓浓的不舍。

宋羽涵在关昕对面坐下，接过他递来的勺子，红豆粥依然软糯香甜，拌上糖和炒过的芝麻，喝上温热的一碗直让人舒服得叹气。

宋羽涵将粥吃得精光，满足地打了个饱嗝，关昕宠溺地看着她只是笑。

她放下碗勺，轻轻地对关昕说："谢谢，我吃饱了，继续去睡觉。"

她起身要走，被关昕叫住了："羽涵，你没有话要对我说吗？"

迎向关昕黑亮的双眸，菲菲和他一样，有着非常干净清澈的眼神，想到菲菲，宋羽涵心里一痛，哑着声说："我今天将'友杰建设'的股份送给了菲菲。"

关昕笑了："我猜到你会这么做。"

宋羽涵自嘲地笑了笑："是啊，我做什么事都在你的意料之内，所以也不用顾忌我的感受，反正你为我所做的一切都是为了我，是不是？"

关昕说不出话来，宋羽涵转身回房，垂着头低低地说："我明天会出国一趟，也许时间很短，也许时间也很长，我希望在这段时间，你不要联系我，让我一个人安静地想一想，好吗？"

因为背对着关昕，宋羽涵看不见关昕脸上的表情，就在她以为听不到关昕的回答时，他却在宋羽涵身后低低地"嗯"了一声："你要时间，我可以给你，你要空间，我也可以给你，但是我只希望你记住，不管你去哪儿希望你最后都能回到这里，我会一直在这里等你。"

关昕坚定低沉的声音一瞬间击中了宋羽涵的心，不争气的眼泪又一次流下来，她缩着下巴，站在原地安静地流着眼泪，听到身后的关昕安静地收拾着东西，大门被他打开又轻轻合上。

宋羽涵缓缓跪坐在地上，心口一阵绞痛，她紧紧抓住衣襟，一手撑着地板，凉意顺着手向上爬升，直到眼底，大滴大滴的泪水肆意泛滥，将地板打湿一片。

Chapter 19
尾声：感谢上天让我遇见了你

今年夏天的天气不似以前那般炎热。

路边的梧桐树高大繁密，将一条林荫路拢得阴凉舒爽，艳阳被隔绝在外，有的只是惬意的不带热气的微风。

宋羽涵漫步在这条林荫路上，周围的人都行色匆匆，工作日还这么悠闲的人大概只有她了吧。

穿过这条林荫路便是港中百货，宋羽涵晃悠悠地上了六楼童品区，琳琅满目的婴幼儿童装和玩具，她完全迷失了方向。

在一个童装柜，她看中了一款粉红色的连体衣，粉色的小猪造型，衣服的后摆还有一条小猪尾巴，她正要开口询问这衣服的尺码，从柜台玻璃的反光中看到一男一女正走过来。

宋羽涵脸色一变，不顾营业员的眼光，抓着衣服闪进了边上的更衣室。

"关昕，你看这衣服怎么样？"

"不是说男孩吗？这衣服是女孩子穿的吧。"

营业员见宋羽涵躲在更衣室不出来，暂时不管她，上前为他们服务："两位是要买多大孩子的衣服呢？"

更衣室的门没有关紧，宋羽涵就着门上的镜子，看向柜台内的人，关昕和任爱蓓两人正在营业员的指引下挑选婴儿服装。

宋羽涵不自觉地捏紧了手里的衣服，他们俩看起来心情很好，一言一行都充满默契，她将头抵着更衣室的墙，看得牙痒痒。

关昕，才三个月而已，你就耐不住寂寞了吗？还说会一直等她，三个月就是他的期限吗？她又狠狠地盯着任爱蓓，好马都不吃回头草呢，他这口回头草吃得倒是挺开心的。

手中的衣服被她揉得凌乱不堪，她缩着头躲在更衣室里，直到外面的声音安静下来，才敢稍稍探头，见营业员正一脸怒容地瞪着她手中的衣服，忙说："这衣服我要了。"

能在这里偶遇关昕，宋羽涵明白不能久留，看看时间也差不多了，便拎着东西走人。

"圣罗德"酒店，宋羽涵的目的地，坐落在港中百货的南面，隔着一片宽阔的广场，她沿着广场外围走，那里靠马路，还有树荫遮蔽，广场上的喷泉被烈日晒的仿佛沸腾了一般，喷出的白沫也像带了热气。

宋羽涵边走边看注意看路边有没有卖冷饮的，她一出港中百货，浑身的汗都冒了出来。

突然一声汽车喇叭声将宋羽涵吓了一跳，回头就见一辆骚包的蓝色跑车停在她几步远的地方，驾驶座上那个戴着墨镜向她挥手的人，不是欧阳昊五是谁？

宋羽涵小跑过去，来开副驾驶的车门坐进去："快开空调，热死我了。"

欧阳昊五狠狠地鄙视了她一眼："你的车呢？"

"在车库。"

欧阳昊五怪叫："你这是想省油呢还是省电？车子放车库供着，自己步行？"

"我乐意，不行啊？"

宋羽涵一拍他的肩，一手指着前面："麻烦前面，出发。"

欧阳昊五看她一眼，无奈地摇摇头发动汽车，轰鸣的跑车很快就来到"圣罗德"酒店门口。

欧阳昊五下车将钥匙丢给泊车员，将宋羽涵从副驾驶拉了出来。

Chapter 19　尾声：感谢上天让我遇见了你

"你什么时候回来的？"

"两天前。"

欧阳昊五白她一眼："回来怎么不找我们？"

"反正今天就见到了。"宋羽涵按下电梯楼层，抬头向他甜甜一笑，"齐韵呢，怎么没和你一起来？"

"她一早被子瑜叫去帮忙了。"欧阳昊五随宋羽涵一同走出电梯，在宴会厅门口拉住她的手。

"怎么了？"宋羽涵见他一副为难的样子，不禁觉得好笑，"你是不是想告诉我关昕又和任爱蓓在一起的事？没关系，我已经知道了。"

欧阳昊五呆了一呆："你说什么？关昕和任爱蓓在一起了？为什么我不知道？"

宋羽涵撇撇嘴："你不知道？那你想告诉我什么？"

"你先告诉我，你从哪儿知道他们俩又在一起了？"

"亲眼看见的。"

宋羽涵刚要将方才的见闻告诉欧阳昊五，一转眼瞥见宴会厅里裴子瑜的身影闪过，忙转身去追裴子瑜。

欧阳昊五一个人站在门口，还没有从方才的震惊中回过神："关昕和任爱蓓又在一起了？"

宴会厅不算大，但是布置得很温馨，米白色和淡蓝色相配，主桌前还有个白蓝色气球做成的拱门。

进门的长桌上放着蓝色小盒子的回礼，裴子瑜穿着一袭淡紫色蕾丝长裙，站在桌前点着盒子的数量，明明是生过小孩的人，看上去却比怀孕前还要瘦。

宋羽涵走到她身后，轻声唤道："子瑜，我来了。"

裴子瑜回头见是宋羽涵，立刻开心地抱住她，"羽涵，你可回来了。"

宋羽涵被她抱紧，感受到她的想念，心中又酸又涩，眼泪差点掉下来。

"子瑜，我不过是出去晃悠了三个月，你别搞得我像多年未归的人。"

宋羽涵故作轻松地拍着裴子瑜的背，看到不远处顾叶盛正在走过来，忙拉开裴子瑜。

"这是我送你的礼物。"宋羽涵将手中的袋子递给裴子瑜。

裴子瑜拿出来看了眼，叹了口气："皱巴巴的粉红色小猪？"

"呃，"宋羽涵瞥了眼衣服，一把抓过塞进口袋，"关于这个问题，我晚点再跟你慢慢解释，你先告诉我，一会儿是不是把我跟关昕安排在一张桌子上了？"

"那当然，"已经走过来的顾叶盛一把搂过裴子瑜的腰，"你又想做什么？"

宋羽涵嘿嘿一笑："我只不过怕关昕看到我尴尬而已，毕竟旧爱新欢坐在一起，不太好看嘛。"

裴子瑜疑惑地抬头看了眼顾叶盛："关昕有新欢了？什么时候的事？"

顾叶盛一摊手："你别看我，你都不知道的事，我怎么会知道。"

他们俩一起看向宋羽涵，宋羽涵抚额无奈地说："他跟任爱蓓旧情复燃了你们都不知道吗？看来他还瞒着你们呢。"

"羽涵，你没事吧？"裴子瑜上前扶着宋羽涵的手，担忧地看着她。

"我很好啊，"宋羽涵笑着回答她，"我能有什么事？能吃能睡在外面玩了三个月，只不过觉得有些失望而已，原来承诺是最不可靠的东西。"

"可是你的脸色看起来不太好。"裴子瑜扶着她往边上的桌边走去，"你先在这里坐一会儿，我今天还请了姜伟杰来，他答应会把菲菲带来，估计一会儿就到了。"

裴子瑜安顿好宋羽涵，被顾叶盛拉去招呼客人，宋羽涵靠着椅背只露出两只眼睛望着宴会厅的大门，一心期望着姜伟杰快点带着菲菲来，又盼望着关昕和任爱蓓不要出现。

就在胡思乱想间，她听到一声稚嫩的童声："妈妈"，她刚抬头，菲菲已经连跑带跳地到了她面前。

宋羽涵一把抱住她，脸上湿热一片，忍了许久的眼泪终于在看到菲菲时决堤。

Chapter 19 尾声：感谢上天让我遇见了你

姜伟杰跟在菲菲身后，有些尴尬地看着哭得稀里哗啦的宋羽涵，这个一贯强势的女人越来越感性，着实让他有些不习惯。

"妈妈，你怎么哭了？"菲菲伸出小手，为宋羽涵抹去脸上的眼泪，有些疑惑地看向姜伟杰，"爸爸，妈妈为什么哭？"

宋羽涵连忙笑着说："我是看到菲菲太高兴了，有个词叫'喜极而泣'，说的就是妈妈，菲菲长大后就明白了。"

菲菲似懂非懂地点点头："妈妈，你为什么一直都不来看菲菲？我只好跟爷爷奶奶玩，爸爸家有很好玩的木马，妈妈我会骑自行车了，等一会儿回家我骑给你看。"

宋羽涵含笑望着菲菲脸上生动的表情，也渐渐放下心来，没有她的陪伴，菲菲也能过得很好，看来小孩的适应能力比大人强多了，换了个环境她也一样能过得很好。又或者因为是血亲，所以菲菲跟姜家人没什么隔阂，才能那么快适应姜家的生活。

宋羽涵抚摸着菲菲扎起的马尾辫，点着头上淡粉色的蝴蝶结问她："你的头发是谁给你梳的？"

"爸爸。"

菲菲的回答让姜伟杰尴尬地咳了一声，俊脸呈现可疑的红晕。

宋羽涵惆怅道："看来没有我，你也将菲菲照顾得很好。"

姜伟杰蹲在菲菲面前，眼中写满温柔："菲菲是我的女儿，是我的责任，也是我的精神寄托，我爸妈简直快把她宠上天了。"

宋羽涵捂唇轻笑："我可以想象，菲菲的性格比以前活泼多了，以前她哪里有那么多话说，我问她十句她能回我一句就很不错了。"

听到宋羽涵说她，菲菲腼腆地依偎在她怀里，靠着她不说话。

"谢谢你。"

"谢谢你。"

两人同时开口，说的也是同样的话，不由得相视一笑。

以前的恩恩怨怨仿佛也在这对视中渐渐消散，留下的是过往那些珍贵的回忆。

在我们相遇之后

关昕和任爱蓓进门时,看到的就是宋羽涵和姜伟杰温馨对视的场面,任爱蓓面色一变,站在门口迈不动步子。

关昕皱着眉看了一眼任爱蓓,她一副似乎随时会晕倒的模样,忙一把扶住她。

"关叔叔。"眼尖的菲菲看到门口的关昕,向他跑了过去,也将宋羽涵和姜伟杰的注意力转移过去。

见到门口的两人,宋羽涵和姜伟杰再次对视一眼,面色皆一变,又别开眼站在原地不看对方。

关昕抱住向他跑来的菲菲,拖着任爱蓓走到姜伟杰面前,对他说:"任爱蓓有话对你说。"

其余三人同时抬头看向他,他却很淡定地抱着菲菲,拉起宋羽涵的手:"你们在这里谈,我们去找顾叶盛。"

关昕走得很快,拉着宋羽涵绕过长桌往大厅里面走。

他人高腿长,抱着菲菲走起来也不吃力,宋羽涵被他拖着,走得跟跟跄跄,菲菲在他怀里不知道和他说着什么,咯咯地笑着。

宋羽涵想起在商场看到的那一幕,不愿再被他拖着,狠狠甩开关昕的手。

关昕和菲菲同时回头看向宋羽涵,宋羽涵极力控制着脸上的表情,对关昕挤出一丝微笑:"让菲菲跟欧阳待一会儿,我们俩谈谈。"

关昕双眸微眯,牢牢盯着宋羽涵的双眼,过了一会儿命令道:"我去找欧阳昊五,你待在这里不许动,等我回来。"

见宋羽涵点头,关昕环顾大厅,找到欧阳昊五便抱着菲菲向他飞快走去,边走还边对菲菲说:"关叔叔和你妈妈有事要说,菲菲跟欧阳叔叔玩一会儿好不好,让他带你去看子瑜阿姨家的小弟弟。"

宋羽涵望着他们的背影,想起自己曾经的梦想,就是和关昕、菲菲生活在一起,吃饭睡觉做游戏,一起出去旅行,给菲菲买各种各样好玩的东西。

现在这个梦已经支离破碎,也许永远也不会实现。

Chapter 19 尾声：感谢上天让我遇见了你

宋羽涵注视着关昕的动作，三个月没见他似乎更加壮实了些，发型也有了变化，整个人看上去气色更好。

她有些懊丧，三个月的分离对她来说每一天都像是煎熬，可关昕看上去似乎过得很滋润，甚至比三个月之前更好，也许自己的存在对他来说可有可无，他巴不得自己早点走掉，好和任爱蓓再续前缘。

宋羽涵恨恨地瞪着关昕的背影，像是感应到她的眼光，正和欧阳昊五说话的关昕也回头狠狠瞪了她一眼，把她吓了一跳，心虚地别过头。

关昕很快来到她面前，将她带出大厅侧门，那里有个透明露台正对着酒店大门的喷泉雕塑，此刻炎炎烈日，露台里的竹帘全部垂了下来。

"你要跟我说什么？"宋羽涵先发制人，说的话听起来却没什么底气。

"谁告诉你我和任爱蓓旧情复燃了？"

关昕的话彻底打压下了宋羽涵的气势，她垂着头眼睛红红地说："我在'港中'看到你们逛婴儿用品。"

"那是我们在一起给嘟嘟挑礼物，你单凭这一点就说我们俩又在一起了？"关昕一手撑住额头，一手又在腰间，他对面前的这个人简直无话可说。

"宋羽涵，你到底哪只眼睛看到我和任爱蓓复合了？"

"我，我只是觉得你们俩看上去那么般配，而且又很默契的样子，还一起逛商场，就以为……"

"宋羽涵，你平时的聪明脑袋去哪里了？那个遇事冷静处变不惊的宋羽涵呢？"关昕真是又好气又好笑，"还是说你出去晃悠了三个月，把你的智商都扔在外面了？"

"关昕，不许你这么说我！"宋羽涵抬起含泪的双眸，强忍着不让眼泪流下来，"我在外面的这三个月，你连一个电话都不打给我，让我怎么想？你知道我回来的航班号为什么不来接我？明知道我今天会来这里，你为什么还要带任爱蓓一起来？"

"我……"这下轮到关昕说不出话了，他怔怔地站在宋羽涵面前，薄唇微张却说不出一个字。

"关昕，我只问你一句，"宋羽涵一抹脸上的泪水，凶狠地问，"你到底还爱不爱我？"

关昕被她唬住，很快便反应过来，一把将她抱进怀里，磁性嗓音在她耳边低声说："爱，我当然爱你。"

宋羽涵的眼泪又不争气地落下，她悄悄将眼泪蹭在他昂贵的西装上。

"羽涵，这三个月我没有跟你联系，只是想给你时间，让你明白在你心目中我到底处在一个什么位置，显然你想明白了；没有来接你，是因为前天欧阳昊五和齐韵之间出了点小小的意外，等我帮他们处理完赶去机场，你已经走了。"说到这里，关昕顿了顿，将宋羽涵抱得更紧些，像要将她整个人都揉在怀里，晶亮的黑眸中写满温情，"最后我要告诉你，我和任爱蓓是不可能复合的，她爱的人是姜伟杰，今天来就是想找姜伟杰说清楚，而我只爱你一个人。"关昕松开宋羽涵，看她哭得梨花带雨，便轻柔地吻上她的脸，又温温柔柔地将她重新抱在怀里，宠溺地笑道，"你看你，乱吃飞醋，还浪费了那么多眼泪。"

宋羽涵勾了勾唇角，依偎在关昕怀里一脸坏笑："关昕，我也有件事要告诉你。"

"什么？"

"我这次回来是想向你求婚。"

满意地见到关昕傻愣的表情，宋羽涵笑得像只狐狸，在他耳边呢喃："当我们相遇之后，我再也不可能爱上其他人。爱你，不长，就一生。"

番外：一见钟情的缘分

Chapter 1

齐韵做了一个梦，梦中她又回到了大学刚毕业的时候。

那时的她长发及肩，笑起来眉眼弯弯的，明明大学毕业了，看起来还像个高中没毕业的孩子。

去"环龙集团"面试的时候，甚至有面试官疑惑地对着她和简历上的照片比对很久，最后用颇怀疑的语气问她："照片上是你本人吗？"

她的履历还是顾言帮她去投的，那个身形高瘦眉目淡然的男子，是她暗恋了四年却始终维系在好朋友关系上的人。

顾言是这么分析的："齐韵，这工作很适合你，月薪高，有假期，工作稳定不用东奔西跑，而且'环龙'是大企业，很有发展潜力，信誉也有保证，最关键的是你可以回来了。"

齐韵承认，顾言的最后一句话吸引了她，为了他的这句话，她全力以赴地准备面试，就为了能回到她和顾言的城市。

她还记得毕业典礼那天，顾言约她一起到游乐场玩，她以为顾言终于明白了她的心意，特意安排的一次约会，想趁着气氛好时向他表白，却没想到顾言的身边还带了个"小灯泡"。

"姐姐，你好，我叫夏至。"

"小灯泡"才上初中，是顾言的侄女，五官清秀，带着点可爱的婴儿肥，一把黑长发分成两股垂在肩头。

她总是低垂着头跟在顾言身后，固执地叫着顾言"小叔叔"，却始终叫齐韵"姐姐"。

齐韵喜欢上了这个笑起来总会眯着双眼，眼神纯净的小姑娘，她和顾言带着"小灯泡"在游乐场玩得尽兴，甚至忘记了她要表白的初衷，只喜滋滋地勾着夏至小姑娘的手，一脸期待地望着顾言的背影说："夏至，我给你当婶婶好不好？"

齐韵想不明白，明明顾言从来就没表示过什么，明明她也从来没向顾言表白，一切都只在朦朦胧胧中，那层纸从来没有被捅穿过，当初的她怎么就那么自信地以为自己一定会嫁给顾言。

每每想到这事，齐韵就羞愧难当，不知道那个"小灯泡"还记不记得自己当初的那句话，也不知道她有没有告诉过顾言。

反正，她和顾言，就没有后来了。

顾言在大学毕业后去了国外，等齐韵知道这事，顾言已经走了两个多月了。

她捏着"环龙集团"的入职通知，埋头痛哭了很久，原来顾言都是有预谋的，让她忙着准备"环龙"的面试，无暇顾及他，等她终于能够留在他身边，他却离开了。

第二天，齐韵洗干净脸上的泪痕，认认真真地去"环龙集团"上班了。

"环龙集团"是一家实力雄厚的上市公司，以房地产起家，在楼市新兴的那几年赚足了第一桶金，之后便顺风顺水，不断发展壮大，成为国内数一数二的地产公司，两年前上市，更是赚足了资金。

齐韵将公司情况一一记熟，跟着人力资源部的负责人参观"环龙集团"。

最负盛名的国际贸易中心，云都市的标志性建筑，也是"环龙"建筑史上最辉煌的一页，号称高层建筑中的"擎天柱"，10—22层便是"环龙"的总部所在。

齐韵被分到了工程四部，职员不多，却只有齐韵一个女生，所以大家都对她照顾有加，只让她在工程办公室待着。天气好的时候，她也偶尔去现场转转，看看施工进度，了解一下工序方便完成资料。

这天天气很好，太阳晒得人暖融融的，齐韵难得想出去逛逛，便出了公司直奔施工现场，和同部门的老杨一起在工地上边晒太阳边看民工砌大理石。

这时一群人簇拥着两名穿西装的男子走了过来，老杨一看立刻拉着齐韵站了起来："快起来，公司老总来了。"

齐韵紧了紧身上裹着的大棉衣，将毛线围巾遮住大半张脸，这才跟在老杨身后看向来人。

领头的中年男人穿着一身烟灰色的大衣，头发梳得一丝不乱，脚上的一双皮鞋因为在工地上一路走来沾了不少的灰。

他毕恭毕敬地在前面引路，身后跟着一名穿淡蓝色休闲西装的年轻男子，他一脸闲适的表情，带着丝玩世不恭的笑，西装口袋上插着一朵玫红色的小花，整个人透着股妖娆的气息。

齐韵看得呆了呆，转头问老杨："那个戴红花的男人是谁？"

老杨"呵呵"一笑："他啊，就是咱们集团的负责人，欧阳昊五，人称五少。"

五少的名头响当当，齐韵到公司没多久就已经听人提到过，她长长地哦了一声，一双黑溜溜的大眼睛盯着欧阳昊五看了很久，最后说了句："没什么特别之处啊。"

说这话时，欧阳昊五恰好从齐韵面前走过，狭长的眉眼盯着齐韵看了看，眯着眼睛说："中人之姿。"

齐韵一撇嘴，裹紧围巾转身回办公室去了。

这件事齐韵转身就忘了，同部门的那些小伙子们不服气了，齐韵是他们的部门之花，这姑娘看着娇小可人，可是论姿色论才智，放眼工程部各科室，有哪个姑娘及得上？

一时间齐韵是玲珑美女的说法传遍了公司，别部门的人时常寻几个借口过来看她两眼，只为了证实她的工程部之花的美名。

齐韵是个粗神经的姑娘，一开始大家过来围观她时，她还当别人真有

事，后来渐渐地看出端倪，却也不恼，大大方方地让人看，待人接物又亲切有礼，公司上下对她赞不绝口。

十二月的某一天，欧阳昊五在公司的茶水间听到了关于齐韵的八卦，联想到之前看到裹着大衣围巾的齐韵，和自己说的那句"中人之姿"，他忍不住嗤笑一声："就这种货色，我只需要两个月就能追到手。"

八卦的男同事立刻起哄："五少说笑吧，齐韵可是很抢手的，公司上下追她的人不少，说不定人家现在已经有男朋友了。"

欧阳昊五一挑眉，桃花眼转了转说："不信的话我们来打个赌，除夕的公司晚宴，我就让她拜倒在我的魅力之下。"

茶水间里的几个男人都偷笑不已："五少，这不公平，赌钱的话，我们都押不过你。"

欧阳昊五豪气地说："那你们说赌什么？"

有个戴眼镜的男人眼珠一转，嘴快地说："要是你输了，就在公司的除夕晚宴上跳钢管舞，你要是赢了，我们四个一起跳。"

"够狠的啊，"欧阳昊五坏笑着捶他一拳，"这舞你们跳定了。"

Chapter 2

欧阳昊五开始了他的爱情攻势,他找了个名头开始常驻工程部,工地跑得更勤快,时不时造成几次跟齐韵的偶遇;他不定时地出现在员工餐厅用午餐,看到齐韵在都会亲切地打招呼;他还时常邀请整个工程部的职员用餐,美其名曰增进了解,提高工作效率,工程部的未婚女职员成为最让人羡慕的人群,因为欧阳昊五对异性的体贴入微是出了名的。

渐渐地大家都看出了端倪,欧阳昊五出现在食堂的时候,都要坐齐韵身边,工程部聚餐,只要齐韵出席,欧阳昊五就会对她格外殷勤。

不时有好事的阿姨跑来套齐韵的话,公司里的风言风语也越来越多,饶是齐韵再后知后觉,也感觉出了一丝异样,每次欧阳昊五坐她身边吃饭,她都能接收到充满敌意的注视。

不是不明白欧阳昊五的心思,只是少根筋的齐韵总是不相信,欧阳昊五这么优秀的人会跟她扯上关系。

她正在努力驱走顾言留给她的影响,比如习惯了每天都发一封邮件给他,不管他会不会回复,回复的什么内容。

齐韵开了邮箱,将顾言之前发给她的几封简单无比的邮件又看了一遍,随手点开同事刚传给她的照片。

是之前公司聚餐时拍下的,照片中她一本正经地坐在中间,欧阳昊五站在她身后,弯腰圈住了她的椅背,就像把她拥在身前似的。

齐韵愣愣地望着那张照片,顺手添加进了给顾言发的邮件中,她在邮件中照例说了些工作生活中的琐事,却在最后添了一句"照片里站在我身后的人正在追我,是我们公司的董事,叫欧阳昊五"。

在我们相遇之后

　　两天后，顾言回了邮件，信中他将网上搜来的欧阳昊五的信息跟齐韵简单分析了下，末了说："这个欧阳昊五是人中极品，你要好好把握。"

　　从那天开始，齐韵再也没有给顾言发过邮件，她知道，顾言的时代真正结束了。

　　齐韵没有拒绝欧阳昊五的追求，其实有个人呵护着关怀备至，这感觉实在很好，特别是在隆冬时节，总是有种暖暖的贴心感。

　　齐韵第一次跟欧阳昊五握手，是在圣诞节前夕，欧阳昊五要给舅舅舅妈挑选新年礼物，所以挑个周末，趁着商场打折，两人在晚饭后出来闲逛。

　　自动扶梯上，齐韵没站稳，身形晃了晃，欧阳昊五眼疾手快，拉住她的手，便再也没有放开。

　　欧阳昊五的手宽厚温暖，将齐韵的小手拢在掌中，不觉笑道："你的手怎么那么小，就像小孩子。"

　　齐韵恼了，甩甩手想挣脱，欧阳昊五觍着脸将她环在身边，一手紧紧握着她的："我就喜欢你这么娇小玲珑，这样可以显得我英明神武。"

　　扶梯上站他们前面的几个小姑娘回头看了他一眼，又看看齐韵，偷偷捂着嘴巴回过头去。

　　欧阳昊五得意扬扬地瞥了齐韵一眼，在她耳边悄悄说："跟你在一起总有种大叔拐带小萝莉的感觉。"

　　齐韵低低地啐了他一声，红着脸下了扶梯。

　　齐韵对欧阳昊五彻底交心是在圣诞节那天，这个原本该开开心心庆祝的节日，齐韵却被派去城西的一个在建工地送图纸，时间已经临近下班，齐韵在工地等负责人签字，突然接到了妈妈的电话。

　　爸爸在阳台晒被子的时候，从椅子上摔了下来伤到了脚，小腿骨折了，正在骨科医院治疗。

　　齐韵一听急了，忙冲出去打车赶去医院，正是出租车交接班的时候，工地所在位置又极为偏僻，她等了四十分钟都没打到车，人也快冻僵了。

这时，刚下飞机的欧阳昊五打电话来，想约齐韵吃饭，听出她语调中压抑不住的哭腔，问明了事情原委，立刻打电话给工地的负责人，让他送齐韵去骨科医院，他则从机场出发，两人在骨科医院会合。

齐韵到的时候，欧阳昊五正跟齐爸爸的主治医生了解病情，他想将齐爸爸转去VIP病房，齐爸爸怎么也不答应。

齐韵看到齐爸爸腿上绑着石膏依然一副生龙活虎的模样，提着的心也放了下来，她将欧阳昊五叫到病房外的楼梯间，却只定定地盯着他西装上别着的亮黄色小花不说话。

"怎么了，你别吓我，"欧阳昊五向她摆了摆手，"小韵韵，你爸爸没事，你别担心了。"

齐韵点点头，终于抬眼与他对视："五少，谢谢你，我不知道该怎么感谢你才好。"

欧阳昊五勾了勾她的下巴，嬉笑道："古人都讲究以身相许，要不我们就当一回古人？"

"好。"

齐韵说完，勾住他的肩踮起脚，轻轻地吻上他的唇。

柔软甜美的触感让欧阳昊五呆了呆，随即便醒悟过来，搂住齐韵加深了这个吻。

Chapter 3

齐韵和欧阳昊五正式开始交往，因为齐爸爸和齐妈妈对欧阳昊五的人品不了解，本着有钱人皆薄情的原则，他们很不放心齐韵和欧阳昊五在一起，所以齐韵决定先向家里隐瞒，等以后时机成熟了，再向父母坦白。

同时齐韵也要求在公司隐瞒两人的关系，只当是同事上下级，欧阳昊五起先不同意，要是连公司都隐瞒了，怎么证明他已经追到了齐韵？

最后齐韵妥协，答应欧阳昊五在公司除夕年会上公开两人的关系，欧阳昊五在心底乐开了花，就等着年会上看四个笨拙的大男人跳钢管舞了。

年终很快就到，欧阳昊五忙得不可开交，百忙中还抽空关心公司的年会准备情况，因为这次的年会特殊，所以他特意包了环亚国际酒店的宴会厅，并要求与会人员一律穿正装。

这下公司彻底热闹了，之前的年会都没有这么正式的要求，大家都在猜测到底是什么原因导致欧阳昊五这次格外重视。

当初在茶水间跟欧阳昊五打赌的四个男人有点坐立难安，他们隐隐可以猜到欧阳昊五会那么重视的原因，却一个都不敢说破。

年会当天，知道这个赌约的人越来越多，很多人都在窃窃私语，等着最后的压轴好戏，两个当事人却被蒙在鼓里，当齐韵勾着欧阳昊五的手臂走进宴会厅时，每个人都用可怜的眼光看向一脸苦相的四个男人，他们今天难得统一地都穿着深灰色西装，一副衣冠楚楚的样子，跳起钢管舞来肯定很精彩。

工程二部的蒋阿姨趁着个机会将齐韵拉到一边，笑呵呵地说："小齐啊，可真有你的，是不是特意和五少联合起来骗小陈他们跳钢管舞的？一会儿你记得带我去前面看，我要占个好位置。"

番外：一见钟情的缘分

齐韵一头雾水，送走了蒋阿姨又迎来了另一拨人，都是要求她带着去前面看钢管舞的，于是她从来人的话语中拼凑出了一个令她震惊的故事，一个让她无法接受的事实。

她不动声色地坐在桌边，将气得发抖的双手遮盖在桌布下，环顾四周，欧阳昊五正跟几个公司高层在说话，一派神采飞扬。

齐韵站起身往酒水区走，端起半杯红酒两口灌下去，然后打了个酒嗝，将杯子重重放下，就往欧阳昊五身边走去。

看到齐韵过来，欧阳昊五展开舒心的笑容，向她伸出手，齐韵落落大方地微笑着，握住他的手，轻轻摇了摇。

欧阳昊五笑得心花怒放，跟身边的人打了个招呼就带着齐韵离开："怎么了？是不是觉得无聊？"

齐韵不说话，只看着他笑，拉着他的手将他带往宴会厅台前，四个西装笔挺的男人正站在前面等着他们。

欧阳昊五的脸变了变，嬉笑着拉住齐韵："小韵韵你饿不饿？我们去吃点东西吧。"

齐韵站住，笑看着他："你饿了呀，那我给你个耳光吃吃吧。"

说罢，她手一扬，一个响亮的耳光打在欧阳昊五的左脸，将他打得愣在当场。

周围霎时安静下来，跟欧阳昊五打赌的四个男人立刻走过来，站在齐韵身后不说话。

齐韵的情绪有些激动，她甩了甩打疼的手，看着欧阳昊五的脸上浮起清晰的指印，冷笑道："五少带着指印跳钢管舞，想必更加精彩。"

欧阳昊五低垂着头，脸上的表情都隐在阴影中，他不动也不说话，齐韵的那一巴掌完全将他打蒙了。

周围的人大气都不敢出，齐韵火大地瞪向身后的四人："你们准备的钢管舞音乐呢？可以播放了，五少要开始表演了。"

说罢，她转身盯着欧阳昊五，娇小的身躯微微发抖，她攥着拳，一字一顿地说："欧阳昊五先生，谢谢你的招待，再见。"

Chapter 4

年会后,齐韵就打包行李,准备出去散散心,最终选择了古城西安。

齐爸爸齐妈妈都很支持她,甚至还在经济上给予了支援,大年初二给亲戚朋友拜过年后,齐爸爸齐妈妈就送她上了飞机。

到了酒店后,齐韵稍微休息了下就一个人出去闲逛,她住在市中心,喧闹的街市拥挤的人群,将她心里的那点点积郁都挤走了。

天色灰蒙蒙的,到傍晚的时候,街上的行人少了许多,齐韵在路上买了碗凉皮慢吞吞地回酒店。

房间的窗户正对着暮色中的钟鼓楼,齐韵边吃凉皮边看着钟鼓楼上的灯亮起来。

天气干燥寒冷,当雪花一点点飘落下来的时候,齐韵忍了许久的眼泪终于掉下来。

她不知道欧阳昊五给她的影响会那么深刻,甚至超过了顾言,她可以将这次流泪诱因归结为凉皮的辣椒放多了,却无法忽视心中不停重复的声音:承认吧,你已经对欧阳昊五动了真心。

第二天一早齐韵就起床了,她报了个当地的旅行团,今天是行程第一天,目的地是兵马俑。

过年期间本就没什么人观光,更别提大清早上街了,齐韵裹着羽绒服孤零零地站在黑蒙蒙的酒店门口等旅行团的车,心里有些发怵。

突然一个黑影从边上窜了出来,在离齐韵两步远的地方站住了,似乎在盯着她看。

齐韵吓得汗毛直竖,心怦怦的快要跳出来了,她往边上走了两步,又走了两步,正好旅行团的车子过来,导游在车上叫道:"是齐韵吗?"

"来了,来了。"齐韵三步并作两步地跑上车,旅行车里明亮温暖,将她心中的恐惧驱散了。

跟导游确认过身份信息后,她找了个靠窗的位子坐下。

之前那个盯着齐韵的人也跟着她上了车,他穿着厚实的冲锋衣,帽子围巾包裹着头,齐韵看不清他的长相,只听到导游问:"你是欧阳昊五吗?"

齐韵只觉得脑子里嗡的一声,她将羽绒服的帽子戴上,遮住自己的大半张脸,转向车窗,将自己尽可能地缩进椅子里,就指望着欧阳昊五没看到她。

哪知道欧阳昊五环顾四周后直接往齐韵身边来,边走边对导游说:"我和她一起的。"

他的这句话成为了齐韵的噩梦,导游将两人视作一对闹别扭的情侣,捂着嘴将两人安排在一起,吃饭、集合都只点欧阳昊五的名,自费项目也只问欧阳昊五收钱。

齐韵也不澄清,只冷眼旁观,等回了酒店就将所有费用拍在欧阳昊五手中:"这是今天的费用,五少请收好,再见。"

欧阳昊五却一把拉住她,可怜巴巴地说:"齐韵,我都追着你来这里了,别生我的气了。"

齐韵白他一眼,冷冷地说:"看来我那天的一巴掌,五少觉得还不够,那在这儿再打一次如何?"

欧阳昊五下意识地捂住左脸,环顾四周,酒店门口人来人往热闹非常,他一把拉住齐韵的手,带她进了酒店,刷卡上楼在齐韵隔壁的房间门口停下。

齐韵愣住:"你住我隔壁?"

欧阳昊五将房门关上,立刻烧水泡茶,在外面吹了一天的风,两个人都觉得冷得有点狠了。

"我特地等这间的人退房才住进来的,空调居然是坏的,冻死我了。"

齐韵幸灾乐祸地说："我房间的空调很给力，我回自己房间了。"

"别啊，"欧阳昊五一把抱住她，觍着脸说，"我这儿冷，要不让我住你那间去吧，我还能省房钱。"

齐韵挣脱他，退后两步说："欧阳先生，我跟你不熟，再说你不是很有钱么？再开个房间就好了，反正过年期间也没人住酒店。"

"小韵韵，别这样，别生我气了，"欧阳昊五拉着齐韵的手轻轻晃悠，摆出一副娇羞的神态，"年会那天我都按照你的要求跳舞了，你就别再生我的气了，跟我回去吧。"

齐韵理都不理他，转身就要走，欧阳昊五叫住她，塞给她一支手机："那天的情形都在手机里，你慢慢看。"

齐韵回到房间，点开手机里拍摄的视频，晃动的画面吵闹的背景，但舞台上的一切依然看得很清晰。

欧阳昊五穿着笔挺的西装站在台上，随着劲爆的音乐搔首弄姿，一开始还有些扭捏，在员工的喝彩下越跳越投入，脱了西装跳上了椅子，扭腰摆臀妖娆多变。

齐韵看着看着就笑不出来了，欧阳昊五是一个很注重形象的人，她不明白他当众跳舞的动机是什么，他明明可以取消赌约，可是他却真的跳起了煽情的钢管舞，这是在向所有人宣告，他失败了，他没有在两个月内追到齐韵。

之后的西安行，欧阳昊五始终跟在齐韵身边，不管是跟团游览还是四处闲逛，齐韵都没有拒绝。

Chapter 5

回到云都市,欧阳昊五准备向齐韵发起更大规模的追求行动,这次没有赌约,没有任何人的干扰,他只想一心一意将齐韵追回来,可是遭到了齐韵的制止,她想保住这份工作,所以在公司跟欧阳昊五扯上关系是绝对不行的。

也许是年会的影响太过深刻,齐韵在公司已经成为不容小觑的人物,敢公然扇五少巴掌的第一人。

齐韵被欧阳昊五调去了市场部,成为他手下一员,公司又传言四起,说五少多么大度,毫不在乎被齐韵打过耳光;也有的说齐韵要倒霉了,居然敢打五少耳光,现在被五少弄到手底下,肯定会被整得很惨。

当事人却都是一副云淡风轻的神态,欧阳昊五对公司女职员依然体贴入微,齐韵也只淡淡地笑。

只是所有人都不知道,下了班欧阳昊五会带齐韵去吃饭、逛街、看电影,又或者齐韵会买了菜带去欧阳昊五的公寓,为他煮饭煲汤,俨然一对热恋中的男女。

这天在公司,齐韵有份文件要找欧阳昊五签字,路过秘书桌时,被秘书LISA叫住:"齐韵,帮个忙,帮我端杯茶进去。"

她指了指桌上泡好的花茶,又捂着肚子一脸苦相:"大姨妈,你懂的。"

齐韵笑着点点头,将文件往手臂下一夹,端着杯子敲开欧阳昊五办公室的门。

宽大的落地窗前,金色的阳光泼洒进来,俊男美女的组合很是养眼,

只是那美人的坐姿不太好看，半个屁股搁在欧阳昊五的扶手椅上。

欧阳昊五见到齐韵进来怔了怔，继而笑着说："怎么LISA又偷懒么，让你端茶倒水。"

齐韵微微一笑，将茶杯搁到桌面："举手之劳而已。"

欧阳昊五身边的美人站起身，上下打量着齐韵："欧阳，这位是谁？你不介绍下吗？"

"这是齐韵，我部门的得力干将。"

"你好，我是苏蕾，欧阳的朋友。"

苏蕾向齐韵伸手，齐韵笑眯眯地握了下："苏小姐请喝茶。"

她将手中文件放到欧阳昊五面前，眯起眼带着笑对欧阳昊五说："两位慢慢聊，我先出去了。"

欧阳昊五心里一惊，看到齐韵这么发自肺腑的笑容，他莫名有种很心虚的感觉："苏蕾，你不是说约了羽涵逛街吗？时间差不多了吧。"

苏蕾不悦地瞪他一眼，看看时间确实快到了，这才蹬着高跟鞋走了。

欧阳昊五傍晚回家，齐韵果然不在，厨房也没有饭菜香，打电话给她，齐韵凉凉地说："下午看你和苏小姐聊得很开心，想必晚上有约，我就自己回家了。"

欧阳昊五哭笑不得，他以为齐韵从不吃醋，却没想到她的方式这么强烈，可至此他也明白了自己在齐韵心中的地位，心里喜滋滋的。

Chapter 6

为了让齐韵安心，欧阳昊五决定把她介绍给他的朋友，于是组织了一次欧洲旅行。

当他带着齐韵出现在众人面前，反应可想而知。

"哇，这孩子真可爱。"这是宋羽涵说的话。

"欧阳，我们公司招童工？"这是神情惊愕的关昕。

"欧阳，原来你还好这口。"这是冷冰冰的顾叶盛。

一直没说话的裴子瑜更损，直接拉过齐韵的手说："来，到这儿来，别理这个怪叔叔。"

他瞬间有种将小羊送入虎口的感觉。

所幸的是齐韵脾气好，什么都没计较，欧洲行跟他们玩得也很欢乐，齐韵很快就融入了他的朋友圈，回来后也经常跟宋羽涵他们见面。

快到圣诞了，宋羽涵和齐韵商量着去哪里玩，最后决定去郊外的温泉酒店度假，由齐韵负责制定行程。

欧阳昊五不放心她，特地找了个理由去她办公室转了圈，意外地发现她的办公桌上放着一大束粉色的玫瑰花。

"谁送的花？"

"一个在国外的朋友。"

齐韵说得轻描淡写，欧阳昊五却听出了不一样的内容，没等他质疑，齐韵主动说了顾言的事，从他们相识到她的一厢情愿，最后她才说："我应该谢谢他，如果不是因为他的话，我不会进'环龙'也不会认识你了。"

话是这么说，可欧阳昊五还是觉得心里不踏实，便提出让齐韵搬到他

那里住。

齐韵头摇得都像拨浪鼓了,"我还没跟爸妈说过呢,怎么能住你家去?"

欧阳昊五头脑一热,隔天就买了戒指冲到齐韵家,当着齐爸爸齐妈妈的面求婚。

齐爸爸铁青着脸,等欧阳昊五演完情圣,清清喉咙说:"我家小齐配不上你。"

齐韵坐在桌边垂着头不说话,欧阳昊五急得额头冒汗,转走丈母娘路线,将准备好的存折放到她面前:"伯母,这是我所有的存款,是给齐韵的聘礼。"他又取出钥匙和房产证,"我有房有车,工作又很稳定,齐韵嫁给我肯定不会吃苦。"

齐妈妈拿起存折看了眼,又看看欧阳昊五,咕哝道:"还没我家存款多。"

齐爸爸听到,探头看了一眼,疑惑地看向欧阳昊五,"不是说你在'环龙'当总经理吗?怎么存款才这么点?"

齐韵突然一拍存折,对爸妈说:"他就这点钱,你女儿就是看上了,你们看着办吧。"

齐爸爸和齐妈妈面面相觑,半天说不出话来,欧阳昊五在桌子底下握住齐韵的手,悄悄向她递了个眼色。

"伯父伯母,请你们成全我们。"

齐爸爸和齐妈妈同时叹气:"唉,女大不中留,既然是小齐自己看上了,我们也没什么可说了,什么时候双方家长见个面吧。"

欧阳昊五笑得嘴都要裂开了,回家就通知父母回国,时间就定在这个周末,欧阳昊五是欧阳家的独子,之前有四个姐姐,一听说他要结婚,都赶着在周末飞回来,所以双方家长见面,出席人数有点超出预计。

齐韵被欧阳家的阵势也吓到了,跟齐爸爸齐妈妈坐在桌边半天没回神。

欧阳昊五的父母火眼金睛,打量了齐韵后,两人交换了个眼神,欧阳爸爸起身清清喉咙："我们俩常年定居国外，这次阿昊说要见家长，我们回来得匆忙，没准备什么东西，这个就算是见面礼吧。"

说罢，欧阳爸爸递给齐韵一只绒盒，一颗硕大的钻石镶嵌在戒指上，灯光下闪烁出璀璨夺目的光芒。

欧阳妈妈说："这是我们当年结婚时的戒指，虽然款式旧了点，但是钻石纯度很好，留给你们做纪念，到时候结婚戒指再挑个适合你们的。"

大姐给齐韵一套钻石项链，嬉笑道："臭小子终于要结婚了，以后他就拜托给你了。"

二姐给的是一只翡翠镯子；三姐给的是一条祖母绿的项链；四姐更绝，直接递给齐韵一张现金支票："我也不知道该送你什么好，你自己去挑吧。"

齐爸爸和齐妈妈的脸色都变了，欧阳昊五这是掩盖了多少真相？他们用眼刀一刀刀剐着齐韵，齐爸爸突然改口："这婚事我看还是先缓缓，让我们回去再商量商量。"

低头沉默了许久的齐韵突然开口："不行。"

众人皆愣住了，齐齐看向她，齐韵站起来拉着欧阳昊五，对欧阳家的众人说："东西我不能收，但是人我要了，以后我会照顾好他的。"

然后她又对自己爸妈说："没有向你们提前说明他的家世是我的意思，他的家世再好，跟他一点关系都没有，他还是那个诚恳良善的人，是我喜欢的人，我一定要嫁给他。"

齐爸爸和齐妈妈怔愣地看着齐韵，没想到一向听话的女儿在这件事上如此坚决。

欧阳妈妈看场面有些僵，一边示意四个姐姐将东西收起来，一边打圆场："唉，你们都已经决定好了，我们也没什么好说了，日子是你们自己过的，你们觉得好就行了，亲家公亲家母你们说呢？"

齐爸爸冷着脸不说话，齐妈妈只能尴尬地点点头："既然你们打定主意要结婚，我们也不好再干涉，你们俩好自为之吧。"

尾声

齐妈妈的话让欧阳昊五吃了颗定心丸,隔了一个礼拜,星期一起了个大早,他便拖着齐韵去领结婚证,结果到民政局一看,停电。

两人只好打道回府,第二天不甘心的欧阳昊五又拉着齐韵去民政局,这次倒是能办证了,还办得挺顺利,等红艳艳的结婚证拿到手上一看,原来今天是植树节。

他们俩决定去郊外的植物园种了一棵桂花树,晚上跟匆匆赶来的双方父母吃了顿饭,这婚就算是结好了。

第二天两人正常上班,齐韵之前就把东西搬去了欧阳昊五的公寓,他们正式开始了普通的白领小夫妻生活。

如果不是他们那天去种树时被采访记者拍到,要不是公司有人看新闻时正好瞥到两人身影,他们的事还会继续隐瞒下去。

齐韵只好从公司辞职出来,用欧阳昊五的积蓄开了家小小的西餐厅,每天都做着她最喜欢的烘焙。

周围人都在追问欧阳昊五和齐韵,什么时候举行婚礼。

宋羽涵还曾威胁过欧阳昊五:"你还欠齐韵一场婚礼,要是你敢马虎了事,我让你人财两空。"

欧阳昊五却笑得高深莫测,"不急不急,等我要等的人回来了再办也不迟。"

婚礼当天,新郎的伴郎姗姗来迟,来人却让齐韵震在当场。

"顾言?你怎么在这里?"

顾言穿着笔挺的西装,站在欧阳昊五身边,一拍他的肩头,却是对着

尾声

齐韵笑道："来给我的小舅舅做伴郎啊，小舅妈我祝你们白头到老、永结同心。"

当天的婚礼状况百出，齐韵明显不在状态，她的心不在焉弄得欧阳昊五很尴尬，等婚礼结束之后狠狠地"教训"了齐韵。

宋羽涵和裴子瑜向齐韵表达了最诚挚的问候，她们在两天后约了齐韵一起去做SPA。

宋羽涵是挺着大肚子去的，技师说孕妇不能做按摩，她只能陪在一边看裴子瑜和齐韵享受。

"齐韵，你看过婚礼的照片没有？"宋羽涵喝着柠檬茶，掩着嘴偷偷笑。

齐韵迷迷糊糊地正困着，含糊地问了声："怎么了？"

"你啊，看伴郎比看新郎多。"

齐韵傻笑了两声："羽涵，你的预产期是什么时候？"

"聪明了啊，学会'顾左右而言他'了。"

裴子瑜抿唇笑道："羽涵不是早说过了么，预产期是在十一月，你怎么又忘记了？"

"是哦，我最近脑子不行。"

"人家都说生个孩子笨三年，你这还没生呢，就准备开始笨了吗？"

齐韵横了宋羽涵一眼，噘着嘴："你也快了，我看到时候你这个'商界女魔头'会笨成什么样子。"

"大不了公司破产，我在家让关昕养好了。"宋羽涵舒服地靠进沙发里，随手翻了几页杂志。

"羽涵，你怀孕还要上班，会不会很累？"

"当然累，自己公司的事都忙不过来，还要帮着打理'环龙'，你说我累不累，快让你老公回来上班，他忍心看着一个孕妇忙前忙后袖手旁观吗？"

齐韵愧疚地转过了头，低声道："羽涵，我们明天就要去度蜜月了。"

"什么！"宋羽涵惊讶地叫道，"关昕没跟我说这事啊，只叫我在你们

结婚的这段时间里暂时代管'环龙'而已。"

宋羽涵想了想，突然站起身，抓过桌上的钥匙说："我要去找关昕问问清楚，他到底是什么打算。"

齐韵傻了眼，以前怎么没发现宋羽涵是这种说到风就是雨的人啊，她忙冲了澡跟着出来，看她风风火火地将车开到关昕的学校，停在教学楼前等他。

正好是下课时间，有学生三三两两地出来，等人都快走光时，才看到关昕被一群女学生簇拥着走出来。

见到宋羽涵和齐韵，他有些吃惊："你们怎么来这里了？"

好几个女学生都好奇地打量着宋羽涵和齐韵，被关昕打发走了。

"我要管'环龙'到什么时候？"宋羽涵忍不住抱怨，"你忍心让你老婆大着肚子操劳？"

关昕看了齐韵一眼，齐韵吐吐舌头，看向别处。

关昕一把抱住宋羽涵，嬉笑着："老婆，这事我们回去再讨论，现在齐韵在呢。"

宋羽涵忍住不快，爽快道："行，回家再找你算账，现在先吃饭去。"

齐韵张着嘴站在原地傻了眼，刚还一本正经兴师问罪来的人，怎么突然转变得那么快。

关昕一把搂住宋羽涵跟齐韵解释："羽涵怀孕呢，比较情绪化，你多多包涵。"

齐韵了然点头，原来怀孕的时候可以这样，怪不得自家老公现在见到宋羽涵都会绕着走，怕是不敢惹她吧。

吃晚饭的时候，欧阳昊五也来了，他盯着宋羽涵微微隆起的肚子看了很久，才对齐韵说："老婆，我们也要加把劲了，你看老顾家和老关家都有后了，啥时候轮到我欧阳家？"

齐韵吞了口蛋羹，慢悠悠地说："怀孕了身材会走样，脾气也会变差，要星星要月亮的你怎么办？"

"照办！"欧阳昊五拍胸脯说，"不管你要什么，我都会满足你的。"

尾声

那天，欧阳昊五喝了很多酒，上扬的眼梢止不住地笑，抱着齐韵一个劲地叫着"老婆"。

好不容易把他搬上床，齐韵也累坏了，刚要去洗漱睡觉，发现床脚躺着一个皮夹，应该是欧阳昊五的。

皮夹里有张两人的合照，是去西安的时候拍的，齐韵看着笑了笑，下意识地将那张照片抽了出来，没想到下面还有张照片。

那是留着齐肩长发的齐韵，侧身站在一棵盛开的梨树下，雪白的梨花，粉嫩的黄色连衣裙，一看就是母校有名的梨园。

齐韵怎么也想不起来她什么时候拍了这张照片，又是怎么到的欧阳昊五手里，直到顾言某天给她发了封邮件，她才知道这是顾言给她拍的照片，还没有给她看过就被欧阳昊五拿去了，从此便开始了对她的念念不忘。

原来这就是所谓的"一见钟情"，原来一切都是冥冥中注定好了的，她和欧阳昊五注定会在一起。